CÉLINE DE ROANY

Céline de Roany est franco-australienne. Autrice de romans policiers, elle est titulaire d'un doctorat en droit international et enseigne à l'école de droit de l'université de Griffith. Ses deux premiers romans ont tout d'abord été publiés en autoédition, avant d'être réédités aux Presses de la Cité. Le premier, finaliste du Grand Prix des Enquêteurs en 2019 et du Prix Nouvelles Voix du Polar de Pocket, a paru ensuite sous le titre *Les Beaux Mensonges – Une enquête de Céleste Ibar* (2021). *De si bonnes mères – Une enquête de Céleste Ibar* (2022) a été finaliste du Prix Maison de la Presse. Son nouveau roman, *À corps perdus – Une enquête de Céleste Ibar*, est publié en 2024 chez le même éditeur. Tous ses titres sont repris chez Pocket.
Elle fait partie du collectif d'autrices « Les Louves du polar ».

DE SI BONNES MÈRES

ÉGALEMENT CHEZ POCKET

UNE ENQUÊTE DE CÉLESTE IBAR

LES BEAUX MENSONGES
DE SI BONNES MÈRES

CÉLINE DE ROANY

DE SI BONNES MÈRES

ROMAN

Les Presses de la Cité

Une première version de ce roman a paru en 2020
sous le titre *Vena Amoris*.

Note de l'autrice

Si Saint-Joachim se situe bien au cœur du Parc naturel régional de Brière, les îles du Combattant et du Porte-Pierre, comme les bâtiments et ceux qui les habitent, sont le simple produit de mon imagination. Puissent les Krapados me pardonner cette entorse à la géographie.

ISBN 978-2-266-33035-0
Dépôt légal : mai 2024

Mort, où est ta victoire ?
Mort, où est ton aiguillon ?
L'aiguillon de la mort, c'est le péché
Et la puissance du péché, c'est la loi...

Première Épître
aux Corinthiens, 15, 55-56

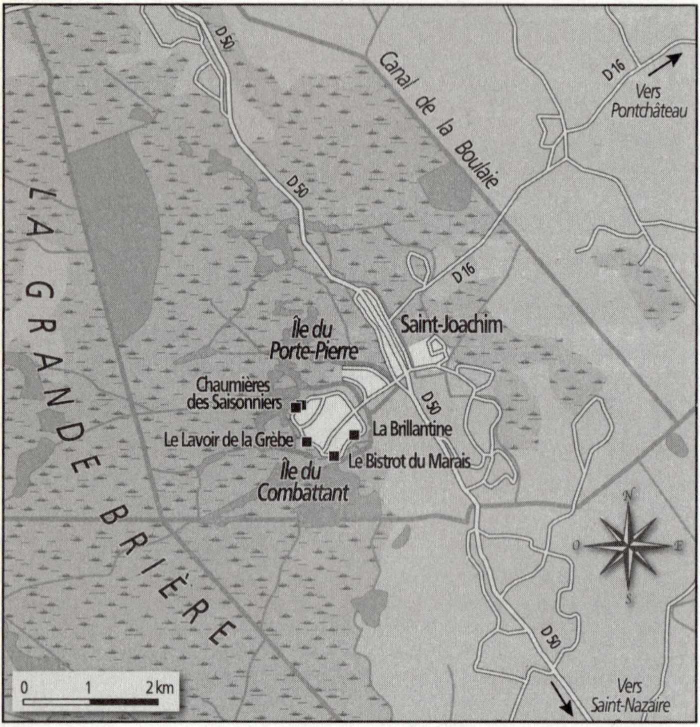

D 50
Canal de la Boulaie
D 16
Vers Pontchâteau
LA GRANDE BRIÈRE
D 50
D 16
Saint-Joachim
Île du Porte-Pierre
Chaumières des Saisonniers
La Brillantine
Le Lavoir de la Grèbe
Le Bistrot du Marais
Île du Combattant
D 50
N
O
E
S
D 50
0
1
2 km
Vers Saint-Nazaire

Prologue

Dimanche 1er juillet 2018
Clichy-sous-Bois

Le contraste entre sa peau brune et la peau diaphane de la *gadji* l'excitait. Il enfonça ses deux mains dans la crinière, la fit ruisseler entre ses doigts. Ses cheveux étaient d'un blond si clair qu'ils en étaient presque blancs.

— Ma sorcière blanche, murmura-t-il.

Quelque chose chez elle l'enfiévrait. La fluidité de ses mouvements, la puissance ramassée. La femme dissimulée sous des vêtements et une allure d'homme. S'il l'avait affrontée en combat singulier, il n'aurait pas été certain de gagner, malgré ses cent dix kilos de muscles. Elle était vive, rapide et endurante.

Elle serait son plus beau trophée.

Un petit haut-parleur posé par terre crachait de la musique. « *I like the way you move*[1]... » Se déhanchant en rythme, Ben Ayed la déshabilla. Les cuisses fuselées, le ventre plat. La peau lisse, sans défaut. Pas un seul grain de beauté. Pas une cicatrice. Un terrain vierge. Il en frissonna.

1. « I Like the Way », par The BodyRockers.

Un soupir, un murmure. Il se remit debout et la contempla tandis qu'elle reprenait conscience. Il croisa son regard vert lumineux, presque électrique.

Elle rua sans crier gare, s'efforça de l'atteindre.

« *I like the way you move !* »

Il la laissa se démener quelques instants puis l'enjamba et retomba sur elle à califourchon. Entravée par deux bracelets de cuir fixés au mur, elle ne pouvait rien contre lui malgré sa force et son courage. Elle pesait quoi ? Soixante kilos ? C'était comme se battre contre une rose aux épines acérées.

Il fit glisser sa main sur le ventre, remonta, s'arrêta sur la pointe du sein. Elle serra les dents lorsqu'il pinça le mamelon entre deux ongles. Une dure à cuire.

Il n'en avait pas cru ses oreilles quand le petit chouf était venu le prévenir qu'elle était là, adossée à sa moto, l'air de rien, avec son jean râpé et ses Docs, ses longs cheveux noués en chignon et sa belle gueule de flic. Comme si elle ne sentait pas le chtar à cent mètres.

« *I like the way you move !* »

Une adversaire de choix qu'il n'avait eu aucun mal à attirer. Il avait suffi d'utiliser une autre femme. De l'obliger à crier à l'aide. Et la keuf s'était précipitée.

Elle cessa de s'agiter. Elle avait compris qui était son maître. Il se releva, en se méfiant tout de même. Il avait raison : elle le prit en ciseaux entre ses jambes, le déséquilibra.

Évitant les coups de pied, il encercla ses chevilles d'une chaîne reliée à des anneaux scellés dans le sol. Très pratique. Il l'admira encore une fois, immobilisée, nue et encore intacte, comme une poupée neuve. Une Barbie sans bâillon.

Il s'élança. Pour soulever cent dix kilos et décupler l'impact, il faut pousser fort sur ses jambes, en sachant qu'on n'ira pas bien haut, puis les détendre en retombant. Il entendit le craquement avec satisfaction. Pour faire bonne mesure, il lui décocha un coup de talon. Un grognement sourd, mais elle ne cria pas.

Il s'était juré de la faire hurler.

Tant pis pour elle.

Il alluma le chalumeau.

Le sang qui coulait entre ses dents traçait des rigoles gluantes jusqu'à son cou. Elle serrait les mâchoires comme jamais, les yeux fermés pour ne pas voir ce qu'elle faisait. Elle grondait aussi fort que possible afin de couvrir le bruit écœurant des gargouillis. Elle avait peur. Si elle lâchait prise, elle était foutue.

Un instant. Il lui avait accordé un instant d'inattention, tendu vers sa jouissance, et elle avait su en profiter. Ses dents étaient les seules armes restant à sa disposition. Son avant-bras, brûlé, n'était qu'un amas de chairs fondues. Son poignet et sa cheville gauche étaient attachés. Sa jambe droite cassée. Elle n'avait plus de force. Elle n'avait plus de défense. Sauf ses dents.

Elle n'aurait pas d'autre chance. La prochaine étape était la mort.

Ça faisait si mal. Un maelström de souffrances qui se diffusait dans chaque recoin de son corps, alors elle se concentra sur ses mâchoires. Elle devait tenir.

Tenir jusqu'à quoi ? Ses pensées n'allaient pas si loin. Tout ce qu'elle voulait, c'était qu'il arrête. Pour qu'elle puisse se recroqueviller et appeler sa mère en sanglotant. Sauf que sa mère ne serait jamais venue. Mais loin d'ici, on l'attendait. Ses filles. Sa femme.

Elle resserra sa prise, même si ça forçait sur les entailles de son visage. Encore et encore, jusqu'à ce que l'homme ne soit plus qu'un poids mort et que l'air de la cave redevienne immobile, seulement troublé par les ondes assourdissantes de la musique.

Les courroies de cuir qui l'emprisonnaient étaient épaisses comme des ceinturons. Pourtant, une fois qu'elle eut réussi à rapprocher son bras valide du bras brûlé, elle n'eut pas à s'escrimer longtemps avant de se libérer. Une main, l'autre. La douleur et la terreur commençaient à peine à refluer. Elle ne s'arrêta pas, craignant qu'il se réveille. Le poids de l'homme, brusquement déporté sur sa jambe droite, lui arracha un hurlement.

Il avait varié les plaisirs. Utilisé le chalumeau. Le couteau. Et quand il s'était lassé, il avait débouclé son ceinturon.

Il avait ri de sa détresse. « Une vierge, putain ! » avait-il clamé, ses doigts secs enfoncés dans son vagin. Il avait saisi un cutter et l'avait brandi. Elle avait cru qu'il voulait la déflorer avec, mais non, d'un mouvement sûr il avait marqué son visage à deux reprises, du sourcil au menton. Elle avait fermé les yeux par réflexe.

Puis il s'était laissé tomber sur elle. Elle avait résisté, essayé de le repousser de la tête, des coudes, de serrer les jambes, de rouler sur le côté. Il était trop lourd, trop fort, elle avait trop mal et elle était attachée. Il l'avait regardée. Il avait saisi son menton entre ses doigts et il l'avait regardée pendant qu'il s'enfonçait en elle, jouissant de sa terreur. Elle avait senti son hymen se déchirer, une explosion de feu lui lacérer les entrailles. Et il avait remué, allant, venant, jusqu'à ce qu'il abandonne le contrôle. Un instant.

Lorsqu'elle parvint à se libérer, elle pleura comme une gosse qui s'est cassé la gueule à vélo. Elle avait tellement mal. Il avait mordu son ventre, sectionné un mamelon, brisé sa jambe, arraché ses cheveux, balafré son visage, brûlé son bras, forcé son sexe. Sa gorge était douloureuse d'avoir trop hurlé. Et en plus de tout ça, l'humiliation la consumait, celle d'être tombée dans un piège, elle, la seule femme de la BRI. Celle d'avoir laissé la panique s'emparer d'elle, qu'on surnommait pourtant la Machine.

Hébétée, déterminée, elle se releva à la force d'un bras et d'une jambe, d'abord un genou, puis debout, sa jambe droite pendante, son bras à la peau fondue serré contre elle. Elle s'adossa au mur suintant de crasse.

Des cris retentirent. Pourvu que ce soient ses collègues qui accouraient pour la libérer.

Pourtant, c'était trop tard, elle en prit conscience à ce moment-là. Rien ne pourrait jamais la délivrer de ce qu'elle venait de traverser, pas même le soulagement d'avoir survécu.

La honte. Un corps en miettes.

Le commandant Audrieu surgit au moment où elle s'effondrait, la jambe qui portait son poids tremblant d'épuisement. Si elle avait suivi les ordres, rien de cela ne serait arrivé. Elle s'apprêta à subir les reproches de son chef, au visage dissimulé par une cagoule mais dont elle connaissait par cœur la démarche. À la place, elle lut dans ses yeux un désespoir si intense qu'elle hoqueta. Il se précipita vers elle, chercha du regard de quoi la couvrir dans toute cette crasse. Mais il n'y avait rien, rien que des loques et les vêtements que Ben Ayed portait. Alors Audrieu l'approcha, et de son grand corps la déroba à la vue des autres.

Céleste trouva enfin la force de regarder son agresseur, la mare de sang qui se répandait autour de son cou et s'étalait en traînées sombres là où elle avait rampé. Elle réalisa qu'elle avait tué cet homme. Qu'elle lui avait déchiré la gorge avec les dents. Qu'elle avait survécu et lui pas.

Saisie par l'horreur, elle ne parvenait pas à détourner les yeux de ce qu'elle avait fait. Elle avait rejoint les monstres. Pour une erreur. La sienne.

Au début

5 juillet 2019

Ithri

Nantes
Boulevard de Longchamp

Il était presque midi et il faisait très chaud. Une canicule, inhabituelle pour la région, sévissait depuis près de deux semaines. La pelouse du jardin de Myriam Maksen était grillée. Ithri récupérait d'une soirée arrosée en paressant au soleil en compagnie de sa sœur, Gwandja, enceinte de sept mois et qui ressemblait à une baleine échouée sur un transat. Sa légendaire énergie avait disparu, engloutie par la création d'un petit être dont les coups de pied lui déformaient parfois le ventre. Ithri l'observait, les yeux mi-clos, fasciné et un peu gêné.

Gwandja et lui n'avaient que deux ans d'écart et elle avait toujours été sa meilleure amie et son plus important soutien. Toutes ses autres sœurs étaient mariées, toutes avaient des enfants – ne restait plus qu'elle. Et lui. Ithri sentait que la pression maternelle n'allait pas tarder à s'accentuer. Il était le seul à porter le nom de leur père, il avait bientôt trente ans, et Myriam se languissait de prendre dans ses bras un petit-fils qui assurerait la « continuation de la lignée ». Quelle lignée ? Ce n'était pas une question à poser. La lignée. Le fils de son fils. Pour que se perpétuent les gènes des Maksen. Les sœurs d'Ithri faisaient immanquablement remarquer à leur mère qu'Ithri ne transmettrait pas plus de gènes Maksen qu'elles ne l'avaient déjà fait, mais Myriam ne voulait rien entendre.

Ithri avait compris depuis longtemps que contre sa mère il n'était pas de taille. En conséquence, il faisait le dos rond et vivait sa vie. Combien de temps cela pourrait-il durer ?

Il tendit le bras vers le pichet de citronnade trônant sur une petite table entre Gwandja et lui. Vide. Il le reposa, espérant que Gwandja n'avait rien remarqué. Elle avait les yeux fermés sous un chapeau de paille destiné à protéger son visage des rayons du soleil. Son ventre étirait le maillot de bain jusqu'à le blanchir, et ses seins avaient gonflé de manière obscène. Ses cuisses étaient piquetées de cellulite. Fallait-il être dégoûté de sa femme pour lui infliger cela ! S'y résoudrait-il un jour ?

Ses pensées glissèrent vers Pauline. Brune, vive, ingénieure en bâtiment et belle comme un cœur. Baptisée. Divorcée. Une fille de six ans. Une relation qui ne mènerait nulle part, autrement dit, mais à laquelle il comptait tout de même consacrer encore un peu de temps. Pour ne pas regretter.

— S'il est vide, va le remplir, Ithri, grommela Gwandja.

Il s'assit en soupirant sur le rebord de son transat. Sa sœur gloussa.

Et son téléphone sonna.

Quelques phrases du commissaire Quémeneur, furieux de ne pas parvenir à contacter la cheffe de groupe et de devoir s'en remettre à son second, changèrent les plans d'Ithri pour la soirée et le week-end. Le parquet de Saint-Nazaire avait requis l'intervention de la PJ sur les lieux de la découverte d'un cadavre. Le groupe dirigé par Céleste Ibar était chargé des constatations et de l'enquête. Sauf que Céleste était injoignable.

— Je m'en occupe, déclara Ithri.

Il prit à peine le temps de prévenir sa mère qu'il était obligé de partir, adressa un petit coucou à Gwandja et fonça au commissariat central récupérer une voiture de service.

— C'est dégueulasse, lâcha-t-il.

Céleste ne réagit pas.

À leurs pieds, le cadavre putréfié d'une femme, couvert de mouches bourdonnantes, vomissait par grappes ce qui ressemblait à des grains de riz dotés de vie. La capitaine de police s'accroupit. De minuscules asticots se trémoussaient autour de ce qui avait été les yeux, les narines et la bouche. Ils côtoyaient des larves éparses et plus grasses. Le visage aux orbites vides et aux dents dénudées avait déjà perdu toute apparence humaine. Le cou n'était que grouillement. Et en dessous… Céleste retint sa respiration. Ce n'était pas tant l'odeur, bien qu'elle soit à vomir, mélange de viande pourrie, de fromage chaud et d'excréments. C'était l'état du corps. Ce qui avait dû être un sein gauche pendait mollement, à demi dévoré. Quelques os apparaissaient, grotesques et blancs. Le ventre, ouvert en deux du pubis au sternum, renfermait une bouillie infâme à laquelle quelques feuilles mortes adhéraient. Des morceaux de chair avaient été arrachés de la cuisse et du mollet droits, le derme racorni laissant des tendons à nu. La peau, couleur acajou, était noire par endroits. Un liquide sombre luisait autour du corps.

— La police scientifique estime qu'il s'agit d'un renard, expliqua Ithri en désignant les blessures des jambes.

— Comment le savent-ils ?

— L'un des techniciens est chasseur. Il dit que ça ressemble à leurs mâchoires. On fera confirmer par un vétérinaire, mais c'était la saison des renardeaux il n'y a pas longtemps. Les mères rapportent de la viande à leurs petits pour les nourrir. Ce n'est pas un humain qui a fait ça, si tu te poses la question.

Céleste se releva avec difficulté. Elle était habillée comme à l'accoutumée d'un chino marine maintenant taché au genou et d'un tee-shirt de même couleur. Elle avait troqué son habituelle parka pour une saharienne kaki qui dissimulait le holster et son arme de service. Les vêtements formaient un contraste saisissant avec sa peau presque translucide, d'autant plus incongrue que dans cette cité balnéaire tout le monde ou presque était bronzé. Ou écarlate. Ithri attendait un mot, un geste. Il en fut pour ses frais. Elle détourna le regard en frictionnant sa cuisse du poing.

Le cadavre avait été déposé dans une rigole qui serpentait le long d'un sentier mangé de végétation. Alors que tout était vert et vivant, Ithri ne ressentait que menace et mort. La faute à ce corps, évidemment, qui se liquéfiait et se desséchait à la fois depuis Dieu savait combien de temps.

— Ce sont les agents municipaux qui ont découvert la victime ?

— Non. Des amoureux. Les premiers policiers sur les lieux les ont interrogés, ils ont été convoqués pour déposer demain.

Les techniciens de l'identification criminelle avaient placé quelques chevalets jaunes indiquant les emplacements de ce que tout le monde espérait être des indices. Céleste les désigna du doigt à Ithri.

— Des traces de brouette parcellaires, expliqua-t-il. Ou de VTT. Ou de poussette.

— Si le chemin est très fréquenté, on aurait dû la découvrir plus tôt.

— Pas sûr. Elle était bien cachée sous les feuilles.

— On a une idée de son identité ?

Ithri fit signe que non. Il retira ses gants en les faisant claquer.

— Ça, c'est le problème numéro un. La police scientifique a ratissé les lieux, sans succès. Ni vêtements ni papiers. Tout ce qu'on a, c'est ça. Découverte à un mètre du cadavre sous un tas de feuilles, grâce au détecteur de métaux.

Il brandit un sac à scellés transparent de petit format, au fond duquel miroitait une grosse alliance. De longs cheveux y étaient enroulés.

— Elle est très large, elle appartient peut-être au meurtrier, observa-t-il. Espérons qu'on y repère une empreinte, même partielle. Et que l'ADN dans ces cheveux soit utilisable…

— Cherche des traces de brouette sur les accès, ordonna Céleste. Il y en a beaucoup ?

Ithri lui montra l'écran de son portable. Avec une carte des environs sous les yeux, elle comprendrait mieux le problème.

— J'en ai compté au moins dix, et on ne sait même pas quand elle a été déposée ici. Autant chercher une aiguille dans une meule de foin.

La réponse fusa :

— Avec un bon aimant, on la trouve, l'aiguille.

Les mères

Mardi 24 septembre-Samedi 28 septembre 2019

Premier jour

Mardi 24 septembre

Stéphane

Parc naturel régional de Brière
Île du Porte-Pierre

La pluie, fine jusque-là, s'abattait à grosses gouttes molles. Stéphane pressa le pas pour s'abriter sous un chêne. Il enjamba un fossé, calcula mal son coup, posa le pied un tantinet trop près du bord et dérapa. L'eau s'infiltra dans sa chaussure, détrempant la chaussette. Il bougea les orteils et, sans le martèlement de la pluie, il aurait distinctement entendu un *floc floc*.

En Brière, tout était si différent de sa Haute-Savoie natale. Là-bas, la nature était pour lui d'abord un refuge. Ici, elle était source d'observation et d'apaisement. Il n'en finissait pas de savourer la quiétude de sa nouvelle vie et l'émerveillement de ne devoir rendre de comptes à personne. Aussi, dès qu'il en avait l'occasion, il enfilait ses chaussures de randonnée et partait pour de longues balades en solitaire. Non qu'il refusât d'être accompagné par l'un ou l'autre de ses colocataires, les seules personnes qu'il fréquentait dans la région. Simplement, la virulence de leurs opinions l'effrayait. Il craignait toujours que les discussions ne dégénèrent ; il avait connu cela trop souvent.

L'isolement des lieux avait été déterminant lorsqu'il avait pris sa décision. Cerise sur le gâteau, la cheffe était une femme. La réputation de son restaurant enrichirait son CV, déjà remarquable. Certes, il aurait pu choisir la Dordogne ou la Lozère, mais la proximité de la mer l'attirait. Et puis, ici, les cuisines n'étaient pas vitrées. Aucun risque qu'on le repère. Il aurait aimé porter la barbe, malheureusement les rares poils qui piquetaient ses joues ne parvenaient qu'à lui donner un air négligé. Ses cheveux, en revanche, avaient poussé. Des boucles brunes. Il n'avait pas encore changé sa garde-robe et il traînait toujours quelques affaires d'avant. Ça ne faisait rien. Chaque jour qui s'écoulait était un jour de plus entre son passé et lui.

La pluie redoubla d'intensité, perçant le feuillage. Sac à dos ouvert, Stéphane jura entre ses dents. Où avait-il la tête, ce matin ? Il avait pensé à la crème solaire mais pas au K-Way. Une goutte s'écrasa sur sa nuque, glissa dans son cou. Il allait devoir rebrousser chemin pour s'abriter et changer de chaussettes. Ce n'était pas le moment de tomber malade : Amandine lui avait demandé d'assumer la responsabilité des cuisines quand elle s'absentait. S'il ne se trompait pas, il avait aperçu une vieille chaumière un peu plus tôt. Il pourrait peut-être s'y réfugier.

Les orteils baignant dans une poche d'eau, Stéphane se remit en marche. Après tout, il n'était pas en sucre, et son sac à dos était étanche.

Comme en montagne, il valait mieux, en Brière, se munir d'une carte et d'un GPS quand on quittait les sentiers battus, et il y avait souvent des heures de différence entre une distance à vol d'oiseau et une distance à pied d'homme. La nature y était également riche et généreuse, pour qui prenait la peine de s'attarder. La comparaison s'arrêtait là. L'immensité verte et liquide de la Brière s'étirait entre l'océan et la terre ferme en une mosaïque aux couleurs changeantes, à la géographie aux contours imprécis. Jumelles autour du cou, il s'était absorbé des jours entiers dans l'observation des cigognes, des hirondelles ou des barges à queue noire.

Dix minutes lui suffirent pour retrouver la chaumière. Des champignons avaient attaqué son toit de chaume, l'ébouriffant en épis clairsemés. Des herbes folles ployaient sous la pluie drue. Le jeune homme s'approcha. La masure paraissait inhabitée, peut-être pourrait-il y entrer ? Il avança à pas de loup jusqu'à l'unique fenêtre. Le verre était crasseux et il se pencha pour regarder à l'intérieur.

Il n'aurait pas dû.

Une silhouette se courbait au-dessus d'une table sur laquelle était étendue – Stéphane se mit à hyperventiler – une femme inerte et nue. Il cligna des yeux à plusieurs reprises, incapable de formuler mentalement sa pensée. Silhouette. Femme nue. Table. Coulures sombres. Le bruit des battements de son cœur résonnait à ses oreilles, couvrant celui de la pluie. Sidéré, aussi immobile qu'une statue de sel, Stéphane entraperçut une ombre près de la fenêtre. Il cilla, la silhouette avait disparu, le corps sur la table n'avait pas bougé. Stéphane réagit enfin. Il fit demi-tour, l'eau dans sa chaussure remonta jusqu'à sa cheville. Il s'élança ; trop tard. Il entendit une déflagration puis plus rien.

Gwil

Parc naturel régional de Brière
Saint-Joachim

Gwil appuya de la paume sur la boule de pâte, étira les bords et les replia sur eux-mêmes, puis recommença. Le mouvement de ses mains avait quelque chose d'hypnotique. Soulever, étirer, rabattre, tourner. Soulever, étirer, rabattre, tourner. Gwil était si concentré sur sa tâche qu'il sursauta quand Mélanie surgit dans la cuisine en brandissant son mobile qui bourdonnait. Dieu qu'elle est belle ! se dit-il.

— C'est la brigade de Pontchâteau, tu réponds ?

— J'ai les mains pleines de farine.

— Je décroche et je te tiens le téléphone, si tu veux.

— Non, prends le message, je rappelle.

Gwil prêta une attention distraite à la réponse de sa femme tout en déposant son pâton dans un saladier. Il le recouvrit d'un torchon, puis entreprit de gratter la farine qui adhérait au marbre de son plan de travail. Il finissait de jeter les restes de pâte dans son seau à compost lorsque Mélanie raccrocha. Elle s'appuya au chambranle, se déhanchant d'une façon si suggestive que Gwil sentit son bas-ventre le picoter. Mais ce que son épouse dit ensuite lui fit passer toute envie de batifolage :

— C'est Antoine, Antoine de Gembloux. Il voudrait que tu le rappelles dare-dare, il a un cadavre pour toi.

Gwil se détourna, ouvrit le robinet de l'évier.

— Il ne peut pas s'en occuper ?

— Je suppose que non. Ça lui coûte, tu sais, de mobiliser un réserviste.

Gwil grommela qu'il avait déjà donné.

— Je croyais que tu pouvais être réquisitionné uniquement par la Section de recherches de Rennes… La serviette est sur ta droite.

Tout en s'essuyant les mains, Gwil calcula mentalement combien de temps il pouvait abandonner son pâton. Il suspendit le torchon à son crochet.

— Bon, où as-tu mis mon téléphone, mon cœur ? Je vais rappeler Antoine.

La conversation fut brève.

— Il faut que j'y aille, dit-il en raccrochant. Tu peux placer mon pâton au frigo dans une heure, s'il te plaît ? Le levage aura débuté, d'ici là. Je ne sais pas quand je rentrerai. Le pain attendra.

Parfois, le meilleur moyen de couper court aux questions, c'est d'y répondre avant qu'elles soient posées.

— On ne passe pas !

— C'est bon, je suis de la maison, fit le motard. Vous êtes nouveau, ici ?

Les ordres du gendarme chargé du contrôle de la zone étaient stricts : tenir éloignés les curieux. Il venait de Châteaulin, où la délinquance se limitait au père Coquery qui buvait plus que de raison et traversait le village à poil sur sa mobylette ou aux trois gamins qui avaient écrit *Clarence susse des bittes* à l'intérieur d'un confessionnal. La sécurisation d'une éventuelle scène de crime constituait l'aventure de sa vie, l'occasion de côtoyer de véritables enquêteurs, pas des gendarmes de contrôle d'alcoolémie comme lui. Il avait compris que c'était plutôt moche en voyant débouler une voiture de l'IRCGN[1].

Il prenait son rôle très au sérieux, déterminé à montrer sa valeur. Le major de Gembloux l'avait prévenu qu'un OPJ[2] ne tarderait pas et le jeune gendarme avait imaginé un collègue en uniforme. L'apparition digne de RoboCop le déconcerta. Brièvement, l'idée d'un commando armé venu récupérer le corps lui traversa l'esprit, idée rapidement chassée par son bon sens naturel. Il faut dire que le pilote était impressionnant.

Délaissant son guidon, les deux pieds à plat sur le sol, le motard remonta sa visière et montra sa carte professionnelle. Le gendarme de faction s'assura que le rectangle plastifié n'était pas un faux, relut le nom inscrit dessus. Quelque chose ne collait pas. Il était indiqué Gwilherm Guézennec, un patronyme plus breton qu'un calvaire de Pontivy, un vrai programme de militant autonomiste. Or, à part sa plaque d'immatriculation, il n'y avait rien, mais alors rien, de breton chez

1. Institut de recherche criminelle de la gendarmerie nationale.
2. Officier de police judiciaire.

ce collègue. L'obéissance l'emporta finalement sur les réticences du militaire. Il se contraignit à faire deux pas de côté pour laisser passer la moto et son pilote.

L'étonnement du jeune gendarme déjà oublié, Gwil roula doucement le long du canal. Ses parents descendaient d'une vieille lignée de paysans bretons et son père avait, en son temps, appartenu au Front de libération de la Bretagne, un groupuscule séparatiste entendant renouer avec la fierté d'être breton. Son *tadig*[1] avait la Bretagne dans le sang et s'était appliqué à la transmettre à Gwilherm, en lui donnant un prénom d'homme fort et courageux. Que la peau de leur fils soit noire n'avait aucune importance pour Gouesnou et Rozenn. À leurs yeux, la Bretagne était, comme leur enfant, une histoire d'amour et non de chromosomes.

Gwil avança vers le parking improvisé. Le trajet depuis son domicile de l'île d'Aignac lui avait pris à peine cinq minutes. Il lui avait suffi de traverser le centre-bourg de Saint-Joachim et de tourner à droite en direction de Pontchâteau. Le canal de la Boulaie, où le corps avait été retrouvé, était superbe quand le soleil daignait briller. Pour l'heure, le paysage était sinistre. Plat et détrempé à perte de vue. Gwil coupa le contact, descendit la béquille et inclina sa moto sur le côté. Puis il ôta ses gants et son casque.

Du coin de l'œil, il observa Antoine, qui s'approchait.

La taille haute, cheveux poivre et sel, barbe ciselée, le militaire était sec, le corps musclé, sans le début de

1. Père, en breton.

bedaine qui guettait Gwil. Son teint pâle et ses lunettes sans monture témoignaient du temps qu'il passait désormais derrière son bureau et non dehors, au grand air. Le mauvais côté d'une carrière qui progresse. Lorsqu'ils s'étaient rencontrés, dix ans auparavant, c'était sous les cieux plus cléments de la Provence, à la gendarmerie de Graveson. Puis chacun avait suivi son chemin, Gwil avait atterri à la SR de Rennes tandis qu'Antoine s'était spécialisé dans le maintien de l'ordre avant de prendre le commandement d'une pctite brigade et d'acheter une ferme à retaper non loin de chez son ami.

Ils se saluèrent d'une poignée de main.

— Et cette retraite ?

— Le rêve, Antoine. Tu verras. Des journées entières sans obligations et des week-ends sans être d'astreinte. Sauf quand tu m'appelles.

Gwil éclata d'un rire communicatif. Le major, lui, ne s'était pas départi de son expression grave. Il avait toujours l'air d'avoir avalé un manche à balai.

— Désolé de t'avoir arraché à ta paisible félicité. Ça va, Mélanie ?

— Oui, bien. Commence, Antoine, explique-moi.

Sans doute parce que Gwil avait été son supérieur avant d'être son ami, Antoine de Gembloux rassembla ses talons et redressa le dos.

— Nous avons été appelés à 16 h 25 par un ornithologue amateur qui revenait de l'observation d'une panure à moustaches…

— Je n'y connais rien en piafs. C'est important pour la suite ?

— Eh bien, il a précisé que c'est un oiseau qu'on ne voit qu'exceptionnellement en cette saison, raison pour laquelle il a bravé la pluie. Le corps n'était pas là à son précédent passage, deux heures plus tôt.

— Vous l'avez auditionné ?

— On l'a interrogé et laissé partir. Il déposera en bonne et due forme à la gendarmerie demain matin. Il pleuvait des cordes et nous n'avons pas jugé bon de le retenir.

— Alors, le corps ?

— Tu verras par toi-même. Les gars de l'IRCGN sont déjà là, la légiste aussi. Elle s'occupe des premières constatations.

— Une identification ?

— Affirmatif. Il avait un sac de randonnée avec ses papiers. Un certain Stéphane Meynet, domicilié en Haute-Savoie, vingt ans. J'ai prévenu le substitut du procureur de Saint-Nazaire que je faisais appel à tes services, il est d'accord.

— Qui est-ce ? Il est là ?

— Cholet. Bien sûr, il n'est pas venu. Chaque fois qu'il pleut, il disparaît. Le médecin est là, en revanche.

Les deux hommes longèrent le sentier jusqu'à un barnum blanc. Un technicien armé d'un appareil photo shootait à l'abri tandis que ses collègues moins chanceux, revêtus comme lui d'une combinaison, cherchaient des indices en suivant une spirale qui prenait sa source au cadavre.

La légiste était une femme longue et mince à la peau cuivrée qui les attendait, frissonnante. Gwil lui tendit la main.

— Gwilherm Guézennec, se présenta-t-il simplement.

Après tout, il n'était que réserviste et la légiste se fichait des grades. Depuis six mois, Gwil avait repris goût à la vie civile, cette société où on s'adressait à lui sans redresser le dos, où personne ne se sentait obligé de lui obéir ni même de lui répondre. Où les gens vous regardent dans les yeux et ne vous disent pas seulement ce que vous voulez entendre.

La main de la légiste était froide et ferme.

— Léandra Hernandez.

— Qu'est-ce que vous pouvez nous dire sur notre victime ? Ça pourrait être un suicide ? Un accident ?

Elle eut un rire sans joie et se décala pour exposer le corps.

— L'hypothèse d'un suicide est exclue, celle d'un accident est très improbable.

— En effet, murmura Gwil.

À la place de l'œil gauche, un gros trou aux bords irréguliers laissait voir une matière spongieuse et sombre. Des rigoles de sang figé quadrillaient la face. Gwil s'agenouilla. L'individu avait les cheveux bruns et il était rasé de près. Des ongles nets et propres. Une montre. Chaussures de randonnée de bonne qualité, jean brut, chemise Oxford et pull en laine. Une dégaine très BCBG, comme on disait à son époque. Gwil adressa une prière rapide pour l'âme du pauvre garçon.

— Une décharge de chevrotine en pleine tête, continua la docteure Hernandez. Enfin, deux coups, pour être précise. Un premier qui en a fait de la viande hachée, un second qui est entré par l'œil. Il n'est pas mort sur place. On aurait dû trouver des coulures de sang sous lui, or il n'y en a pas. Sans compter ça (elle désigna le profil de la victime) : le sang a dégouliné dans l'autre sens. On a de la chance que la pluie n'ait pas tout effacé.

— Vous avez une idée de scénario ?

— À confirmer à l'autopsie : un premier coup de fusil debout, il tombe sur les genoux, un second coup de fusil dans l'œil, qui l'achève. Puis il est déplacé. Cause de la mort, hémorragie cérébrale massive, il est décédé quasi instantanément. Pas de signe qu'il ait été traîné.

— On va donc chercher les traces d'une brouette ou d'un véhicule qui aurait pu le transporter…

Il se tourna vers Antoine avant de terminer sa phrase.

— C'est un cul-de-sac, n'est-ce pas ?

— Affirmatif.

— Tu crois qu'on aurait pu amener ce type en chaland ?

— Non, les berges sont trop hautes.

— Notre hypothèse de travail est qu'il a été conduit ici en voiture. On va se concentrer sur la départementale 16. J'ai besoin de gendarmes pour aller frapper aux portes des deux maisons qui se trouvent de l'autre côté de la route. Qu'ils interrogent également les caméras de surveillance locales.

— Les caméras de surveillance… ?

Antoine le regarda avec l'air de se demander s'il se payait sa tête.

— Les anciens. Ceux qui passent leurs journées derrière la fenêtre. Tu verras quand tu seras à la retraite, Antoine… Et d'ici, il faut obligatoirement traverser Crossac ou Saint-Joachim. Si une voiture étrangère au coin a emprunté l'une ou l'autre voie, ils nous le diront. On doit envoyer des gars tout de suite. Tiens, ton petit planton à l'entrée, là.

— Ah oui, j'ai oublié de le prévenir…

— T'en fais pas, Antoine, j'ai l'habitude. Maintenant, ça me fait marrer. Tu me trouves une place à la gendarmerie ? Je vais voir ce qu'on a sur ce jeune homme, ça sera un bon point de départ.

— Je te laisse le sac à dos, dans ce cas ?

— Tu peux me le rapporter, plutôt ? Je suis à moto. Si je mets tout ça dans le top-case, ça va s'écraser.

Tout en parlant, Gwil souleva l'objet, qu'il détailla sous toutes les coutures. Un beau modèle de randonnée, pas un de ces sacs bas de gamme qu'on achète n'importe où. Il ne datait pas d'hier, bien qu'impeccable. Le regard de Gwil s'arrêta sur les écussons cousus sur une des poches latérales.

— Dis donc, Antoine, un jeune sans histoires ?

— Affirmatif, il est inconnu de nos services. Pourquoi ?

— Tu as vu ça ?

Il pointa du doigt un écusson noir avec une bordure jaune et un V renversé et un autre, bleu marine, montrant un phare derrière lequel éclatait un feu d'artifice. Antoine s'étonna :

— Qu'est-ce qu'ils ont, ces écussons ?

— Ce sont ceux de groupes d'extrême droite. Génération identitaire et Bastion social. Ils viennent d'être dissous, pour info. Faut sortir de ton marais, de temps en temps.

C'était tellement bon de revenir dans la course ! Gwil en criait presque d'excitation en entrant dans la gendarmerie de Pontchâteau. Tout lui avait manqué.

La reconnaissance dans les yeux des collègues, la déférence d'Antoine, même l'odeur des locaux, ce mélange de vieux papiers et de bottes boueuses. Rejoindre la SR à Rennes avait été une erreur. Il s'était enfermé dans un bureau dont il n'était plus sorti jusqu'à ce qu'il prenne sa retraite et retourne habiter la maison de famille. Il aurait peut-être dû demander sa mutation au lieu de tout abandonner.

L'espace qu'on lui attribua, doté d'une table minuscule et d'un antique PC avec accès Internet, tenait du placard à balais. Antoine avait cependant eu la présence d'esprit de faire réactiver ses codes d'identification, si bien que Gwil n'eut qu'à poser ses fesses sur une chaise en plastique et allumer l'ordinateur. Il entama un sachet de mini-palets bio coco et chocolat et commença à travailler.

Les fichiers de la Maison, en premier lieu. Stéphane Meynet n'apparaissait nulle part, ne possédait pas de véhicule à son nom. Le service des impôts, en revanche, lui apprit que le jeune homme, cuisinier de son état, avait rejoint la Côte d'Amour pour intégrer la brigade d'une star locale, Amandine Rocher, au Lavoir de la Grèbe. Cette réforme de l'imposition à la source était une bénédiction, songea Gwil.

Une recherche plus large sur Google n'apporta rien de plus intéressant qu'un profil LinkedIn lisse comme un CV falsifié et les résultats d'un cross de l'époque du collège vieux de plusieurs années.

Gwil s'employa ensuite à activer ses propres réseaux pour en apprendre un peu plus sur l'engagement politique de la victime. Il contacta la gendarmerie du domicile de Haute-Savoie où, comme il s'y attendait, vivaient les parents de Meynet. Il chargea ses collègues de la pénible besogne d'aller leur annoncer la mort de leur enfant et de récolter de quoi l'identifier formellement.

Si Stéphane Meynet n'avait jamais fait parler de lui, il en allait différemment du père et du frère, Jérôme. Connus pour leurs accointances d'extrême droite, ils avaient été mis en cause à plusieurs reprises pour des faits de violence. Stéphane aurait-il pu simplement hériter du sac à dos ? Possible. Gwil sollicita ses collègues chargés de la surveillance des mouvements identitaires dans l'Ouest. La dissolution des factions radicales n'avait jamais pour effet de faire disparaître les convictions. Privés de structure, leurs membres devenaient plus difficiles à tenir à l'œil. Les gendarmes bretons n'avaient pas connaissance de l'appartenance de Stéphane Meynet à la mouvance, mais promirent de gratter un peu sous la surface et de le rappeler.

Enfin, Gwil contacta la Section de recherches pour obtenir la liste des armes à feu déclarées dans un périmètre de trente kilomètres. La Brière était une terre de chasseurs et il se préparait à crouler sous les vérifications à opérer. Il nota mentalement de réclamer du monde à Antoine pour l'aider à dépouiller les données qui allaient s'accumuler, sans quoi ses recherches n'auraient aucune chance de porter le moindre fruit.

Gwil se concentra enfin sur ce que la scène de crime pouvait lui apprendre de l'assassin. Qui prend le risque de déplacer un corps qui saigne ? Qui en est capable ? On n'avait pas trouvé le téléphone portable du jeune homme. Le meurtrier l'avait-il emporté ? Pour quelle raison ? Qu'aurait-il pu révéler ? Un rendez-vous ? Les questions fusaient dans son esprit, sans qu'il se soucie d'y répondre dans un premier temps. Il les écrivit dans le désordre, s'efforçant de pousser la réflexion le plus loin possible, mais ce petit jeu ne dura pas. Il n'arrivait pas à penser clairement. Il avait besoin de parler pour réfléchir. De confronter des points de vue, d'échanger des idées.

Il ouvrit la porte de son placard à balais. Le major avait dit que ses effectifs étaient tous en mission, mais peut-être qu'à l'accueil... En quelques enjambées, Gwil fut dans l'entrée de la gendarmerie. Surpris, le collègue de faction glissa sous la table le magazine qu'il était en train de feuilleter. Celui-ci tomba par terre dans un bruit de papier froissé. Le gendarme était écarlate. Gwil s'accrocha des deux mains au comptoir et tendit le cou. Il vit suffisamment de peau nue sur les maigres centimètres carrés exposés pour ne pas avoir envie d'investiguer plus loin – ni d'échanger sur son enquête en cours, d'ailleurs.

— Réservez ça à vos heures de loisir, dit-il au pauvre militaire qui ne savait où se mettre. Que nos concitoyens ne puissent pas se dire que la gendarmerie n'en a rien à branler de leurs problèmes.

Gwil retourna derrière son ordinateur, amusé par son bon mot, contrarié par sa solitude alors qu'il aurait dû bénéficier d'une équipe complète. Même avec le soutien technique de la Section de recherches, il n'allait pas pouvoir faire des miracles. Il termina son sachet de palets en réfléchissant.

Il se releva. Remâcher rancœur et récrimination ne menait à rien. Une demi-heure après son arrivée, il était déjà prêt à repartir. Direction : le Lavoir de la Grèbe.

Quémeneur

Nantes
Commissariat central

Pierre Quémeneur était un vieux renard. Trente-cinq ans de carrière à ce jour, et aucune intention de raccrocher. Il avait débuté comme gardien de la paix, était devenu CRS et avait gravi les échelons, passant les concours internes et récoltant les lauriers sans jamais faire défaut à la Maison. Il s'était brièvement essayé au mariage, mais ça n'était pas fait pour lui. Il avait bien assez à s'occuper avec ses gars, qui savaient pouvoir compter sur lui nuit et jour, dans la victoire comme dans la difficulté. Ses gars… et ses filles.

Il n'avait pas vu d'un très bon œil les premiers pas de cette capitaine de police, transfuge d'une unité de super-flics – le genre dont on se méfie, chez les policiers « normaux ». Elle était recommandée par son copain Audrieu, qui lui cherchait une place au vert, une affectation tranquille après que la Machine (c'était son surnom) avait été cassée. Elle avait beau être réparée, rien ne serait comme avant et elle n'était plus autorisée à opérer en unité d'intervention. « C'est un bon élément, avait plaidé son vieil ami. Fais-lui confiance. Elle a besoin de toi et toi d'elle. » Audrieu n'avait pas utilisé les canaux habituels et cela préoccupait Quémeneur. Il avait réclamé toutes les affaires traitées par la capitaine Céleste Ibar – elle était affublée d'un patronyme invraisemblable et se présentait ainsi – et les avait examinées, sans rien trouver de louche. Même diminuée par ses blessures qui ne lui permettaient plus de répondre aux exigences physiques de la BRI, la capitaine Ibar était une super-flic. Un peu flippante, si on songeait à l'état dans lequel elle avait mis cette ordure ! Quémeneur était partagé entre l'admiration et un vague dégoût.

Après quelques mois de collaboration avec la capitaine, il s'était rangé à l'avis de son ami. Pourtant, l'arrivée d'Ibar avait été rude. Elle s'était distinguée dès le début en coffrant un collègue au motif qu'il se battait avec sa femme. Violences conjugales, d'après elle. Et au lieu de s'écraser lorsqu'il l'avait engueulée, elle s'était campée bien droite devant lui et avait lâché : « Nous sommes là pour faire respecter la loi. Pas pour regarder ailleurs quand un collègue la transgresse. » Par la suite, elle avait résolu l'affaire pourrie qu'il lui avait confiée[1]. Et conquis son estime.

Il convoqua Céleste dans son bureau pour faire le point sur une enquête en cours, portant sur le mystérieux cadavre abandonné en bordure de La Baule au début de l'été. Toutes les autres affaires étaient résolues ou

---

1. Voir, de la même autrice, chez le même éditeur, *Les Beaux Mensonges*.

en passe de l'être, avec une rentrée criminelle moins épuisante qu'il ne l'avait redouté.

Elle se présenta immédiatement, flanquée de son jeune adjoint. Quel couple désassorti ils formaient, si on mettait de côté le fait qu'ils étaient tous les deux grands et minces ! Ithri Maksen avait la peau mate, une masse de cheveux bouclés et un corps aussi souple qu'un roseau. La rumeur selon laquelle il avait soudoyé les examinateurs de sport à l'École de police l'avait précédé et n'avait jamais été démentie. En revanche, le garçon, véritable geek, avait de l'or au bout des doigts, ce qui permettait d'éviter de recourir aux policiers spécialisés, débordés. Céleste Ibar était, elle, une sorte de haricot vert blindé, aussi sèche que son adjoint était affable. Pierre Quémeneur lui trouva une mine épouvantable. Il savait qu'elle n'avait pas ménagé sa peine, ces derniers mois. En vain.

Céleste ne chercha pas à dissimuler le fait que l'enquête était à l'arrêt. Le groupe Crime 2 qu'elle dirigeait avait été, jusque-là, incapable d'identifier leur victime, Mademoiselle X. Selon la légiste, celle-ci était âgée de trente à cinquante ans, n'avait pas accouché par voie basse et était morte étranglée. Les équipes techniques de la police avaient réussi à extraire de l'ADN, mais il n'était répertorié dans aucune base. Le corps était trop dégradé pour les analyses toxicologiques ou les traces papillaires. Une dizaine de femmes correspondaient à son profil dans le fichier des disparus, mais ni les données génétiques ni les empreintes dentaires ne concordaient. L'appel à témoins n'avait rien apporté, bien qu'il ait été largement répercuté dans les médias régionaux, presse et télévision.

— Qu'en pense le juge Mercier ? interrogea le commissaire. C'est bien lui qui dirige l'instruction ?

— Il souhaite clôturer.

— Comment ça, « il souhaite clôturer » ? On ne clôture pas une affaire criminelle au bout de si peu de temps ! C'est la nouvelle génération ? Le zapping, même chez les juges ?

— Il m'a dit qu'il pouvait être hypocrite et oublier le dossier au fond d'un placard…

— Il a perdu la tête ? C'est un meurtre, bon sang ! On ne parle pas d'un joint fumé derrière l'église le dimanche midi !

— Je l'ai prié d'attendre et lui ai rappelé mon expérience des enquêtes au long cours. L'équipe travaille sur les téléphones qui ont borné à proximité et sur la vidéosurveillance, mais, sans estimation précise de la date de la mort, la quantité de données à traiter est phénoménale.

— Vous avez pensé à réclamer une reconstitution faciale ? On fait des progrès formidables dans ce domaine. Maksen, vous devez être au courant, vous qui adorez les nouvelles technologies.

Ithri sourit platement. Il n'était pas encore habitué à se trouver dans les bonnes grâces du commissaire. Céleste répondit à sa place :

— Le juge estime que c'est trop cher. Il m'a dit, je cite : « Aussi bien, c'est une pute que son mac a balancée dans les sous-bois. » Je lui ai rappelé que les putes n'étaient pas des sous-humains et qu'elles avaient droit à l'efficacité de l'action publique, elles aussi.

— Si c'est une Roumaine ou une Bulgare arrivée il y a six mois, on ne trouvera personne pour l'identifier, reconnut Quémeneur. Ses collègues ne viendront jamais à la police. Ses clients ne s'intéressent sûrement pas à son visage ; ils cherchent juste de la viande tiède pour se soulager.

— On ne peut pas partir du principe qu'on va échouer. Peut-être, en effet, qu'elle était isolée et que personne ne lui a jamais accordé la moindre considération. Est-ce une raison pour abandonner ? On est là pour tout le monde, patron. Les bourgeoises comme les putes.

La voix de Céleste résonna désagréablement aux oreilles du commissaire. Comme une critique. Certes, les priorités de Quémeneur n'étaient pas les mêmes que celles de sa capitaine. Il avait un budget à gérer. Sa hiérarchie ne lui en voudrait pas de négliger l'enquête sur une prostituée – on lui reprocherait juste un taux d'élucidation trop faible. Sa conscience, en revanche, le blâmerait de ne pas avoir au moins essayé. Céleste savait quels ressorts faire jouer pour le rallier à sa cause.

Il changea donc de sujet et l'interrogea sur le criminel. Là encore, elle n'avait pas obtenu de résultat. L'enquête de voisinage n'avait rien donné, personne n'avait rien vu. Les marques au sol étaient celles de roues de brouette banales. Restait l'alliance. Pas de gravure, modèle courant commercialisé partout. Les cheveux entortillés autour étaient ceux de la victime. Les techniciens avaient identifié une trace papillaire partielle inutilisable. L'anneau semblait trop grand pour Mademoiselle X, sans certitude toutefois, car il manquait deux doigts à gauche, probablement arrachés par des charognards.

Pierre Quémeneur caressa ses cheveux ras, circonspect. L'explication la plus simple était que la victime était l'une de ces innombrables jeunes femmes sous le joug de trafiquants d'êtres humains qui revendaient les prostituées comme du bétail et si nécessaire les supprimaient sans battre un cil.

— Patron, si je peux ajouter quelque chose…

— Ajoute, Céleste, ajoute.

— Je n'adhère pas à l'hypothèse de la pute bulgare. Les trafiquants, quand ils tuent, c'est pour faire un exemple. Et là, elle était cachée. S'ils avaient seulement voulu la faire disparaître, vous croyez qu'ils se seraient embêtés à la découper et à laisser un bijou près d'elle ?

Exactement ce qu'il pensait. Les implications n'étaient pas réjouissantes.

Pour la première fois, Céleste Ibar choisit ses mots avec soin :

— C'est tellement… propre. Quelques semaines de plus, et ça aurait juste été un morceau de viande pourrie recouvert par les feuilles, puis par la terre. On aurait conclu qu'il s'agissait d'une SDF venue dans le sous-bois pour s'isoler ou mourir, on n'aurait pas ouvert d'instruction, on n'aurait pas réclamé d'autopsie. On n'aurait pas remarqué que l'os hyoïde était enfoncé, que la victime avait été éventrée et qu'un sein avait été tranché. Personne ne fait ça par hasard. Ça a été réfléchi, organisé, c'est presque… raffiné. On n'a pas l'habitude de ce genre de choses, en France. Et l'anneau ? Ça ressemble à une signature. Comme pour nous dire : « Attrapez-moi si vous pouvez. »

Lancée, Céleste continua :

— On a cherché dans tous les fichiers possibles des concordances, en particulier l'alliance ou l'éventration. Ça n'a rien donné. Interpol n'a rien non plus. On a appelé tous les parquets criminels pour leur demander s'ils avaient des dossiers similaires. On s'est fait jeter presque à chaque fois.

— Ça ne veut pas dire qu'il n'y a pas d'autre victime. Leur alliance a pu être enterrée, déplacée par un animal, emportée par un oiseau…

— Vous avez raison. Mais pour le moment on n'a rien, rien du tout.

— Et le juge, vous lui en avez parlé ?

— Il m'a dit qu'on n'était pas aux États-Unis et que les proxénètes aussi regardaient *Les Experts*.

Céleste s'attarda dans le bureau après le départ de Maksen, et Quémeneur savait pourquoi.

— Patron, je voudrais vous remercier.

— Ce n'est rien. Vous lui avez passé un savon et vous l'avez privée de sortie pendant cent cinquante ans ?

— Même pas. Sa mère s'est contentée de la ramener et d'avoir « une discussion » avec elle à ce sujet.

Il esquissa un geste de surprise, non qu'il ignorât que Céleste était mariée avec une femme, mais à cause de l'amertume du ton. Pas très à l'aise, il percevait chez sa collaboratrice une émotion qu'il ne parvenait pas à définir. Il choisit de botter en touche :

— Parfois, certains enfants réagissent mal aux engueulades, et un simple rappel à la loi parentale suffit, dit-il.

Dans la nuit du samedi au dimanche précédents, Emma, la fille de Céleste et de Marie, avait été embarquée par la BAC au cours d'une opération coup de poing chez de petits trafiquants de drogue. On n'avait pas grand-chose à reprocher à l'adolescente, hormis le fait d'avoir fumé un joint. Les analyses réalisées par la police montraient un taux très faible de THC dans ses urines, confirmant les affirmations de la jeune fille selon lesquelles elle n'était pas une consommatrice régulière ; elle avait juré tout ignorer des activités parallèles de ses camarades de classe, avait mentionné sa mère, et les collègues avaient prévenu Quémeneur, d'astreinte. Céleste ne répondant pas sur son portable, Quémeneur avait téléphoné à son domicile et s'était entretenu avec Marie – une femme charmante au demeurant. Horrifiée, celle-ci s'était précipitée au commissariat pour récupérer leur fille.

— J'aurais préféré qu'Emma marine un peu dans les geôles, pour voir ce qu'il s'y passe, répliqua Céleste. À surprotéger les enfants, on les empêche de se forger des défenses. Mais, bien sûr, les avoir sortis de son ventre, ça vous donne des droits que les autres n'ont pas.

Pierre Quémeneur se garda bien de répondre. Il savait que rien n'est plus susceptible de mettre à l'épreuve un couple que l'éducation des enfants. Pourquoi deux mères y échapperaient-elles ? Elles étaient des parents comme les autres.

Amandine

Parc naturel régional de Brière
Île du Combattant

Amandine adorait les mardis. Elle déposait ses deux enfants, Sacha et Tess, à l'école et se montrait tôt au Lavoir. Elle faisait le tour des cuisines pour s'assurer qu'aucun problème n'était survenu, le lundi étant, comme le mardi, jour de fermeture – par exemple, une panne de chambre froide ; c'était arrivé une fois, ça lui avait coûté un rein en marchandise. Ensuite elle regagnait son bureau, établissait les commandes et élaborait en pensées de nouveaux plats.

Deux mois plus tôt, elle avait commencé un régime qui lui avait déjà permis de perdre dix kilos et elle réfléchissait à la possibilité de l'introduire à la carte du restaurant. Ça supposait un changement d'habitudes pour l'équipe de cuisine, en particulier pour la pâtissière. Celle-ci refusait de s'associer à sa recherche, arguant que le sucre et la farine étaient la base de son art. Et bien qu'Amandine soit la propriétaire de ce petit hôtel-restaurant bistronomique, elle n'avait pas le pouvoir d'imposer sa volonté à son employée. La pâtissière risquait de rendre son tablier. La pénurie de personnel dans le métier était telle qu'Amandine n'était pas certaine d'en retrouver une autre, même en augmentant le salaire. Les jeunes, aujourd'hui, préféraient aller sur la côte, à La Baule, ou dans une ville plus importante. Elle avait découvert le dimanche midi précédent que son saucier et son chef de partie poisson avaient quitté l'établissement. Elle consacrait donc ses mardis après-midi à la création de nouvelles recettes gastronomiques conformes à son régime et nécessitant moins de main-d'œuvre.

La réceptionniste de la partie hôtel de l'établissement s'étant absentée pour un rendez-vous chez le médecin, Amandine la remplaçait. Plongée dans ses réflexions, elle étouffa un cri de frayeur lorsqu'un homme aussi haut que la porte d'entrée s'encadra sur le seuil. Elle s'efforça de sourire avec le sentiment d'être un lapin pris dans la lumière des phares. Le fait que l'homme soit immense et noir ajoutait à son angoisse, se rendit-elle compte à sa grande honte. La veille, elle s'était pourtant disputée à ce sujet avec sa mère. La vieille dame craignait qu'un homme n'agresse sa fille quand celle-ci travaillait dans son établissement isolé, les jours de fermeture du restaurant. Un étranger, évidemment. Plus exactement, un homme qui ne serait pas comme elle, comprendre : qui ne serait ni blanc ni catholique. Or, placée dans la situation qu'elle-même avait qualifiée de « fantasme de vieille conservatrice angoissée », Amandine se dit qu'elle avait eu tort et qu'on allait la retrouver lardée de coups de couteau, baignant dans son sang, le tiroir-caisse ouvert et les 200 euros en menue monnaie qu'il contenait envolés.

Puis l'individu lui tendit une carte barrée de bleu blanc rouge. *Commandant Gwilherm Guézennec, gendarmerie nationale.*

Rouge de confusion, Amandine lui indiqua la direction du petit salon, qu'on appelait ici *lobby*, faute d'un terme français approprié. Elle griffonna un mot à l'attention de la réceptionniste et emboîta le pas au gendarme avec réticence.

Celui-ci ne semblait pas perturbé par la fébrilité d'Amandine. Il prit place dans une chauffeuse qui plia sous son poids et attendit patiemment que la cheffe s'asseye.

— Je viens vous voir à propos de Stéphane Meynet, dit-il.

— Stéphane ? Qu'est-ce que vous lui voulez ?

— Parlez-moi de lui.

— Eh bien…

Que pouvait-elle raconter sur Stéphane ? Qu'est-ce qui pouvait intéresser le gendarme ? Est-ce qu'il se droguait ? Le cannabis était un fléau dans les cuisines et les salles de restaurant. Elle avait bien remarqué que le petit groupe de Parisiens tirait sur un joint de temps en temps, mais c'était toujours après le service ou pendant leurs jours de congé. Cette année, elle n'avait jamais surpris qui que ce soit trop stone pour assurer au travail. Et surtout pas Stéphane, poli, propre sur lui et plus discret qu'une souris. Alors quoi ? Aurait-il pu voler dans la cave ? Elle ne l'imaginait pas, quoique, après tout, ce ne soit pas impossible.

— Qu'est-ce que vous lui reprochez, exactement ? demanda-t-elle.

— Rien, madame Rocher, rien du tout. J'aimerais en apprendre un peu plus sur lui. Quand il est arrivé, s'il s'est lié avec d'autres employés, si ça se passe bien avec lui, ces sortes de choses…

Détendue par la voix rassurante et les paroles du gendarme, Amandine raconta ce qu'elle savait du jeune chef de partie, à qui elle avait proposé de monter en grade. En plus d'avoir un comportement irréprochable et d'être un excellent cuisinier, Stéphane avait une étonnante aptitude au management. En revanche, elle n'avait pas remarqué qu'il se soit lié avec qui que ce soit. Il était plutôt adepte des longues marches en solitaire. Elle l'avait d'ailleurs vu partir ce matin encore, malgré la bruine.

Gwil lui demanda comment elle savait tout ça. Elle avoua que, si elle se gardait bien de mettre les pieds au Bistrot du Marais, où les jeunes de l'équipe se réunissaient souvent, elle jetait un coup d'œil à la terrasse chaque fois qu'elle passait devant. Elle y voyait toujours les mêmes.

— D'ailleurs, je suis sûre que c'est pareil dans la gendarmerie, on repère assez vite les fêtards et les pères tranquilles.

Elle pensait dérider son interlocuteur avec sa blagounette, mais il conserva un air sinistre. Tant pis. Amandine se sentait un peu mieux à présent. D'autant qu'elle entendit la réceptionniste rentrer. Elle entoura l'un de ses genoux de ses mains et, se balançant sur son fauteuil, attendit que le gendarme continue à poser ses questions. Ce qu'il fit. Elle répondit avec la meilleure grâce que Stéphane vivait en colocation dans une chaumière appartenant à l'hôtel. Il était devenu très difficile, dès qu'on était un tout petit peu éloigné des transports en commun, de trouver du personnel, et les employés saisonniers ne se déplaçaient pas s'ils n'étaient pas logés. Stéphane allait devoir se dégoter un appartement, maintenant qu'il passait en CDI, ajouta-t-elle.

Toujours pas de sourire.

Le gendarme en vint à l'interroger sur la chasse. Les journalistes faisaient une fixation là-dessus et Amandine avait laissé dire, consciente que ses positions clivantes feraient parler d'elle et lui apporteraient des clients. Elle détestait néanmoins l'évoquer, sauf avec des chasseurs. Personne ne comprenait qu'il s'agissait avant tout pour elle d'une ode à la nature. Elle tirait assez peu, bien que bonne gâchette, et uniquement les animaux qu'elle consommerait. Elle s'apprêtait à se justifier quand le gendarme précisa sa question. Stéphane savait-il manier un fusil ? Elle n'en avait aucune idée, répondit-elle. Elle n'allait pas à la chasse avec ses employés, encore moins avec un jeune employé joli comme un cœur.

— #MeToo, ça existe aussi à l'inverse, plaisanta-t-elle.

— Il est mort, finit par déclarer le gendarme.

Amandine Rocher en lâcha son genou. La seule pensée qui lui vint fut que son équipe venait de perdre encore un membre et qu'elle aurait du mal à assurer le service du lendemain.

Gwil

Parc naturel régional de Brière
Île du Combattant

Une fois le choc encaissé, Amandine apporta un éclairage sur Stéphane Meynet, mais aucune piste. Gwil avait vaguement espéré que le jeune homme aurait manifesté un peu trop ouvertement ses opinions politiques, or au travail Stéphane Meynet était du genre discret. Les colocataires du jeune homme lui décriraient certainement un autre Stéphane, celui de la détente, du quotidien et des fêtes. Après avoir discuté avec eux, il pourrait profiter d'être dans la place pour fouiller sa chambre. Qui sait, peut-être y dénicherait-il un téléphone ou un ordinateur ?

Gwil demanda donc la clé à la cheffe. Elle lui annonça qu'elle allait faire mieux que ça et l'accompagner jusqu'à la chaumière.

Amandine Rocher était une célébrité locale, et il en savait déjà beaucoup sur elle. Native de l'île, elle avait appris le métier dans les plus grands restaurants parisiens, où elle avait officié pendant une vingtaine d'années. Puis il y avait eu « Top Chef », où elle avait atteint la finale, échouant d'un cheveu au profit d'une femme plus jeune et plus séduisante. La presse avait suggéré que la victoire s'était jouée sur le physique plutôt que sur la technique. Gwil se demandait si elle en concevait quelque amertume ; bien entendu, il ne posa pas la question.

— Les chaumières des saisonniers sont un peu plus haut, sur la gauche, expliqua la cheffe. C'est à dix minutes à peine, je vous propose d'y aller à pied, l'air frais me fera du bien.

L'île du Combattant était particulièrement prisée. L'architecture locale y avait été préservée et on n'y voyait aucune maison récente. Y prédominaient des constructions basses aux murs blancs et aux ouvertures étroites, aux toits recouverts de chaume.

— Il s'agit de roseaux serrés en botte et ligaturés selon des techniques bien spécifiques, expliqua Amandine en chemin. Ils forment ces toits épais, très isolants et écologiques. Ça demande beaucoup de temps et de savoir-faire, et donc c'est très cher à faire poser, et à entretenir. D'autant qu'un champignon apparu récemment les détruit les uns après les autres. J'espère qu'on pourra conserver ce patrimoine-là…

Impossible de se perdre, sur l'île du Combattant. Il n'y avait que trois routes : l'une faisait le tour de l'île en dessinant un ovale très approximatif et les deux autres découpaient cet ovale en trois. Gwil faillit indiquer à la cheffe qu'il était familier de l'endroit, où résidaient le major de Gembloux et sa famille, et qu'il vivait lui-même à deux kilomètres, avant de s'abstenir. On ne révélait jamais l'adresse d'un gendarme à quelqu'un qui ne l'était pas.

— Je ne peux pas croire qu'un meurtre ait pu être commis ici. C'est une communauté soudée, la plupart des maisons sont occupées à l'année.

— Vous avez acheté le restaurant il y a longtemps ? demanda Gwil.

Il connaissait la réponse, comme la plupart des habitants de Brière. Il savait aussi que demander aux gens de se raconter était un moyen infaillible d'entrer dans leurs bonnes grâces.

— Il y a trois ans. J'ai beau être une fille du pays et être arrivée en finale de « Top Chef », je suis une femme qui fait un métier d'homme, et en plus je chasse. Au début, ils ont cru que Paris m'était monté à la tête et que j'avais oublié la rudesse de la région. Ils m'appelaient la Parisienne et me demandaient quand j'allais retourner là-bas. Quand tout le monde s'est aperçu que j'allais rester, on m'a considérée différemment. On parle de mentalité d'îlien, et c'est vrai, la géographie a beaucoup dicté les manières d'être, ici.

— L'eau n'est pas profonde, on pourrait traverser le marais à pied, non ?

— En effet, mais le sol peut se dérober sous vos pieds. Il y a une forêt engloutie, là-dessous. On creuse sur un mètre et on atteint les troncs fossilisés de la forêt d'origine. Personne ici ne s'aviserait de défier la Pimpenelle.

Gwil n'était pas étonné qu'une femme élevée dans les marais évoque ces craintes ancestrales, qu'il partageait. La légende disait que les Krapados, sorte de farfadets apparentés aux crapauds, avaient caché leur trésor dans la forêt qui recouvrait alors la Brière afin de le mettre hors de portée d'un puissant sorcier. Ivre de rage, celui-ci s'était déchaîné, provoquant une tempête qui avait transformé la Brière en marais, tandis qu'une anguille géante y serpentait, dessinant les canaux. On l'appelait la Pimpenelle, et son souvenir hantait toujours les lieux, dissuadant les Briérons de s'y aventurer la nuit. Seuls les braconniers de civelles s'y risquaient, équipés de lampes puissantes aptes à repousser le monstre.

Gwil commençait à s'essouffler, la cheffe de cuisine marchant à un rythme un peu trop soutenu pour lui. Il remercia le ciel en entendant une petite voix flûtée qu'il reconnut instantanément.

— Bonjour, Gwil, ça fait longtemps que je ne t'ai vu. Bonjour, Amandine. Ça va, Sacha et Tess ?

Amandine Rocher s'arrêta. Elle sourit à la jeune femme qui venait de les interpeller.

— Bonjour, Flora ! Les enfants vont bien, merci. Tu connais le commandant Guézennec ?!

Gwil se sentit un peu gêné de ne pas avoir mentionné qu'il vivait à proximité. Flora acquiesça.

— Il a travaillé avec Antoine quand j'étais petite, et il vient parfois dîner à la maison.

— Tu vas observer les oiseaux ? poursuivit Amandine.

Flora se balançait d'un pied sur l'autre, tenant devant elle un cartable épais.

— Je reviens du CFA[1]. Tatie m'a autorisée à rentrer par la longue route. Tonton dit qu'il faut que je fasse du sport pour maigrir.

---

1. Centre de formation d'apprentis.

Flora était potelée et ravissante. Ses courbes voluptueuses s'accordaient à merveille avec sa personnalité amicale et généreuse. Gwil faisait partie de ces hommes qui considéraient que les femmes étaient beaucoup plus jolies avec des rondeurs. Il était surtout de ceux qui estiment qu'il vaut mieux encourager chacun à devenir la meilleure version de soi-même et non à s'identifier à un idéal impossible à atteindre. Il s'interrogea sur l'opportunité d'en toucher deux mots à Antoine. Les remarques négatives pouvaient tuer toute confiance en soi chez un gamin. Or si Flora n'était plus un bébé, elle n'en restait pas moins perméable à la critique.

— Et toi, Gwil ? demanda la jeune femme. Qu'est-ce que tu fais ici ?

Gwil resta évasif.

— Je travaille, Flora. Dis bonjour à tatie de ma part.

Pour bien montrer que l'entretien était clos – et pour couper court aux questions de Flora, curieuse de nature –, il se remit en marche, suivi par la cheffe. Flora n'insista pas.

— Une gentille fille, lui dit Amandine quand ils se furent un peu éloignés. J'aurais dû penser que vous connaissiez son oncle.

Gwil n'avait pas très envie de discuter de ses relations avec les Gembloux, aussi orienta-t-il la conversation sur le talent de Flora, qui était le dessin. Amandine Rocher renchérit :

— Je suis étonnée par l'étendue de son savoir sur les oiseaux. Elle s'installe sur des bancs en bordure de copis, et elle peut passer des heures à les observer et à les dessiner. Si seulement mes enfants étaient aussi studieux !

Gwil ignorait que Victoire laissait Flora aller et venir aussi librement. Il faudrait peut-être lui conseiller de garder un œil sur sa nièce dans les jours à venir. Qui savait ce que cherchait l'assassin de Stéphane Meynet ?

L'humeur de la cheffe de cuisine, allégée grâce à la rencontre avec Flora, s'assombrit à l'approche des chaumières.

Deux maisonnettes se faisaient face, séparées de la route circulaire par une haie d'hortensias violets. Il s'agissait d'habitations de dimensions modestes, dont les murs blanchis et les toits de chaume soignés attestaient d'un entretien méticuleux. Gwil se demanda ce qu'il allait trouver à l'intérieur, la moyenne d'âge des employés saisonniers ne plaidant pas pour des vocations de tornade blanche. Mais qui sait ? Les cuisiniers sont formés dans le culte de l'hygiène, peut-être étaient-ils capables de le célébrer chez eux ?

Il regarda par la fenêtre. L'entrée donnait sur un salon meublé de canapés Ikea en tissu couleur sable. Un jeune homme était affalé dans l'un d'eux, les pieds sur la table, une manette de jeu entre les mains et un énorme casque sur les oreilles. Face à lui, un téléviseur grand écran sur lequel des gnomes s'ébattaient dans une vallée verdoyante.

— C'est Mattéo, murmura la cheffe. Un emmerdeur. Fainéant comme un pou, et il s'imagine qu'il vaut trois macarons. J'ai hâte qu'il termine son contrat.

Elle tendit le trousseau à Gwil.

— Vous me le rapporterez quand vous aurez fini. Je n'ai pas le courage d'être présente quand vous annoncerez la mort de Stéphane. Et puis je… je pense qu'ils parleront plus facilement si je ne suis pas là. On lui a attribué la chambre bleue, en haut de l'escalier.

Gwil était soulagé. Il ne souhaitait pas, en effet, interroger les saisonniers en présence de leur patronne. Le trousseau à la main, il toqua au carreau de la porte d'entrée. Mattéo ne l'entendit manifestement pas. Gwil frappa de nouveau, puis, en l'absence de réaction, entra. Ça sentait très fort le cannabis et le détergent au citron. Et c'était propre ; propre et rangé. Au temps pour les a priori, se morigéna-t-il.

Mattéo, absorbé par son jeu, interpellait quelqu'un que Gwil ne voyait pas.

— Allez, mec, vas-y ! C'est le moment, vas-y, vas-y, vas-y ! Tire !

Des bruits de pas dans l'escalier retentirent. Une jeune femme apparut, les bras battant le rythme d'une musique inaudible. Elle s'arrêta net en apercevant Gwil, retira ses écouteurs en tirant sur le fil. Elle jeta un coup d'œil au jeune homme du canapé, plus perplexe qu'effrayée par l'intrusion du policier.

— Vous êtes le nouveau chef de partie ? demanda-t-elle sans bouger de son perchoir.

Gwil lui adressa un grand sourire.

— Peut-être, dans une autre vie…

Il lui présenta sa carte. Elle descendit l'escalier pour l'examiner. Se reculant, elle cracha :

— Un gendarme ?! Qu'est-ce que vous faites ici ? C'est Mattéo qui vous a fait entrer ?

Sans laisser à Gwil le temps de parler, elle poursuivit :

— Vous entrez comme ça chez les gens ? Vous avez un mandat ?

Pour la millième fois de sa carrière, il maudit l'influence des séries américaines et se dit que l'école ferait bien d'enseigner aux élèves les rudiments de la procédure pénale. Ça servirait toujours plus que de leur inculquer de force des dates de l'histoire de France qu'ils s'empressaient d'oublier.

— On n'a pas de mandat, en France, mais une commission rogatoire, rétorqua-t-il, choisissant la pédagogie. Et sinon, j'ai frappé plusieurs fois, mais personne n'a répondu.

— Ah oui ? Si je frappe à la porte de chez vous et que vous ne répondez pas, je peux entrer ?

Gwil leva le trousseau.

— La cheffe m'a donné les clés. Je viens ici à cause de Stéphane Meynet.

— Stéphane n'est pas là. C'est son jour de congé. Vous pouvez aller l'attendre. Il y a un banc juste un peu plus loin dans la rue.

Gwil répugnait à annoncer brutalement la mort de son colocataire à ce petit chat sauvage qui s'acharnait à lui prouver qu'il n'avait pas peur de lui.

— Vous pourriez me donner votre nom ?

Un classique. Appeler les gens par leur prénom les amadoue dans 80 % des cas. Raté :

— Vous n'êtes pas gonflé, vous ! Vous vous pointez, vous exigez tout un tas de trucs. Ces temps-ci, la police se croit tout permis. Un contrôle d'identité à l'intérieur de ma maison, on aura tout vu.

— Je ne suis pas…

— Vous prenez l'excuse du terrorisme pour empiéter sur les libertés individuelles. Mais figurez-vous qu'on ne va pas se laisser faire ! Allez, sortez d'ici. Personne ne vous a invité.

Il faillit rire, lui demander si elle se croyait dans une série sur les vampires, comme si retirer une invitation allait le chasser de la maison. Il s'abstint, bien entendu. Cette attitude cachait peut-être quelque chose. Le joint qui traînait dans le cendrier, par exemple ? La jeune femme s'était déplacée de telle façon que Gwil ne puisse pas voir tout le salon. Elle apparaissait maintenant à contre-jour, sa silhouette filiforme se détachant sur la fenêtre.

— Je viens perquisitionner la chambre de Stéphane Meynet.

— Je me doute que vous devez détenir une autorisation, montrez-la-moi. Et vous devez attendre aussi que le locataire soit présent. Pas question que j'assiste à vos saloperies. Alors, allez faire le pied de grue dehors, le temps que Stéphane rentre.

— J'exerce dans le cadre d'une procédure de flagrant délit, je peux mener toutes les perquisitions nécessaires…

— Flagrant délit ? Flagrant délit de quoi ?

Oh, bordel ! Tu ne lâches rien, toi ? s'irrita-t-il intérieurement. Bon, il avait assez perdu de temps à parlementer.

— D'homicide. Stéphane Meynet a été abattu d'un coup de fusil ce matin dans les marais.

La jeune femme éclata d'un rire hystérique.

— Stéphane est mort ? Flingué ? C'est une blague ?

— Est-ce qu'on peut discuter ?

— Discuter de quoi ? Pourquoi êtes-vous là à m'interroger ? Pourquoi vous n'interrogez pas ces charognards de chasseurs ?

— Ça suffit ! Ce n'est pas un accident de chasse.

Enfin, la jeune femme montra un peu d'émotion. Gwil l'observa qui cherchait du regard l'aide de son colocataire, mais celui-ci était trop absorbé par son jeu, pétrissant sa manette, isolé dans son monde. Le gendarme tira profit de ce maigre avantage. Il saisit la jeune fille par le coude et l'entraîna dans la cuisine. Le teint soudain terreux, elle s'affala sur une chaise. Gwil lui remplit un verre d'eau et s'assit à bonne distance pour lui poser des questions auxquelles elle répondit les mâchoires serrées.

Elle s'appelait Romane Terril et elle était pâtissière au Lavoir de la Grèbe. Elle vivait dans cette chaumière avec Mattéo, Lucas et Hiro. Les deux derniers étaient à Paris et devaient rentrer le soir même. Et Stéphane, évidemment. Ils étaient tous arrivés au printemps pour renforcer les équipes du restaurant. Elle connaissait déjà Mattéo et Lucas, avec qui elle avait fait la précédente saison d'hiver à Courchevel, mais personne ne connaissait Stéphane.

Gwil lui demanda quand elle avait vu Meynet pour la dernière fois et ce qu'elle avait fait dans la journée. Romane parlait lentement. C'était son tour de faire le ménage. Elle avait donc passé la matinée à ranger et nettoyer et l'après-midi à lire sur son lit. Elle reconnut avec réticence qu'elle s'était absentée une heure pour acheter des cigarettes et boire un café au Bistrot du Marais, situé à trois cents mètres du Lavoir de la Grèbe. Mattéo n'avait pas bougé, rivé à son jeu depuis la fin du petit déjeuner. Stéphane, lui, était parti vers 9 heures et demie ou 10 heures du matin, comme souvent les jours de congé. Il n'avait pas précisé son itinéraire ni sa destination. Elle confirma qu'il n'avait pas de voiture et qu'en cas de nécessité il se déplaçait en car.

Petit à petit, elle reprenait des couleurs. Quatre autres employés saisonniers habitaient la maisonnette d'en face. Il n'y avait ni cuisine ni salon dans la seconde chaumière et ses occupants utilisaient la cuisine et le salon de la leur.

— Et vous savez ce qu'ils ont fait aujourd'hui ?

— Non, je ne sais pas.

— Ils ne sont pas venus prendre le petit déjeuner ?

— Si ! Mais comme j'étais en train de récurer la cuisine, je les ai virés. Je suppose qu'ils sont allés au Bistrot. Vous n'avez qu'à aller leur demander.

— Vous vous souvenez de l'heure ?

— Je ne sais pas, peut-être vers 11 heures, midi. Ils sont assez fêtards, ces quatre-là, et, les jours de congé, ils se lèvent tard.

Puis elle se mit à mentir.

Elle n'avait rien remarqué de spécial dans les opinions politiques de Stéphane. D'ailleurs, ils ne parlaient pas de politique entre eux.

C'était plausible, après tout. Nouvellement arrivé, Stéphane avait pu vouloir garder pour lui ses convictions, ce que tout le monde ne prenait pas la peine de faire, se dit Gwil, avisant un numéro de *Fakir* sur une pile de magazines. Il y avait aussi deux gilets jaunes graffités accrochés au portemanteau près de la porte.

La chambre de Stéphane était petite, propre, meublée d'un lit une place, d'une table assortie d'une chaise, d'une armoire étroite avec penderie flanquée d'étagères presque vides. Des jeans repassés, des chemises Oxford, deux pulls en cachemire, des caleçons pliés et des tenues de travail. Pour le reste, quelques livres de Laurent Obertone, *Le Maître du Haut Château* de Philip K. Dick et *Une élection ordinaire* de Geoffroy Lejeune. Un jeu d'échecs de voyage et deux guides de randonnées de la région. Quelques photos de Stéphane en compagnie d'un couple plus âgé – ses parents ? – et d'une jeune femme de son âge, prises à la montagne. Son physique correspondait à la victime observée un peu plus tôt, même s'il est difficile d'en juger quand la moitié du visage a été arrachée.

La sonnerie de son téléphone obligea Gwil à interrompre sa fouille.

— Commandant Guézennec ?… Fred, de la gendarmerie technique… J'allais rentrer chez moi, lorsque j'ai vu la montre de Stéphane Meynet. On pensait qu'il s'agissait d'une simple montre à quartz. En réalité, c'est un modèle assez sophistiqué, avec GPS. Elle nous a craché tout ce qu'elle savait.

— Et qu'est-ce qu'elle savait ?

— Un itinéraire mètre par mètre depuis qu'il est parti ce matin. Je vous envoie une carte PDF par e-mail.

Sans attendre, Gwil redescendit quatre à quatre les marches de l'escalier. Il s'arrêta un instant en face de la porte de la cuisine grande ouverte. Devant l'évier, Romane pleurait en silence. Près d'elle, le casque toujours sur les oreilles, Mattéo, l'air désemparé, tenait une main en l'air, comme pour la prendre dans ses bras, sans toutefois oser aller au bout de son geste.

Romane

Parc naturel régional de Brière
Île du Combattant

— Il est parti, dit Mattéo.

Romane se redressa et essuya ses larmes. Elle chercha dans ses poches, y dénicha un mouchoir en papier, se moucha. Mattéo s'était appuyé à l'évier. Les bras croisés, il attendit qu'elle ait fini pour s'étonner :

— Ne me dis pas que tu le pleures, ce con ?

Mattéo était un sale égoïste qui ne pensait qu'à lui. Il avait pris Stéphane en grippe dès le début, parce que le jeune homme, qui était doué, avait été pressenti comme premier chef de partie alors qu'ils avaient le même âge. Mattéo avait cherché quelque chose à mettre sur le dos de Stéphane et, quand il avait trouvé, il avait couru ventre à terre le dénoncer à la cheffe. Qui l'avait envoyé bouler. Romane terminait de nettoyer les plaques à pâtisserie à ce moment-là et elle l'avait entendue s'énerver : « Je m'en fous, de ses opinions politiques, Mattéo ! Il est bon et il ferme sa gueule. Tu devrais apprendre à faire pareil. » À la suite de quoi,

Mattéo avait réussi à persuader Romane de commettre l'irréparable.

Son rêve, comme celui de la plupart des cuisiniers des grands restaurants, était de devenir chef étoilé. Il s'était convaincu que Stéphane lui avait ravi une place qui lui revenait. Pas étonnant qu'il soit satisfait de sa mort. Il allait obtenir ce qu'il voulait.

Romane ne savait pas si elle devait s'enfuir en courant ou se cacher sous sa couette. Elle regrettait tellement d'avoir écouté Mattéo. Qu'allait-il se passer, maintenant ? Est-ce qu'on allait la mettre en prison ? Pour se donner une contenance, elle roula en boule son mouchoir et le jeta dans la poubelle de la cuisine.

— Ne dis pas de bêtises, répondit-elle d'un ton dur. Un facho de moins sur la terre, on respire mieux.

Mattéo la scruta. Impossible de savoir ce qu'il pensait, Romane soutint donc son regard aussi fermement qu'elle le put. Le jeune homme quitta la pièce et retourna s'installer devant son jeu vidéo. On aurait dit que la visite du policier ne lui faisait ni chaud ni froid. Était-il complètement stupide ou très confiant ? Sans doute la première option. Parce que Romane, elle, était terrifiée.

Gwil

Pontchâteau
Gendarmerie

Gwil fonça à la gendarmerie de Pontchâteau. Dans un monde idéal, il aurait pu débarquer et réquisitionner une dizaine de collègues pour immédiatement couvrir le périmètre. Or il fallait faire avec le réel. La gendarmerie, à cette heure tardive, était presque déserte. Les effectifs avaient toujours été, selon les dires d'Antoine de Gembloux, trop réduits pour les besoins de ce vaste territoire. Il n'y avait jamais assez de personnel pour faire le boulot dans les temps.

Il regagna son placard à balais en s'interrogeant sur la stratégie à adopter. Un Post-it collé sur le mur l'informait que les hommes chargés du porte-à-porte avaient terminé leur mission et que les anciens n'avaient repéré aucune « voiture étrangère », selon leur expression. Quant aux locataires des maisons les plus proches de l'endroit où le corps de Stéphane Meynet avait été retrouvé, ils travaillaient et n'avaient rien pu remarquer.

Gwil se tança pour avoir oublié son ravitaillement. Son ventre criait famine et, bien entendu, les tiroirs ici étaient dépourvus de ces douceurs dont il avait pris l'habitude. Il alluma son ordinateur et accéda à ses e-mails.

Les déplacements de Meynet ressemblaient au tracé d'une carte au trésor, sauf que l'emplacement du trésor n'était pas indiqué. Ils débutaient sur l'île du Combattant, rejoignaient celle du Porte-Pierre, longeaient le copis de la Bosse-à-Prière, redescendaient pour suivre la route des Perchots, avant d'emprunter la rue Guy-Môquet, puis la D16, pour finalement s'arrêter au canal de la Boulaie.

Comme le lui avait précisé le technicien, l'itinéraire n'était pas séquencé, si bien qu'il n'y avait pas de moyen de savoir si le jeune homme avait fait des haltes et pendant combien de temps. Pour ça, il aurait fallu accéder à l'application Internet, verrouillée par un système de double validation qui exigeait le téléphone de la victime. Qu'ils n'avaient pas. Avec une montre GPS classique, c'eût été plus facile, mais Meynet avait privilégié le style à l'efficacité.

Il s'agissait cependant d'une fantastique opportunité de circonscrire les recherches. Malheureusement, la nuit tombait. Il n'était pas question d'intervenir dans le noir. Le trajet zigzaguait entre bandes de terre et voies d'eau et Gwil n'ignorait pas à quel point le marais pouvait se révéler traître, dans l'obscurité, pour les promeneurs imprudents. On racontait même que, le soir, les Krapados remontaient à la surface, battant la campagne, tuant les humains, les étouffant d'un gland, les endormant dans le feu ou les faisant disparaître dans le brouillard. Aucun Briéron sain d'esprit ne s'aviserait de plaisanter avec les Krapados…

Gwil visualisait assez bien ce parcours bordé de maisons qui s'espaçaient dès que l'on quittait l'île du Combattant. Celle du Porte-Pierre, régulièrement inondée, au moins partiellement, lors de la montée des eaux, n'était presque plus habitée, ce qui signifiait… Son téléphone sonna.

— Désolé, Mel, dit-il sans laisser à sa femme le temps de prononcer un mot. Je n'ai pas vu passer l'heure.

— Et tu comptes rentrer bientôt ? J'ai préparé un rôti de magrets aux panais. Je me suis dit que tu risquais de crever de faim.

— Oui, oui, j'arrive, lui assura Gwil, dont l'estomac, à l'évocation d'un dîner chaud, avait lâché un sourd grondement.

— En dessert, j'ai prévu des fraises avec de la crème battue…

— Je pars dans deux minutes, chérie, j'ai juste un coup de fil à donner.

Gwil composa le numéro d'Antoine. Quand celui-ci décrocha, il entendit le bruit d'une conversation animée, puis le rire de gorge de Flora, si plein de joie. Il avait dû interrompre leur repas. Après avoir résumé au major ce qu'il avait appris, il lui exposa sa demande.

— Une battue ?

Le major Antoine de Gembloux se mit soudain à tousser. Les rires derrière lui cessèrent et un choc sourd indiqua à Gwilherm que le téléphone avait été posé un peu rudement. Des paroles indistinctes lui parvinrent, puis Antoine reprit :

— Désolé. Donc : si ce garçon s'est contenté de randonner sur les îles du Combattant et du Porte-Pierre et qu'ensuite il n'a pas quitté la grand-route, ça vaut la peine d'installer des barrages et d'organiser une battue. J'ai une équipe aux contrôles d'alcoolémie, je vais la réaffecter pour bloquer les voies d'accès à Porte-Pierre. Demain, on fait la battue. Rendez-vous à 6 heures. Ça marche pour toi ?

— En fait, ce n'est pas vraiment une battue, précisa Gwil, je veux juste retracer l'itinéraire de Meynet pour trouver le lieu du crime. La montre ne ressemble pas du tout à une montre GPS. Il est possible que le tueur ait cru qu'il s'agissait d'un modèle à quartz. Si tel est le cas, l'effet de surprise va jouer. Je ne peux pas agir seul. J'ai besoin de plusieurs hommes. Deux heures, tout au plus.

— OK, répondit Antoine. Ah, attends une seconde.

Antoine avait dû étouffer le son de son appareil. Gwil entendait la voix de Victoire sans comprendre ce qu'elle disait. Sa grosse main vint caresser à rebrousse-poil son crâne aux cheveux ras, puis échoua sur son visage, qu'elle recouvrit entièrement. Le poids des années se faisait sentir…

— 7 heures, ça t'irait ? fit Antoine. De toute façon, avant, il fait noir. Bon boulot, Gwil. Un homicide sorti en vingt-quatre heures… Il va être content, le proc.

Deuxième jour

Mercredi 25 septembre

Patxi

Saint-Nazaire

— Monsieur le substitut ? Je ne vous réveille pas, j'espère ?

Brutalement sorti de son sommeil, Patxi avait attrapé par pur réflexe le téléphone du Parquet, sur lequel un petit malin avait eu la bonne idée de programmer une de ces sonneries stridentes qui vous incitent à décrocher votre portable simplement pour le faire taire. Sa femme bougea dans son sommeil. Rien ne la réveillait, de toute façon.

Le substitut du procureur se dirigea vers la cuisine, téléphone à la main. Au bout du fil, c'était un gendarme. Une jeune fille venait de signaler la présence d'un corps dans un fossé sur l'île du Combattant. Patxi regarda l'heure sur le four. 7 h 35. Son interlocuteur expliqua qu'un de ses collègues, qui participait à un barrage, s'était déjà rendu sur les lieux pour rassurer le témoin et sécuriser l'endroit. Patxi l'écouta sans l'interrompre, même si le discours était un peu confus. Il se souvenait de son premier cadavre. Il était en stage, pendant ses études à l'École de la magistrature. Il s'agissait d'une femme qui s'était pendue. Son petit enfant, à ses pieds, jouait tranquillement dans son parc. Elle ne supportait plus le poids de la maternité, l'isolement, les exigences de son mari, son corps déformé et son dégoût d'elle-même. Pendant que l'inspecteur chargé des constatations lisait la lettre d'adieu, Patxi avait pleuré. Il avait demandé qui allait s'occuper du bébé et qui allait annoncer au père que son épouse venait de se tuer. Il n'avait jamais oublié cette femme et, dès qu'il était tenté de fanfaronner, le visage gonflé, bleui, à la langue pendante, lui revenait en mémoire pour lui rappeler l'importance de sa mission et la misère des autres humains.

Le gendarme en arriva enfin à la raison pour laquelle il téléphonait à Patxi. En juillet, un crime similaire avait eu lieu à La Baule, en zone police. Victime féminine. Mode opératoire semblable.

Gwil

Parc naturel régional de Brière
Saint-Joachim

Gwil consulta ses messages au saut du lit. Les gendarmes qui assuraient les barrages avaient-ils mis la main sur l'assassin couvert de sang ? Non. Fait exceptionnel, il expédia son petit déjeuner avant de s'équiper pour affronter le froid humide. Quand il démarra sa moto, le portable vibra contre sa poitrine. Un SMS d'Antoine de Gembloux aussi tôt le matin ne présageait rien de bon. Nouvelle victime. Corps découvert sur l'île du Combattant. Retrouve-moi là-bas, suivi d'une Google Map avec coordonnées GPS.

Gwil passa la première et se lança dans l'aube naissante. Au passage, il constata que les barrages promis par le major étaient toujours en place.

Antoine l'attendait près de sa Berlingo. Gwil lui trouva le visage creusé.

— C'est une drôle de coïncidence, si tu veux mon avis, fit-il remarquer.

— J'espère que ce n'est pas le signe d'une vague de violence, dit Antoine, qui ne plaisantait pas. Les deux crimes sont très différents. Cette fois-ci, c'est une femme, et elle a été charcutée. Suis-moi, tu le constateras par toi-même. Je n'ai pas pu regarder, j'avais trop peur de vomir, ajouta le major dans un aveu de faiblesse étonnant de la part d'un officier. Elle a été découverte par une jeune fille qui promenait son chien.

Antoine avait tourné les talons et Gwil lui emboîta le pas. Un marquage au sol visait à préserver les éventuels indices. Le militaire s'arrêta et lui désigna le corps.

La femme reposait sur le flanc, de dos, comme si elle avait été jetée dans le canal d'évacuation à sec. Sa tête avait dû heurter une buse de ciment qui assurait le passage de l'eau sous le chemin : des cheveux et du sang y étaient collés. Elle était nue et tachée de boue à de nombreux endroits. Peau blanche, un gros grain de beauté sur la hanche, des fesses rondes, de longues jambes. Le bras, relevé, masquait en partie le visage, qui disparaissait dans un nid de longs cheveux bruns. Un papillon tatoué sur l'omoplate ajoutait une note colorée incongrue. Gwil ne voyait pas ce que l'officier avait pu trouver de particulièrement moche. Le militaire lui indiqua l'autre côté du fossé.

— Change de point de vue, suggéra-t-il. Je retourne aux voitures. Le substitut ne va pas tarder. Il va falloir faire intervenir la Section de recherches. Je n'ai ni les hommes ni les compétences pour enquêter sur un truc pareil.

Ayant obtempéré, Gwil ne put retenir un mouvement de recul. La femme avait été éventrée et ses intestins jaillissaient de l'ouverture, luisant faiblement à la lueur naissante du jour. Antoine n'avait pas exagéré, c'était une boucherie, et la sauvagerie que ce corps supplicié évoquait n'avait rien à voir avec le quotidien des gendarmes.

Gwil récitait une prière pour la victime quand un mouvement ténu attira son attention. Il s'allongea sur le sol et, tendant le bras, toucha du bout des doigts la peau de la femme. Elle était tiède. Se pouvait-il… ? Faisant fi de toute précaution, il glissa au fond du fossé, à la recherche d'un pouls.

— Heure du décès… 8 h 07.

La mort, injuste, inutile, incompréhensible. Le médecin ne s'expliquait pas vraiment ce mouvement que Gwil avait surpris, peut-être un dernier sursaut nerveux.

L'air était lourd du brouillard qui ne parvenait pas à se dissiper et collait aux arbres alentour, épaississant leurs silhouettes, étouffant les ombres. L'humidité renforçait les odeurs, et la pestilence des entrailles de la victime dominait les émanations de tourbe et de terre qui s'élevaient des marais.

Le médecin urgentiste avait hâte de partir. Cet endroit puait la souffrance et la cruauté. Il regrettait d'avoir vu ce corps. Ces yeux grands ouverts et ces entrailles encore chaudes qui se répandaient dans un fossé le hanteraient, tout expérimenté qu'il fût. Intervenir sur des accidents ou des suicides était une chose, contempler ce qu'un sadique pouvait infliger à autrui en était une autre. Il était formé pour sauver, secourir et soulager, pas pour plonger dans la psyché des tordus. Et celui qui avait fait ça en était un sacré.

— Avec le coup qu'elle a pris sur la tête, on n'aurait probablement rien pu faire, mentit-il dans une tentative dérisoire d'apaiser le grand gendarme et d'écourter sa visite.

Ce serait au légiste de déterminer la cause de la mort, et l'urgentiste était perplexe. Le sein coupé et l'éventration avaient provoqué des souffrances intenses, qui n'avaient pas entraîné le décès. Alors quoi ? L'asphyxie ? Le choc sur le crâne ? Il y avait beaucoup de sang, comme si la victime s'en était vidée, mais l'incision n'était pas assez profonde pour avoir tranché un vaisseau majeur, auquel cas l'abdomen aurait été rempli de sang, ce qui n'était pas le cas. Le médecin soupira. Il annonça au gendarme qu'il allait chercher le formulaire d'obstacle médico-légal à l'établissement d'un certificat de décès, espérant que l'autre lui dise « Je vous suis ». Pourtant, ce dernier ne réagit pas, bras ballants au-dessus du cadavre encore un peu chaud d'une femme qui avait dû mettre du temps à mourir, seule, au fond d'un fossé.

Gwil regarda l'urgentiste opérer un demi-tour et regagner son véhicule. Il se sentait engourdi, après le fol espoir qui l'avait agité. Les techniciens de la scientifique s'étaient remis à fourmiller autour de lui. En apercevant deux nouveaux arrivants, il se décida enfin à sortir de son trou.

Le sang de la victime, mélangé à ce que ses sphincters avaient relâché et à la boue du fossé, s'était infiltré dans les bottes de Gwil. Elles étaient sans doute fichues, il ne parviendrait jamais à les débarrasser de l'odeur.

Une traînée brune le suivit pendant plusieurs mètres. L'air sombre, il salua Léandra Hernandez, la légiste, et le substitut du procureur, Patxi Orueta, qu'il avait déjà eu l'occasion de rencontrer. Rien à voir avec Cholet, qui s'était défilé la veille ; ce substitut-là ne craignait pas le temps humide ni de faire son travail jusqu'au bout.

— Bonjour, commandant, nous venons de croiser le médecin du SAMU. Quelle merde ! Vous nous montrez le corps ?

Gwil les dirigea jusqu'au fossé. Le procureur se campa face à la victime. La légiste s'approcha du cadavre.

— Vous l'avez déplacée, constata-t-elle sobrement.

La scène de crime était un cauchemar d'enquêteur. S'il y avait eu des indices, ils avaient été piétinés.

Le médecin urgentiste avait retourné la jeune femme sur le dos, et le contenu de l'abdomen s'était déversé dans le fossé par le ventre ouvert, couvert d'une humeur visqueuse et luisante. Le sein gauche entaillé s'était affaissé sur le flanc.

— Elle a été étranglée, déclara Léandra Hernandez.

Les marques violacées autour du cou ne laissaient guère de doute.

— Vous avez retrouvé des effets personnels à proximité ? demanda le substitut. Des bijoux ?

Gwil secoua la tête. La légiste repoussa l'épaule de la victime vers l'arrière, le sein gauche suivit le mouvement, révélant la plaie hideuse, maculée de sang et de boue. Elle tira doucement le bras et exposa la main. L'annulaire gauche avait été tranché.

Ithri

Nantes

Ithri se réveilla. Les lampadaires de la rue filtraient par les persiennes fermées, et le brouhaha de la circulation avait commencé. Il n'était pas chez lui, mais chez elle. Pauline bougea et ses mouvements, si discrets soient-ils, le noyaient dans son odeur. Il respira à pleins poumons. Pauline leva la tête, sourit. Le maquillage autour de ses yeux s'était un peu brouillé, ce qui lui donnait exactement l'air de ce qu'elle était, une femme qui avait passé la nuit dans les bras de son homme. Lorsque leurs regards se croisèrent, quelque chose se serra en Ithri, le sentiment qu'il était arrivé à bon port, qu'il se trouvait à sa place.

Il était toujours assis sur le rebord du lit quand son téléphone sonna. Myriam Maksen ronronna :

— Bonjour, mon chéri, c'est ta maman. Je voulais m'assurer que tu venais bien lundi soir.

Quand elle parlait à son garçon, Myriam se transformait en chamallow à la fraise. Sa voix, habituellement sévère, s'assouplissait. Son débit de paroles ralentissait, comme si elle savourait chacun des mots qu'elle adressait à son seul fils.

— J'ai déjà confirmé que je serais là, maman.

— Mais avec ton métier on ne sait jamais, je préfère être sûre. C'est Roch Hachana, il y aura les Volkot. Ils vont venir avec leur fille, Elsa.

Pauline se tourna de l'autre côté avec un grognement. Cette semaine, sa fille était chez son père, et elle en profitait pour traîner au lit.

— Ithri ? Il y a quelqu'un avec toi ?

Derrière la voix de sa mère, il perçut un murmure. Myriam reprit :

— C'est Gwandja, elle me dit de te dire qu'elle est ici avec la petite. Elle ne dort pas trop, la bichette, et elle empêche sa mère de se reposer. J'ai pourtant répété à ta sœur de rester ferme sur les horaires, qu'elle se faisait mener par le bout du nez par un bébé de deux semaines, mais elle ne m'écoute pas. Résultat, la gamine nous a réveillées toutes les deux aux aurores.

Ithri remercia silencieusement sa sœur pour la diversion et répondit à la première question :

— Je te préviendrai si j'ai un empêchement de dernière minute. Normalement, je viens.

Il aurait voulu pouvoir dire « nous ». Il le pourrait, s'il le voulait. Est-ce qu'il le voulait ?

— Oh ! Merveilleux ! Tu resteras la nuit ? Tes sœurs restent ! Enfin, pas Aniya ni Hedduga, mais Dalinda, Tafukt et Gwandja dorment ici avec leurs filles. Et leurs maris, bien entendu.

Myriam poursuivit :

— Bref, je t'attends à 5 heures et demie… Je ne vais pas te déranger plus longtemps, à cette heure-ci tu dois être en train de petit-déjeuner avant d'aller travailler. Je t'attends lundi, mon fils, je t'attends et je me réjouis.

Ithri laissa retomber la main qui tenait le téléphone sur la table de chevet.

— On déjeune ensemble ? demanda Pauline de sa voix égale.

Comme si elle n'était pas déçue qu'il n'ait pas saisi cette nouvelle occasion d'officialiser leur relation. Elle était comme ça, Pauline. Sans exigence. Sans attente. Heureuse de tout ce qu'elle pouvait donner et recevoir. Le cœur gonflé d'un amour qui ne disait pas encore son nom, Ithri écarta les grosses boucles châtains. La vie semblait si simple, quand il était avec elle. Si évidente. Pour la première fois, il se prit à espérer qu'ils demeurent ainsi, pour toujours, l'un avec l'autre.

Pour l'heure, il faudrait attendre samedi. Pauline pouvait paresser au lit, mais lui devait se lever. Ithri s'habilla, enfila son holster, y introduisit son arme de service, vérifia la présence dans ses poches de sa carte de police. Chaque mouvement lui envoyait au visage une bouffée de l'odeur de Pauline et il regrettait déjà d'avoir cédé à la peur de déplaire à sa mère. Une fois de plus.

Il dévalait les escaliers, plein de cette sensation de perfection des prémices de l'amour, lorsque la sonnerie du téléphone éclata dans le silence du hall d'entrée. Céleste. Il répondit, avec cette appréhension mâtinée d'excitation qui signait le début d'une nouvelle affaire.

Céleste était venue avec sa propre voiture et Ithri avec celle du service. Il avait espéré qu'elle l'appelle pendant le trajet pour le mettre au courant, mais non. Elle lui paraissait un peu ailleurs, ces derniers temps. Non qu'elle ait jamais été expansive ou chaleureuse. Mais là, il s'inquiétait. Elle était plus que jamais renfermée sur elle-même, se crispait dès qu'il tentait d'aborder la question. À l'en croire, tout allait bien à la maison et sa santé n'avait jamais été meilleure. Lui mentait-elle ? Il voyait bien que quelque chose ne tournait pas rond.

Il alluma la radio en espérant entendre parler de leur affaire aux infos, mais c'était prématuré, évidemment. Comme il conduisait la voiture de service, il pouvait utiliser le deux-tons et le gyrophare, et donc arriver avant Céleste sur les lieux du crime. Son GPS indiquait un point sur la carte, en Brière, tellement à la campagne qu'il n'y avait pas d'adresse.

Après la voie rapide, il suivit une départementale bordée de talus et d'arbres au feuillage si dense que c'en était étouffant. En arrivant sur l'île du Porte-Pierre, qu'il devait traverser pour atteindre le point de rendez-vous, il tomba sur un barrage de gendarmerie. Les conducteurs devaient s'arrêter, ouvrir leur coffre. Enquête de flagrance, devina Ithri, se demandant si cela avait un rapport avec « son » homicide.

Quelques minutes encore, et il parvint à destination, pour se rendre compte que Céleste était déjà là. Moteur au ralenti, Ithri présenta sa carte professionnelle à un gendarme qui bloquait la route. Le militaire montra un chemin balisé.

— On n'a pas pu préserver grand-chose, avec l'intervention de l'urgentiste. Continuez sur la sente et vous verrez le commandant et le procureur.

Céleste salua Ithri distraitement quand il sortit de la voiture. Toute son attention était concentrée sur une grosse moto noire, béquille enfoncée dans la terre. Elle ne bougeait pas, fascinée par la machine. Ce n'était pas la première fois qu'il la surprenait à admirer un deux-roues. C'était sans doute lié à son ancienne vie. Avant les événements qui l'avaient arrachée à la BRI et envoyée en province. Personne n'en parlait jamais, mais il avait lu les moindres détails jusqu'à la nausée en s'introduisant dans les dossiers du personnel.

— Ah ! Capitaines Ibarbengoetxea et Maksen ! s'écria un homme qui avançait à grands pas vers eux.

De qui s'agissait-il ? Une trentaine d'années, baraqué. Malgré la bruine et le froid, il portait une simple polaire ouverte sur un tee-shirt blanc et un jean. Et des Converse rouges maculées de boue. Pas de surchaussures, pas de gants. Ithri se prépara à ce que Céleste adresse une remarque cinglante au nouvel arrivant. Il se détourna pour ne pas assister à l'humiliation.

Avant que Céleste ait pu dire quoi que ce soit, le nouveau venu coupa court aux conjectures d'Ithri en se présentant lui-même, avec une courbette désuète devant Céleste.

— Patxi Orueta. Je suis le substitut du procureur de la République de Saint-Nazaire, on s'est parlé au téléphone ce matin. Les gendarmes ont été appelés très tôt pour un crime qui montre beaucoup de similitudes avec celui qui vous a amenés à La Baule, en juillet dernier. C'est la raison pour laquelle j'ai fait appel à vous. Vous travaillerez avec la gendarmerie, que j'ai co-saisie. J'ai cru comprendre que vous n'étiez pas des policiers des campagnes. La Section de recherches de Rennes nous délègue un de leurs réservistes pour l'enquête de flagrance. C'est un local, il a une maison à proximité et connaît le coin comme sa poche, ça vous sera utile. Le commandant Guézennec, c'est son nom, auditionne la jeune fille qui a découvert le corps, continua le magistrat. Peut-être voudriez-vous…

D'un geste sec Céleste fit signe à Ithri de rejoindre ce gendarme. Ithri obéit, dépité. Il aurait bien aimé entendre Céleste plaider sa cause. Une co-saisine avec la gendarmerie, c'était comme marier un chat et un chien. Elle n'allait pas aimer.

Patxi

Parc naturel régional de Brière
Île du Combattant

« Une forte tête », avait dit le juge Mercier à Patxi. Il l'avait d'ailleurs carrément dissuadé de faire appel à elle, estimant qu'elle s'entêtait au-delà du raisonnable. Pourtant, cette flic lui plaisait, avec sa dégaine de dure à cuire. Il l'avait vue arriver dans sa Porsche. S'imaginait-elle l'impressionner, avec sa gueule toute cabossée ? Et son adjoint qui lui obéissait au doigt et à l'œil ? Elle ne pensait tout de même pas qu'il allait revenir sur sa décision ? Il savait parfaitement ce qu'il faisait en lui fourrant la gendarmerie dans les pattes.

Alors qu'il s'apprêtait à parler – le silence n'avait que trop duré –, elle prit les devants. Elle avait raison : *Qui vis pacem para bellum* ; « Qui veut la paix prépare la guerre. »

— Monsieur le substitut, je ne crois pas qu'on puisse faire du bon travail avec une co-saisine, surtout des gendarmes. Nos méthodes sont différentes. C'est le meilleur moyen de se marcher sur les pieds et de diluer l'action. Je préférerais…

Patxi leva les mains pour l'interrompre. S'il la laissait déballer tout son boniment, son refus n'en serait que plus humiliant.

— Capitaine Ibarbengoetxea, mettons les choses au clair. Vous êtes ici parce qu'il est probable que la mort de cette femme (il désigna le corps) ait quelque chose à voir avec celle de Mademoiselle X. Les gendarmes ont la compétence territoriale et la connaissance locale. Ce serait plutôt à eux de protester. Alors mettez votre ego de côté, ou je vous écarte d'office. Vous avez huit jours, la durée du délai de flagrance, pour me convaincre de vous laisser cette enquête. Dans ce cas, nous lierons l'affaire de votre Mademoiselle X et celle-ci, et je désignerai Mercier comme juge d'instruction. Sinon, la gendarmerie récupérera le bébé. On est d'accord ?

Il parlait lentement, comme quand il expliquait l'application de la loi pénale à un étudiant. Il voulait que la capitaine l'écoute et ne revienne pas sur le sujet. Comme elle ne réagissait pas, il conclut que le message était reçu. Ce qui l'autorisa à poursuivre :

— Nous avons peut-être de la chance. Enfin, de la chance et pas de chance. Notre malchance, c'est que, dans son empressement à essayer de sauver la vie de cette malheureuse, l'urgentiste a dû piétiner des indices. Notre chance, c'est qu'il semble que le tueur ait agi dans la précipitation. Un meurtrier méticuleux n'abandonne pas une victime encore vivante. Et nous croyons tous qu'il est méticuleux, n'est-ce pas ?

Céleste approuva, matée… du moins en apparence.

— Je pense donc, continua-t-il, qu'il a été dérangé d'une manière ou d'une autre et qu'il est du coin. Je ne serais pas étonné que l'annonce de la battue l'ait affolé.

— La battue ?

Patxi ne put s'empêcher d'être sarcastique :

— Vous voyez qu'une connaissance locale est utile, capitaine.

Puis il retraça les grandes lignes de l'enquête du commandant Guézennec sur l'homicide de Stéphane Meynet, la veille.

— Quel rapport avec cette femme ? demanda Céleste.

— Mon idée est que les barrages de gendarmerie ont conduit le meurtrier à abandonner cette victime au petit matin.

— Il n'aurait pas été plus simple de se débarrasser de ce corps en le jetant dans le marais ?

— L'eau est assez peu profonde dans les curées, et les îles du Combattant et du Porte-Pierre sont entourées de copis. Et il y a les civelles…

Céleste plissa les yeux, l'air perdue.

— La curée désigne le canal bordé d'arbres qui ceinture les îles, expliqua Patxi. Les copis, ce sont des plans d'eau de faible profondeur, d'anciens sites d'extraction de la tourbe. Pour jeter un corps dans le marais, il faut disposer d'une chalandière, d'un ponton si vous voulez, et aussi d'un chaland.

Céleste ne suivait pas vraiment. Tant pis, elle se débrouillerait.

— Pour faire simple, je ne pense pas – et le commandant Guézennec est d'accord avec moi – qu'immerger la victime aurait été une solution. Un bateau, même à fond plat, ce n'est pas très stable. Il risque de se retourner. Par ailleurs, le marais grouille de braconniers qui cherchent des civelles.

Céleste n'ouvrait toujours pas la bouche.

— Capitaine Ibarbengoetxea, si le meurtrier a commis des erreurs, c'est une chance pour nous. Ne laissons rien passer. Il y a un malade dans la nature et vous allez me l'attraper…

Ithri

Parc naturel régional de Brière
Île du Combattant

Ithri parvint à une étendue herbeuse qui descendait en pente douce vers les marais. Il y aperçut un étrange couple formé d'une jeune fille aux cheveux longs assise dans un creux de la butte et d'un homme immense vêtu d'une combinaison en cuir noir, accroupi devant elle. Un golden retriever tranquillement allongé à leurs pieds battit de la queue à l'approche du policier. Les lunettes à monture épaisse de la jeune fille la faisaient paraître plus âgée, mais Ithri lui donna à peine dix-huit ans. Ses pieds ballaient dans le vide, chaussés de ballerines rouges maculées de traces sombres. Ithri ne pouvait imaginer à quel point elle devait être bouleversée et fut rassuré en entendant l'intonation chaleureuse et respectueuse du gendarme :

— C'est normal que tu aies du mal à te souvenir de tout, Léane. Je vais te proposer une autre méthode, fondée sur la relaxation, tu es d'accord ? (Hochement de tête.) Bien… Ferme les yeux. Respire lentement trois fois. Visualise le trajet de l'air qui entre et qui sort de ton corps…

Le gendarme compta jusqu'à trois. Ithri lui fit un signe de tête et s'assit sur un rocher à côté de lui, les bras autour des genoux.

— Voilà. On va reprendre au moment où tu arrives au pont. Imagine que tu regardes un film. Raconte-moi.

— Le pont, c'est là où je détache Vanille. Avant, avec les voitures, c'est trop dangereux. Il n'y en a pas beaucoup, mais elles roulent vite.

— Quelle heure est-il ?

— Il n'est pas encore 7 heures. Il fait noir.

La voix était enfantine, le phrasé haché. Des larmes avaient séché sur les joues de l'adolescente. Ithri s'interrogea sur ce qui avait pu la pousser à s'aventurer seule dans un endroit désert alors qu'il faisait nuit.

— Tu as l'habitude de venir aussi tôt ?

— Non, d'habitude, j'arrive vers 7 heures et demie. Mais ce matin, Vanille était très remuante. Alors on est sorties plus tôt.

— Très bien. Reprenons. Tu détaches ta chienne et elle part en courant…

— Non, avant, elle me tourne autour, comme d'habitude. Puis elle s'éloigne pour renifler les pneus d'une voiture.

— Cette voiture, tu t'en souviens ?

— Foncée.

— Tu as une idée de la marque ?

Léane secoua la tête. Ses boucles à l'anglaise lui battaient les épaules. Ithri était sûr de ne pas avoir vu d'autres véhicules que ceux de la gendarmerie devant le canal.

— Assez grosse et haute. Un 4 × 4. Je n'y connais rien, en voitures…

— Il y a des gens ?

— Non. Je ne croise jamais personne à cet endroit. C'est pour ça que je viens si tôt. Parce que Vanille se bagarre facilement avec les autres chiens.

Le retriever, entendant son nom, leva le museau vers sa maîtresse. Cette chienne lui semblait placide. Comme quoi… Guézennec continua, de sa voix tranquille :

— Qu'arrive-t-il ensuite ?

— Vanille part à fond de train sur le sentier. Comme il n'y a pas de voiture par là, cela ne me préoccupe pas. Je me dis que c'est peut-être un lapin, ou un rat. Elle cavale, avant de stopper à un endroit… là où… là où… et puis elle repart.

— Elle repart ?

— Je l'appelle, mais elle ne revient pas. Je m'inquiète, parce qu'elle a toujours eu un rappel impeccable. Je veux dire… elle revient toujours. Je commence à courir le long du chemin. Elle s'arrête tout au bout et elle grimpe sur la butte. Je lui crie de revenir et c'est à ce moment-là que je vois… que je vois…

Léane eut un sanglot.

— Je vois cette personne dans le fossé, j'entends Vanille qui aboie et je ne sais pas quoi faire, me précipiter récupérer mon chien ou… je ne peux pas l'abandonner, cette femme. Je prends mon téléphone et j'appelle le 112. Puis je tombe sur les genoux et… je… je ne bouge plus jusqu'à ce que les gendarmes arrivent.

— Et Vanille ?

— Elle est revenue toute seule. Je la remets en laisse. Je l'empêche de sauter dans le fossé. Elle veut renifler, évidemment. Ça sent tellement fort. J'ai l'impression d'avoir le cerveau anesthésié. Je ne peux penser qu'au cadavre qui est là. Je lui tourne le dos, mais c'est comme si j'étais en face d'elle. Les gendarmes arrivent. Ils me disent que je ne dois pas m'inquiéter, que le tueur est sûrement loin. Et là, j'ai peur. C'est peut-être après lui que Vanille a couru. Normalement, elle aurait dû s'arrêter à côté du cadavre, elle… (la voix de la jeune fille se brisa) … elle ne rate jamais une occasion de me rapporter une charogne.

Guézennec remarqua :

— C'était peut-être un lapin. C'est un chien de chasse, le golden, non ?

— Oui, en plus Vanille est formée au pistage FCI[1]. Elle a même terminé cinquième au Grand Prix SCC[2] de pistage. Le championnat de France, quoi.

Le gendarme dut comprendre le charabia d'acronymes, car il se releva. Il frappa dans ses mains, ce qui eut pour effet de faire bondir Vanille sur ses pattes.

— Allez, on y va ! Montre-moi ce que ta chienne sait faire. On va suivre la trace.

L'adolescente larmoyante et repliée sur elle-même sembla se transformer. Investie d'une mission, elle se redressa, puis conduisit les deux enquêteurs là où l'animal avait disparu dans les fourrés. On voyait que la végétation avait été écartée, écrasée par endroits.

— Vanille a besoin qu'on la tienne en laisse ?

1. Fédération canine internationale.
2. Société centrale canine.

— Non, je pratique le pistage libre.

— Alors voyons où elle nous mène. Si elle a suivi la trace une fois, elle va comprendre ce qu'on veut.

La jeune fille détacha sa chienne, qui piaffait déjà.

— File ! dit-elle.

Aussitôt, Vanille s'élança. Sa maîtresse se précipita derrière elle, talonnée par Guézennec et Ithri. Alors que la végétation se densifiait, au point qu'Ithri commençait à se demander si le meurtrier pouvait être passé par là, il entendit un cri de triomphe. Bien que gênée par sa tenue, Léane les précédait de cinq bons mètres. Il allongea le pas. Plantée devant un buisson, l'adolescente leur désignait un morceau de tissu. Elle maintenait sa chienne par le collier.

— Il y a des ajoncs, ici. C'est comme les genêts, mais avec des épines.

Nulle trace d'abattement, désormais, dans ses yeux noisette.

— Je ne l'ai pas touché, précisa-t-elle. Je ne savais pas si vous vouliez le faire sentir à Vanille ou…

— Excellent ! la coupa le gendarme. Excellent.

Il prit une photo, puis sortit un sac en papier et une paire de gants de nitrile d'une de ses poches. Il ouvrit le devant de sa combinaison, en extirpa une pince à épiler. Ithri le regardait, stupéfait.

— C'est le cabas de Mary Poppins, cette combinaison ?

Le gendarme saisit le morceau d'étoffe à l'aide de sa pincette, secoua et tira tout doucement pour le détacher, puis le glissa dans le sachet, qu'il enferma ensuite dans un sac en plastique zippé.

— Pour ne pas le contaminer par mes odeurs, expliqua-t-il en rangeant le tout dans une de ses poches. Continuons !

Léane lâcha sa prise sur Vanille, qui s'élança de nouveau. Le quatuor parcourut encore au moins deux cents mètres en zigzag. Chacun des trois membres scrutait les buissons ou le sol, à la recherche d'un autre bout de tissu ou de traces de pas. Des effluves d'humus remontaient. Soudain, ils débouchèrent dans une sorte de clairière qui donnait sur un canal plus large. Le marais miroitait sous le soleil, le ciel plus grand que partout ailleurs. Une brise légère agitait les branches des arbrisseaux, qui bruissaient doucement. Un aboiement de la chienne les rappela à l'ordre et le trio repartit à la suite de l'animal.

Puis ce fut la déconvenue. Le sentier aboutissait à une route gravillonnée qui mena directement la petite troupe au pont, leur point de départ. Vanille s'arrêta, s'assit et jappa deux fois.

— C'est la fin de la trace, dit Léane.

Guézennec la remercia et la laissa partir, après avoir martelé les recommandations d'usage. Ne pas parler de ce qui s'était passé. Rester vague. Au moins pendant un jour ou deux.

Ithri désigna la poche où Guézennec avait rangé le sac à indice.

— Vous allez en faire quoi ?

— Le donner aux techniciens.

— Pour une recherche de fibres ?

— Pour une recherche d'odeur.

— D'odeur ?

Le comportement de Guézennec déconcertait Ithri. Il appréciait ce mélange de décontraction et d'énergie, loin du côté macho de son précédent chef de groupe ou des manières réservées de Céleste. Le gendarme désigna cette dernière, accroupie dans le fossé près de la victime si bien qu'on n'apercevait que le haut de son crâne.

— Je présume que ta patronne va vouloir qu'on discute. Je vais me présenter et ensuite il faut que je file.

Puis il répondit à la question d'Ithri :

— Ça s'appelle l'odorologie. La première fois qu'on m'en a parlé, ça m'a semblé farfelu et j'ai pensé à ces types qui ouvraient les yeux des victimes parce qu'ils croyaient que l'image de leur meurtrier s'était imprimée sur la rétine lors de leur mort. Pourtant, c'est très sérieux. On conserve les odeurs un peu comme l'ADN – on a aujourd'hui les moyens de les préserver pendant très longtemps et de les comparer à celle d'un suspect. Ce morceau de tissu va être stocké et on l'utilisera au moment adéquat.

— Vous utilisez des chiens ?

— Oui, ils sont entraînés pendant deux ans. On teste actuellement de nouvelles techniques permettant de faire intervenir l'intelligence artificielle. Dans quelques années, ce sera une preuve aussi fiable que l'ADN.

Les deux enquêteurs s'arrêtèrent devant Céleste, qui sortait du fossé, chaussée de bottes en caoutchouc vert. Sa parka était posée sur l'herbe. La policière avait remonté très haut la manche droite de sa chemise et son bras était couvert jusqu'à mi-biceps d'une boue noire à l'odeur pestilentielle. Entre deux doigts de sa main gantée luisait une grosse alliance dorée.

— Bonjour, commandant. Capitaine Ibarbengoetxea, directrice de l'enquête, annonça Céleste avec une brusquerie qui n'était pas nécessaire.

Le gendarme répondit d'un ton égal, discrètement amusé :

— Commandant Gwilherm Guézennec.

— Qui est la fille que je viens de croiser ?

— La personne qui a alerté la gendarmerie, intervint Ithri avec empressement.

Ithri était habitué à la froideur de Céleste, qui ne lui avait jamais posé de problème. Ce matin, pourtant, il ressentait le besoin d'arrondir les angles, peut-être pour apaiser la tension qu'il percevait. Ce gendarme lui faisait bonne impression, mais son grade et son expérience devaient le disposer assez peu à obéir aux ordres. Quant à Céleste, il savait que, malgré son physique de guépard, elle se montrait plus obstinée qu'un Jack Russel. Une co-saisine comme celle-là ne pouvait pas bien se terminer.

Guézennec ne disant rien, Ithri se sentit obligé d'expliquer un peu plus en détail ce qu'ils venaient de faire, sans oublier d'évoquer l'odorologie.

— Quel est votre pourcentage d'erreur ? demanda Céleste au gendarme.

— Les chiens ou l'IA ? L'intelligence artificielle est une technique en cours de perfectionnement. Les chiens, zéro. Ils ne font jamais d'erreur, c'est-à-dire qu'ils ne confondent pas l'odeur d'une personne avec celle d'une autre. En revanche, dans 10 à 20 % des cas, ils n'arrivent pas à associer deux bonnes odeurs ensemble.

— Autrement dit, quand ils identifient un match, on est certain que c'est la bonne personne, résuma Ithri. Quand ils n'identifient rien… on ne peut pas se prononcer.

Le bourdonnement d'un portable se fit entendre.

— Recueillir les odeurs sur une scène de crime est devenu un vrai défi, développa le gendarme. Tout le monde laisse des traces. Sur un dossier de chaise, un volant de voiture. On utilise des tissus spéciaux pour le transfert d'odeurs. De plus en plus d'affaires sont résolues de cette manière.

— J'en ai entendu parler, mais il s'agit plus de divination que de science, non ? objecta Céleste. Ce n'est pas une technique d'Allemagne de l'Est ?

— Hongrie.

— C'est une preuve pénale ?

— Un homme a été condamné sur cette base en 2015.

De nouveau, le téléphone vibra. Le sortant de sa poche, Guézennec conclut :

— Maintenant, *patronne*, ne m'en voulez pas, je dois participer à une battue.

Céleste attendit que le gendarme se soit éloigné avant de se tourner vers son adjoint.

— On aurait pu plus mal tomber. Au moins, il sait prendre des initiatives. Il t'a paru comment ?

Ithri lui narra par le menu l'audition très informelle de Léane.

— Il faudra demander si les horaires de la jeune fille étaient connus sur l'île. Ajoute ça aux questions de l'enquête de voisinage, lui enjoignit Céleste.

Elle lui présenta la théorie du substitut : les barrages et le projet de battue avaient affolé le meurtrier, qui s'était débarrassé du corps.

— Ce qui signifie qu'il vivrait ici ? s'enflamma Ithri. On n'a qu'à soumettre tous les habitants à un test ADN !

— Il nous faudrait un point de comparaison pour ça, et pour le moment, on n'en a pas, à moins que les techniciens de la gendarmerie réussissent à en extraire sur le tissu que notre nouveau collègue a ramassé, au mépris de la procédure.

— Et les odeurs ? On ne pourrait pas soumettre tous les habitants à un test d'odorologie ?

— Tu sais combien il y a d'habitants sur ces deux îles ?

Un peu vexé d'être, pour une fois, pris en défaut, Ithri reconnut qu'il n'en avait aucune idée.

— Deux mille trois cents. On ne peut pas décider de les tester tous.

— Mais on peut en exclure certains, plaida Ithri.

— Commençons à faire notre boulot, et quand on aura des suspects on testera. Le substitut a désigné la gendarmerie de Pontchâteau comme QG temporaire. Allons nous y installer.

— Et pour dormir ?

La capitaine le regarda sans répondre, un instant interdite.

— Ah oui, il m'a dit de voir ça avec le gendarme, là, j'ai oublié son nom.

— Guézennec.

— Pardon ?

— Gwilherm Guézennec, c'est le nom du gendarme.

— Très bien. Remonte dans ta 306, on va voir comment travaillent les locaux soi-disant indispensables à cette enquête.

Les deux policiers rallièrent la gendarmerie de Pontchâteau en moins d'un quart d'heure, un avantage indéniable, lorsqu'on sait que les vingt-sept premières heures suivant un meurtre sont cruciales.

Blanc et neuf, le bâtiment n'avait rien à envier au récent commissariat central de Nantes en ce qui concernait la luminosité. À côté, la caserne, récente également, aurait presque séduit l'indécrottable urbain qu'était Ithri. Ce serait peut-être agréable de travailler ici, en définitive. La gendarmerie, plantée au milieu des champs, comme pour proclamer son appartenance au terroir, était située un peu à l'écart de la petite ville. Des platanes au tronc mince bordaient la chaussée de leurs silhouettes élancées et les bas-côtés de la route étaient tondus de frais.

Il régnait, dans le hall d'entrée, une atmosphère d'allégresse qui les surprit. Une jeune gendarme, à l'accueil, était euphorique.

— Ils l'ont trouvée ! claironna-t-elle dans le combiné de son téléphone.

Elle mit fin à sa conversation pour saluer Céleste et Ithri et leur proposer son aide. Ils sortirent leurs cartes de police. Le sourire de la jeune femme s'évanouit. Elle n'avait probablement pas été prévenue de leur arrivée, en conclut Ithri. Il allait expliquer leur présence, quand Céleste le devança :

— Pouvez-vous nous indiquer où est notre bureau ?

Elle aurait aussi bien pu exiger la caisse, la militaire n'aurait pas été plus étonnée.

— Vous êtes certains qu'on vous a conseillé de venir ici ? Ce n'est pas au commissariat de La Baule, plutôt ?

Elle n'avait probablement pas eu l'intention de les faire passer pour des imbéciles, mais le résultat était le même. Craignant l'acidité de la prochaine remarque de Céleste, Ithri fit un pas en avant, heurtant volontairement du coude sa capitaine, en espérant qu'elle comprendrait le message : « Laisse-moi faire… » Puis il s'appuya au comptoir et adressa un sourire contrit à la gendarme. Pour un peu, ses cils se seraient allongés.

— Orueta, le substitut du procureur de Saint-Nazaire, nous a co-saisis avec la brigade de Pontchâteau. Nous avons rencontré le commandant Guézennec il y a deux heures, mais il a dû s'absenter. Vous savez peut-être où il se trouve ?

— Le commandant ? Ah ! Fallait le dire tout de suite ! Il est sur le terrain !

— C'est la battue, c'est ça ? interrogea Céleste.

La gendarme hocha la tête.

— Vous pourriez quand même nous indiquer où sont nos bureaux, s'il vous plaît ? répéta la capitaine.

Un blanc.

— C'est que… on est à bloc, là. Il faudrait que je demande au major…

— Eh bien demandez au major !

— C'est que… il est avec le commandant.

— Tous les officiers de la brigade sont donc là-bas ? persifla Céleste.

À ce moment, son téléphone bipa. Découvert lieu du meurtre, du sang partout. Venez jeter un œil. Gwil. Suivaient des coordonnées GPS.

Les policiers n'étaient pas impliqués dans l'enquête sur l'homicide du jeune homme. Si le commandant leur proposait d'examiner la scène, c'est qu'il estimait qu'elle avait un lien avec leur mystérieuse deuxième victime. Ainsi, songea Ithri, l'hypothèse du substitut Orueta se vérifiait… Céleste aboutit aux mêmes conclusions :

— On y va. C'est peut-être le lieu du meurtre de ce matin, c'est peut-être aussi l'endroit où Mademoiselle X a été tuée. On ne va pas abandonner l'analyse de la scène aux gendarmes. Déjà qu'on ne peut pas appeler nos propres techniciens… Prenons la voiture du service, elle passe mieux sur les petits chemins. Donne-moi les clés.

Céleste

Pontchâteau
Gendarmerie

Des vociférations retentirent. Une porte claqua. Les deux policiers pivotèrent, main sur la hanche. Le sentiment de sécurité et de sérénité qu'avait ressenti Céleste s'évanouit en un instant. Son rythme cardiaque s'éleva sous la brusque décharge d'adrénaline que la combinaison des braillements, du bruit de porte et de la stupéfaction de la gendarme avait déclenchée. Comme à l'entraînement, comme dans son existence précédente, lorsque de sa vigilance dépendait la vie des civils autour d'elle, celle de ses collègues et la sienne propre.

Puis son cœur retrouva son tempo.

Un homme d'une soixantaine d'années, trapu, vêtu de frusques tachées, avait fait irruption dans le hall et criait quelque chose d'inintelligible dans ce charabia caractéristique des ivrognes imbibés. Alertés par le vacarme, deux gendarmes sortirent d'un bureau et se dirigèrent vers lui. L'homme, qui tenait à peine sur ses pieds, leur cria :

— Elle est où ?

Ils répondirent calmement, en l'appelant par son prénom :

— De quoi tu parles, Didier ?

— Tu as encore trop bu, Didier !

L'ivrogne marmonna, renifla, puis passa à l'attaque et sauta à la gorge d'un des gendarmes. L'autre essaya de lui faire lâcher prise en le ceinturant, mais le dénommé Didier se débattait comme un beau diable, distribuant des coups de pied de droite et de gauche. Il se laissa brutalement tomber, entraînant l'un des gendarmes dans sa chute.

— Puisque je vous dis qu'elle a disparu ! criait-il. Je veux la voir, je veux la voir !

Un poing vola et s'écrasa sur un nez. Du sang gicla. Écartant les gendarmes, Céleste saisit l'homme par son col de chemise et le remit debout à la force du bras. À demi étranglé, il cessa de se débattre.

— Ça y est ? Vous êtes calmé ?

Pétrifié, il fit signe que oui. Sa chemise, que la poigne de la policière faisait remonter sur les avant-bras, dévoilait une bande de peau blafarde qui contrastait avec ses poignets hâlés. Ses yeux étaient rouges, ses traits ravinés. Il respirait fort, comme pour masquer ses sanglots. Céleste le lâcha.

Un silence religieux s'était abattu sur le hall d'entrée. La jeune gendarme considérait Céleste d'un autre œil et ses collègues souriaient jusqu'aux oreilles. Ithri affichait un air satisfait. Rien de tel qu'une bagarre pour qu'on prenne sa cheffe au sérieux.

L'homme se décida enfin à relever la tête. Son bouc poivre et sel était jaunâtre autour de la bouche, conséquence du tabac qui tachait aussi ses gros doigts et dont l'odeur s'accrochait aux vêtements, à la peau, aux poils.

— C'est ma fille. Elle a disparu. Et la fleuriste, elle dit que vous avez trouvé un corps…

Céleste connaissait d'avance le scénario. Les policiers allaient poser des questions et découvrir que la fille de ce Didier et la jeune femme qui avait mis si longtemps à mourir au fond d'un fossé, le sein tranché et l'abdomen ouvert, étaient la même personne. Ils allaient essayer de cacher au père la souffrance que son enfant avait endurée, tout en sachant qu'un procès exposerait le moindre détail de son calvaire.

Elle ne parvenait pas à se blinder, à ne pas se mettre à la place de cet homme. Et si c'était une de ses filles qu'on retrouvait mutilée ? Saurait-elle laisser la justice agir ou bien libérerait-elle le monstre qui grondait en elle ?

Elle sentit son cœur enfler de colère. C'est stupide, se dit-elle. Ce n'est ni Emma ni Clémence. C'est l'enfant de cet homme. Reviens sur terre. Et pourtant, si pour elle les femmes étaient des sœurs, toutes ces jeunes victimes n'étaient-elles pas, d'une certaine manière, sa famille ?

Ithri

Pontchâteau
Gendarmerie

Ithri, que la détresse de Didier peinait, s'approcha.

— Quel âge a votre fille ?

L'homme le regarda, déconcerté.

— La… euh, la trentaine…

La trentaine ? Est-il possible qu'on ne connaisse pas l'âge de son enfant ? songea Ithri. Il demanda de quand datait la disparition, et Didier leur apprit que sa fille et lui devaient se retrouver la veille.

C'était plié. Ithri observa, du coin de l'œil, Céleste, qui parlait avec la gendarme de l'accueil. Celle-ci indiqua d'un geste le bout du couloir avant de tendre une clé à la capitaine. Celle-ci fit signe à Ithri de bouger.

— Suivez-moi, monsieur, dit le jeune policier. Vous allez nous raconter votre histoire.

La clé ouvrait la porte de la salle de réunion, une pièce spacieuse. Des tables et des chaises avaient été entassées contre le mur du fond. L'espace dégagé devait servir de QG préintervention. Pendant qu'Ithri s'employait à rassurer et à calmer son interlocuteur par quelques phrases passe-partout, Céleste saisit une table par les pieds et la retourna. Elle apporta trois chaises et s'assit sur l'une d'elles. Didier fit de même, tandis qu'Ithri s'installait face à lui.

— Expliquez-moi, dit-il.

Il ne fut pas nécessaire à Ithri de répéter. L'homme raconta comme on vomit, à grands jets, sans retenue, avec le soulagement de celui que son histoire ronge. Il s'appelait Didier Delhommeau, cinquante-sept ans, briéron depuis toujours. Il était chaumier, d'une famille où on travaillait le roseau de père en fils depuis quatre générations. Le marais, c'était toute sa vie. Pas marié, pas d'enfants.

Jusqu'à il y avait quinze jours.

— J'ai reçu un coup de téléphone, un soir. Je venais de rentrer, j'étais crevé. Je décroche. « Monsieur Delhommeau ? » j'entends à l'autre bout. Je réponds que oui. Ce n'était pas la voix d'un de ces démarcheurs qui veulent te vendre une isolation à 1 euro. C'était la voix d'une fille… enfin, d'une jeune femme. « Vous êtes bien Didier Delhommeau ? » qu'elle me dit. Je réponds oui. « Vous avez été élève à quel collège ? » qu'elle me demande. « Jules Verne », je lui réponds. « Et vous l'avez eu où, votre CAP ? » Ça commence à m'énerver, cette histoire. « C'est quoi votre problème, là ? » je lui réponds. Et elle me demande si j'ai connu une Sabrina Lemonnier. Sabrina…

Un sourire flotta sur les lèvres de Delhommeau, un sourire triste.

— Évidemment que je me souvenais de Sabrina. C'est la première fille que j'ai embrassée. Et je l'ai aimée… si vous saviez comme je l'ai aimée ! Et pis elle a déménagé. Je n'ai plus jamais eu de nouvelles. Sauf que j'allais pas raconter ça à une inconnue. Alors j'ai juste répondu que oui, j'avais connu une Sabrina Lemonnier il y a longtemps. Il y a eu un silence. Et puis la fille à l'autre bout, elle me dit : « Vous savez qu'elle a eu une fille ? » Je commençais à en avoir marre. Ma vie est assez difficile comme ça, j'ai pas envie de penser à Sabrina ni à ce que j'ai raté. Je lui ai dit que non et que je m'en foutais. Que Sabrina, c'était de l'histoire plus qu'ancienne ! « Vous êtes sans doute mon père », qu'elle me lâche.

Les yeux de Didier étaient injectés de sang. De petites veines avaient éclaté sur son nez. Céleste pensa absurdement à un pare-brise après un accident, explosé et toujours en place.

— Ma fille. Océane Lemonnier. Sabrina, elle était enceinte quand elle a déménagé. Et elle m'a rien dit. Je ne savais pas, moi, sinon, j'aurais assumé. C'était ma fille à moi aussi. Ma petite fille… J'en aurais pris soin… de sa mère aussi… Quelle sorte de mère peut laisser croire ça à son enfant ? Que j'en aurais pas voulu ? Que je la rejetterais ? Quelle sorte de mère ?

— Vous l'avez rencontrée ? demanda Céleste d'une voix radoucie.

— Le soir même. Elle est venue chez moi, elle ne pouvait pas attendre et moi non plus. Dire que j'ignorais que j'avais une fille. Et tellement belle.

Des larmes brillèrent dans les yeux délavés, et le menton de Didier se mit à trembler.

— Qu'est-ce qu'elle voulait ? Elle vous a demandé quelque chose ?

— Demandé quelque chose ? s'étonna Didier. Elle venait de perdre sa mère. En triant ses papiers elle avait appris que son père était pas un inconnu rencontré dans un bar comme elle le croyait, mais un honnête homme qui vivait pas très loin.

Delhommeau sortit de son pantalon un immense mouchoir à carreaux. Il s'essuya les yeux, mais ils continuèrent de couler.

Lorsque Ithri sentit que son interlocuteur s'était un peu repris, il demanda :

— Je suis désolé de vous poser ces questions maintenant, monsieur Delhommeau, mais c'est très important pour l'enquête. Mme Lemonnier, Sabrina, elle n'a jamais pris contact avec vous ? Elle n'est jamais venue vous voir ou… je ne sais pas, vous auriez pu la croiser en faisant vos courses ?

— Non, rien. Et puis elle habitait à Guérande et moi au Porte-Pierre, précisa Didier, comme si la vingtaine de kilomètres entre les deux endroits expliquait tout.

— De quoi est-ce que vous avez parlé, ce soir-là ?

— De nos vies. Enfin, surtout Océane. Elle m'a raconté sa mère, comme c'était difficile à l'école parce qu'elle n'avait pas de père, ses études, son boulot. Elle est allée en Australie, vous savez ? Pendant un an ! Et après, elle a passé une autre année au Canada. Avec son métier, c'est facile de voyager, qu'elle m'a dit.

— Quel est son métier ?

— Elle travaille dans des restaurants.

Rien d'étonnant. Dans la région, les emplois n'étaient pas légion, et en dehors du secteur du tourisme et de l'artisanat, les débouchés étaient maigres.

— Pourquoi dites-vous qu'elle a disparu ? Vous êtes allé chez elle ?

Didier soupira.

— J'avais rendez-vous avec elle, hier, elle est pas venue.

— Vous aviez rendez-vous où ?

— Au Bistrot du Marais, sur l'île du Combattant. Elle m'a dit qu'elle avait quelque chose d'important à m'annoncer et qu'il fallait qu'elle me voie.

— Vous saviez ce que c'était ?

Le chaumier se tourna vers Céleste.

— Ben non. Sinon elle n'aurait pas eu besoin de me l'annoncer. C'est vous qui allez enquêter sur ma fille ?

Au fur et à mesure de l'entretien, l'homme s'était redressé. Les mains posées sur ses cuisses, il dévisagea Céleste. On aurait presque pu croire que parler l'avait dessaoulé, mais il avait l'œil larmoyant et le poignet tremblant.

— Vous l'avez revue, après le premier soir de vos… retrouvailles ?

Ils s'étaient rencontrés trois fois. D'abord chez lui, puis au Bistrot, à l'heure de l'apéro. Elle sirotait de l'eau de coco en lui racontant sa vie pendant que le soleil s'effaçait à l'horizon. Il décrivit une personne heureuse de vivre, qui voyait le bon côté des choses. D'après lui, elle se sentait bien dans la région, elle aimait son travail.

— Elle avait un petit ami ?

— Elle m'a dit qu'elle avait été trop déçue pour attendre quoi que ce soit. Elle savait qu'elle ne devait compter que sur elle-même et que c'était bien comme ça. Elle n'avait pas besoin d'un homme, ça n'apporte que des emmerdes, elle disait. Forcément, sa mère a dû lui bourrer le mou.

La voix de Didier se brisa. Les yeux brillants, il continua à voix basse. Il était arrivé un peu en avance au Bistrot. Il s'était assis en terrasse, avait commandé une bière, puis une autre. Il avait laissé plusieurs messages sur le portable de sa fille, qui l'envoyait direct sur le répondeur. Après l'avoir attendue pendant deux heures, il avait pris son courage à deux mains et était allé sonner chez elle. En vain. Il n'y avait pas de lumière. Didier Delhommeau était rentré à son domicile et avait, de son propre aveu, éclusé quelques Ricard avant de se coucher. Elle était tellement contente de le retrouver, la gosse, pourquoi elle était pas venue ? Et le corps, alors, demanda-t-il comme une supplique, est-ce que c'était sa gamine ?

Céleste paraissait désemparée. Ithri intervint, téléphone à la main :

— Vous pourriez l'identifier à partir de photographies ? (Hochement de tête de Delhommeau.) Je préfère vous prévenir, ce sont des images perturbantes. Vous voulez quand même essayer ?

Nouveau hochement de tête.

Ithri avait zoomé sur le visage, de manière à cacher les sévices infligés à la jeune femme. Seulement, Didier Delhommeau savait se servir d'un portable. D'une tape sur l'écran, il remit l'image à sa taille normale, ce qui fit apparaître le sang, la blessure à la tête et la gorge tuméfiée. Puis il entreprit de faire défiler les photos, et l'horreur de la scène le saisit. Une brusque inspiration, comme un cri ou un sanglot avortés.

Ithri supposa qu'ils avaient un nom, maintenant.

Mieux valait tenir que courir, décréta Céleste. En attendant l'attribution d'un hypothétique bureau, les deux policiers prélevèrent une seconde table et s'installèrent sur place. Ithri s'efforcerait de récupérer tous les renseignements possibles sur Océane Lemonnier. De son côté, Céleste informait Tom, à Nantes, de ce qu'ils savaient et pointait avec lui toutes ses tâches à venir : réquisitions sur les comptes bancaires d'Océane Lemonnier et sur sa ligne téléphonique, ainsi que sur ceux de son possible père, comparaison de l'alliance avec celle de Mademoiselle X, liste des bijouteries vendant cette alliance dans la région…

— Tu veux la liste des téléphones qui ont borné sur l'île ?

— Il n'y a pas beaucoup d'antennes-relais, par ici, c'est un site protégé. J'ai peur que ça ne nous apprenne pas grand-chose sur les déplacements d'un suspect. Nous, on file perquisitionner chez Océane Lemonnier.

Elle raccrochait à peine quand une grande silhouette s'encadra dans la porte.

— Et alors ? Vous n'avez pas voulu participer à la battue ? Oh ! Vous êtes bien, ici, vous avez de la place.

Les bottes de Guézennec, couvertes de boue, dégageaient une odeur épouvantable. Captant le coup d'œil de Céleste, il eut un sourire bref.

— J'ai mis les pieds dans un trou. Vous auriez dû venir. On a trouvé quelque chose qui pourrait vous intéresser.

Le gendarme traversa la pièce et s'installa à l'envers sur la troisième chaise. Il sortit de la poche de sa combinaison un sachet violet en papier craquant qu'il ouvrit tout en parlant et commença à décrire par le menu son enquête :

— En suivant le parcours de la montre, on est tombés sur une masure isolée sur l'île du Porte-Pierre, à l'adresse que je vous ai envoyée. Vous avez reçu mon SMS, au fait ? On a trouvé du sang à l'extérieur et à l'intérieur. Beaucoup. D'après les premières analyses, il s'agit de sang humain, on aura confirmation dans l'heure… Il est possible qu'il provienne de plusieurs personnes. À certains endroits, il est complètement déshydraté, presque en poudre, et à d'autres il est à peine sec. On a aussi trouvé une table, genre table de ferme, couverte de sang. De gros crochets vissés dessus. On a tout envoyé à l'IRCGN. Les techniciens ont repéré des traces sur les crochets, on imagine qu'ils ont permis d'attacher les victimes. C'était sinistre. Et vous, qu'est-ce qui vous a retenus ? Ça vous aurait intéressés, vous savez. Le sang sur la table était frais. Du coup, je me demande si la femme n'aurait pas été charcutée là-bas. Ça ne correspond pas aux blessures de Meynet, en tout cas.

Guézennec introduisit deux doigts dans son sachet et saisit ce qui ressemblait à des bouchées de céréales. Il en goba une tandis qu'Ithri expliquait :

— On l'a identifiée. C'est pour ça qu'on ne vous a pas rejoints. La victime de ce matin a un nom, une adresse, un père qu'elle venait de retrouver… Un certain Didier Delhommeau, chaumier.

— Didier ?

Guézennec interrompit son geste.

— Vous le connaissez ? s'étonna Céleste.

— Il ne reste plus beaucoup de chaumiers en Brière. J'habite à deux pas d'ici et j'ai fait appel à lui. Un brave type, passionné. Il maîtrise son art. Je ne savais pas qu'il avait une fille.

— Justement, répondit Ithri. Lui non plus.

Il résuma ce qu'ils avaient appris sur Océane Lemonnier.

— Incroyable, murmura Guézennec. Sabrina Lemonnier, ce nom ne me rappelle rien. Vous dites qu'elle habitait sur quelle île ? Il faut que je demande à ma mère, elle a peut-être entendu parler de cette histoire…

— Si c'était le cas, Didier l'aurait appris lui aussi, non ?

— Les citadins s'imaginent que les gens de la campagne connaissent jusqu'au prénom des vaches d'à côté. Je ne sais pas où vous avez pêché ça. Même en étant né au village, on ne peut pas tout savoir de chacun. Je connais ceux de ma génération parce que nous sommes allés à l'école ou au foot ensemble, leurs parents, parfois leurs oncles et tantes, les commerçants… Mais il faut compter avec les nouveaux arrivants et les saisonniers. On n'a pas trop de temps à perdre à s'occuper du jardin du voisin, quand on travaille dans la gendarmerie.

Il se leva, façon de clore le sujet.

— Si vous avez son adresse, je suppose qu'on file perquisitionner ?

Céleste

Parc naturel régional de Brière
Île du Combattant

Océane Lemonnier occupait une coquette maisonnette de pierre au beau milieu de l'île du Combattant, l'entrée donnant sur la rue. Un minuscule jardinet, situé à l'arrière et fermé par une grille de fer forgé, accueillait une petite table et deux chaises, au milieu d'une myriade de roses parfumées. En buissons ou grimpantes, elles mangeaient les murs de l'habitation et s'élançaient à l'assaut de la clôture. Abrité du soleil et du vent, l'endroit, l'été, devait être un paradis. Céleste poussa la barrière. Elle frappa à la porte par acquit de conscience ; pas de réponse.

Guézennec, très à l'aise, discuta avec le serrurier durant les cinq minutes de son intervention pendant qu'elle attendait, silencieuse et piaffante. L'homme et son apprenti, des « gars du coin », comme ils se désignaient eux-mêmes, observaient d'un mauvais œil les installations de « tous ces Parisiens qui ne connaissent rien au marais » et faisaient flamber les prix de l'immobilier en achetant des chaumières en ruine pour des fortunes. Le gendarme en rajouta, remarquant que, chaque année, on voyait de plus en plus de maisons aux volets clos dès la fin du mois d'août. Un passant qui promenait son chien dans la rue, et que les enquêteurs avaient hélé pour jouer le rôle de second témoin de la perquisition, approuvait avec conviction.

Céleste réprima l'envie de manifester son agacement. Un SMS de Tom, resté au service, arriva à point nommé. Une Fiat 500 était immatriculée depuis huit mois au nom d'Océane Lemonnier. Céleste montra l'écran de son téléphone à Ithri.

— Tu en as vu une dans les environs ?

Non.

La maison était impeccablement rangée. Un salon avec une cuisine ouverte, deux chambres, une salle de bains et un débarras, la totalité ne devant guère dépasser les soixante mètres carrés. Et des fleurs partout. Un canapé beige à l'imprimé parsemé de brassées de roses pâles, de la vaisselle fleurie, des fleurs séchées dans un bol en verre, des aquarelles de bouquets dans des tons pastel. Les autres pièces n'échappaient pas à ce cauchemar pour macho. Partout, la moquette était d'un rose délicat.

— Cuisse de nymphe, fit Ithri.

— Pardon ?

— La couleur de la moquette. Ce rose très pâle, presque blanc, s'appelle cuisse de nymphe. Marrant, non ?

— Comment tu sais ça ?

— Ma sœur aînée, Aniya, a voulu repeindre les murs de sa chambre en rose dragée. Ma mère trouvait la couleur trop soutenue et elle a proposé un rose plus pâle. La plus jeune de mes sœurs a hurlé de rire et a raconté partout qu'on avait repeint la chambre en cuisse de nymphe. Ses copains ont défilé en s'attendant à du papier peint décoré de femmes nues.

— J'aurais plutôt tablé sur du coquille d'œuf, intervint Guézennec.

— Non, coquille d'œuf, c'est plus jaune. Quelqu'un a remarqué les verrous ?

La porte d'entrée et celle qui donnait sur l'arrière étaient en effet chacune dotée de deux verrous, l'un à hauteur d'œil, l'autre à hauteur de genou. Des verrous qu'on ne pouvait pas ouvrir de l'extérieur.

— Elle avait de quoi se barricader.

Céleste rangea l'information dans un coin de son esprit et répartit les pièces entre eux. Pendant que Guézennec et Ithri fouillaient les chambres, elle inspectait les placards de la cuisine-salon. Le frigo resplendissait, plein de yaourts et de légumes. Du jus d'orange, une briquette de lait entier. Pas de plats surgelés ni à emporter. Il y avait une escalope de poulet emballée dans du papier boucherie et l'étiquette était datée de l'avant-veille. La policière vérifia le contenu de la poubelle, en sortit un ticket du Bistrot du Marais du jeudi précédent, et un autre du Leclerc de Pontchâteau, celui-là du samedi matin.

La bibliothèque du salon n'avait rien à lui apprendre. Sur le rayonnage, des livres *feel good*, de la romance, et quelques ouvrages de littérature contemporaine. Des bibelots. Des plats de service et un appareil à raclette dans les placards du bas. Rien, quoi. Rien qui puisse guider les policiers vers un mobile de meurtre. Une vie bien propre, bien ordonnée, qui témoignait du célibat de son occupante et posait la question du caractère volontaire de sa disparition : pas de sac à main, pas de téléphone ni d'ordinateur, pas de clés de voiture…

Céleste regarda autour d'elle.

Qu'est-ce que je loupe ? Qu'est-ce qui a attiré l'attention du monstre sur toi ? Ou, au contraire, est-ce toi qui t'es intéressée à lui ?

Elle termina par la salle de bains. Des crèmes antirides de jour, de nuit, du fond de teint, des éponges, du fard à paupières, du blush, du paracétamol, une lotion antiseptique, rien de très original. À quoi s'attendait-elle ? À des lettres de menace ou d'amour ? Et pourquoi ces verrous sur les portes ? Le nom d'Océane Lemonnier était inconnu des services de police.

Céleste passa la tête dans la chambre principale. Ithri se tenait debout au milieu de la pièce, le nez sur son téléphone.

— Rien de fracassant. Trois cartes de visite et des mouchoirs en papier. Je suis sur son Facebook public, mais tout est verrouillé, je n'ai même pas accès à sa liste d'amis. Des clichés qui confirment que c'est notre victime.

Ithri tendit à Céleste un jeu de quatre ou cinq photographies. Aucun doute n'était permis, en effet.

— Dis à Tom de lancer des réquisitions sur ses fichiers Facebook, Twitter, Insta, Tinder… On doit tout savoir sur elle. Avec qui elle couche, qui sont ses copines, de quoi elle rêve, où est sa bagnole, où est son téléphone. C'est la priorité. Décortique le téléphone et la voiture de quelqu'un, et tu comprendras tout de sa vie. Elle n'a pas été enlevée chez elle par un inconnu.

Elle connaissait son agresseur d'une façon ou d'une autre, elle avait un lien avec lui. Peut-être seulement virtuellement, peut-être un collègue de travail. On va lever le camp. Sauf si le commandant a trouvé quelque chose.

Une voix s'éleva de l'autre côté de la cloison :

— Tu peux m'appeler Gwil. « Commandant », c'est pour les gendarmes, on sait que les flics ont du mal avec la hiérarchie.

— Eh bien, l'isolation phonique n'est pas terrible, dans cette maison, constata Céleste en franchissant le seuil de la seconde chambre.

Un clic-clac était poussé dans un coin. À l'opposé, un petit secrétaire en bois ouvert devant lequel Guézennec était assis sur un tabouret à vis de guingois.

Le gendarme avait pris cinq minutes chrono pour se doucher et se changer avant que le trio ne parte chez Océane. Il avait juste gardé ses bottes, qu'il avait aspergées au jet et qui avaient séché en route, au moins superficiellement. Ça sentait toujours mauvais, quoique moins fort.

— Bonne nouvelle. On a une adepte du papier. Dans ce classeur, fit-il en brandissant l'objet, se trouvent toutes ses coordonnées : médecin, dentiste, ophtalmo, kiné, banque, assurance, contacts personnels, résultats de prises de sang, historique médical, copies d'ordonnance et… une liste de mots de passe. On a aussi ses bulletins de salaire. Elle est assistante-maître d'hôtel au Lavoir de la Grèbe, un restaurant à deux pas d'ici. Et ce qui est bizarre…

Il s'interrompit, regarda Céleste droit dans les yeux comme pour la jauger.

— Quoi ? demanda-t-elle.

— Le jeune qu'on a retrouvé mort avant-hier…

— Eh bien ?

— Lui aussi travaillait au Lavoir de la Grèbe.

— Drôle de coïncidence… On ira interroger le chef, demain, ajouta-t-elle en haussant la voix à l'intention d'Ithri.

— La cheffe, fit Guézennec.

— Pardon ?

— Le chef est une femme.

— Ah ? OK, très bien, fit Céleste, vexée.

Elle balaya la pièce des yeux pour se donner une contenance. Un décroché dans l'ombre du secrétaire attira son attention. Elle se mit à quatre pattes sur la moquette et regarda sous le meuble avant de tendre ses doigts gantés de nitrile. Elle tira doucement sur sa trouvaille, puis l'agita devant Guézennec.

— Alors, on a le gendarme qui bouffe du papier et la flic qui déniche des indices ?

La photo d'un homme, raturée si rageusement au stylo-bille qu'il était difficilement identifiable : tout au plus distinguait-on ses cheveux coupés très court, des mâchoires puissantes rasées de près et une bouche rouge très sensuelle. Elle n'allait pas faire sa maligne, mais tout de même, il était bon de rappeler qui menait les investigations. Et que ce n'était pas un hasard.

Un bruit de clés dans la serrure de l'entrée se fit entendre. Quelqu'un s'exclama :

— Qu'est-ce que c'est que ça ?

Les enquêteurs se précipitèrent dans la pièce principale. Les poings sur les hanches, une jeune femme les fusilla du regard.

— Qu'est-ce que vous fichez ici ? demanda-t-elle d'un ton furieux.

Un petit garçon d'environ deux ans, vêtu d'un pantalon bleu et d'un pull marin, se cachait derrière ses jambes. Il avait des yeux très foncés et ses cheveux d'un noir de jais contrastaient avec sa peau claire. Un pouce dans la bouche, il serrait contre lui un vieux foulard aux couleurs passées.

Céleste revint à la femme qui les avait interpellés. Elle ne manquait pas d'aplomb, pour s'adresser ainsi, seule, à trois inconnus qui fouillaient une maison qui n'était pas la leur.

Céleste présenta sa carte de police, imitée par Ithri. À mi-voix, dans une tentative dérisoire de protéger l'enfant, peut-être, elle expliqua avec des mots choisis qu'il y avait eu un malheur et qu'Océane Lemonnier était décédée.

L'expression de la jeune femme changea.

— Décédée ? répéta-t-elle.

Elle s'appuya au chambranle et tâtonna pour trouver la main du petit garçon, toujours réfugié derrière ses jambes. D'un mouvement révélant une longue habitude, elle pivota, le souleva et le posa sur sa hanche. Elle était blême.

Sans rien ajouter, elle entra dans la pièce et se dirigea vers la table avant de s'asseoir sur une chaise.

— Océane ? gazouilla le petit garçon.

Il gigota pour se dégager de l'étreinte maternelle, glissa à terre et se précipita vers la chambre principale d'une démarche chaloupée. La femme le suivit des yeux en silence.

Sur une question de Céleste, Émilie Le Divellec se présenta d'une voix éteinte. Elle vivait dans la maison d'en face, en compagnie de son mari et de leurs quatre enfants, dont le petit Raphaël. Ce dernier sortit de la pièce à l'évocation de son prénom.

— Océane est pas là, dit-il.

Les yeux d'Émilie se remplirent de larmes. Elle raconta aux enquêteurs qu'elle avait rencontré sa voisine le jour de son emménagement, au printemps. Cette dernière avait été embauchée dans le même restaurant que le mari d'Émilie. Les deux femmes avaient rapidement sympathisé. Océane adorait les enfants et gardait très souvent Raphaël quand elle ne travaillait pas, le lundi et le mardi, ou s'occupait des allers et retours à l'école. Émilie en profitait pour aller à la bibliothèque étudier – elle souhaitait passer le concours d'institutrice. Bien sûr, l'arrivée d'un petit dernier modifiait ses plans, conclut-elle en caressant son ventre.

Comme Raphaël les avait rejoints, elle s'essuya rapidement les yeux et sourit bravement. L'enfant devait sentir que quelque chose n'allait pas. Son regard perplexe naviguait de sa mère à la porte de la chambre vide d'Océane.

— Elle est partie, murmura Émilie à son fils. Océane est partie.

Elle se mordit les lèvres et se pencha pour l'attraper.

— De combien de mois êtes-vous enceinte ? demanda Céleste.

— Sept semaines. Avec les précédentes grossesses, ça se voit tout de suite.

Céleste n'aurait su dire. Émilie devait s'habiller en taille plus plus, se dit-elle avant de se reprendre : si elle se mettait à penser politiquement correct, elle était fichue. Émilie était grosse. Elle était belle, avec un visage plein, une chevelure châtain magnifique et une bouche incroyablement sensuelle. Et elle était grosse.

Comme l'enfant commençait à protester, Céleste comprit que l'entretien risquait de tourner court. Il lui fallait donc obtenir un maximum de réponses en un minimum de temps. Elle désigna la porte d'entrée.

— Savez-vous contre qui ont été posés tous ces verrous ?

Tenant toujours fermement le petit Raphaël dans ses bras, Émilie se releva.

— C'est la locataire précédente, elle avait des problèmes avec son ex.

— Vous vous rappelez quand vous avez vu Océane pour la dernière fois ?

— Avant-hier… lundi. Elle m'a dépannée. Elle a emmené mes enfants à l'école et elle a gardé Raphaël jusqu'au déjeuner. Je suis venue le récupérer vers 13 heures.

Émilie Le Divellec repoussa ses cheveux derrière ses oreilles. Ses mains étaient potelées, et elle portait plusieurs bagues. Grosses, dorées, chacune ornée d'une pierre colorée. Ainsi qu'une alliance, un jonc en or blanc ou en argent. Sous une doudoune noire qui ne l'avantageait guère, elle était vêtue d'une tunique bigarrée à taille Empire qui soulignait son ample poitrine. Une paire de leggings complétait la tenue. Des habits confortables et recherchés. Elle avait parlé de quatre enfants. Céleste se demanda où étaient les trois autres.

Comme si elle lisait dans ses pensées, Émilie s'excusa :

— Je dois récupérer mes grands à l'école.

— Vous n'avez pas vu Océane depuis ? insista Céleste. Vous auriez pu l'apercevoir dans la rue ou en voiture.

— Non. Je dois y aller…

— Vous saviez si elle avait des projets pour le reste de la journée, ou pour le lendemain ?

Raphaël, toujours dans les bras de sa mère, s'était mis à chouiner. Émilie, devant la porte, tendait la main vers la poignée. Elle suspendit son geste, réfléchit quelques instants tout en caressant la nuque de Raphaël pour le calmer.

— Je crois qu'elle avait un rendez-vous. Chez le médecin.

Elle toisa les policiers, soudainement suspicieuse. Son visage refléta le conflit qui se jouait en elle, à la fois la compréhension rampante que quelque chose de grave était advenu et le déni – quand l'esprit lutte pour ne pas admettre ce qu'il a déjà saisi, fuyant la réalité comme un cheval rétif se dérobe devant l'obstacle. Finalement, elle se lança :

— Qu'est-ce qu'il lui est arrivé, exactement, à Océane ? De quoi elle est morte ? Pourquoi est-ce que vous êtes là, à poser toutes ces questions ?

Céleste se souvenait encore des grossesses de Marie, de sa sensibilité à fleur de peau. Elle n'avait pas envie d'ajouter à la tristesse de la jeune femme, cependant il n'y avait pas de bonne façon d'annoncer une telle nouvelle.

— Sa mort n'est pas naturelle. Il s'agit d'un homicide.

Émilie enfouit le visage dans le cou de son fils, malgré ses protestations sonores. Personne ne bougea. Les gendarmes comme les policiers détestent ces situations. Il leur faut avancer, poser des questions, obtenir des réponses, élaborer des hypothèses, jusqu'à remonter à la source, pour apaiser ce que le meurtre a fait naître : l'enquête judiciaire, ce monstre qui expose les secrets et détruit la vie des autres dans sa soif de justice.

Émilie finit par relever la tête. Son maquillage étalé lui donnait l'aspect cireux d'une poupée décorée au feutre.

— Je dois aller retrouver mes grands, répéta-t-elle en se détournant.

Elle se figea un instant sur le seuil, porte ouverte, pendant que l'air froid et humide s'engouffrait dans la maisonnette.

— Attendez ! s'écria Céleste.

Elle sortit la photo trouvée sous le meuble et la présenta à Émilie.

— Est-ce que vous reconnaissez cet homme ?

Émilie scruta le cliché pendant un long moment. Impossible pour Céleste d'étudier son expression derrière la chevelure qui cachait ses traits.

— Je ne sais pas qui pourrait identifier qui que ce soit là-dessus.

— Vous avez une idée de la raison pour laquelle Océane l'aurait raturé ? Un petit ami ? Un ex ?

Émilie hésita.

— Non, finit-elle par dire.

La pluie avait repris et Céleste la contemplait d'un air lugubre depuis la maison d'Océane. Les façades d'en face étaient grises, les nuages s'accrochaient aux cheminées, l'horizon était bouché.

Guézennec proposa de les emmener jusqu'à la masure où le jeune Meynet avait été tué et où, possiblement, Océane Lemonnier avait trouvé la mort. Ithri déclina ; il irait comme prévu à la gendarmerie de Pontchâteau étudier les relevés bancaires et creuser les antécédents de la victime, ainsi que ceux de ses parents. Céleste avait décidé de s'atteler au porte-à-porte, la besogne la plus fastidieuse, généralement déléguée aux collègues en uniforme – collègues dont elle ne disposait pas. Elle comptait charger Guézennec de se mettre en rapport avec tous les contacts de la liste d'Océane, même le plombier, pour en savoir un peu plus sur la jeune femme et préciser son emploi du temps.

— C'est loin ? demanda-t-elle néanmoins.

— À deux kilomètres, peut-être trois, répondit Guézennec en sortant de son top-case un casque qu'il lui tendit.

Céleste se pétrifia. Elle se revit, assise sur sa moto, devant l'immeuble où elle guettait Ben Ayed, puis, l'instant d'après, enfermée dans cette cave, entravée, suppliciée. Toutes ses pensées se vaporisèrent en un nuage ouaté et son corps devint gourd. Elle avait conscience qu'on la regardait, mais ne parvint pas à répondre ni à esquisser le moindre mouvement. Ithri fit un geste vers elle, saisit le trousseau de clés qu'elle serrait dans son poing.

— Céleste, l'entendit-elle dire, je te dépose et tu reviendras à pied, si tu veux. J'ai besoin d'une voiture pour rallier la gendarmerie.

Gwil enfourcha tranquillement sa moto.

— J'allais oublier ! s'exclama-t-il. Vous logerez chez le major, juste à côté, à la Brillantine. Sa femme tient des chambres d'hôtes. Sa nièce et elle sont de fines cuisinières. Surtout, vous serez sur place. Sinon, on peut vous dénicher un hôtel, mais ça ne rentrera peut-être pas dans le budget de la police.

— C'est parfait, répondit Céleste, qui se fichait comme d'une guigne de l'endroit où elle allait atterrir et souhaitait surtout trouver un trou de souris pour s'y cacher.

La panique, un sentiment qui lui avait été inconnu pendant toute sa vie, faisait désormais partie de son quotidien, survenant de manière imprévisible. Céleste ne savait pas comment lutter. C'était comme se battre avec une anguille, à chaque fois qu'elle pensait l'avoir attrapée, à chaque fois qu'elle s'apprêtait à lui tordre le cou, la sensation s'évanouissait pour réapparaître inopinément, sous une autre forme, dans d'autres circonstances, insaisissable et paralysante. Notamment depuis qu'une convocation d'un juge de Bobigny dormait dans sa poche, sans qu'elle ait eu le courage d'en parler à quiconque.

Elle loua le silence d'Ithri pendant les quelques minutes que dura le trajet jusqu'à la masure (bien que le gendarme ait fait un détour pour leur désigner l'emplacement de la Brillantine). Elle ne savait pas comment, mais il avait compris à quel point elle était angoissée et ne lui en tenait pas rigueur.

Si Guézennec avait lui aussi remarqué quelque chose, il n'en fit pas état.

Dès qu'ils furent arrivés, Céleste le suivit pour un tour du propriétaire, se félicitant que sa tenue comportât un pantalon et des bottes en cuir. Le temps avait rongé la façade telle une lèpre, dénudant les pierres ou les recouvrant de mousse. De longues herbes jaunies et du liseron se disputaient le toit de chaume. Un conduit de cheminée surplombait le côté gauche à demi effondré. Ils entrèrent. Seule la pièce de droite avait été préservée. Deux petites fenêtres aux vitres grises de crasse apportaient une maigre lumière. Dans la cheminée ne subsistaient que des cendres. Le gendarme indiqua que les techniciens en avaient prélevé des échantillons, sans beaucoup d'espoir. Les traces au sol avaient été balisées par la scientifique. De grandes taches sombres dans la poussière dessinaient les contours de la table, elle aussi emportée à des fins d'examen. Céleste frissonna.

Gwil insista pour raccompagner Céleste à moto. Elle parvint cette fois à refuser, arguant qu'elle voulait découvrir les environs à pied avant d'entamer l'enquête de voisinage. En réalité, elle s'interrogeait sur ce qu'il y avait à observer dans cette immensité angoissante de verts. Elle ne demanda pas s'il pouvait y avoir des animaux dont se méfier, de peur du ridicule.

Lorsqu'elle eut terminé le porte-à-porte, quatre heures plus tard, elle n'avait obtenu aucun résultat. Les habitants connaissaient, pour la majorité d'entre eux, la petite Fiat rouge d'Océane. Elle était sans doute passée devant chez eux le lundi, peut-être aussi le mardi, personne n'était sûr de rien. Bref, Céleste, le moral en berne, en avait plein les pattes quand elle retrouva son coéquipier à la Brillantine.

Ithri n'avait eu guère plus de chance. Les gendarmes qui voulaient bien lui adresser la parole et connaissaient Didier Delhommeau lui apprirent qu'il levait facilement le coude, jamais pendant le travail cependant. L'homme n'était pas bagarreur et s'ils lui avaient fait tâter de la cellule de dégrisement, c'était pour ne pas le laisser sombrer, seul chez lui, dans un coma éthylique. D'après les militaires, Delhommeau était un homme aux goûts simples, un grand professionnel dont les compétences étaient reconnues dans toute cette partie de la Bretagne. Il avait toujours vécu dans la région. On ne lui connaissait aucune bonne amie – et aucun conflit. Il n'était pas joueur et gagnait confortablement sa vie. Quant à Sabrina Lemonnier, elle avait exercé le métier d'employée de bureau pour une entreprise de menuiserie sise à La Montagne, près de Nantes. Elle s'était installée à Guérande une dizaine d'années auparavant et avait terminé ses jours quelques mois plus tôt, léguant à sa fille une petite somme d'argent, ce qu'avaient confirmé les relevés bancaires. À l'exception d'une contravention pour excès de vitesse datant de deux ans, son dossier judiciaire était vierge. Sa maison et sa voiture avaient été vendues après sa mort à des acheteurs identifiés.

— Autrement dit, conclut Céleste, rien à gratter de ce côté-là.

Lorsque les deux policiers se présentèrent à la Brillantine, le jour était tombé depuis un bon moment.

L'averse avait fait place à la bruine. Le marais tout proche bruissait de sons étranges, oiseaux, vent, batraciens… Ithri appuya sur le bouton de la sonnette puis il recula d'un pas. La porte s'ouvrit en grinçant sur la maîtresse de maison.

Céleste pensa à un personnage de *Minecraft*. Victoire de Gembloux, ainsi qu'elle se présenta, était sculptée tout d'un bloc, la taille et les hanches ne se distinguant guère. Ses doigts aux ongles coupés ras étaient épais. Une fine alliance brillait à son annulaire gauche. Sa bouche mince formait comme une entaille dans son visage aux yeux vifs. Sa voix, étrangement flûtée, tranchait avec son corps massif.

— Bienvenue à la Brillantine. Entrez donc, ne laissons pas le froid pénétrer dans la maison. Vous avez trouvé facilement ? Vous pouvez déposer vos parkas sur le portemanteau.

— Bonjour, madame de Gembloux, dit Ithri. Nous venons effectivement pour les deux chambres, et le commandant Guézennec…

— Appelez-moi Victoire, je vous en prie. « Madame de Gembloux », ça m'évoque ma belle-mère. Vous avez vos bagages ? Très bien. Je suis la femme du major, au fait, je ne sais pas si Gwil vous l'a précisé. Il a travaillé avec mon mari il y a plus de dix ans, bien avant notre arrivée ici. En réalité, il est à la retraite, mais on l'a appelé en renfort. C'est pareil, chez les policiers ? On peut vous rappeler ?

Céleste laissa Ithri répondre pendant qu'elle observait autour d'elle. La Brillantine était un vrai dépliant touristique. Le plafond était si bas que Céleste n'avait qu'à lever le bras pour atteindre les poutres. Elle caressa les pierres apparentes du mur de l'entrée, décoré de photos de famille encadrées. Un groupe de skieurs, bâtons en l'air ; un pique-nique au sommet d'une montagne, autour d'un plaid à carreaux, avec des enfants galopants ; une soirée déguisée qui rassemblait une nonne, un Elvis Presley scintillant et un petit chaperon rouge au corsage particulièrement échancré ; un podium en haut duquel leur hôtesse brandissait une coupe. C'était à la fois chaleureux, personnel et élégant.

Tout en parlant, Victoire leur fit traverser un grand salon doté de fauteuils moelleux et d'une cheminée dans laquelle on aurait pu rôtir un porc entier. De sa voix forte aux intonations claires, elle leur expliqua qu'elle avait intégralement rénové la maison trois ans auparavant, quand son mari et elle s'étaient installés dans la région. La chaumière appartenait à l'origine à ses grands-parents maternels.

— C'est là que j'ai passé toutes mes vacances jusqu'à l'âge adulte… J'étais en internat, alors. Pour moi, l'île du Combattant, c'est la liberté. Mais assez bavardé ! Vous devez mourir de faim et rêver de poser vos sacs. Les chambres sont à l'étage, elles sont spacieuses, vous verrez, et chacune a sa salle de bains. Je vous ai préparé des serviettes de toilette, si vous avez besoin d'autre chose n'hésitez pas à descendre me demander.

Elle s'arrêta au bas d'un escalier de bois et claironna :

— Flora !

Une cavalcade lui répondit. Sortie tout droit d'un roman de Jane Austen, une jeune femme dévala les marches, ses longs cheveux roux rebondissant dans son dos. Son visage plein et ses grands yeux naïfs devaient faire tourner les têtes. De petite taille, Flora était aussi toute en rondeurs féminines et courbes douces. Sa peau laiteuse contrastait avec la robe portefeuille couleur sapin qui épousait son corps à la perfection, révélant sans dévoiler.

— Je vous présente Flora, ma nièce, qui vit avec nous, dit Victoire. Flora, peux-tu accompagner Céleste et Ithri ? Je retourne dans la cuisine. Ce soir, c'est lasagnes maison et panna cotta aux fruits rouges. Gwil m'a indiqué que vous voudriez probablement dîner ici.

Céleste et Ithri acquiescèrent. Ils étaient éreintés et n'avaient guère mangé de la journée. Leur hôtesse poursuivit :

— Je vous laisse déposer vos affaires. Choisissez les chambres qui vous plaisent, je n'attends personne aujourd'hui. Ni demain, d'ailleurs. Nos appartements sont de l'autre côté de la maison.

Puis elle tourna les talons et s'éloigna vers la cuisine, sa longue robe ondulant.

— Vous venez ? demanda Flora, qui patientait sur la troisième marche.

Les deux enquêteurs la suivirent à l'étage, où quatre chambres donnaient sur une mezzanine aménagée en espace de lecture. Ithri se contenta de poser son sac de voyage sur son lit avant de rebrousser chemin. L'odeur des lasagnes lui avait ouvert l'appétit et, maintenant qu'il savait le repas proche, la faim grondait dans son estomac.

Quant à Céleste, elle se sentait revigorée par l'énergie dégagée par Victoire. Ou était-ce cette sensation de familiarité, bien que l'environnement soit à l'opposé de tout ce qu'elle connaissait ? Les fenêtres donnaient sur la campagne, sans aucune lueur pour perturber la noirceur de la nuit. On entendait en fond sonore une musique contemporaine, au rythme parfait, ni trop lent ni trop rapide, le genre qu'on savoure au coin du feu en sirotant un whisky. La chaumière sentait le bois, et aussi une odeur lourde que Céleste imagina être la tourbe. Lorsque la capitaine sortit de sa chambre, Flora s'avança vers elle, les yeux rivés sur son visage. En règle générale, Céleste avait une conscience aiguë de l'impression que produisaient ses cicatrices. Répulsion. Crainte. Dégoût. Pitié. Une lame affûtée avait tracé des balafres profondes et très nettes, et à la lumière du plafonnier l'effet devait être particulièrement saisissant.

— Toi aussi, dit Flora de manière totalement inattendue.

Elle caressa la joue de la policière. Céleste vit alors ce que la pénombre lui avait caché. Les yeux légèrement bridés, la base du nez écrasée, le visage aplati, le menton court ; les traits remarquablement équilibrés de la jeune femme étaient la manifestation d'un syndrome de Down, la trisomie 21. Sous le regard ébahi d'Ithri, Céleste se laissa toucher sans bouger.

Deux grosses larmes naquirent dans les yeux de Flora puis roulèrent sur ses joues tandis qu'elle suivait des doigts le tracé des cicatrices. Toujours silencieuse, la jeune fille laissa retomber sa main, avant de dévaler de nouveau les escaliers, abandonnant pour un temps les policiers émus et certainement troublés.

Ithri

Parc naturel régional de Brière
Île du Combattant

Victoire les attendait à la cuisine et Ithri avait à peine eu le temps d'échanger quelques messages avec Pauline. Ces deux derniers mois, ils se voyaient presque tous les jours, chez elle ou chez lui, et les rares soirées qu'ils ne passaient pas ensemble généraient une pluie de textos. Ça ne veut pas dire grand-chose, se répétait Ithri. Pauline était d'abord une amie. Pas un coup de foudre, pas une obsession comme dans l'amour. Il se doutait que le désir fanerait un jour comme il avait toujours fané. Inutile donc de se fâcher avec sa mère en ramenant une catholique divorcée pour Roch Hachana. Ces quelques jours loin de Nantes seraient peut-être l'occasion de remettre les choses à leur juste place. De laisser le soufflé de la passion retomber…

— Peut-être préférez-vous dîner entre vous ?

Ithri caressait le bois poli du chambranle, qui lui rappelait la peau de Pauline, ce creux derrière les clavicules qu'il ne se lassait pas d'embrasser. La question de Victoire le sortit de sa rêverie. Quittant la chaleur bienfaisante de ses pensées, il revint à la réalité, dans la cuisine de la Brillantine. Victoire continua :

— Je vous installe dans la salle à manger, si vous le souhaitez. Sinon, vous pouvez rester ici, avec Flora et moi. Antoine est d'astreinte ce soir, nous ne serons que tous les quatre. Avec le temps pourri de ce début d'automne, les touristes ont tous déserté la Brière, même les retraités qui profitent d'habitude de cette période et des prix bas. Vous avez de la chance, l'an dernier à la même époque, les quatre chambres étaient prises.

Sans se concerter, Ithri et Céleste choisirent la cuisine. L'air embaumait les oignons, les tomates et le fromage fondu. Une salade verte trônait dans un grand bol transparent et Victoire posa près d'elle un plat rectangulaire des plus appétissants. Certaines personnes ont le don de vous mettre à l'aise et c'était sans conteste celui de leurs hôtesses. La conversation roula sur le temps, puis les policiers, les Gembloux et les mutations de gendarmerie en gendarmerie, jusqu'à ce qu'ils choisissent de fixer la famille en Bretagne, pour que Flora puisse envisager de prendre son envol. Les mains toujours en action soulignant ses propos, Victoire raconta comment sa nièce avait décidé d'appeler leurs chambres d'hôtes « La Brillantine » : parce qu'elle aimait ce qui brillait et qu'elle voulait que ce soit « un nom de fille ». Brillant/Brillantine.

— Pourquoi pas « La Brillante » ? demanda Ithri.

— Brillante, c'est un mot de bon élève, pas un mot à paillettes, répondit Flora.

Le rire de sa tante s'éleva.

— Si j'avais écouté Flora, les murs seraient recouverts de paillettes, dit-elle. Il y en a dans sa chambre, d'ailleurs, elle a contribué à la peindre. C'est plus discret dans le reste de la maison. J'en ai disséminé dans l'entrée et au-dessus de la cheminée du salon.

— C'est vous qui avez tout repeint ?

— Peint et aussi retapé. C'est mon métier. J'embauche parfois des gars pour m'aider si c'est trop lourd, et je fais appel à un chaumier pour les toits. Sinon, électricité, plomberie, gros œuvre, c'est moi. Quand Flora était petite, c'était parfait, on pouvait être tout le temps ensemble. On a noué un lien très fort, toutes les deux. Avec les mutations et Antoine souvent au travail, on devait pouvoir compter l'une sur l'autre. Vous reprenez des lasagnes, Ithri ?

Celui-ci tendit son assiette. Céleste déclina. Les lasagnes maison étaient délicieuses et le jeune policier ne lésina pas sur les compliments. Flora répondit qu'elle avait suivi la recette de tatie et les deux femmes échangèrent un sourire complice.

— Tatie, c'est Victoire, indiqua Flora, la bouche pleine. Ma maman est morte il y a longtemps.

— Une triste histoire, fit Victoire en recouvrant la main de Flora. Sa mère vivait dans une communauté. Les parents d'Antoine ignoraient qu'elle était enceinte. À sa mort, ils ont recueilli Flora, âgée de quelques mois, et, à leur décès, Antoine a décidé de la prendre sous son aile.

— Victoire est venue habiter chez Antoine grâce à moi, révéla Flora.

— C'était le bon moment. Je me suis très vite attachée à elle. Elle est extraordinaire. Vous a-t-on dit qu'elle étudiait pour devenir cuisinière ? Elle va passer son CAP de restauration cette année.

Flora rayonnait de fierté.

— J'aime ça, la cuisine. C'est moi qui ai fait le dessert, aussi. Une panna cotta. Vous en voulez ?

La spontanéité de la jeune femme faisait plaisir. Pour la première fois depuis des semaines, Céleste semblait détendue, le visage lissé, les yeux pétillants. C'était étrange de partager un repas avec elle dans un cadre tellement intime, se dit Ithri. Ce n'était pas qu'elle le rejetât ; au contraire, elle se révélait un mentor plein de patience et de ressources. Depuis le début de leur collaboration, elle l'encourageait à prendre des initiatives, expliquant ses ordres. « Normal, avait-elle répliqué un jour, alors qu'Ithri la remerciait. Tu es mon second. S'il m'arrive quelque chose, tu dois pouvoir tenir les rênes du groupe. »

Dans la cuisine de la Brillantine, elle s'animait, et Ithri se sentit presque jaloux de n'avoir jamais suscité une telle proximité. Il croisa son regard alors qu'elle plongeait sa petite cuiller dans une verrine de panna cotta. Le coulis de fruits rouges colora la crème blanche et Ithri pensa brusquement à Océane Lemonnier.

— Vous avez des enfants ? demanda Victoire à Céleste.

— Deux filles.

Céleste n'ajouta rien. Emma et Clémence avaient beau être nées d'une autre femme, elles étaient ses filles, elle était leur mère. Est-ce que je pourrais être moi aussi le père d'un gamin qui n'aurait pas mes gènes ? s'interrogea Ithri en portant la cuiller à sa bouche.

— J'aurais bien aimé avoir des enfants à moi, dit Victoire.

— Est-ce que ça n'a pas été difficile de vous trouver parachutée responsable de Flora, sans préparation ? demanda Céleste.

Ithri la reconnaissait bien là. Elle cherchait à faire dévier une conversation qui prenait un tour un peu trop intime, mais ses questions manquaient de délicatesse. Leur hôtesse ne parut pas s'en offusquer.

— On entend souvent dire qu'il faut un village pour élever un enfant, répondit Victoire. La caserne a été ce village. Nous avons vécu de merveilleuses années, de poste en poste, et la solidarité des femmes de gendarmes a été un soutien précieux pour aider Flora à devenir qui elle est. Bravo, Flora, ajouta-t-elle d'une voix plus forte, c'est très réussi une fois encore.

Et elle leva sa cuiller pleine de crème en guise de salut.

— J'admire tellement sa pugnacité, confia Victoire à Céleste. Son rêve, c'est de résider seule chez elle, et elle n'est pas loin de le réaliser… Mais je ne veux pas vous ennuyer avec mes états d'âme. Il paraît que le départ du nid des enfants est source d'angoisse pour les parents. J'ai beau n'être que sa tante par alliance, je suppose que je suis affectée, moi aussi.

Indifférente aux regrets perceptibles dans la voix de Victoire, Flora s'agitait, vive et joyeuse, débarrassait, rapportait les assiettes, souriant à tout le monde. L'adversité forge ou brise, répétait sa mère à Ithri. Mais en forgeant, elle dessèche parfois. Pas Flora, qui rêvait tout haut à sa vie de demain, un travail, une maison, un amoureux et ses lapins.

Les deux enquêteurs n'évoquèrent donc pas la mort d'Océane Lemonnier de toute la soirée, et c'était parfait ainsi. Ithri se coucha plus tard que prévu et, après quelques textos échangés avec Pauline, sombra rapidement dans le sommeil.

Troisième jour

Jeudi 26 septembre

Céleste

Parc naturel régional de Brière
Île du Combattant

Il fut impossible aux deux policiers de discuter au cours du pantagruélique petit déjeuner préparé par Flora. Celle-ci s'était rendue à pied au village acheter des croissants et une baguette fraîche, avait disposé sur la table du beurre aux cristaux de sel, des confitures de mûres et de fraises, et une grosse théière. Céleste s'émerveilla de l'expressivité de son visage, de la palette d'émotions qui s'y dessinait, et traça presque involontairement un parallèle avec ses propres ados à l'air renfrogné, auxquelles il fallait arracher les mots de la bouche et qu'il fallait menacer des pires sévices pour qu'elles consentent à seulement débarrasser leur assiette. Elle n'eut pas le cœur de lui demander du café et se pinça le nez pour avaler son thé. Ithri fit honneur aux croissants, à la baguette, au beurre et aux confitures. Où pouvait-il cacher tout ça, dans son corps de roseau, c'était un mystère pour Céleste.

Ils croisèrent Victoire en quittant la maison. Les joues roses et le teint frais, elle revenait de son heure de marche quotidienne. Elle leur fit part de l'idée qu'elle avait eue dans la nuit. Si, à la gendarmerie, on peinait à leur trouver un véritable espace de travail et que leurs investigations étaient concentrées de ce côté de la Brière, pourquoi ne pas utiliser le bureau d'Antoine (« le major », précisa-t-elle) à la Brillantine ?

— Il ne s'en sert quasiment jamais, il préfère rester à la gendarmerie quand il est d'astreinte. Ce serait peut-être plus pratique pour vous ? Il ferme à clé, les secrets de l'enquête y seront préservés. Personne n'y aura accès, pas même mon mari. Il est d'accord. Entre nous, je crois que ça le soulagerait. Le bâtiment est presque neuf, mais il a été sous-dimensionné. Toute la brigade est à l'étroit et… euh… policiers et gendarmes, c'est un peu comme chats et chiens, pour parler franchement.

Était-il impoli de reconnaître que la perspective de ne pas mettre un pied dans un lieu rempli de gendarmes était réjouissante ? Céleste réagit par l'affirmative en veillant à ne pas manifester l'enthousiasme qu'elle ressentait.

— Parfait ! Je vous souhaite une bonne journée, alors. Je vais m'assurer que Flora ne loupe pas le bus pour le CFA ce matin, c'est sa semaine de cours à l'école.

— Elle nous a dit ça, répondit Ithri. Bravo, vous faites un travail formidable toutes les deux.

— C'est surtout elle, vous savez, je me contente de l'accompagner.

Ils se souhaitèrent mutuellement bonne journée, puis se séparèrent, Victoire s'asseyant sur les marches de la maison pour dénouer les lacets de ses chaussures.

C'est seulement une fois installés dans la Porsche que les policiers purent revenir sur la mort d'Océane Lemonnier.

— J'appelle le patron ce matin, dit Céleste. Je vais le prévenir qu'on reste plusieurs jours. Commençons par le Bistrot du Marais, j'ai besoin d'un café et je veux interroger le responsable.

— Tu crois vraiment qu'on va trouver le meurtrier ici ? Il habite peut-être au Croisic ou à Guérande.

Le Bistrot était si proche qu'ils auraient pu y aller à pied, constata Céleste en garant sa voiture. Ça sentait fort la vie sauvage et les plantes, ce mélange chaud d'herbe, de terre et d'humus intensifié par la bruine persistante. Le soleil n'avait pourtant pas dit son dernier mot et un de ses rayons vint heurter l'alliance de Céleste alors qu'elle refermait sa portière.

— Il faut bien commencer quelque part. Jusque-là, on a fait chou blanc. L'hypothèse de Guézennec et d'Orueta est convaincante. S'ils ont raison, on a une occasion en or : l'assassin a paniqué et s'est dépêché de se débarrasser de sa victime. À nous de découvrir ses erreurs et de remonter jusqu'à lui.

— Et si c'était un hasard ? S'il avait croisé Océane et avait décidé de la supprimer ? Un homicide d'opportunité, comme Francis Heaulme ou Fourniret ?

— Alors on ne trouvera rien et le patron me serrera la vis sur le budget. Mais je n'y crois pas. Le tueur s'est donné du mal pour mettre en scène ses crimes. Ce n'est pas le signe d'un assassin désorganisé comme l'était Francis Heaulme, qui exécutait sur une pulsion. Et s'il choisit ses victimes dans la rue, tel Fourniret, quelqu'un a forcément vu quelque chose. On arrive juste après le meurtre, c'est notre chance. Appelle Tom, demande-lui s'il a pu avoir la liste des portables qui ont borné sur les îles. Et qu'il me fasse un 360 sur Océane et sur son père.

Elle claqua sa portière et se dirigea vers le Bistrot, une chaumière plantée un peu plus près de l'eau que les autres maisons. Une grande plaque en bois était fixée sur le pignon : *Cuisine du terroir Plat du jour Vins de propriété Terrasse ensoleillée Bar & Promenades en barques*.

— La polyvalence ou la disparition, murmura Céleste en s'effaçant devant Ithri.

— Tu ne crois pas qu'on devrait croiser les données avec la mort de Meynet ? suggéra ce dernier. Le sang qu'ils ont retrouvé dans cette masure, c'est prometteur, non ?

— On va laisser les gendarmes continuer leur boulot, c'est eux qui ont été saisis, pour le jeune homme. Guézennec a l'air de vouloir coopérer. Il nous préviendra s'il trouve quelque chose pour nous. Faisons-lui confiance. Si on se disperse, on n'y arrivera jamais. On n'a pas assez de personnel pour tout traiter, il faut faire des choix.

Elle entra dans le Bistrot. Le lieu était si bas de plafond qu'elle devait presque pencher la tête pour ne pas s'y cogner. Murs en pierres apparentes, poutres en chêne, affiches colorées d'une galerie d'art de Saint-Nazaire. Les tables rustiques étaient surmontées de lampes multicolores, ce qui donnait à l'ensemble un air de festival des lumières en plein jour. Didier Delhommeau en avait parlé comme d'un endroit où tous ceux de l'île du Combattant se retrouvaient régulièrement, et Céleste s'était figuré de la musique et de l'animation. Elle eut plutôt l'impression d'interrompre une veillée funèbre.

Un gaillard aux allures de joueur de rugby, sans doute le patron, essuyait des chopes de bière, échangeant à mi-voix avec un individu brun d'apparence négligée assis devant le comptoir. Attablés dans un coin, cinq jeunes gens étaient engagés dans une discussion à voix basse. Teint pâle et cernes profonds, la seule fille de la petite troupe n'écoutait pas, les yeux dans le vague. Des étudiants, peut-être ? À leur arrivée, Céleste perçut comme de l'électricité dans l'air. La fille murmura quelques phrases et deux des garçons se retournèrent pour les dévisager.

Céleste ne se faisait pas d'illusions. Malgré ses balafres et ses bottes de motarde, malgré la langueur apparente d'Ithri, quelque chose chez eux signait le policier. Elle n'avait jamais réussi à savoir quoi. Peut-être que certains avaient un *flicdar*, comme elle avait un *gaydar*. Elle essaya de mémoriser leurs visages avant de s'avancer vers le barman et de demander si la terrasse était ouverte, au grand dam d'Ithri.

— Oui, répondit l'homme. Il y a des chaises sèches sous l'auvent. Vous pourrez contempler la Brière au matin, c'est une merveille. Qu'est-ce que je vous sers ?

Céleste commanda un café noir double et sans sucre et un thé à la bergamote pour son équipier, ce qui arracha un sourire à Ithri. Pendant qu'ils se dirigeaient vers la terrasse, ce dernier revint à la charge, d'une voix suffisamment basse pour que seule Céleste l'entende :

— Toi qui l'as visitée, tu ne crois pas que la masure pourrait être le lieu du meurtre d'Océane ?

— Si. Mais il faut attendre le résultat des analyses ADN du sang qu'ils y ont découvert, et je ne sais pas combien de temps ça va prendre. On verra à ce moment-là. Mets ça de côté pour l'instant, s'il te plaît, et trouvons comment nous pouvons *concrètement* avancer.

Céleste s'interrompit, émerveillée. Le marais s'étalait devant ses yeux, scintillant dans la lumière du petit matin. L'eau était comme un miroir, à peine agitée çà et là d'ondes qui venaient mourir sur les berges. Le ciel s'ouvrait à l'infini… Les couleurs éclataient. Vert pétulant de l'herbe, bistre de la terre épaisse, gris souris de la bruine et, au centre de tout ça, le marais bleu ardoise.

Ithri se planta près d'elle avec ce demi-sourire serein qui creusait une fossette au coin de ses lèvres et suscitait chez Céleste un inexplicable sentiment maternel. Elle se dirigea vers une table au bord de l'eau, Ithri prit deux chaises sous l'auvent et la rejoignit. Il toucha l'une des assises du bout des doigts. Elle était tressée dans une sorte de plastique et il était difficile de voir si elle était sèche ou mouillée. Le résultat dut lui convenir, parce qu'il imita Céleste et s'installa face au marais.

— Ce n'est pas un peu trop mélodramatique, cette alliance ? demanda-t-il en étendant ses longues jambes devant lui. On se croirait dans un vieux Patricia

Cornwell. La signature du tueur… Ça signifierait qu'il est marié avec la victime jusque dans la mort ?

— Pourquoi pas ? De mon côté j'avais envisagé une référence à la veine de l'amour, *Vena Amoris*.

Comme Ithri affichait un air perplexe, Céleste expliqua :

— Il s'agit d'une ancienne croyance selon laquelle il existerait une veine qui relierait directement l'annulaire gauche au cœur. Ce serait la raison pour laquelle on porte les alliances à ce doigt-là, d'ailleurs. On pourra interroger notre expert local sur les légendes liées au sujet.

— Pourquoi le couper ? Pour symboliser le mariage brisé ?

— Je dirais que ça a un rapport avec le sein tranché : le cœur est juste en dessous. Sinon, je ne sais pas.

Elle continua :

— La mise en scène qu'on a observée pour Mademoiselle X et Océane Lemonnier a un sens. Commençons par nous concentrer sur Océane. Voyons si nous pouvons comprendre pourquoi elle est devenue une victime.

— Elle est peut-être tombée sur un Tinder maniaque ? Tinder, le réseau social pour trouver l'âme sœur…

— Merci, Ithri, j'ai beau venir de l'âge de pierre, je sais de quoi il s'agit. Et que ce n'est pas l'âme sœur qu'on y cherche en premier.

C'était une bonne idée. Ils devaient découvrir comment le meurtrier était entré en contact avec sa victime. Sans exclure l'entourage, ils pouvaient se concentrer sur la possibilité qu'elle ait rencontré son agresseur par l'intermédiaire d'Internet. Tom enverrait les relevés de bornage dans la journée, et le numéro de la plaque d'immatriculation de la petite Fiat rouge avait été diffusé à tous les services de police et de gendarmerie.

Un plateau à la main, le patron du bistrot interrompit leur discussion en déposant les tasses et la théière devant eux.

— Vous êtes en vacances ?

— Pour le travail.

— Si ça vous intéresse, ce midi, au menu il y a des pieds paquets, une spécialité marseillaise parfaite pour le temps qu'il fait.

Ithri remercia poliment. Céleste avait des questions pour le cafetier, mais ce n'était pas le bon moment. Elle souhaitait commencer par interroger l'employeuse de la victime, ainsi que ses collègues. Le bistrotier pourrait probablement confirmer plusieurs alibis.

— J'aimerais bien en savoir un peu plus sur l'état d'esprit et la manière d'être d'Océane Lemonnier, dit-elle une fois que ce dernier se fut éloigné. On se comporte généralement différemment dans un environnement professionnel et dans un environnement personnel.

— On porte plus souvent un masque au boulot, non ?

Céleste goûta son café du bout des lèvres avant de répondre :

— Ça dépend des gens, du métier, de la famille, des amis. Parfois, non.

Le restaurant où Océane Lemonnier travaillait étant à deux pas, Ithri proposa d'y aller à pied. Céleste refusa au motif que la pluie menaçait – et qu'elle ne voulait pas laisser sa voiture sur le parking du Bistrot. S'ils y avaient pensé dès le départ, peut-être… ajouta-t-elle hypocritement.

Amandine

Parc naturel régional de Brière
Île du Combattant

Encore une défection. Amandine s'interdit de jurer : ça entravait la circulation des énergies. Elle avait tout de même très envie de le dire : Merde. Voilà. Merde, merde, merde. Qu'est-ce qu'ils avaient à tous se barrer avant la fin de la saison ? Comment allait-elle se débrouiller avec une équipe de cuisine réduite d'un tiers ? Elle allait être obligée de fermer le restaurant trois jours par semaine. Ce n'est pas comme ça qu'elle allait pouvoir rembourser son emprunt.

Elle vérifia que tous les documents administratifs étaient en ordre. Le môme s'était renseigné, il n'avait pas voulu signer de lettre de démission et avait eu le culot de lui signifier qu'il lui suffisait de ne pas se présenter et qu'elle devrait se farcir une procédure pour abandon de poste. Fichus réseaux sociaux.

Avec un quatrième départ de l'équipe de cuisine – bien que la mort de Stéphane Meynet ne puisse être qualifiée de tel –, elle devrait limiter les bras en salle.

À moins qu'elle ne parvienne à trouver au moins un cuisinier dans la semaine ? Par ailleurs, que devait-elle faire pour la rémunération de Stéphane Meynet ? Devait-elle la verser ? Elle rédigea un e-mail à l'attention du comptable, qui s'occupait aussi des bulletins de paie. Elle espérait que ça n'avait pas trop l'air mesquin, mais après tout, si elle pouvait éviter de sortir un mois de salaire… Stéphane n'était plus là pour en profiter, de toute façon. Pauvre gosse. Elle était triste qu'il soit mort. Il aurait pu faire un bon chef.

Sentant qu'elle s'engageait sur la voie des ruminations, ce qui aurait pour seul résultat de la mettre de mauvaise humeur, Amandine repoussa son clavier et se leva. L'équipe de cuisine devait être au complet et avait besoin qu'on l'encourage ; du moins le supposait-elle. Ses employés n'avaient pas trop mal réagi à la nouvelle de la mort de Stéphane. Celui-ci était apprécié sans être aimé, une des raisons pour lesquelles il aurait fait un bon chef. Il ne recherchait pas les amitiés, en vérité. Seulement qu'on le laisse travailler. Pas comme Mattéo, qui s'imaginait que le poste de premier chef de partie allait lui échoir. Plutôt crever que de garder cette sale fouine. Heureusement, son contrat arrivait à son terme.

Elle traversa l'entrée de l'hôtel en direction des cuisines. Un étrange couple apparut. Ils n'étaient pas clients de l'établissement et il était beaucoup trop tôt pour le restaurant. Et ce n'était pas des fournisseurs. Elle ralentit donc l'allure par curiosité et les observa tandis qu'ils s'adressaient à la réceptionniste. La femme semblait diriger, ce qui n'était pas pour lui déplaire. Un couple illégitime qui souhaitait s'offrir une chambre à la journée ? Une cougar et son gigolo ?

La réceptionniste la désigna du doigt et la femme se tourna vers elle.

Quelle horreur ! Pas étonnant qu'elle doive payer pour coucher…

Des flics. Maintenant qu'elle le savait, c'était assez évident. Le garçon était vraiment beau gosse, pas plus de trente ans, une peau magnifique et des cheveux qui brillaient comme s'il les rinçait au vinaigre. Amandine, pour avoir des cheveux bouclés elle-même, connaissait la difficulté d'entretenir une telle toison. Elle admira en spécialiste. La femme, en revanche, lui déplaisait. Sèche, économe de ses mouvements, les yeux à l'affût, et ces cicatrices écœurantes.

— Vous êtes la propriétaire de cet établissement ?

Amandine mima une révérence et leur sortit son baratin habituel :

— Amandine Rocher, cheffe, propriétaire, réceptionniste et déboucheuse de toilettes à mes heures.

— Nous souhaitons vous parler. Vous auriez un endroit calme ?

Elle avait une voix un peu trop contrôlée et un peu trop grave. Amandine se demanda si ce n'était pas un travelo ou plutôt un trans, comme on disait aujourd'hui. Elle aurait dû prêter plus attention à sa carte de flic. Aussi bien, la femme s'appelait Maurice. L'idée déclencha une hilarité intérieure qu'elle contint à grand-peine. La mort de Stéphane s'était ajoutée à une longue liste d'emmerdes et elle était sur les nerfs.

Elle guida les policiers vers la pièce qu'elle venait de quitter.

— Mon bureau est ici, fit-elle en ouvrant une porte basse et massive. Attention à votre tête. Désolée pour la vue sur le parking… (Elle siffla doucement.) C'est votre voiture ? Le pouvoir d'achat de la police a augmenté, apparemment.

— Vous avez créé cet établissement ?

— Je l'ai repris il y a trois ans. C'était une auberge minuscule tenue par une mamie qui mijotait les meilleurs ragoûts à cinquante kilomètres à la ronde. Une cuisine simple et goûteuse. J'essaie de faire pareil.

La pièce, exiguë, lumineuse, était meublée d'un secrétaire à rouleaux, de deux petits sofas et d'un gros fauteuil fatigué. Au sol, un tapis en coco. Céleste et Ithri prirent place chacun dans un canapé, tandis que leur hôtesse s'installait dans le fauteuil. Comme les policiers ne disaient rien, Amandine décida d'y aller franchement. Elle avait un service à préparer, en sous-effectif, et ne souhaitait pas perdre plus de temps que nécessaire.

— Qu'est-ce qui vous amène ?

— Je suis la capitaine Céleste Ibarbengoetxea. Ibar, c'est plus facile. Et voici le capitaine Ithri Maksen. Nous désirons vous parler d'une de vos employées.

Amandine comprit que la conversation n'allait pas être plaisante. Les premières choses qui venaient à l'esprit quand on était propriétaire d'un établissement, c'était trafic de drogue ou vol. Peut-être même vol dans les chambres. Oh ! Pourvu que ça ne soit pas ça ! Ça ruinerait sa réputation. Soudain, Amandine avait très envie de coopérer avec les flics. Plus elle coopérerait, plus ils seraient sympas, moins ils seraient enclins à étaler son linge sale sur la place publique. Prudemment, elle s'enquit :

— Qui ça ?

— Océane Lemonnier.

La réponse la stupéfia. C'était bien la dernière personne qu'elle aurait soupçonnée de susciter l'intérêt de la police.

— Je suis désolée, reprit la femme. Nous avons une mauvaise nouvelle à vous annoncer… (Une pause.) Elle a été retrouvée morte, hier. (Une autre pause.) Nous enquêtons sur son décès.

Amandine en resta interloquée quelques secondes. Puis :

— Océane ?

— Pourriez-vous me dire quand vous l'avez vue pour la dernière fois ?

Amandine mit plusieurs secondes à réunir ses souvenirs.

— Dimanche soir, répondit-elle d'une voix blanche. C'était un service calme, on a fonctionné en équipe réduite. Le dernier client a réglé à 22 heures… Je ne l'ai pas croisée depuis, mais elle m'a envoyé un SMS mardi matin pour me prévenir qu'elle était malade et qu'elle serait absente pendant huit jours. Qu'est-ce qu'elle a pu contracter d'aussi foudroyant ? Une méningite ?

— Elle n'est pas décédée de mort naturelle. Vous pouvez me montrer ce texto ?

Amandine présenta son portable à la femme, qui le passa au policier. Deux homicides en deux jours dans son établissement ? Les journalistes allaient débarquer ! Quelles explications allait-on leur fournir ? Ou peut-être que ça allait donner un coup de boost au restau. Certaines personnes ont des inclinations si morbides… Mais s'il y avait un tueur fou sur l'île, les clients ne voudraient plus venir. On en arrivait au même point, elle devait coopérer.

— Cela a un rapport avec Stéphane ? Parce que là, deux morts chez moi… il y a de quoi se poser des questions. Vous pensez qu'on a un assassin ici ? Ou dans le marais ?

— Pour le moment, rien ne nous indique que ces deux décès soient liés.

— Excusez-moi, dit Amandine. Il faut que je digère la nouvelle.

Elle était blême. Elle avait travaillé si dur. Elle s'était endettée à mort. C'était tellement injuste ! Elle ne se laisserait pas engloutir sans se battre. Elle ravala la colère qui montait et demanda :

— Vous pensez que c'est une coïncidence ? Vous avez vu où on se trouve ? Je ne sais même pas s'il y a deux mille habitants sur l'île du Combattant… Enfin, c'est votre boulot. Ne mentionnez pas le restaurant aux journaux, s'il vous plaît. Oh ! Seigneur. Est-ce qu'il y a un danger pour la population ? Parce que j'ai deux enfants. Vous croyez qu'ils sont en danger ?

— Pas plus aujourd'hui qu'hier, madame Rocher. Faites normalement attention à leur sécurité. Pouvez-vous me parler d'Océane Lemonnier ?

Amandine raconta tout ce qu'elle savait sans se faire prier. Les deux victimes étaient les éléments parmi les plus falots de son établissement. Ceux qu'on n'imaginait pas prédisposés à s'attirer ce genre d'ennuis. Océane était sympa, ponctuelle, souriante, appréciée de ses chefs de rang, estimée par son responsable. À la hauteur, conclut la cheffe. Une bonne employée, qui ne rechignait pas à faire ses heures, qui ne bavardait pas à l'office, bref, qui ne posait pas de problème. Célibataire, affirma-t-elle, en précisant qu'elle n'était pas concernée par la vie privée de ses collaborateurs. Elle ignorait si Océane Lemonnier avait d'autres centres d'intérêt que son travail, si elle faisait de la broderie ou de la varappe à ses heures perdues. Elle n'avait pas noté si la jeune femme entretenait une amitié avec des membres du personnel. Elle savait seulement qu'ils se retrouvaient fréquemment au Bistrot du Marais.

— Reconnaissez-vous cet homme ?

La policière fit glisser vers Amandine le portrait raturé rangé dans une pochette transparente. La cheffe posa un doigt dessus comme s'il risquait de s'envoler et l'observa attentivement.

Putain, c'était Ludovic ! Qu'est-ce qu'il avait encore fait, ce con ?

— Ce n'est pas très facile de distinguer quoi que ce soit… Non, je ne vois pas. C'était un ami d'Océane ?

— J'ai une dernière question. Auriez-vous entendu parler d'une jeune femme qui aurait disparu avant l'été et qui aurait travaillé dans un restaurant ?

Seigneur ! Quel cauchemar !

Amandine sonda les recoins de sa mémoire embrumée par le choc, en vain. Du personnel qui plante son employeur en plein milieu de son contrat et ne répond plus au téléphone, ça arrivait régulièrement. C'était devenu une plaie du métier. Certains ne se donnaient même pas la peine de refaire surface pour être payés s'ils quittaient leur poste en début de mois. Elle le précisa à ses interlocuteurs et ajouta qu'aucune femme de sa brigade ne manquait à l'appel depuis le début de la saison.

Elle espéra que les policiers en avaient terminé avec leurs questions et qu'ils allaient partir rapidement. À elle de trouver les mots pour expliquer l'absence d'Océane sans affoler ses équipes. Et s'ils décidaient tous de démissionner ? Quelle idée elle avait eue d'embaucher autant de filles, cette année ! Elle pensait que les journaux titreraient sur son féminisme, or c'était passé inaperçu. C'était bien la peine.

— Est-ce que je dois prévenir les femmes de ma brigade de se méfier ? hasarda-t-elle.

La policière répondit à côté, ruinant tous les plans d'Amandine pour amortir l'onde de choc :

— J'ai besoin d'interroger les collègues d'Océane. Je veux en savoir plus sur sa personnalité et son emploi du temps avant sa mort.

Céleste

Parc naturel régional de Brière
Île du Combattant

Céleste entrait pour la première fois dans les cuisines d'un restaurant gastronomique. Elle fut frappée par l'omniprésence de l'inox, la propreté de l'endroit et l'ambiance de fourmilière organisée. Il n'était pas encore 10 heures, les premiers clients n'arriveraient pas avant deux heures, et elle s'attendait à ce que tout baigne dans le calme. Pourtant, les lieux étaient déjà occupés par une dizaine de cuisiniers en tenue blanche, coiffés pour certains de calots, tous chaussés de sabots. Bruits de métal, moteur d'un robot culinaire, chuintement d'une casserole qu'on agite, claquement des couteaux qui émincent. Ça s'affairait, chacun savait exactement quelle était sa tâche. L'irruption des deux policiers n'entraîna qu'un coup d'œil poli. Celle d'Amandine Rocher les mit tous au garde-à-vous.

— Édouard, fit la cheffe en s'adressant à un homme un peu plus âgé que les autres, demande à Jonathan et à l'équipe en salle de nous rejoindre. J'ai besoin de vous parler.

Bien que personne n'ait abandonné son poste, des questions commencèrent à fuser : « Qu'est-ce qui se passe ? », « C'est grave ? », « Tu peux nous dire ? »… Ils étaient tous si jeunes. La plupart à peine plus âgés qu'Emma, la fille de Céleste. La capitaine observa tout particulièrement ceux qui conservaient la tête au-dessus de leur fourneau. Impossible de savoir s'ils étaient indifférents, s'ils redoutaient la police ou s'ils ne pouvaient pas quitter des yeux leur préparation. Elle reconnut la jeune femme qui se trouvait au Bistrot un peu plus tôt. Celle-ci serrait les coudes contre son torse maigre, refusant de manière si évidente de croiser le regard des policiers qu'elle attirait l'attention.

Le dénommé Édouard revint à ce moment-là, accompagné de six personnes, une expression ennuyée sur le visage.

— Jonathan termine une commande, il nous rejoindra plus tard. L'absence d'Océane nous met dans la merde.

La cheffe parut agacée, mais ne commenta pas.

Céleste se demanda si Amandine Rocher saisissait qu'elle était en mauvaise posture, comme la plupart de ses employés. Sur le corps de la victime, les entailles, nettes, avaient été réalisées avec un objet très tranchant, et de l'assurance. Celle que pouvait avoir, par exemple, un cuisinier.

Amandine prit la parole la première pour annoncer la mort d'Océane. Dès qu'elle prononça le mot « meurtre », des cris étranglés fusèrent.

— Je sais, c'est tragique et incompréhensible. Et c'est très angoissant… Écoutez, s'il vous plaît. Taisez-vous et écoutez. La capitaine Ibar… Excusez-moi, je n'ai pas retenu votre nom.

— Ibar convient très bien.

— La capitaine Ibar et son adjoint vont recueillir vos témoignages. Dites-leur tout ce que vous savez sur Océane. Le service risque d'être un peu perturbé aujourd'hui. Restez concentrés, nos clients n'y sont pour rien.

Le brouhaha reprit immédiatement. Deux filles se mirent à pleurer. Céleste attendit quelques secondes avant de réclamer le silence à son tour.

— Vous connaissiez tous Océane et peut-être que certains d'entre vous détiennent des informations qu'ils auraient préféré garder privées. Son meurtre a eu lieu dans des circonstances difficiles, et nous avons impérativement besoin de mieux comprendre qui elle était, mais également de disposer de son emploi du temps au cours des dernières quarante-huit heures. Avec qui elle était, ce qu'elle faisait. Nous allons recevoir chacun d'entre vous, un par un. Qui veut commencer ?

Elle scruta l'assemblée. Ils se trémoussaient, s'épiaient les uns les autres. Le silence est redoutable, surtout de la part d'un flic. On n'a qu'une envie : qu'il soit rompu. Céleste savait également qu'elle ne pouvait pas paralyser les cuisines trop longuement ; il y avait un déjeuner à préparer, des trucs à lier ou à faire sauter, elle n'y connaissait rien, en revanche elle comprenait que tout ça prenait du temps et obéissait à un processus bien précis.

— Océane a été assassinée par une personne qui ne lui a pas fait de cadeau, insista-t-elle. Nous devons arrêter son meurtrier.

Il y avait toujours quelque chose. Que ça ait un rapport ou pas, on a tous des petits secrets qu'on enfouit sous le tapis, en essayant de ne pas trébucher dessus. Le métier de Céleste consistait à soulever les tapis, à respirer les omissions et à exhumer les mensonges, volontaires ou non, des victimes et des coupables, de ceux qui n'avaient rien à voir avec l'histoire, aussi. Ça pouvait paraître sale, malsain, morbide. Pour Céleste comme pour beaucoup de flics, c'était le boulot. Fascinant dans sa diversité, sa médiocrité, sa réalité. La vie, loin des séries télé et des rêves adolescents. La vérité vraie. La réalité crue.

— Je ne souhaite pas créer de psychose. Néanmoins, je vous conseille d'éviter de vous déplacer seuls jusqu'à nouvel ordre.

Si elle ne pouvait pas les toucher par la solidarité ou par leur sens du devoir, elle pouvait les atteindre par la crainte. Céleste chercha à accrocher un regard. Ce jeune homme, là, par exemple. Il croisa les bras et baissa le menton. Cet autre, peut-être, un grand échalas châtain ? Il se détourna ostensiblement. Elle s'apprêtait à désigner la jeune femme pâle quand l'un des garçons fit un pas en avant.

Amandine avait mis son bureau à disposition de la police. Dans les heures à venir, elle remplacerait les cuisiniers à leur poste au fur et à mesure, afin de ne pas trop perturber le travail. Elle l'avait proposé spontanément, comme une invitation pour les policiers à prendre leur temps. Céleste apprécia le geste. Ithri remercia.

Le jeune homme s'appelait Lachlan Jones et il était chef de partie viande. Il avait dix-neuf ans, était canadien, arrivé en France dans le cadre d'un visa vacances-travail dix mois auparavant. C'était un solide gaillard, presque aussi large que haut, le poitrail épais et les biceps comme des jambons. Il parlait avec un fort accent canadien et s'étonna ouvertement du silence général.

— Franchement, je sais que personne ne veut faire de commérage, mais là, il y a deux morts. Je suis surpris de votre comportement, à vous autres Français. Personne ne s'abaisse à jaser avec les bœufs, comme si on avait du fun.

Il habitait avec d'autres saisonniers, plus haut dans la rue. Il connaissait assez peu Océane, qui travaillait en salle alors qu'il était en cuisine. Ithri lui demanda pourquoi il avait choisi de parler à la police. La réponse fusa :

— Elle a eu une histoire avec Jonathan, le maître d'hôtel.

— Une histoire…

— Elle couchait avec lui.

Ithri se tourna vers Céleste.

— Jonathan, ce n'est pas…

Céleste lui fit signe de se taire.

— Je les ai vus de la fenêtre de ma chambre. Ça donne sur un champ qui sert de parking au personnel. J'ai cru qu'il allait… qu'ils allaient… entre les voitures.

Le visage écarlate, Lachlan contemplait le bout de ses sabots de cuisine.

— Ça me dégoûte, qu'il puisse faire ça ouvertement…

— Vous pensez qu'il la harcelait ?

— Non, je ne crois pas qu'elle était obligée de faire ça.

— Même pas pour avoir de l'avancement, pour ne pas perdre son travail ?

L'idée eut l'air d'amuser Lachlan.

— Vous savez, le restaurant, ce n'est pas comme un bureau. Pour monter en grade, faut montrer qu'on est capable. Et des places, on en trouve comme on veut quand on a de l'expérience.

— Pardon, mais je ne saisis pas très bien où était le problème, si elle n'était pas contrainte et qu'elle n'en retirait pas de bénéfice.

Le jeune homme se mordit les lèvres.

— Les gars, à la chaumière, ils m'ont dit que c'était normal. C'est la France, il paraît. Je peux vous promettre qu'au Canada, ça n'arrive pas, que le maître d'hôtel couche avec son assistante. Ou alors il aura de gros, gros ennuis.

Lachlan avait vu Océane le dimanche soir, au dernier service. Il avait remarqué un changement d'humeur de la jeune femme, plusieurs mois auparavant. Elle s'était épanouie, montrait plus de patience. Comme elle avait éconduit tous ses prétendants du Lavoir, il en avait conclu que son histoire avec le maître d'hôtel durait depuis longtemps.

Le Canadien conseilla enfin aux policiers d'aller au Bistrot du Marais.

— Beaucoup vont passer leurs coupures là-bas.

— Leurs coupures ?

— L'après-midi, quand on a fini le service du midi, avant le service du soir. On travaille pas entre les deux.

Ça s'appelle une coupure. Est-ce que je peux y aller, maintenant ?

— Une dernière question, dit Céleste. Auriez-vous entendu parler d'une femme qui aurait disparu dans la région au début de l'été ?

— Disparu ? Qui ça ?

— Je ne peux pas vous le dire.

— Non, je vois pas. Dans la restauration, il y a toujours du mouvement, certains plantent leur patron du jour au lendemain pour embaucher à l'autre bout de la France, en Corse ou sur la Côte d'Azur, où ça paie plus.

Céleste et Ithri entendirent tous les employés de l'établissement. Sans rien apprendre de neuf. Tous insistèrent sur la facilité à trouver du travail dans leur profession et la grande mobilité des jeunes, qui profitaient des saisons pour voir du pays et se former. Le personnel d'encadrement était souvent permanent et bénéficiait d'un statut à part, si bien que les serveurs (qu'on appelait chefs de rang) comme les cuisiniers (qui se dénommaient chefs de partie) ne se mêlaient guère à leurs managers. Agréable et aimable, Océane faisait le lien entre ces deux catégories. Personne n'avait rien remarqué entre elle et son responsable. Rien de particulier, pour être exact, parce qu'à écouter les filles, tous les garçons lui tournaient autour. Le maître d'hôtel était, quant à lui, décrit comme « très strict et assez hautain », bien que plusieurs filles se soient trémoussées en l'évoquant.

Restait à auditionner celui-ci. Céleste envoya Ithri le chercher.

Les interrogatoires qu'elle menait ce matin n'étaient pas le côté le plus glorieux du métier. S'immerger dans les secrets des uns et des autres, faire la part des choses entre les commérages et les faits, entre ce qui était nécessaire à l'enquête et ce qui n'avait rien à voir... Pourtant, à la question « tuait-on pour une liaison ? », la réponse était oui. C'était rarement par amour ou par désir, souvent par dépit ou par jalousie. Comme un enfant capricieux préfère casser ses jouets que les prêter, certains hommes préféraient assassiner qu'être quittés. Le mode opératoire de l'agresseur, cependant, évoquait difficilement ce qu'on avait longtemps nommé « crime passionnel ». Cette rage, ce sadisme n'étaient pas banals. Il y avait de la haine, dans ce ventre éviscéré, dans ce sein tranché.

Amandine Rocher passa la tête par la porte entrouverte.

— Vous avez obtenu les réponses que vous souhaitiez ? s'enquit-elle.

Ce que cherchait Céleste, c'était le meurtrier d'Océane Lemonnier et peut-être de Mademoiselle X, alors, non, elle ne l'avait pas trouvé. En revanche, l'existence d'une idylle entre Lemonnier et son supérieur hiérarchique pouvait l'aider à voir plus clair. Elle décida donc de jouer cartes sur table :

— On nous a rapporté une liaison entre Océane et son responsable. Vous étiez au courant ?

— Jonathan ?

Le ton était plus aigre que surpris. Amandine entra dans le bureau et referma la porte derrière elle. Malgré elle, Céleste chercha la fenêtre des yeux. Depuis son agression, repérer comment s'enfuir était devenu un automatisme.

— On m'a rapporté une rumeur... commença la cheffe. J'en ai parlé avec Jonathan, qui m'a assuré que c'était faux. Il est marié, vous savez.

Amandine Rocher et elle n'étaient pas nées de la dernière pluie. Céleste attendit donc la suite.

— C'est un tout petit milieu, la cuisine, poursuivit Amandine. Avant d'engager quelqu'un, je contacte mes confrères pour écouter ce qu'ils ont à dire. C'est une pratique habituelle. J'ai joint deux de ses anciens employeurs, qui ont été dithyrambiques. En revanche, à La Baule, où il travaillait auparavant, le chef m'a confié que Jonathan était un coureur et que, si j'étais avisée, j'éviterais de l'embaucher pour protéger mes salariées. Je suis réputée pour recruter beaucoup de femmes, ajouta-t-elle, minaudant presque.

— Vous l'avez tout de même engagé.

— Il y a une telle pénurie dans le métier, soupira-t-elle. Trouver un maître d'hôtel formé, disponible et disposé à venir s'enterrer en Brière relève du miracle, à moins d'accepter un ivrogne ou un consommateur de drogue. Je me suis dit que j'allais l'avoir à l'œil.

— Et alors ?

— Et alors rien. Personne ne s'est plaint, je n'ai observé aucun geste déplacé.

— Ça aurait pu avoir lieu hors de votre surveillance, suggéra Céleste.

— J'y ai pensé, figurez-vous. J'ai régulièrement sondé les filles en cuisine ou en salle, et rien de rien. Je ne sais pas ce qui s'est passé à La Baule, mais ici, il est resté tranquille. Dites, vous n'allez pas l'arrêter ?

Parce que si je perds mon maître d'hôtel, je ne vais pas tenir deux jours, moi…

Un mètre quatre-vingts, solidement charpenté, le cheveu blond cendré, la mâchoire carrée et l'œil bleu, le maître d'hôtel avait tout du stéréotype du tombeur, y compris le regard un peu insolent. Il flottait autour de lui comme des effluves de testostérone. Restait à savoir si les filles n'avaient aucune raison de se plaindre ou si elles étaient trop énamourées pour le dénoncer.

— Vous voulez me voir ?

Une diction précise. Jonathan se coula dans un fauteuil et Céleste pensa brièvement à une flaque de mercure. Elle le pria de se présenter et il déclina son identité sans discuter :

— Jonathan Le Divellec. Vous avez rencontré ma femme hier, Émilie. Elle m'a annoncé la mauvaise nouvelle. Elle est dévastée.

— Pas vous ?

— Si, bien sûr, mais je n'avais pas des rapports aussi étroits avec Océane qu'Émilie.

Il regarda la policière avec candeur. Océane était sa plus proche collaboratrice et Céleste avait compris que la pénibilité du métier soudait les équipes. Chacun réagissait différemment à la mort, et que Jonathan Le Divellec ne semble guère affecté par sa disparition ne signifiait pas qu'il l'avait tuée.

Il faisait pourtant un suspect idéal, bien que son physique incitât à lui donner le bon Dieu sans confession. S'il entretenait bien une liaison avec la jeune femme, alors qu'il était marié, le mobile du meurtre était tout trouvé. Évidemment, ce n'était guère cohérent avec la théorie du criminel sériel. Raison de plus pour continuer à remuer la fange.

Jonathan Le Divellec déclara qu'il avait vu son assistante pour la dernière fois le dimanche précédent, au service du soir. À Céleste qui s'étonnait, lui rappelant qu'Océane avait emmené ses enfants à l'école et gardé le petit dernier toute la matinée du lundi, Jonathan assura qu'il ne l'avait pour sa part pas croisée, ajoutant avec provocation qu'il avait passé son temps « à poil ».

Face à ses cheveux ras et son visage couturé, les suspects masculins – et une partie de ses collègues – rangeaient Céleste dans la catégorie des frustrées sexuelles et se comportaient avec elle comme des Chippendales en représentation. Pour la narguer, peut-être ? Parce qu'ils s'imaginaient l'éblouir par leur virilité triomphante ? Céleste s'en fichait et, de temps en temps, s'en servait. Cette fois, pourtant, l'attitude désinvolte et provocatrice de Le Divellec suscita en elle une bouffée de colère. Elle s'appliqua à ne pas trahir ses émotions, laissa le silence s'installer jusqu'à ce que Jonathan se décide à le rompre :

— J'ai baisé ma femme. Ensuite, elle a pris une douche, a préparé le repas et elle est allée récupérer Raphaël, le petit, pour le déjeuner. Les grands étaient à la cantine pour qu'on puisse souffler un peu.

Chez certains hommes, la vulgarité est innée, elle fait tellement partie de leur personne qu'ils ne la remarquent pas. Chez Jonathan, elle était destinée à agresser, à choquer. À tenir à distance. Céleste lui demanda de détailler son emploi du temps.

— Pourquoi, je suis suspect ?

— C'est la procédure, à des fins d'élimination, répondit tranquillement la policière. Votre emploi du temps ?

Il déclara qu'il était « sorti voir des potes vers 14 heures », qu'il était « rentré vers 17 heures grand max » et n'avait pas bougé de chez lui. Il avait emmené ses enfants à l'école le mardi matin, pas la porte à côté, et s'était occupé de Raphaël. Il était allé faire les magasins l'après-midi, avant de s'arrêter dans un café. Il avait regagné son domicile à 19 heures pour le dîner et avait regardé la télévision avec sa femme jusqu'en fin de soirée.

— J'ai besoin du nom des amis que vous avez rencontrés lundi, lui dit Céleste.

— Pas de problème, je vous enverrai la liste.

Un sourire carnassier étira les lèvres de Céleste.

— Je préfère que vous la dressiez maintenant.

— Je suis suspect ? répéta Jonathan.

Céleste n'avait qu'une envie, lui sauter à la gorge et le secouer jusqu'à ce qu'il avoue tout ce qu'il savait. Ça n'aurait servi à rien, bien sûr, sauf peut-être à le calmer. Mais depuis quand la violence était-elle un moyen de détente ? s'interrogea-t-elle, surprise par la virulence de ses émotions. Elle ne se sentait pas capable de formuler la réponse. Pourtant, elle la connaissait…

— Vous êtes impliqué dans la mort d'Océane ?

— Non. Pourquoi le serais-je ?

Malheureusement pour Jonathan Le Divellec, il ne contrôlait pas très bien son langage corporel. Sa jambe droite tressautait sous le coup de la nervosité. Il se pinça l'oreille.

— Des témoins vous ont vus.

— Des témoins nous ont vus ?

— Avez-vous eu des relations sexuelles avec Océane Lemonnier ?

Pas de réponse.

— Jonathan, votre maîtresse a été assassinée. Nous avons besoin d'établir son emploi du temps et vous êtes la dernière personne à l'avoir vue vivante.

— Elle n'était pas ma maîtresse.

Céleste joua son ultime carte, les demi-vérités :

— On étudiera vos déplacements à l'aide de votre téléphone portable. Si vous avez rencontré Océane, on le saura. Vous connaissez la triangulation ?

Il soupira.

— Ça n'est pas du tout ce que vous croyez. Lundi, j'étais avec elle, mais on n'a pas couché ensemble.

— Que faisiez-vous, dans ce cas ? Vous recomptiez les couverts ?

Elle s'en voulut de répliquer sur un ton si aigre. Un témoin qui ment, c'était fréquent. Alors quoi ? Était-ce la pensée d'Émilie, coincée chez elle avec ses quatre enfants, enceinte, pendant que son mari la trompait avec son amie, qui la mettait en colère ? L'idée d'une mère abandonnée à son sort ? Comme Marie l'avait été tandis qu'elle-même poursuivait sa carrière à la BRI, à Paris, à cinq heures de route du domicile conjugal ?

— Ne lui dites rien, s'il vous plaît, dit Jonathan.

Le maître d'hôtel n'aurait succombé aux charmes d'Océane qu'une fois. Bien entendu, il la trouvait très attirante, mais il était marié. Et fidèle. La relation sexuelle qu'il avait eue avec Océane était, de son propre aveu, un coup d'un soir, ou plutôt d'un après-midi.

Un jour, il avait cédé aux avances de la jeune femme. Il l'avait accompagnée jusqu'à sa voiture. Elle était tellement avide qu'ils auraient pu conclure sur le parking, précisa-t-il. Il avait résisté et ils s'étaient retrouvés dans un endroit discret, un peu plus loin, sur l'île du Porte-Pierre, dans une impasse au milieu des champs.

Ensuite, Jonathan s'était senti incapable de rentrer chez lui de l'après-midi. Par bonheur, lorsqu'il avait regagné son domicile, après le dernier service, sa femme dormait déjà. Depuis, il se sentait honteux et sale. Il avait effectivement rencontré Océane lundi dernier. Elle le pressait de recommencer. Sauf qu'il n'en avait aucune envie et s'était jusque-là débrouillé pour l'éviter. Acculé, il avait finalement consenti à la retrouver au même endroit que la fois précédente, avec l'intention de mettre les points sur les i. C'était une aventure sans lendemain, il aimait sa famille plus que tout et avait commis une erreur. Il souhaitait rompre. Jonathan se reprit encore une fois. Rompre n'était pas le bon terme.

Ben voyons ! songea Céleste. De l'art de se donner le beau rôle…

Céleste

Parc naturel régional de Brière
Île du Combattant

Une fois les auditions terminées, Céleste et Ithri trouvèrent un refuge temporaire au Bistrot du Marais. Emmitouflée dans sa parka face à l'eau, Céleste se demanda si elle serait capable de s'habituer à une vie isolée. La question était purement théorique. Pour rien au monde Marie n'accepterait de quitter Nantes. Elle avait besoin du fracas de la ville, de l'émulation des urgences, où tout pouvait arriver. Jamais elle ne pourrait supporter le calme de la Brière. Et leurs filles aspiraient à sortir avec leurs bandes d'amis, à se retrouver entre jeunes. Tracassée, elle songea qu'Emma gagnerait peut-être à être éloignée des fréquentations qui lui avaient valu un passage au commissariat. Cependant, si l'on considérait les deux récents meurtres survenus en Brière, quelle assurance aurait-elle eue, en venant vivre ici, de protéger sa femme et ses enfants des horreurs du monde ? Le danger tapi sous l'eau dormante était plus effrayant, pour elle, que les monstres des villes.

— J'ai du mal à croire Le Divellec, dit Ithri. Et pourtant, quel intérêt aurait-il à nous mentir ?

— Je ne vois pas. Quant à savoir s'il est le tueur… Tu l'imagines transporter le corps dans sa Seat ? Même s'il l'avait éventrée sur place, il devait avoir du sang sur lui, de la boue. Tu crois que sa femme n'aurait rien remarqué ? C'est un suspect par défaut. S'il dit vrai, Océane et lui se sont séparés à 16 h 30. Qu'a-t-elle pu faire jusqu'à hier ?

Le patron arriva juste à ce moment avec deux assiettes fumantes sur son plateau et un sourire jovial sur son visage rubicond.

— La vue vous plaît, on dirait !

Il déposa les plats devant les policiers. Des morceaux de viande blanchâtres nageant dans une sauce tomate et des pommes de terre qui rappelaient la cantine. Céleste regretta de ne pas avoir commandé un croque-monsieur.

— Beaucoup. Le silence aussi.

Elle ne voulait pas être si abrupte. Elle présenta sa carte professionnelle, puis une photo.

— Connaissez-vous cette personne ?

— Bien entendu ! C'est Océane ! Elle travaille au Lavoir de la Grèbe et elle habite pas très loin. Elle vient souvent ici pour lire ou pour discuter, pendant sa coupure. Elle n'a pas d'ennuis, au moins ?

— Vous l'avez déjà vue avec cet homme ?

Ithri brandit la photo de Jonathan qu'Amandine Rocher conservait dans son dossier.

— Oui, évidemment, Jonathan, le maître d'hôtel. Vous me posez ces questions à cause de Stéphane ? Pauvre gosse ! Il était bien gentil, pourtant. Quel rapport avec Océane et Jonathan ?

— Ils se connaissaient, d'après vous ?

— Ils travaillent tous les trois au Lavoir, mais je n'ai pas souvenir de les avoir vus ensemble. Enfin, avec Stéphane, parce que Océane et Jonathan, si.

— Quelles relations entretenaient-ils, d'après vous ?

Si Océane et Jonathan étaient amants, c'était en toute discrétion, puisque le bistrotier, qui se nommait Thierry Guyomard, n'avait rien remarqué ni entendu la moindre rumeur à ce sujet. Pourtant, il était souvent le premier informé des histoires entre les uns et les autres, pour la bonne raison que la plupart des employés du Lavoir se retrouvaient dans son établissement.

Céleste le croyait sans peine. Il y avait chez lui quelque chose qui incitait à se confier. Était-ce son visage au nez cassé, qui suggérait qu'il avait pris des coups ?

— Vous vous rappelez quand vous avez vu Océane pour la dernière fois ?

— Il y a un problème avec elle ?

Tu ne peux pas juste répondre aux questions ? gémit la policière intérieurement. Elle se sentait à cran. Calme-toi, s'exhorta-t-elle, l'enquête ne fait que commencer. Sauf qu'elle vivait depuis deux mois et demi avec la culpabilité car, bien qu'elle ait travaillé comme une brute, un meurtrier se baladait toujours dans la nature, si astucieux qu'il avait réussi à passer sous les radars.

Ithri répéta la question. Thierry Guyomard se gratta la tête.

— Lundi après-midi, je crois bien. Ou hier ? Non, lundi, parce que mardi, il y avait toute la troupe des cuisiniers et ils m'ont appris, pour ce pauvre Stéphane. Ils étaient tous très secoués. J'ai déjà répondu aux questions d'un gendarme. C'est quoi, le souci, avec Océane ?

Il s'était adressé à Ithri, sans plus de chance.

— Elle était seule, quand vous l'avez rencontrée lundi ?

— Oui. Elle est arrivée de mauvaise humeur et, avec elle, ça se remarque tout de suite. Elle est naturellement souriante, un vrai rayon de soleil, un aimant à bonheur. Vous la connaissez ? Parce que vous devriez la voir, toujours à chantonner, à remonter le moral des uns et des autres… Océane au pays des merveilles, on l'appelle. En revanche, les jours où ça ne va pas, vaut mieux ne pas la croiser. Une fois, j'ai rigolé en lui demandant si elle avait ses ragnagnas, elle a repoussé son verre et elle est partie sans payer.

— Et lundi, c'était un jour comme ça ?

— Oui. Elle est arrivée en fin d'après-midi, vers 4 heures et demie, 5 heures, par là. Elle était belle comme un ciel d'orage. Je n'ai pas bavardé, j'avais du monde. Elle s'est installée au bout du bar, comme d'habitude. Elle a commandé un verre de ginger beer, elle l'a bu sans parler à personne et quand je lui en ai proposé un autre, elle m'a dit que non, elle avait rendez-vous à La Baule. Elle avait l'air de s'être un peu calmée. Il lui est arrivé quelque chose sur la route ?

— Qu'est-ce qui vous fait croire ça ?

— Vous êtes là à me poser des questions sur elle. Elle a des ennuis ?

Céleste l'étudia. Le visage de Guyomard n'exprimait qu'une sincère inquiétude.

— Vous savez avec qui elle avait rendez-vous ? Un petit ami ?

Le tenancier eut une moue dubitative. Selon lui, elle n'était pas très apprêtée, et d'ailleurs, elle ne cherchait pas de petit copain.

— Les gens ne se rendent pas compte, observa-t-il, mais au bistrot ils vous racontent leur existence par bouts, comme une toile impressionniste, et à la fin on finit par les connaître mieux que leur propre mère.

D'après lui, Océane était un chat sauvage s'agissant des relations amoureuses. Quelqu'un lui avait fait du mal, et elle était sur la réserve, mais une fille comme elle, éprise de la vie, qui rêvait d'une famille à elle, n'était pas faite pour vieillir seule.

La consternation se peignit sur les traits de Thierry Guyomard lorsqu'il apprit sa mort. Un instant, Céleste crut qu'il allait tomber, mais l'homme, le dos raide, tourna les talons et regagna son comptoir.

Céleste resta silencieuse pendant qu'Ithri dévorait son assiette de pieds paquets, au point qu'elle fut tentée de lui proposer la sienne. Comme elle se demandait comment identifier le mystérieux rendez-vous d'Océane, elle n'accorda pas beaucoup d'attention à la jeune femme qui traversait la terrasse. Une des employés du Lavoir de la Grèbe auditionnés le matin. Elle ne se souvenait ni de son nom ni de ce qu'elle avait raconté, seulement qu'elle n'avait rien appris aux policiers.

Son intérêt s'éveilla cependant quand la jeune femme réapparut, tenant une longue perche en bois, et qu'elle décadenassa une barque. Elle y grimpa et fut bientôt rejointe par trois hommes de son âge, que Céleste reconnut également. Elle donna un petit coup de coude à Ithri et les lui désigna discrètement.

Romane

Parc naturel régional de Brière
Île du Combattant

Romane avait découvert les chalands à son arrivée au Lavoir. Amandine Rocher avait emmené tous les saisonniers se promener dans cette embarcation à fond plat, qu'elle propulsait grâce à une longue perche en bois de châtaignier. Elle avait raconté plusieurs des légendes associées au marais, leur rappelant de ne jamais s'y aventurer la nuit. Elle avait évoqué des disparitions mystérieuses, la tourbe née de forêts englouties et les fonds mouvants. Par plaisanterie, l'un des serveurs, qui faisait l'imbécile depuis le début, s'était mis debout pour mimer l'arrivée d'un monstre et se moquer de la cheffe. Cette dernière, d'un mouvement de sa perche, l'avait fait basculer dans l'eau. Le serveur, trempé et humilié, avait dû se laisser haler pendant tout le chemin du retour. Il avait hurlé, jurant que des bêtes lui touchaient les jambes. Amandine ne lui avait plus adressé la parole et le garçon avait pris ses cliques et ses claques dans la soirée.

Depuis, Romane se méfiait des eaux paisibles, et même des berges grasses, que son ancien collègue n'avait pu gravir, malgré ses efforts. Elle avait vu à plusieurs reprises des rats y nager et l'idée qu'une anguille puisse se faufiler entre ses jambes lui était insupportable. Et pourtant, elle se sentait bien, ainsi seule sur son chaland, suspendue entre l'eau et le ciel.

Mattéo, Lachlan et Hiro troublèrent sa quiétude en embarquant, comme prévu. Romane attendit qu'ils s'asseyent avant de prendre la direction des opérations. Elle prenait plaisir à planter la perche dans le sol mou du marais et à manœuvrer la barque en silence. Elle aimait utiliser la force de ses bras pour faire progresser leur petit groupe.

Comme les garçons commençaient à chahuter, elle leur intima l'ordre de se taire. Contre toute attente, ils obéirent, sensibles, peut-être, à la gravité du moment. Une fois qu'ils se furent suffisamment éloignés du Bistrot, Romane retira la perche de l'eau, s'assit et laissa la barque filer.

— Mattéo, dit-elle, tu as réussi à les contacter ?

Pour une fois, Mattéo ne fit aucune plaisanterie. Il acquiesça d'un ton sinistre.

— Alors ? le pressa-t-elle. Qu'est-ce qu'ils ont dit ? Ils sont venus ?

— Oui, mais ils l'ont pas trouvé. Ils l'ont cherché pendant deux heures, rien à faire.

— Ils ont cherché où ?

Elle espéra que sa rudesse masquait son manque d'assurance. La simple vision de Mattéo et de Lachlan la faisait crever de trouille. Qu'avait-elle fait, putain ? Est-ce que vraiment le premier qui parlait aux flics serait excusé et les autres condamnés ? Mattéo mit trop de temps à répondre.

— En fait, ils sont venus lundi.

— Lundi ? Ils avaient dit mardi !

— Ils pouvaient pas, une convocation chez les keufs, je crois.

— Tu pouvais pas me le dire avant, merde !

— Quand tu voulais que je te le dise ? J'ai reçu le message ce matin. J'aurais dû interrompre la cheffe pour dire : « Au fait ! Les antifas à qui on a révélé que le Lavoir hébergeait une crevure de nazi ne sont pas venus le buter, contrairement à ce qui était prévu ? »

Romane se renfrogna.

— On n'avait jamais prévu de le buter.

— On va se prendre la berge, fit remarquer Lachlan.

— Quoi ? Faut que tu bosses ton accent, Lachlan, je pige rien.

Lachlan pointa le doigt sur les herbes hautes. L'embarcation accosta mollement, freinée par la boue qui affleurait. Envasement.

Céleste

Parc naturel régional de Brière
Île du Combattant

Céleste profita du trajet vers la Brillantine pour prendre des nouvelles de sa femme et de ses filles tandis qu'Ithri envoyait des textos. Marie répondit presque tout de suite. Tout allait bien à la maison et Emma avait cessé de bouder. Les garçons arrêtés en même temps qu'elle avaient été jugés en comparution immédiate et l'adolescente avait confié à sa sœur avoir eu la peur de sa vie. Céleste se dit que Marie avait peut-être eu raison de commencer par protéger Emma au lieu de l'accabler.

Ithri semblait détendu et le contentement se lisait sur son visage lorsque Céleste poussa la porte du bureau du major, à la Brillantine.

Pendant qu'ils s'installaient, Guézennec leur envoya un SMS prévenant qu'il passerait en fin de journée « faire le point ». Céleste le soupçonnait de vouloir quitter son placard pour s'incruster à la maison d'hôtes. Elle s'en ouvrit à Ithri, qui n'y voyait pas d'inconvénient, contrairement à elle. La co-saisine ne concernait pas leur première victime, Mademoiselle X, et il était hors de question de laisser fuiter le moindre élément de ce dossier, expliqua-t-elle. Si des journalistes venaient à savoir que les deux morts étaient liées, ils subiraient la pression des médias et de la hiérarchie. Partager le bureau avec « le gendarme », comme elle l'appelait, était donc une prise de risque qu'elle préférait s'épargner. Rien à voir avec une quelconque réticence à travailler avec « l'autre camp », évidemment.

En réalité, quelque chose de profond en elle voulait tenir Gwil Guézennec à distance. Ses tripes lui hurlaient « Halte là ! Pas touche ». Un sixième sens ? Marie lui avait répété à plusieurs reprises que les intestins contenaient deux cents millions de neurones qui interagissaient avec le système nerveux. Elle lui conseillait de s'écouter, surtout lorsque sa tête et ses entrailles ne s'accordaient pas. Céleste ne s'imaginait pas pour autant répondre à Ithri que son ventre lui recommandait de se méfier du gendarme. Elle devait fournir une explication rationnelle. Invoquer la petitesse de l'espace n'aurait pas été crédible : la pièce était assez vaste pour accueillir les trois enquêteurs, ordinateurs compris. Victoire, ravie de les voir s'installer, leur avait laissé un grand tableau en liège qu'elle utilisait autrefois pour l'instruction de Flora ainsi qu'une imprimante, des pots de feutres de différentes couleurs et même un paperboard sur lequel il restait cinq feuilles. Un détour au Spar du coin pour acheter du papier et des Post-it, et les deux policiers avaient reconstitué un vrai bureau d'enquête.

Cependant, Céleste ne pouvait pas tout à fait éjecter Guézennec. Orueta, le substitut du procureur, risquait de le prendre mal et de lui retirer l'affaire. En outre, la mort de Stéphane Meynet l'intriguait. Deux homicides en si peu de temps dans ce coin tranquille de Loire-Atlantique ne devaient rien au hasard. Et pourtant, le mode opératoire était si différent qu'il était difficile de croire qu'il s'agissait d'un seul meurtrier.

Elle accueillit donc le gendarme avec un minimum de politesse ; l'affabilité d'Ithri compensait largement. Guézennec se présenta avec, sous le bras, une boîte de pâtisseries. Il posa une fesse sur le coin de la table et, tout en dégustant un millefeuille, résuma ses avancées de la journée, qu'Ithri compléta avec les informations que Céleste et lui avaient rassemblées.

Personne n'avait pu corroborer les affirmations de Jonathan. Cependant, des empreintes de pneus compatibles avec ceux de sa voiture et de celle d'Océane avaient été relevées à l'endroit indiqué par le maître d'hôtel pour leur rendez-vous. On attendait confirmation.

De son côté, Océane avait été vue accompagnant et récupérant les enfants Le Divellec à l'école, le lundi matin. Elle avait effectué une halte d'une vingtaine de minutes au Bistrot du Marais, après l'heure à laquelle, selon Jonathan, ils s'étaient séparés. Par la suite, elle s'était dirigée vers La Baule, où son téléphone avait cessé d'émettre à 17 h 54, ce 23 septembre, à proximité du Casino. Elle n'avait pas utilisé sa carte bancaire depuis le lundi matin. Et, bizarrement, son portable n'avait borné nulle part lorsque le SMS prévenant qu'elle avait un arrêt de travail avait été envoyé à Amandine Rocher…

— J'ai demandé à la police municipale de vérifier dans le périmètre défini par le bornage à La Baule si la voiture d'Océane Lemonnier s'y trouvait, précisa Ithri.

— Bien joué. On pourrait contrôler sur Facebook ses allées et venues, suggéra Céleste.

— J'ai essayé. Il y a une double sécurité. Même avec son mot de passe, pour accéder à son compte Facebook, ou Twitter ou Insta à partir de l'ordinateur de la police scientifique, on doit copier un code valable quinze minutes envoyé par SMS. Le temps que son opérateur téléphonique nous transmette ses messages, le code avait expiré. La seule solution, c'est de mettre son téléphone sur écoute pour savoir si quelqu'un s'en sert. Mais le procureur Orueta n'a pas encore ouvert d'instruction ni désigné un juge pour ça.

— Merde, murmura Céleste.

— Qu'est-ce qu'on fait, alors ? s'enquit Guézennec. C'est mort tant qu'une instruction n'est pas ouverte ?

— Non. Tom, de notre équipe à Nantes, a transmis des requêtes pour obtenir le détail de son compte Facebook. Il faudra plusieurs jours, comme on passe par la voie officielle. J'ai ordonné qu'on le gèle et qu'on nous envoie les IP de ceux qui essaient de se connecter. Son profil LinkedIn ne comporte rien d'intéressant pour nous.

— Les relevés bancaires ? Vous les avez épluchés ?

— Elle a un compte courant et un compte épargne avec une somme plutôt importante : 300 000 euros, dont 250 000 proviennent de la succession de sa mère, et le reste, ce sont des versements qu'elle a faits elle-même. Pas de dettes. Pas de mouvement suspect. Peu de dépenses.

— Qui hérite ? demanda Guézennec.

Il n'existait pas de testament déclaré et le plus proche parent était Didier Delhommeau, à condition qu'il fasse reconnaître sa paternité, ce qui supposait qu'il le veuille et qu'il y parvienne. Sinon, l'État.

— Elle n'avait pas d'autres copains que les Le Divellec ?

Joints par Céleste et Ithri, les contacts personnels indiqués dans le classeur de la jeune femme n'avaient pu apporter aucune information nouvelle. Personne n'était au courant d'une liaison qu'elle aurait entretenue, le nom de Jonathan ne leur évoquait rien. Océane travaillait beaucoup et si elle avait un petit ami, il n'était que de passage. Elle sortait parfois avec ses collègues, guère avec ses amis, qui vivaient loin.

Parmi ces derniers, aucun n'avait fait état de difficultés qu'Océane aurait rencontrées, tout autant dans sa vie professionnelle que dans son existence personnelle. Plusieurs avaient évoqué une rupture douloureuse longtemps auparavant et le souhait de la jeune femme de ne pas s'engager, ainsi que la plaie, toujours ouverte, d'avoir grandi sans père ; néanmoins, elle n'avait confié à personne avoir retrouvé son géniteur.

Autrement dit, pas de mobile.

De son côté, Guézennec en savait un peu plus sur Stéphane Meynet. Il affirma qu'il ne ferait pas de rétention d'information, bien que seule la gendarmerie ait été saisie de cette enquête. Avec une pointe de malice, il ajouta que la Section de recherches de Rennes, qui devait reprendre le dossier à sa suite, ne serait peut-être pas aussi coulante.

Le père et le frère de Stéphane, Jérôme, étaient des néonazis convaincus. Les gendarmes de leur village étaient par ailleurs intervenus à plusieurs reprises pour des faits de violences, notamment intrafamiliales, et Stéphane avait été placé en foyer, à sa demande, lorsqu'il avait quatorze ans. Il était décrit par ses éducateurs comme un garçon calme et appliqué, plutôt solitaire, pas très porté sur les filles. Il ne rencontrait sa famille qu'au cours de visites encadrées par un médiateur. À l'âge de seize ans, il avait commencé un apprentissage en cuisine qui se passait très bien. Il continuait de loger au foyer. Un jour, cependant, il était revenu le visage tuméfié. Il n'avait pas parlé. Les éducateurs avaient supposé, sans en avoir la preuve, que son père ou/et son frère l'avaient battu. Peu après, Stéphane avait postulé pour un emploi loin de sa région ; il avait été accepté et était parti sans passer son BEP et en abandonnant son patron. Il n'avait pas indiqué où il se rendait, ce qui avait renforcé les soupçons des éducateurs. Ils s'étaient séparés en bons termes et auraient aimé recevoir d'autres nouvelles du jeune homme que l'annonce de son décès.

Jusqu'à son départ, Stéphane avait été suivi par un psychologue, qui pour l'heure refusait de communiquer son dossier. Les enquêteurs allaient devoir emprunter la voie officielle, ce qui prendrait du temps, si bien que leurs seuls espoirs pour le moment reposaient sur l'analyse des traces ADN relevées dans la masure et sur le corps de Meynet. L'examen balistique ne leur apporterait que peu de renseignements. Les fusils de chasse ne laissaient pas de signature, contrairement aux armes de poing.

Autrement dit, il fallait patienter.

Quand ils eurent terminé d'échanger leurs informations, il était 19 heures passées. Ils décidèrent d'en rester là pour la journée et convinrent de se retrouver le lendemain. Céleste s'attendait à ce que Guézennec essaie de s'incruster, mais elle en fut pour ses frais.

Bien fait, se dit-elle. Un coup de pied dans tes préjugés…

Victoire

Parc naturel régional de Brière
Île du Combattant

La famille était pour une fois au complet pour le dîner, en plus des deux policiers, qu'Antoine pria de l'appeler par son prénom. Victoire était particulièrement satisfaite de son risotto et de son flan pâtissier, un délice. Rien de tel qu'un ventre plein pour délier les langues, songeait-elle.

Elle ne força pas les choses, laissant la conversation rouler sur la Brière, une région qu'elle connaissait parfaitement et qui avait séduit Antoine. Qu'il était élégant, son homme ! Le vin le rendait chaleureux et lui rappelait le jeune militaire dont elle s'était éprise. Physiquement, il n'avait pas beaucoup changé depuis cette époque. Quant à elle, elle s'était empâtée. Elle avait beau se dépenser, elle ne parvenait pas à résister aux pâtisseries de Flora et elle mangeait trop. Les années se faisaient sentir, aussi, et elle n'osait imaginer l'allure qu'elle aurait si elle avait pu devenir mère. La ligne de cette policière était insolente de finesse, et Victoire l'envia d'avoir pu concilier maternité et stabilité pondérale. Sûrement une histoire de gènes. Les siens étaient douteux, elle le savait. Ce qu'il lui aurait fallu, c'est avoir vingt ans pour toujours. Et pourtant. Flora défiait ses a priori sur le poids avec son physique tout en courbes. Flora défiait tous les a priori, d'ailleurs. Eût-elle pu enfanter, Victoire aurait-elle été capable de donner naissance à un être si magnifique, si léger, si joyeux et obstinément vivant ?

Elle observa Ithri, penché vers sa nièce.

— Et toi ? demanda-t-il. Que fais-tu quand tu n'étudies pas ?

Flora rosit. Victoire avait noté ses efforts pour se tenir droite depuis le début du repas. Dès qu'Ithri lui parlait, c'était comme si on actionnait un interrupteur et la poupée un peu rigide – son idée de la normalité – s'animait. C'était charmant et touchant à la fois.

— Je vais m'asseoir sur un banc, tous les matins. J'observe les oiseaux.

— Au bord de l'eau ?

Flora secoua la tête ; ses cheveux suivirent le mouvement avec une seconde de retard, dessinant comme un halo de feu autour de son visage.

— Non, il y a trop de broussailles. Victoire a trouvé une vipère, deux fois.

— Pas en même temps, mais à deux semaines d'intervalle, précisa cette dernière. Elles ne sont pas agressives, et en cette période de l'année elles hibernent plus ou moins, il n'y a pas vraiment de danger, mais Flora a peur des serpents.

— Ah ça, je les aime pas ! Brr… Mon banc, il est près du Bistrot. Quand je suis en cuisine, hop, c'est pratique, je me lève et je vais travailler.

— Tu travailles au Bistrot du Marais ?

Un grand sourire illumina les traits de Flora.

— Ouais. Tu connais ?

— J'y étais ce midi avec Céleste. Tu y étais, aujourd'hui ?

Non. Cette semaine, elle était au CFA. Mais la semaine prochaine, est-ce que Céleste et Ithri viendraient y manger ?

— J'espère, Flora. J'espère et je n'espère pas. Si nous venons, ça veut dire que notre travail ici ne sera pas terminé. Et si nous ne venons pas, c'est que nous avons fait ce que nous avions à faire.

Flora parut perplexe.

— Je te promets de venir, Flora, dit Ithri pour faire court. Peut-être pas tout de suite, mais je viendrai.

Flora sourit de contentement à cette promesse. Ithri, qui ne voulait peut-être pas susciter trop d'espoirs, posa une question sur les oiseaux. Flora repartit sur les chapeaux de roue dans les explications sur sa drôle de vie dans le marais. Les oiseaux changeaient au fil des saisons et elle aimait y voir le signe du temps qui passe. Elle rêvait d'apprendre à manier le chaland. Victoire trouvait l'idée excellente ; de son côté, Antoine y était opposé. Flora ne savait pas nager et elle n'avait pas, selon lui, la coordination suffisante pour s'en sortir en cas de chute dans l'eau.

Ravie d'avoir rencontré un public attentif, la jeune fille se précipita dans sa chambre et en rapporta son cahier, dans lequel elle dessinait les volatiles et inscrivait les dates de leur observation.

Flora avait l'œil pour identifier les caractéristiques essentielles. Elle fit admirer chaque page à Ithri en lisant à voix haute ce qu'elle avait noté de son écriture scolaire, très appliquée. La fauvette à tête noire, toute ronde, aux plumes hérissées sur le crâne, observée le 28 décembre 2012 à Carpentras à 10 h 32. Ou encore le martin-pêcheur, au petit corps et à la tête turquoise et au ventre fauve, vu trois mois plus tard, à proximité du Pont-du-Gard (8 h 20). Ithri s'arrêta sur le croquis du loriot d'Europe mâle, au plumage d'un jaune éclatant et aux ailes noires, étudié le 15 août 2015 à Saint-Chamassy à 15 h 34, et tourna le cahier pour montrer le dessin à Céleste.

Flora était très fière. Elle l'avait commencé à l'adolescence, du temps où la famille vivait à Graveson, grâce à un club ornithologique. Quelques heures par semaine, Victoire pouvait ainsi laisser à d'autres la responsabilité de sa nièce, dont Antoine ne la déchargeait guère. Flora avait continué lorsque son oncle avait été muté à Bergerac. Le club local lui avait permis de se faire très vite des amis. Au moment de leur arrivée dans le marais de Brière, Flora avait vingt et un ans et, déjà, le souhait d'être cuisinière professionnelle ; l'ornithologie avait été reléguée au second plan. Victoire expliqua à Céleste qu'elle s'était toujours efforcée de présenter les déménagements non comme de douloureux déracinements – ce qu'ils risquaient d'être pour sa nièce – mais comme autant d'opportunités de découvrir de nouveaux oiseaux. Et ça avait fonctionné.

Céleste

Parc naturel régional de Brière
Île du Combattant

Quand 22 h 30 sonnèrent, Flora, tel un automate, se leva, récupéra son cahier et souhaita à chacun une bonne nuit. Elle serra contre elle une Céleste interloquée par tant de familiarité, puis se retira après avoir embrassé, rougissante, Ithri sur la joue. Victoire proposa à ses hôtes de passer au salon. Antoine s'installa devant la vaste cheminée dans un des confortables fauteuils. Victoire s'employa à allumer le feu tout en expliquant :

— Comme toutes les personnes avec ce chromosome en plus, Flora a besoin d'une structure et d'horaires réguliers. Il nous a fallu du temps pour comprendre que la discipline lui apportait de la sérénité.

— Elle est incroyable ! s'exclama Ithri. Est-elle toujours aussi rayonnante ?

Le feu était parti. De grandes flammes léchaient du petit bois, surmonté de deux grosses bûches. Victoire quitta la pièce pendant que son mari expliquait d'une voix qu'il souhaitait vibrante comment il avait sauvé sa nièce d'une mort certaine.

— Elle est ainsi depuis toute petite, et pourtant sa vie n'a pas été un long fleuve tranquille. Flora avait seulement six mois quand ma sœur est décédée et que les membres de sa communauté m'ont téléphoné. J'étais jeune gendarme, célibataire, sans horaires fixes, incapable tout autant de la prendre en charge que d'ignorer cet appel. Grâce à Dieu, mes parents ont accepté de s'occuper d'elle. À la mort de ma mère, je l'ai recueillie, elle avait sept ans. Papa et maman avaient effectué un travail remarquable de stimulation sensorielle et visuelle, je pense sincèrement qu'ils lui ont changé la vie. J'avais déjà rencontré Victoire et nous avons résolu d'emménager ensemble pour offrir un foyer à Flora. Victoire s'est dévouée corps et âme à cette enfant, à laquelle elle voulait donner les meilleures chances possibles. Et quand Victoire a décidé quelque chose… elle a une volonté de fer.

Il s'interrompit pour suivre des yeux sa femme, de retour avec une bouteille remplie d'un liquide ocre jaune et quatre verres à digestif.

— C'est une liqueur provençale, expliqua cette dernière, gênée de se trouver au centre de l'attention. Lorsque Antoine est lancé sur le sujet de sa nièce, vous n'êtes pas autorisés à quitter vos chaises avant le petit matin, donc autant prendre des forces. Ce qu'il ne vous dit pas, continua Victoire en remplissant les verres, c'est que Flora est dotée elle-même d'une grande volonté. Elle a décidé de vivre seule et elle y parviendra.

Comme pour souligner son discours, Victoire vida son verre. Céleste trempa le bout de la langue dans le sien et le retira vite. Elle détestait. Heureusement, l'intérêt de l'auditoire s'était porté sur Ithri, qui expliquait qu'une de ses cousines souffrait également du syndrome de Down mais n'était pas autonome, et ne le serait jamais.

— Est-ce que le village a bien accepté Flora ? intervint Céleste.

Oui, réagit Antoine. Les gens s'étaient tout de suite attachés à ce petit bout de bonne femme passionnée d'oiseaux, qui posait des questions, écoutait vraiment les réponses et témoignait de l'affection à tout le monde.

— C'est un bourg très paisible, très tranquille, ajouta Victoire. Les habitants sont accueillants et généreux. Ce qui est survenu est terrible, d'ailleurs, je ne peux pas imaginer que ce soit le fait d'un membre de notre communauté.

— Que ce soit en ville ou dans des villages éloignés, il y a des secrets, des rancœurs, des pommes pourries, déclara Antoine. Partout où nous sommes passés, nous en avons été les témoins. Je comprends ta difficulté à concevoir qu'un voisin puisse être un assassin, pourtant c'est sûrement le cas. Un type qui a paniqué quand il s'est rendu compte qu'on isolait les îles du Porte-Pierre et du Combattant par des barrages… Ce que je ne saisis pas, c'est comment il a pu apprendre…

— Paniqué ? Et si, au contraire, il jouait avec vous, comme dans *Le Silence des agneaux* ? Il aurait pu jeter la victime à la baille ou s'enfuir en chaland, s'il avait voulu.

— Alors ça ne peut pas être quelqu'un du coin. Ici, on ne se risquerait pas dans le marais la nuit, surtout pour se débarrasser d'un corps, rétorqua Antoine. À moins d'être braconnier !

— Je suis parfaitement d'accord ! C'est pourquoi, à mon avis, il s'agit d'une personne qui ne connaît pas nos coutumes, qui ne participe pas à la vie du village.

— Comme qui, par exemple ? interrogea Céleste.

Victoire eut un geste évasif.

— Des saisonniers, des touristes. Quelqu'un qui aurait repéré la masure abandonnée. Les saisonniers sont quelquefois très bizarres. Antoine ne comprend pas, parce qu'il travaille beaucoup et qu'il est surtout à la gendarmerie. De temps en temps, on se demande s'il habite ici.

Pour la première fois de la soirée, Céleste perçut une tension – l'habituelle question de l'absence des forces de l'ordre de leur foyer. Elle avait si souvent été à la place d'Antoine qu'elle se sentit obligée de voler à son secours. Victoire ne lui en laissa pas le temps :

— S'il n'avait tenu qu'à lui, nous vivrions en caserne. En grandissant, Flora a des besoins différents, et la stabilité est déterminante pour son développement. Elle doit pouvoir compter sur elle, mais aussi sur des gens qu'elle connaît et qui la connaissent, pour que son projet d'autonomie soit un succès.

Du coin de l'œil, Céleste observa le major, qui resservait de la liqueur. C'était quoi ? La quatrième fois ? La cinquième fois ? Il ne semblait pas s'apercevoir que le verre de Céleste restait plein, alors que celui d'Ithri oscillait entre vide et plein avec une régularité surprenante.

— Je ne peux pas à la fois diriger une brigade et en être absent, rétorqua le major.

Céleste désigna la bibliothèque, remplie d'une impressionnante sélection de polars.

— Qui lit autant, chez vous ?

— Oh ! C'est moi, répondit Victoire. J'ai constitué ma collection au fur et à mesure des années.

— Vous avez un auteur favori ?

L'élocution d'Ithri n'était plus très claire.

— Kathy Reichs. Je crois que j'ai dévoré tous ses romans, ainsi que ceux de Patricia Cornwell. J'affectionne beaucoup d'écrivains, en réalité, comme vous pouvez le constater. Je lis moins et je travaille plus depuis que Flora est plus autonome. Mais j'aime toujours une soirée au chaud avec un bouquin.

Le major contemplait le feu en sirotant un nouveau verre de Frigolet, après avoir resservi Ithri. Céleste estima qu'il était temps de souhaiter bonne nuit à ses hôtes, maintenant qu'une certaine harmonie régnait de nouveau. Cependant Victoire n'en avait pas terminé :

— Quel danger courons-nous ? demanda-t-elle. Vous allez soumettre tous les hommes de la commune à un test ADN ?

— Vous savez que je ne peux pas discuter d'une enquête en cours, même pas avec le major, répondit Céleste, qui ne se privait guère de le faire avec sa femme.

— Tout le monde sur l'île se pose des questions. Est-ce que je dois interdire à Flora d'aller et venir sans surveillance ? Elle est très naïve, alors si elle court un danger quelconque…

Antoine grogna. Confortablement installé dans son fauteuil, il paraissait près de s'endormir.

— Peut-être devrais-tu passer tes astreintes à la maison jusqu'à ce qu'ils aient capturé ce meurtrier ?

continua Victoire en posant la main sur celle de son mari, un geste habituel chez elle.

Céleste se souvint d'un jeu de cour d'école qui consistait à se couvrir les mains à tour de rôle, de plus en plus vite. Le genre de jeu qui finit dans des hurlements de rires ou dans des larmes, sans qu'on sache ce qui faisait pencher la balance.

— Peut-être devriez-vous vous installer à la caserne pendant quelque temps ? proposa le major.

Victoire retira sa main.

— Pas question que je vive de nouveau en caserne.

Céleste comprenait Antoine, bien entendu, et les nécessités du service, mais aussi l'angoisse de Victoire, seule avec sa nièce alors qu'un tueur rôdait.

— Je ne pense pas que vous ayez à vous faire du souci pour Flora, Victoire, intervint Ithri. Elle ne correspond pas du tout au type du meurtrier. Elles sont grandes, minces et brunes.

— Je croyais que c'était un garçon qui avait été découvert…

— Je parlais des homicides de femmes, l'inconnue qu'on a retrouvée il y a quelques mois et Océ…

Céleste se leva.

— Il est temps de monter nous coucher, Ithri ! Nous avons rendez-vous à l'institut médico-légal à 9 heures. Excusez-nous, dit-elle à l'adresse de ses hôtes. Ithri a raison, je ne crois pas que vous ayez à vous faire plus de souci que d'habitude pour Flora, Victoire. Je vous promets que nous vous préviendrons dans le cas contraire.

Ithri n'était pas assez saoul pour ne pas comprendre qu'il s'agissait d'un ordre. La mine contrite, il obtempéra.

Quatrième jour

Vendredi 27 septembre

Céleste

Saint-Nazaire
Annexe de l'institut médico-légal

À 9 heures tapantes le lendemain, les deux policiers retrouvèrent la docteure Léandra Hernandez à l'annexe de l'institut médico-légal. Celle-ci avait invité sa consœur nantaise, Sara Belome. Marie avait effectué une partie de ses études avec elle, et elles étaient restées amies, bien que Céleste ne l'ait rencontrée que très récemment. La docteure Belome avait manifesté à son égard une animosité larvée que la policière ne s'expliquait guère.

Sara salua sèchement Céleste, comme à l'accoutumée, et posa un regard soucieux sur Ithri.

— Ça va aller ?

Il avait en effet le teint brouillé et les yeux injectés de sang. Son attitude, à l'opposé de sa nonchalance habituelle, était raide et contrôlée. Il n'avait pas articulé plus de trois mots pendant le trajet depuis la Brillantine et avait renoncé au petit déjeuner, malgré l'insistance de Flora. Céleste n'avait pas commenté. Elle n'était pas sa mère, n'est-ce pas ?

— Ça va aller, dit-il.

— Vous avez mangé ? Ça se passe mieux avec l'estomac plein, vous savez… Si jamais vous vous sentez mal, vous avez le grand bac, là-bas. Et vous pouvez sortir, évidemment.

Le sourire d'Ithri aurait brisé le cœur de Céleste si elle n'avait pas connu les coupables : Ithri lui-même et sa complice, la liqueur Frigolet.

À dire vrai, en entrant dans la salle d'autopsie, Céleste n'en menait pas large non plus. Les lieux fermés, les instruments médicaux réveillaient des souvenirs qu'elle s'obligeait malgré tout à affronter, dans l'espoir qu'ils s'évanouissent. Sans grand succès jusqu'à présent, elle devait le reconnaître.

Gwil était venu par ses propres moyens (« Pas question d'être véhiculé dans une boîte à chaussures, même s'il s'agit d'une Porsche »). On lui présenta Sara Belome, devant laquelle il s'inclina pour un baisemain totalement déplacé. À la surprise de Céleste, la légiste minauda, et la policière en fut mortifiée. Était-elle la seule qui ne trouvait pas grâce aux yeux de Sara Belome ?

— Que nous vaut cet honneur ? s'étonna Gwil.

Sara Belome étant petite et osseuse, leur rencontre tenait de Gulliver au pays des Lilliputiens. Pas impressionnée du tout, la docteure considéra le gendarme pendant quelques secondes.

— Parce que j'ai autopsié le premier corps, voyons…

— Le premier corps ?

Céleste se sentit rougir jusqu'à la racine des cheveux. Elle ouvrit la bouche, puis, par crainte d'ajouter à sa honte en bafouillant, resta silencieuse. La peur de perdre le contrôle peut conduire à des erreurs majeures. Elle comprit, à l'expression de Gwil, que la confiance qu'il lui avait accordée venait d'en prendre un sérieux coup.

— Tout a eu lieu tellement vite, se justifia-t-elle. On n'a rien du tout sur la précédente, pas d'indice, rien, donc… à quoi bon ?

Ses joues étaient en feu, ses oreilles proches de l'embrasement. Elle qui conservait généralement son sang-froid était lâchée par son corps, qui proclamait sa culpabilité au lieu de lui apporter le soutien qu'elle espérait. Ithri, sur lequel elle pouvait d'habitude compter, ne lui serait d'aucun secours. De manière inattendue, l'aide vint de Sara :

— Ces bouffées de chaleur ! fit-elle en agitant son scalpel. J'en ai souffert pendant des années, c'était vraiment l'enfer… Bon, revenons à nos moutons. Rien n'est sûr encore, cependant il est possible que ces deux morts soient liées. J'ai autopsié la première victime, Mademoiselle X, pendant les vacances de la docteure Hernandez. Comme elle s'intéresse à ce qui se passe en son absence, elle avait lu mon rapport et m'a donc contactée lorsqu'elle a constaté le décès de la jeune femme que nous avons ici.

— Des blessures caractéristiques ?

Sara Belome soupira :

— Le sein tranché – malheureusement, cette mutilation devient courante, surtout chez les prostituées d'Europe de l'Est. Ensuite, l'éventration – bien que je sois incapable d'affirmer avec certitude que Mademoiselle X a été éventrée au couteau, les bords de la plaie étaient trop abîmés. Parce que, voyez-vous, notre précédente victime avait été mieux cachée que celle-ci et les petits animaux de la forêt avaient eu le temps de festoyer sur son cadavre avant qu'il n'arrive sur ma paillasse. Bon, tout le monde est en tenue ? On peut commencer ?

Céleste avait repris contenance. Elle opina, à l'instar de la docteure Hernandez, qui, bien que dirigeant théoriquement les opérations, se contenta de se rapprocher de la table. On sentait dans son attitude toute sa déférence envers Sara Belome.

Avec autorité, cette dernière retira le drap qui cachait le corps d'Océane Lemonnier.

Céleste tenta d'endiguer les images qui lui venaient à l'esprit, tout en sachant que ce serait en vain. Depuis son agression, elle n'avait pas pu assister à une autopsie de femme sans s'imaginer étendue sur le métal froid. Elle, le ventre ouvert, le cœur, le foie, l'estomac, les poumons, les intestins ôtés et pesés. Malgré tout le sang qu'elle avait perdu, de l'extérieur son vagin aurait semblé intact, son rectum aussi. Il aurait fallu exciser ses organes pour observer les abrasions, les hématomes, les déchirures. Le légiste aurait constaté la luxation de l'épaule, les multiples fractures du fémur dues aux grosses chaussures qui l'avaient brisé ainsi qu'aux efforts de Céleste pour immobiliser son agresseur entre ses cuisses. Aurait-on disséqué son avant-bras ou se serait-on contenté de noter consciencieusement dans un rapport l'étendue de la brûlure infligée par le chalumeau ? Aurait-on mesuré le mamelon tranché ?

— Vous n'en avez pas entendu parler ?

Le rugissement de Guézennec sortit Céleste de ses ruminations. Elle détestait les éclats de voix et chercha le regard de Sara Belome. Cette dernière contemplait le gendarme d'un air intrigué. Celui-ci, les poings sur les hanches, dans une attitude désormais familière, s'adressait à la docteure Hernandez :

— C'est incroyable ! Il s'agit d'une avancée majeure en médecine légale et en identification des cadavres abîmés, et vous n'êtes pas au courant !? En plus, ça se passe dans votre pays, Léandra !

— Pays d'origine, corrigea cette dernière.

— De quoi parlez-vous ? s'inquiéta Céleste.

— Au Mexique, des légistes ont mis au point une technique pour réhydrater les cadavres. Ça pourrait être idéal pour votre Mademoiselle X. Si tu m'en avais parlé avant, on aurait pu gagner du temps.

Sous le coup de l'agacement, le gendarme avait tutoyé Céleste, qui lui répondit sur le même ton.

— Réhydrater ?! Tu l'aurais vue, si on l'avait secouée, ça aurait fait floc floc. Elle était remplie de bouillie pas du tout séchée, je peux te l'assurer…

— La putréfaction est aussi une étape de déshydratation du corps et des organes, qui perdent leur eau, intervint Sara. En revanche, je n'ai jamais entendu parler d'un truc comme ça, continua-t-elle à l'intention de Guézennec. Pourtant je suis une lectrice assidue de la *Revue de médecine légale*.

— Je l'ai vu dans *La Croix*, il y a un bon moment. Un médecin mexicain a réhydraté un corps momifié en le trempant dans une baignoire remplie d'un liquide de son invention. Ça a révélé un tatouage et permis d'identifier le défunt.

La Croix ?! s'écria Céleste intérieurement. *La Croix* comme source d'information médico-légale ? On rêve !

Pas offensée pour un sou, Sara fronça les sourcils.

— Ça me rappelle vaguement quelque chose… Ce n'est pas une technique pour faire ressortir les empreintes digitales ? Ce n'est pas plutôt aux États-Unis ? J'ai dû voir ça dans un Kathy Reichs…

Sara, qui peinait à rassembler ses souvenirs, et Guézennec, qui attendait peut-être des félicitations, se dévisagèrent en silence. Silence que la docteure Hernandez brisa en lisant un article sur l'écran d'un des ordinateurs de la morgue, dans un français où chantaient les mots espagnols :

— « Au cours de la réhydratation du cadavre, le nom "Jorge" écrit sur un tatouage rouge en forme de cœur est apparu sur l'épiderme noirci. Le médecin en a aussi découvert un second, représentant un soleil aztèque avec des messages, comme *Mi hijo*, *Jesus*, qui ont conduit la famille à l'identifier formellement. Cette technique, brevetée depuis 2017, améliore l'apparence de la peau et des organes et révèle les tatouages, cicatrices et autres signes distinctifs sur le corps du défunt. Elle permet également de comprendre les lésions à l'origine du décès. La dépouille est plongée dans une baignoire transparente remplie de trois cents litres d'eau et d'une solution que le médecin a lui-même élaborée. Trois à cinq jours sont nécessaires pour réhydrater un cadavre en putréfaction, et une semaine s'il est momifié »… C'est dans *La Croix*, décembre 2018.

Céleste se félicita d'avoir tenu sa langue.

— On pourrait faire ça ? demanda-t-elle à Sara sans masquer son excitation.

— Il va falloir contacter ce docteur Rodriguez, le médecin mexicain, obtenir les brevets… ça ne va pas se faire tout seul.

— Tout de même, intervint Guézennec, quelle avancée, non ? Vous avez conservé le cadavre de Mademoiselle X ?

— Vous pouvez remercier Céleste pour ça, parce que vu l'état, j'étais d'avis de l'incinérer tout de suite, répondit Sara. (Elle se tourna vers la docteure Hernandez.) Léandra, je vais avoir besoin de toi pour accélérer le processus. Tu crois que tu pourrais nous aider à trouver les coordonnées…

— Je les ai. Ce médecin donne des conférences dans le monde entier, il est vraiment passionné. On va l'attraper au saut du lit.

Réjouie par cette nouvelle, Sara Belome attaqua l'incision thoracique. C'en fut trop pour Ithri. Dès que la légiste plongea les mains dans l'abdomen ouvert d'Océane Lemonnier, il vomit dans le grand bac à déchets. Puis, titubant, le front couvert de sueur, il retira ses gants, les jeta dans la poubelle et quitta la pièce.

Dommage, penserait Céleste après coup. Il aurait été particulièrement intéressé par ce que le corps d'Océane Lemonnier avait à nous révéler.

— Vous n'avez pas trouvé quoi ? insista le commissaire Quémeneur.

— Son utérus, répéta Céleste en veillant à ne pas parler trop fort.

Installée dans le bureau d'Antoine, la fenêtre ouverte, elle regardait Flora danser autour de ses deux lapins domestiques, Casimir et Barbicha, qui s'empiffraient tranquillement. L'odeur de l'herbe après la pluie embaumait la pièce.

— Et elle a tout le reste ?

— Oui. C'est tout petit, un utérus, pas étonnant que la légiste n'ait pas remarqué son absence sur la scène de crime.

— Il aurait pu resservir ?

Elle y avait pensé elle aussi et avait posé la question à la docteure Belome. Sara avait été catégorique. « Un trafic d'organes ? Non, ça n'a pas été fait assez proprement pour le réimplanter. »

— Ithri ! Ithriiiiiiiii ! Regarde mes lapins !

Flora s'était baissée et, d'un mouvement agile, avait saisi les deux animaux, qui ne bronchèrent pas, à croire qu'ils étaient en peluche. Ithri apparut dans le champ de vision de Céleste. Elle ferma la fenêtre.

— L'utérus a été enlevé avant la mort, on ignore si elle était consciente. Les résultats de la toxicologie ne sont pas encore arrivés ; ce qu'on sait, en revanche, c'est…

Pourquoi était-ce si dur à dire ? Elle l'avait vu, elle avait vu les mâchoires de la légiste se crisper de dégoût, et toutes les personnes présentes dans la salle d'autopsie retenir un soupir d'horreur. Elle avait eu des heures pour se faire à l'idée qu'elle traquait un monstre.

Les pas d'Ithri résonnèrent dans le couloir et trois coups légers retentirent à la porte.

— Alors, Céleste ? s'impatienta Quémeneur.

— Ithri arrive, je le mets au courant et je vous rappelle.

Sans attendre de réponse ni porter attention au « Noooon » de son supérieur, Céleste raccrocha. Ithri avait retrouvé son teint frais après une petite sieste. Vu son état, Céleste n'avait pas eu le cœur de l'informer des résultats de l'autopsie avant qu'il soit requinqué. Que craignait-elle ? Pourquoi le traitait-elle avec des pincettes ? Elle aurait pu se dire : Tu vieillis, ma fille, tu le ménages un peu trop. En réalité, elle savait que ce n'était pas Ithri qu'elle épargnait, mais elle.

Les sévices subis par Océane Lemonnier lui restaient en travers de la gorge, comme un bâillon puant, une traînée de vomi dont le goût ne veut pas partir, laissant derrière eux la sensation qu'on ne pourra plus jamais rien avaler sans avoir mal.

Ithri s'installa dans un fauteuil pivotant. Il posa sa cheville sur son genou avec désinvolture.

Merci, Flora, pensa Céleste. Il faut que je me jette à l'eau. Et elle raconta. Qu'on avait enlevé à Océane son utérus alors qu'elle était encore vivante, et surtout, surtout, qu'il n'était pas vide.

Jonathan

Parc naturel régional de Brière
Île du Combattant

Gwil Guézennec était certainement beaucoup plus gentil que la flic, mais Jonathan Le Divellec l'ignorait. Le gendarme se tenait sur le perron et attendait qu'on lui réponde. La balafrée, derrière lui, était occupée à observer ses ongles.

Jonathan remonta le jean qu'il avait enfilé à la hâte après que la sonnette de l'entrée l'eut obligé à renoncer à sa sieste. Il se sentait vaseux et n'aspirait qu'à une chose, retourner s'allonger. Désir qui avait peu de chance de se réaliser dans un avenir proche. Une immense lassitude l'envahit.

— C'est pour quoi ? s'enquit-il, à mille lieues du rôle de maître d'hôtel policé qu'il jouait chaque jour.

— Gendarmerie nationale, commandant Guézennec, j'ai des questions à vous poser.

— J'ai déjà répondu à votre collègue, là, fit Jonathan en désignant d'un geste vague la policière.

D'habitude, les femmes réagissaient bien à son numéro de charme. Celle-ci y avait été insensible et Jonathan avait même cru percevoir de l'hostilité dans son attitude. Sans élever la voix, le gendarme rétorqua d'un ton sec :

— C'est à propos d'Océane Lemonnier. Vous préférez certainement que je vous interroge ici. Je peux vous emmener à la gendarmerie, sinon.

Il laissa planer un silence lourd de sens et Jonathan n'avait aucun mal à imaginer qu'il mettrait sa menace à exécution. Il enfila donc une paire de mocassins et saisit un sweat accroché au portemanteau de l'entrée. Une odeur de sueur rance l'enveloppa. Il s'empara de son paquet de cigarettes et claqua la porte derrière lui. Il désigna le bas de la rue. Il s'attendait à ce que la balafrée leur emboîte le pas, or elle ne bougea pas. À l'évidence, elle allait interroger Émilie.

Depuis la veille, Jonathan s'armait de courage pour parler à sa femme. Il aurait préféré que tout ça reste secret, évidemment, mais avait-il réellement le choix ? Maintenant qu'ils avaient remué la boue, les flics n'allaient pas s'arrêter en chemin.

Amandine était venue le trouver, après le service du soir. Elle était préoccupée. La policière lui avait montré une photo raturée. Elle avait reconnu Ludovic Berthet, avec quelques années en moins, les cheveux presque rasés et pas de barbe. Elle n'avait rien dit, évidemment, mais ce n'était qu'une question de temps avant que quelqu'un l'identifie.

« Berthet m'a raconté des horreurs sur toi, pour être sûr que je ne t'embauche pas, lui avait-elle rappelé. Je suppose que vous avez un contentieux, tous les deux. Je ne sais pas lequel et ça ne m'intéresse pas. Seulement, son portrait a été retrouvé au domicile d'une victime d'homicide. Dis-moi que tu n'as rien à voir avec ça, Jonathan ! »

La question sous-jacente était « Dis-moi que tu ne l'as pas tuée », mais Amandine devait la juger offensante. Il l'avait rassurée du mieux qu'il pouvait :

« Je n'ai pas assassiné Océane, Amandine. Je n'ai rien à voir avec sa mort, j'ignore tout de ce qui a pu lui arriver. »

Évidemment, il ne lui avait pas révélé qu'il soupçonnait quelqu'un d'autre d'avoir raturé cette photo et qu'il avait de très bonnes raisons pour cela. Il aurait éclaté en sanglots, or il ne voulait pas s'abaisser à cela. Comment avait-il pu se retrouver dans un pétrin pareil ? *Ignorance is bliss*, « l'ignorance est une bénédiction », disaient les riches Américains chez lesquels il avait travaillé, plus jeune, comme majordome. Il aurait aimé ne jamais comprendre le sens profond de cette maxime.

Si seulement il pouvait dé-savoir.

Et à présent il devait répondre aux questions de ce gendarme, qui voulait donner de l'importance à un coup rapide qui n'en avait aucune. Avec pour conséquence, presque inévitable, de faire exploser sa famille.

Jonathan avait cherché sur Internet si on pouvait lui retirer Raphaël. Une vie sans les doigts poisseux du petit garçon, sans ses hurlements de rire quand on le chatouillait, sans ses baisers mouillés et la chaleur de son petit corps lové contre lui lorsqu'il lui racontait une histoire était au-dessus de ses forces. Il aurait dû partir quand il avait appris…

Une fois que le gendarme et lui furent arrivés au croisement avec la route circulaire, Jonathan s'arrêta et alluma une cigarette. Il se retourna pour inspecter la rue. Personne.

— Elle bossait bien, Océane Lemonnier ? demanda Guézennec.

Jonathan était sûr que cette histoire allait lui péter à la gueule et ne savait pas comment amortir l'impact. Il s'efforça de se donner une contenance, de prendre un air désinvolte.

— Pas mal. Elle faisait de petites erreurs d'impatience, mais ça s'arrangeait. Son physique rattrapait tout.

— À vos yeux ?

— Bien sûr que non, pas « à mes yeux » ! Aux yeux des clients. Tu te fais servir par une grande brune souriante taille mannequin, tu pinailles moins sur le fait que les couverts ne sont pas exactement à quatre centimètres du bord de la table.

— En réalité, je n'ai jamais eu l'impression que le métier était très compliqué, riposta le gendarme, peut-être par provocation.

Jonathan souffla la fumée par le nez, pour que l'âcreté et le piquant du tabac éteignent la bouffée de colère qu'il ressentit. Qu'est-ce que c'était que ces questions à la con ? Son boulot était difficile sans être reconnu à sa juste valeur. Il était fier d'avoir pu s'élever au-dessus de la condition de ses parents et de diriger une équipe de dix personnes. Rien n'avait coulé de source pour lui, et personne ne le comprenait. Surtout, l'important était ailleurs, mais ça, il n'allait pas le dire au gendarme. Il se força à répondre :

— Quand vous regardez les patineurs artistiques, vous avez l'impression que c'est facile parce que c'est maîtrisé. Le service en salle, c'est pareil. On apprend à rester aimable en toute circonstance, à avoir les yeux partout, à se souvenir de qui choisit quoi, à servir les clients dans l'ordre, du bon côté, sans les déranger, sans interférer dans leur conversation, à porter des plats lourds, à présenter l'assiette comme le chef a souhaité qu'elle le soit, à raconter une histoire…

Jonathan aspira une bouffée. Il avait mal à la gorge. Le froid n'arrangeait rien. Il aurait dû prendre un manteau. Il jeta son mégot, qu'il écrasa de la pointe de sa chaussure et poussa dans l'herbe bordant la route.

— Océane, elle n'en avait pas grand-chose à foutre, de raconter une histoire. Elle aimait juste travailler dans le luxe. Je suppose qu'elle espérait trouver un mec friqué qui l'épouserait.

— Elle vous l'a dit ?

— J'étais son manager, vous voulez mon avis de professionnel, je vous le donne. Elle n'était pas la meilleure, mais avec la pénurie de main-d'œuvre dans le secteur, je pouvais m'estimer heureux d'avoir une assistante avec un joli cul qui faisait de son mieux. Elle ne rechignait pas au travail, elle ne comptait pas ses heures.

— Vous aviez des projets avec elle ?

— Des projets ? Qu'est-ce que vous voulez que j'aie comme projets avec une fille comme elle ?

Ça lui avait échappé. Il avait trop de problèmes pour se payer le luxe de pleurer Océane.

— « Une fille comme elle » ?

— Une fille capable de coucher avec le mari de sa copine enceinte. Elle était prête à tout pour un coup de queue. C’est tombé sur moi, ça aurait pu être n’importe qui.

— Vous pensez que vous n’étiez pas le seul ?

La question du gendarme cueillit Jonathan par surprise. Océane n’avait aucune place dans sa vie, présente et future. Ça avait été une erreur, parce qu’il avait besoin de se venger et qu’elle avait envie de tâter du gourdin. Pas d’affect, ni pour l’un ni pour l’autre. À y repenser, il avait honte. Honte de lui, de ce qu’il lui avait dit, de ce qu’il lui avait fait. Honte qu’elle en redemande, aussi. Ça l’avait sali.

Pour se justifier à ses propres yeux, il se répétait, depuis, qu’il n’était pas dans son état normal mais sous le choc. Il venait d’apprendre la nouvelle, pour Émilie. Il ne pouvait pas se saouler, puisqu’il travaillait le soir. En conséquence il avait baisé la meilleure amie de sa femme. Le pire étant qu’elle n’avait pas cessé de lui courir après alors qu’il regrettait de s’être laissé aller. Il lui avait expliqué qu’il ne pouvait pas recommencer et elle s’était énervée. Elle avait menacé de le dénoncer à Émilie.

Et c’est à lui qu’on demandait des comptes !

Il aurait aimé pouvoir tout déballer aux flics, se décharger de son secret. C’était impossible, évidemment, les conséquences probables le terrifiaient.

— Je n’en sais rien, répondit-il enfin. Et ça m’est égal. C’était une erreur, ce n’est arrivé qu’une fois.

— Vous saviez qu’elle était enceinte ?

Cette fois, c’était le coup de grâce.

— Océane ? Enceinte ? Mais comment…

Il rembobina le film de leur coucherie, se remémora son ventre. Émilie, toute en formes, avait le ventre rond, même lorsqu'elle n'attendait pas d'enfant. Par contraste, celui d'Océane lui avait semblé désagréablement plat et dur. Le flic devait se tromper.

— Non. Vous en êtes sûrs ?

Le gendarme fit signe que oui et Jonathan songea qu'Océane n'en avait pas parlé à Émilie.

— Vous accepteriez de nous donner un échantillon de votre ADN ?

Le moment de vérité approchait, il ne pouvait pas l'éviter. Il essaya néanmoins de contourner l'obstacle. Sa réaction fusa, avec plus d'agressivité et de défiance qu'il ne le souhaitait :

— Pour quoi faire ?

S'il n'avait pas été obnubilé par sa terreur, il se serait immédiatement douté qu'il s'agissait d'identifier le géniteur du bébé d'Océane. Cette idée le soulagea ; il se ressaisit et affirma qu'il n'y avait pas de problème. L'air soupçonneux du gendarme le poussa à vérifier son hypothèse :

— Vous souhaitez vous assurer que je ne suis pas le père, c'est ça ?

L'autre acquiesça avec réticence.

— Vous allez économiser un test ADN, parce que je peux vous le prouver.

S'il avait compris dès le début ce qu'ils cherchaient, il aurait tout de suite répondu franchement.

Céleste

Parc naturel régional de Brière
Île du Combattant

Céleste attendit que le maître d'hôtel et Guézennec aient totalement disparu avant de frapper à la porte des Le Divellec. Une fois. Deux fois. À la troisième, une Émilie furieuse ouvrit, une invective au coin des lèvres. Les mots lui restèrent dans la gorge. Raphaël, vêtu d'un pantalon rouge et d'une chemise à carreaux, se cachait dans l'ombre du vestibule, pouce dans la bouche et vieux mouchoir serré contre son nez.

Céleste s'accroupit.

— Bonjour, on se connaît, tu te rappelles ? Je suis Céleste et je suis policière.

Les petits ont moins peur d'un adulte qui se place à la hauteur de leurs yeux et ils éprouvent souvent une fascination pour les policiers et les pompiers. Le garçonnet recula un peu plus derrière la jambe de sa mère, puis effectua très lentement le mouvement inverse. Céleste se força à sourire plus largement, en espérant que ses cicatrices ne le feraient pas fuir. Les enfants sont moins rebutés par la différence, et alors que Céleste, dont la cuisse blessée se rappelait à son bon souvenir, se relevait, la voix du gamin résonna dans l'entrée :

— Pourquoi t'as pas le costume ?

Les parents – on ne sait pas pourquoi, on n'y peut rien – ont tendance à baisser la garde quand on traite aimablement leur progéniture et que celle-ci se laisse amadouer. Encore un truc appris avec ses filles. Émilie Le Divellec n'y coupa pas. Son corps se relâcha, deux fossettes naquirent sur ses joues pleines.

— Je suis une policière sans costume, répondit Céleste.

Puis, s'adressant à la mère :

— Je dois vous parler.

Toute méfiance envolée, Émilie lui céda le passage.

La demeure était ravissante. Une maison de poupée, meublée avec goût. Émilie guida Céleste jusque dans le salon-salle à manger, aux canapés à fleurs et à rayures disposés à angle droit. Des jouets étaient entassés dans un grand panier en châtaignier. Ça sentait la cire et le feu de bois.

— Je viens vous parler d'Océane.

— Océane, elle est partie au ciel ! affirma Raphaël, qui gagnait en assurance.

Sa mère caressa ses cheveux et lui suggéra :

— Va t'amuser dans la cuisine avec le train. Il faut que je discute avec madame.

Le gamin s'y dirigea sans broncher de ses petits pas pressés. Céleste attendit qu'il soit hors de portée de voix.

— Nous avons appris une information troublante à propos de votre amie. Océane aussi était enceinte.

(Émilie réprima un mouvement de surprise.) Avez-vous une idée de qui pourrait être le père ?

— Et le bébé, il est… il est…

Céleste fit non de la tête, ce qui était tout ce qu'Émilie avait besoin de savoir. Celle-ci réfléchit.

— J'avais remarqué qu'elle avait un peu forci, mais jamais je n'aurais imaginé… Elle était enceinte de combien ?

— On l'ignore encore, répondit la policière, puis, de crainte qu'Émilie ne veuille plus de précisions : Le géniteur de l'enfant, vous avez une idée ?

— Non, aucune. Elle ne fréquentait personne. Ça m'étonne, elle a grandi sans papa et ça l'a beaucoup affectée. C'est une des premières choses que j'ai sues d'elle. Elle ne supportait pas cette chanson de Calogero, d'ailleurs : « Si seulement je pouvais lui manquer », ça la faisait pleurer à chaque fois. Quand elle a trouvé le nom de son père en triant les papiers de sa mère, elle a foncé chez moi comme une folle. « Il existe ! Il existe ! »

Émilie sourit à cette évocation.

— On a pas mal cherché, on savait uniquement que la maman d'Océane avait grandi ici. Océane a voulu brûler un cierge. Une vieille dame a engagé la conversation. On est restées une heure à discuter avec elle sur les bancs de l'église. Je me gelais, je n'avais pas prévu qu'on passerait du temps comme ça. Heureusement que Jonathan gardait Raphaël ce jour-là !

À cet instant, le petit garçon fit son apparition, traînant derrière lui un train en plastique aux couleurs vives.

— Pipi !

Émilie se leva.

— La vieille dame nous a donné son numéro de téléphone, elle avait bien connu Sabrina, à laquelle elle faisait le caté. Elle ignorait qu'elle était enceinte mais elle savait qu'elle avait un amoureux et qui c'était, continua-t-elle tout en quittant la pièce, marchant derrière son fils. Ensuite, Océane a attendu quelques jours, puis elle lui a passé un coup de fil.

Émilie haussa la voix en s'éloignant :

— Elle était folle de joie, après. Sur un petit nuage.

Puis Émilie se tut, ou plus exactement s'adressa à Raphaël ; Céleste l'entendait parler sans distinguer les mots. La capitaine observa autour d'elle. Au mur, des photos de famille. Jonathan portant Raphaël sur ses épaules, radieux tous les deux. Émilie et Jonathan, souriants, se tenant par la taille le jour de leur mariage, ou bien accroupis, encadrant trois enfants. Sur cette photo, Émilie avait le ventre rebondi et l'allure épanouie d'une femme heureuse d'être enceinte.

Céleste se souvenait de cette période. Marie rayonnait, comme si quelqu'un avait allumé une lumière à l'intérieur. La maternité était pour son épouse un objectif et un accomplissement. Elle avait adoré chaque instant de sa grossesse. Céleste s'était souvent interrogée sur ce que ça lui aurait fait, à elle. Imaginer un petit être qui grandit à l'intérieur de soi la terrifiait, à dire vrai. Maintenant, il était trop tard.

— Je pensais qu'elle était toute guillerette à cause de son père, fit Émilie en revenant s'asseoir. Je n'aurais jamais deviné qu'elle était enceinte. Pourquoi ne m'en a-t-elle pas parlé ? Elle me disait tout ! Vous êtes certaine qu'elle le savait ?

Céleste resta muette. Venait le moment redouté, celui de la révélation du secret de son mari.

Elle ne pouvait pas le croire, déclara Émilie. Ce n'était absolument pas le genre de Jonathan. La police devait faire erreur. Son mari tenait beaucoup trop à ses enfants et à son épouse pour commettre ce genre de faux pas. Elle était catégorique, au point que Céleste en venait à douter. Quelle chance de susciter une confiance aussi forte !

Les trois aînés Le Divellec interrompirent alors la discussion des deux femmes. Ils descendirent l'un après l'autre, dans un joyeux brouhaha, et se précipitèrent dans la cuisine, tornade blonde à trois têtes, affamée et assoiffée après un dessin animé dont la policière ne retint pas le nom. Céleste mit un terme à l'entretien.

Avant de partir, elle recommanda à Émilie de faire très attention à elle. Elle ne pouvait pas lui révéler qu'Océane n'était peut-être pas la première femme enceinte victime du même meurtrier ; l'enquête en était encore à ses balbutiements et il était hors de question de semer la panique dans la population – et d'avertir le tueur qu'ils se rapprochaient. Émilie fronça les sourcils. Céleste posa un doigt sur sa bouche.

— Je ne peux rien vous dire, Émilie, juste de faire attention.

Elle repartit vers la Brillantine, se demandant si elle avait bien fait. Si elle n'en avait pas trop dit (au risque d'inquiéter inutilement la jeune femme) ou pas assez (en se montrant inconsidérément rassurante). L'idée qu'Émilie puisse être victime du tueur et que ses enfants se retrouvent sans mère parce qu'elle n'avait pas été franche lui était insupportable. Elle faillit rebrousser chemin, s'exhorta pourtant à aller de l'avant.

Au bout de la rue se trouvait la moto du gendarme, fièrement penchée sur sa béquille, sa carrosserie noire étincelante. La policière s'arrêta, fit le tour de l'engin, touchant du bout du doigt le métal rutilant, cherchant des traces d'usure à l'extrémité des repose-pieds. Ils étaient râpés.

— Envie d'un baptême ?

La voix grave la fit sursauter. Elle pivota, le rouge aux joues, puis se détendit en reconnaissant son interlocuteur. Elle n'avait pas prévu de répondre, mais ça sortit tout seul, comme une bravade, un moyen de s'affirmer… ou une confession, elle ne savait pas trop :

— Je suis motarde, moi aussi. Enfin, je l'ai été.

— Ça te manque ?

— Ma moto est au garage.

Un jour, elle serait capable d'enfiler un casque sans craindre d'étouffer, alors elle démarrerait le moteur de sa BM, une antiquité plus ancienne que sa Porsche. Penser à son engin la renvoya à l'angoissante question de la réouverture de son dossier et de son prochain rendez-vous au tribunal de Bobigny. Elle s'empressa de changer de sujet et résuma ce qu'elle avait appris d'Émilie : rien. Cette dernière ignorait à la fois que son amie était enceinte et que son mari l'avait trompée. Et quand elle lui avait demandé, dans un souffle, si Jonathan était le père de l'enfant d'Océane, Céleste n'avait rien pu répondre.

Certains jours, il lui semblait qu'elle exerçait le pire métier du monde, répandant malheur et désolation autour d'elle dans une recherche de vérité qui ne servait que les morts et la morale, amplifiant l'onde de choc des crimes qu'elle entendait dénoncer et punir. Et pourtant, c'est sans états d'âme qu'elle avait laissé derrière elle une Émilie bouleversée.

— Je ne t'en veux pas, tu sais, dit tout à coup Guézennec.

— M'en vouloir ?

— De ne pas m'avoir parlé de la première victime, Mademoiselle X. Je comprends. Personne n'aime qu'on envahisse son pré carré.

Céleste n'avait pas envie qu'on la psychanalyse. Elle se retourna et commençait à prendre le large quand une grosse poigne lui saisit l'avant-bras. Elle se figea. Elle ne pouvait pas cogner, n'est-ce pas ? Pourtant, c'était ce qu'elle aurait voulu faire. Depuis le début, elle ne le sentait pas, ce gendarme.

— Je comprends, répéta-t-il. Ça fait des siècles que les hommes vous tiennent en laisse. Qu'on s'attribue le mérite de vos actions et qu'on vous utilise.

Oh ! Merde ! Un féministe ! Dommage pour lui qu'il ne soit pas tombé sur Marie à la place, elle aurait été plus sensible à son discours…

Elle se dégagea d'une secousse. Guézennec se contenta de la dévisager tranquillement pendant que, dans un geste machinal qui lui fit honte, elle brossait les manches de sa parka.

— Ça n'est pas du tout la question, réagit-elle. Je défends très bien mon territoire.

Il avait raison, évidemment. Céleste, s'en voulant de son attitude bravache, ne savait comment baisser les armes sans avoir l'air de se rendre. Guézennec vint à son secours :

— Allons ensemble à la Brillantine, partageons nos découvertes et nos idées. On leur doit bien ça, à ces gamines. Allez, monte. Si t'es motarde, tu peux rouler un peu sans casque, non ?

Elle hésita à peine.

Elle n'avait pas circulé tête nue depuis au moins vingt ans. Le vent dans ses cheveux, cette sensation de s'appuyer sur l'air, comment avait-elle pu y renoncer tout ce temps ? Elle aurait aimé que ce kilomètre en dure cent.

Ithri

Parc naturel régional de Brière
Île du Combattant

Ithri sortit du bureau du major, alerté par des voix. Il ne s'était pas trompé, Gwil et Céleste se parlaient.

— J'appelle l'hôpital pour confirmer la validité des spermogrammes et la réalité de l'opération, mais je n'ai pas de raison de douter de lui, disait le gendarme. Sa femme, comment a-t-elle réagi ? Pour le coup, si elle savait, ça lui donnerait un mobile.

— Avec un enfant pendu à ses basques ? Ou alors, elle profite de ses mardis matin pour trucider les maîtresses de son mari au lieu d'étudier à la bibliothèque ? Un alibi pareil, c'est facile à vérifier. Et ça n'explique pas pourquoi ni comment Océane a disparu lundi. Sans compter qu'Émilie défend son conjoint bec et ongles.

Céleste se défit de sa parka, remonta les manches de son pull et s'installa devant l'une des tables. Gwil posa son casque sur un fauteuil.

— Ils auraient pu agir de concert, ou bien l'un après l'autre. Lui la fait disparaître le lundi soir et elle la découpe le mardi matin. Un couple maléfique, ça s'est déjà vu.

— Ça ne règle pas la question de savoir qui sont les géniteurs.

Céleste consentit enfin à s'intéresser à son adjoint :

— Jonathan a déclaré à Gwil qu'il était stérile, à la suite d'une vasectomie effectuée en cachette de son épouse, expliqua-t-elle à Ithri.

Celui-ci écarquilla les yeux.

— Exactement, fit Céleste. Non seulement nous n'avons pas appris qui est le père du bébé d'Océane, mais nous ignorons le nom de celui de Raphaël et de l'enfant à naître d'Émilie. Et si c'est pertinent pour l'enquête.

— Émilie tromperait son époux ? Alors il est au courant…

— Il le sait, et il ne dit rien, confirma Gwil. Il m'a affirmé qu'il comprenait que ce ne soit pas facile tous les jours pour sa femme et que, au bout de dix ans de mariage, elle veuille aller ailleurs.

Ithri se demanda ce qu'il ferait, dans ce cas. Accepter de partager Pauline, par exemple, était parfaitement inconcevable. Mais préférerait-il la perdre ?

— Autrement dit, Émilie trompe son conjoint, Jonathan couche avec sa meilleure amie. C'est *Plus belle la vie* en Brière ?

— Jonathan maintient qu'il n'a pas entretenu de liaison avec Océane, mais qu'il a cédé à ses avances quand Émilie lui a annoncé qu'il serait papa pour la cinquième fois. D'un enfant qui n'est pas le sien. Il s'est vengé, en quelque sorte.

— Difficile de croire qu'il ait tué Océane pour l'empêcher de parler, fit remarquer Céleste. Au concours du plus coupable des deux, sa femme gagnerait haut la main.

— Elle pourrait être la meurtrière ?

— On ne peut rien exclure. Fouille ses antécédents, essaie de savoir si elle a appris d'une manière ou d'une autre à manier un couteau et étudions son emploi du temps à la loupe. Nous devons retracer ses déplacements lundi après-midi et mardi. Elle affirme qu'elle n'a pas bougé de chez elle lundi après-midi et qu'elle s'est rendue à la bibliothèque mardi matin. Une fois que nous aurons creusé, nous lui demanderons qui est le père de Raphaël et de l'enfant qu'elle attend. Je veux disposer d'un maximum de cartouches avant de lui parler de nouveau.

— On ne peut pas rayer Jonathan de la liste des suspects, intervint Gwil. Les maîtres d'hôtel savent découper des volailles en gants blancs sans faire une tache.

— Elles sont cuites, objecta Ithri.

— Pardon ?

— Les volailles sont cuites. Ce n'est pas pareil de couper de la viande crue.

Gwil haussa les épaules avec un sourire.

Une enquête policière, cela consiste souvent à fermer des portes et à réfuter des hypothèses, même farfelues. Ithri aimait ce patient travail de fourmi visant à réunir des données pour les confronter aux affirmations des témoins. Néanmoins, ces histoires de pères qui n'en seraient pas le rendaient mal à l'aise. Comment pouvait-on infliger ça à son mari ?

Ses yeux se posèrent sur le message qu'il avait griffonné sur un Post-it : *Rappeler Belome.*

Le rapport de la légiste n'était pas tout à fait terminé, mais elle souhaitait d'ores et déjà apporter des précisions sur la grossesse d'Océane.

— J'ai le dosage des bêta-hCG, les hormones de grossesse. Comme vous ne le savez certainement pas, le taux de ces hormones augmente progressivement pendant les huit premières semaines, puis il décroît.

— Autrement dit, deux possibilités pour un même taux, déduisit Ithri.

Gwil, qui s'était éclipsé avant le début de la conversation, revint et posa sur la table un sachet de chips de légumes bio et un paquet de palets pur beurre. Céleste se rendit compte qu'elle n'avait rien avalé depuis le matin.

— Deux possibilités de quoi ? chuchota-t-il.

Céleste lui fit signe de se taire en désignant le téléphone du doigt.

— … le cas, oui, répondait Sara Belome. Avec ces dosages, on ne sait pas si le taux de bêta-hCG était en phase d'augmentation ou de diminution. Soit Océane Lemonnier était au tout début de sa grossesse, moins de quatre semaines, soit elle était enceinte de quatre à six mois. Heureusement, la médecine est une discipline globale. Si j'additionne plusieurs paramètres, comme une légère hypertrophie de la thyroïde, la diminution de la phosphorémie, la dilatation pyélo-calicielle, la dilatation pyélo-urétérale…

— Docteure Belome, Sara, personne ici n'est médecin, ça vous ennuie de nous donner vos conclusions directement, s'il vous plaît ? demanda Céleste.

— À mon avis, elle était dans le deuxième trimestre, je dirais qu'elle était enceinte de cinq mois.

— On a un témoin qui affirme qu'elle avait le ventre complètement plat, on doit le croire ?

— Le corps humain est étonnant, répondit Sara Belome. Dans le cas des dénis de grossesse, les femmes peuvent accoucher sans que jamais leur entourage soupçonne qu'elles étaient enceintes. Et chez une sportive qui n'a jamais eu d'enfant, le ventre peut sembler plat, en effet, à quatre ou cinq mois.

— Est-on certain qu'elle était enceinte quand elle est décédée ? interrogea Ithri. Je veux dire, est-ce qu'elle aurait pu avorter légalement et volontairement avant d'être assassinée ? On peut imaginer un agresseur qui cible les femmes qui subissent une IVG…

— C'est peu probable. L'avortement est autorisé jusqu'à la douzième semaine, on était au-delà. Sauf, évidemment, s'il était thérapeutique, si l'enfant présentait une affection grave et reconnue comme incurable. Dans ce cas, il n'y a pas de limite. Ou si la vie de la mère était en danger.

— Ou si le fœtus était mort in utero. On aurait alors provoqué l'accouchement, ajouta Céleste.

Sara Belome en convint.

— Quoi qu'il en soit, le taux de bêta-hCG diminue de moitié toutes les quarante-huit heures après l'IVG. Si elle y avait eu recours, c'était très récemment, moins d'une semaine.

Ithri expliqua qu'il avait déjà contacté les cliniques et hôpitaux de la région pour s'assurer qu'Océane Lemonnier n'y avait pas été admise. Il précisa qu'il avait étendu ses recherches aux éventuelles interventions pour fausse couche ou grossesse extra-utérine. Sans succès. Sara le félicita et poursuivit son rapport :

— J'ai aussi reçu les résultats de la toxicologie. Positive au pentobarbital, comme Marilyn Monroe. Des taux indécents.

— Avec quels effets ?

— À faible dose, anesthésiant, parfois utilisé de manière récréative pour ses propriétés hypnotiques. À forte dose, mortel. C'est la drogue du suicide assisté, en Suisse. On peut l'inoculer par intraveineuse. J'ai demandé à Léandra de regarder s'il existe une marque d'aiguille sur le corps.

Elle expliqua enfin que son collaborateur avait joint le docteur Rodriguez. Le soluté de réhydratation lui serait livré par transport express au cours du week-end. D'après le médecin mexicain, trois jours d'immersion seraient nécessaires pour un cadavre aussi abîmé que celui de Mademoiselle X.

Sara Belome délivra une dernière information : elle avait pris connaissance d'un projet de recherche japonais portant sur l'identification des cellules fœtales dans le sang de la mère. Le projet avait pour objectif de développer un test prénatal non invasif. Dans leur cas, cela permettrait de déterminer la paternité à partir des échantillons de sang d'Océane Lemonnier.

Enfin l'ouverture qu'Ithri attendait ! Il prit son courage à deux mains.

— On pourrait envoyer l'ADN de Mademoiselle X sur les bases de données publiques existantes. Avec un peu de chance, on tomberait sur un cousin ou de la famille, quelqu'un qui pourrait nous aider à remonter jusqu'à elle. Les plus gros sites de généalogie le proposent. On peut même récupérer la séquence. En deux semaines, trois maximum, on pourrait avoir un match. On ferait pareil avec le fœtus, si on réussit à isoler son ADN…

— Ithri, c'est illégal ! protesta Céleste. Fabriquer un faux profil et envoyer l'ADN d'une personne sans son consentement à une entreprise privée, tu te rends compte du nombre de lois que tu violerais ? Sans compter que les bases de données actuelles sont surtout américaines, c'est prendre un risque énorme pour pas grand-chose.

Le développement de l'ADN récréatif était sans conteste une aubaine pour toutes les polices du monde. Voilà des individus qui rendaient public volontairement leur séquençage ADN, sans avoir conscience du fait que le confier à une société commerciale spécialisée en généalogie pour savoir si on descend des Celtes, d'Afrique ou d'Europe de l'Est, par exemple, c'était également livrer une part du patrimoine génétique de ses parents, de ses frères et sœurs, de ses oncles et tantes, de ses cousins, de ses grands-parents, bref du reste de sa famille biologique. Quelques affaires retentissantes avaient été résolues aux États-Unis grâce à la collaboration involontaire d'un membre de la famille d'un criminel. Il avait suffi qu'une lointaine cousine envoie son ADN à une de ces sociétés américaines et que, parallèlement, le FBI compare l'ADN d'un violeur en série avec la base de données de cette même société privée pour que des crimes vieux de plusieurs décennies soient enfin éclaircis.

Gwil enfonça le clou :

— Tu sais qu'il suffit d'une erreur de procédure et c'est le dossier entier qui est entaché.

Céleste et Gwil ligués contre lui ! Ithri nageait en plein délire.

— Vous ne voulez pas restituer son identité à cette femme ? insista-t-il.

— Ithri, nous avons un espoir de trouver qui elle est grâce à la réhydratation. Je refuse de risquer l'invalidation de la procédure à cause de notre impatience.

Mais Ithri ne désarma pas.

— Et si ça ne donne rien ? Pour le moment, cette disparue n'a personne pour se plaindre qu'on utilise son ADN. Et il y a peut-être, quelque part, une famille inconsolable qui attend qu'on la retrouve. Tu réalises le désespoir de ces gens ? Tu imagines, si c'était ta fille ? Qu'on t'empêche de savoir ce qu'elle est devenue parce que le moyen de l'identifier est aux limites de la légalité ?

— N'essaie pas de m'avoir à l'affectif, ça ne marche pas. Ce n'est pas à nous de décider si une loi est juste ou pas, Ithri. On est flics, pas législateurs. Si la loi ne te plaît pas, adresse-toi à ton député pour qu'il la fasse changer.

Le débat était clos.

— Gwil, va interroger le généraliste, s'il te plaît. On a besoin de savoir si Océane avait connaissance de sa grossesse et si le bébé était désiré. Ithri, j'aimerais que tu rappelles la police municipale de La Baule à propos de sa voiture. Assure-toi qu'ils ont bien reçu la consigne d'inspecter le périmètre.

Ithri remarqua que son ton s'était radouci. Il n'était pas de nature rancunière et se dit qu'il trouverait le moyen de remettre son idée sur le tapis et, cette fois, d'obtenir gain de cause.

Flora

Saint-Nazaire
CFA

Flora était satisfaite de sa vie.

Sauf une chose. Elle n'avait pas de papa.

Lorsque Flora était petite, elle passait du temps à contempler les photos de sa mère. À poser des questions. Ce qu'elle avait saisi très tôt, c'est qu'elle ne devait pas poser de questions sur son père. Flora savait pourtant que personne ne peut faire un bébé seul. Elle avait compris qu'il y avait, quelque part, un homme qui était son père et qui avait choisi de l'abandonner. Qui avait préféré ne pas la connaître.

Quand ça faisait trop mal, elle se racontait qu'il était un grand militaire, mort pour la France, ou un super-héros, comme Spider-Man, et qu'il viendrait un jour la chercher. Mais ce n'était pas vrai, bien sûr. La plupart du temps, elle pleurait dans son lit en faisant attention à ne pas faire de bruit. Quelquefois, ça la prenait en cours, et elle allait dans les toilettes. Quand elle en sortait avec les yeux rouges, on lui demandait si elle avait un problème. Elle répondait qu'elle avait ses règles et on lui fichait la paix.

Aujourd'hui, c'était différent. Flora ne mentit pas à Agnès, sa copine d'école. Elle parvint à lui dire sa tristesse de ne pas avoir de papa, de ne pas savoir qui était cet homme dont elle murmurait le nom, toute seule, le soir dans son lit. Papapapapapapapapapapapapapapapapapapapapapa. Flora fut fière d'elle, fière de réussir à parler sans pleurer, même si Agnès ne comprenait pas vraiment ce qui rendait Flora malheureuse. Son père à elle était constamment sur son dos à crier qu'elle était nulle et qu'elle n'arriverait jamais à rien. Il contrôlait son planning et elle en avait ras le bol. Flora murmura :

— Je préférerais que mon père soit sans arrêt en train de vérifier mon emploi du temps. Ça voudrait dire qu'il est là pour moi et qu'il se fait du souci pour moi.

Agnès rigola.

— Comment tu fais pour toujours tourner les choses en bien ?

Flora ne savait pas. Ça lui venait comme ça. Elle tenta de clarifier ce qu'elle disait, mais les mots s'emmêlaient dans sa tête.

— T'inquiète, dit Agnès en lui donnant un tout petit coup de coude. T'es géniale comme ça. Et t'as raison. Il me fait chier, mon daron, mais il est là et il m'aime. Tu sais, j'ai vu un reportage sur YouTube hier. Une nana qui cherchait à retrouver sa mère. Elle s'est rendu compte qu'elle avait six frères et sœurs, t'imagines ?

— Comment elle a retrouvé sa mère ?

— Elle a fait un test ADN.

Les explications d'Agnès étaient si confuses que Flora ne comprit qu'une chose : elle avait une chance de retrouver son père en se frottant l'intérieur de la bouche et en l'envoyant à un laboratoire qui avait un site Internet.

Gwil

Parc naturel régional de Brière
Île du Combattant

Le cabinet médical du marais se situait dans une maison basse traditionnelle en bordure de route. Le toit très pentu et recouvert d'ardoises lui donnait l'allure d'une tête de lutin affublée d'un chapeau pointu. Quatre médecins généralistes y exerçaient. Gwil poussa la porte de la salle d'attente, dans laquelle patientaient un homme âgé et une femme qui s'efforçait de faire tenir tranquilles deux bambins. Il revint à l'accueil. Il n'y avait pas de secrétaire.

Gwil eut de la chance. Le premier médecin à raccompagner une patiente jusqu'à l'entrée était le docteur Maxime Desseing, un colosse aux cheveux châtains, affublé de deux boucles d'oreilles à droite et d'un piercing dans le sourcil. Dès que le gendarme se présenta, il lui fit signe de le suivre.

— Vous étiez le médecin d'Océane Lemonnier… commença Gwil.

L'utilisation de l'imparfait alluma une étincelle d'inquiétude dans les yeux de son interlocuteur.

— Est-elle… fit-il sans terminer sa phrase.

— Elle est décédée. J'aimerais consulter son dossier médical.

— De quoi est-elle morte ?

— Elle a été assassinée.

Pause.

Puis le médecin pianota rapidement sur son clavier et tourna l'écran vers le policier. S'y affichait une liste de rendez-vous assez courte.

— J'ignore si ça va vous aider. Que voulez-vous savoir ?

— Quand l'avez-vous vue la dernière fois ?

— Vendredi à 10 h 30.

— Pas depuis ?

— Non.

— Est-ce que vous lui avez prescrit un arrêt de travail ?

— Non.

— Si elle s'était adressée à un de vos confrères du cabinet, vous seriez au courant ?

Oui, car les quatre médecins partageaient les dossiers médicaux. Il ne pouvait pas dire si elle était allée consulter à l'extérieur, évidemment. Il faudrait voir avec la Sécu. À condition qu'elle ait envoyé son arrêt de travail.

— Des problèmes particuliers ? À part le fait qu'elle attendait un enfant ?

— Si la question est « souffrait-elle d'une maladie chronique, du type diabète, hypertension, etc. », la réponse est non. La grossesse n'est pas un état pathologique. Mme Lemonnier était une femme en bonne santé. Elle était enceinte de… (il s'interrompit un instant pour consulter le dossier) … dix-sept semaines.

— Savez-vous qui était le père ?

Un franc sourire éclaira le visage de Desseing.

— Les interrogatoires, c'est votre domaine, moi, je suis le médecin. Mon travail consiste à m'assurer de la santé de la mère et de l'enfant – bien que, souvent, un spécialiste s'en charge.

— Vous connaissez le nom de son gynéco ?

— Je ne pense pas qu'elle en ait eu un. Elle s'est présentée aux visites de suivi et je lui ai prescrit les examens habituels, prise de sang, échographie…

— Tout allait bien ? Elle aurait pu vouloir avorter ?

— Elle était très désireuse de mener cette grossesse à son terme. Elle venait juste de recevoir les résultats de son deuxième test de dépistage prénatal. Le bébé se développait bien, tout était a priori normal.

Le visage du médecin s'assombrit. Sans doute réalisait-il que ce bébé n'avait plus d'avenir, que tous les espoirs placés dans ce petit être au cœur qui battait déjà avaient été anéantis. Gwil demanda au docteur Desseing s'il connaissait la date de conception. Maxime Desseing fit défiler le dossier sur son ordinateur.

— Mercredi 29 mai.

— Wow ! Ce sont les progrès de la médecine moderne qui vous permettent d'être aussi précis ?

— Non, l'échographie nous donne une fenêtre assez étroite grâce aux mesures de développement, mais pour avoir le jour exact il faut s'adresser à la mère. L'autopsie vous confirmera l'âge du fœtus, de toute façon.

Gwil ne lui révéla pas que celui-ci avait disparu.

Céleste

Parc naturel régional de Brière
Île du Combattant

Ithri rappela comme prévu la police municipale de La Baule, qui l'avertit que la petite Fiat rouge de Mme Lemonnier avait été retrouvée. Elle était garée avenue Hoche, une artère d'à peine cinquante mètres de long bordée de chaque côté par les jardins de quatre villas Belle Époque. Ce n'était pas la rue la plus animée de la ville, mais sa proximité avec le casino drainait une clientèle de noctambules et justifiait que des caméras de vidéosurveillance aient été installées à intervalles réguliers.

Une chance ! se dit Céleste en sortant du véhicule de service conduit par Ithri.

La police municipale avait attendu les deux officiers pour ouvrir la Fiat. Las, l'intérieur était aussi immaculé que la maisonnette d'Océane.

Il fallait à présent trouver ce qu'Océane Lemonnier avait fait entre le moment où elle avait garé sa voiture et celui où on avait retrouvé son corps. Pourquoi avait-elle éteint son téléphone ? Où était-elle allée ? Qui avait-elle rencontré ?

La prochaine étape coulait de source : faire du porte-à-porte avec Ithri.

Du porte-à-porte ? L'avenue Pavie, qui coupait l'avenue Hoche, offrait une succession quasi ininterrompue de restaurants, de bars et de discothèques. Quelques boutiques vendaient du prêt-à-porter de luxe et plusieurs galeries d'art exposaient des œuvres colorées et audacieuses. Céleste et Ithri n'eurent de chance ni dans le premier ni dans le deuxième restaurant. Personne ne reconnut Océane. Et ça continua, tandis qu'ils remontaient l'avenue en direction du casino. À chaque étape, ils réclamaient la communication des images de vidéosurveillance. Puis Ithri eut l'idée de sortir la photo raturée. La propriétaire d'une galerie l'étudia pendant quelques instants avant de les dévisager comme s'ils débarquaient de Mars.

— Enfin, voyons, c'est le chef étoilé du Château Sainte-Parme, juste à côté ! On le reconnaît, malgré les ratures. Il a les cheveux plus longs et la barbe, maintenant, mais une bouche pareille, ça ne s'oublie pas !

Que les deux représentants des forces de l'ordre ne sachent pas que Ludovic Berthet dirigeait les cuisines du Château, comme on l'appelait ici, dépassait l'entendement de la galeriste. Non seulement sa table était une des plus réputées de Loire-Atlantique, mais l'hôtel où il officiait appartenait à Françoise Thomas, figure des nuits bauloises et épouse du chef.

Ce qui étonna Céleste, c'était qu'Amandine Rocher ne l'ait pas reconnu.

Comme le Château Sainte-Parme était à deux pas, les policiers décidèrent de s'y rendre, espérant y trouver le mystérieux père de l'enfant d'Océane.

Hôtel de luxe depuis près d'un siècle, construit en pierre sombre et doté de tourelles au toit pointu, l'établissement évoqua à Céleste la demeure de la famille Addams. Lugubre, prétentieuse et pleine de recoins.

Ithri tira sur sa manche. À peine avaient-ils quitté la galerie qu'il décrochait son téléphone et appelait Tom, à la PJ de Nantes. Ce dernier avait recherché en direct des informations sur le chef, et l'entrevue ne s'annonçait pas très réjouissante. Ludovic Berthet avait été condamné pour violences volontaires en 2001 et 2007. En outre, il était le propriétaire d'un SUV bleu marine, un Skoda Kamiq, qui pouvait correspondre à la description faite par Léane, l'adolescente qui, avec sa chienne, avait découvert le corps d'Océane. Tom confirmait que Berthet avait épousé dix ans auparavant Françoise Thomas, ce qui avait propulsé sa carrière. Le couple n'avait pas d'enfants.

En poussant la porte de l'hôtel, Céleste se fit la réflexion qu'elle aurait pu entrer dans une maison close du vingtième siècle. Du moins le décor correspondait-il à l'idée qu'elle s'en faisait. Moquette bordeaux, plafonds et murs de bois ciré, fauteuils capitonnés en cuir café, bronzes posés sur des commodes ventrues en acajou, tentures en brocart.

Elle sortit sa carte professionnelle et demanda à s'entretenir avec Ludovic Berthet. Sans qu'un seul des muscles de son visage tressaille, le réceptionniste

– un homme entre deux âges à la coupe de cheveux militaire et au nœud de cravate double – saisit son téléphone.

— Des policiers voudraient parler au chef, dit-il simplement. Il est là ?

Puis :

— Très bien, je vous l'envoie. Faites vite, dit-il en s'adressant à Céleste, le service du dîner débute dans quarante-cinq minutes.

Céleste se dirigeait vers le restaurant quand l'homme l'arrêta.

— Oh non, non, les cuisines sont au sous-sol. Un bagagiste va vous accompagner.

Presque aussitôt, ce dernier, gilet lie-de-vin et cravate foncée, se matérialisa. Comment avait-il été prévenu ? Est-ce qu'il écoutait aux portes ? Il s'inclina devant Céleste.

— Jérémy, conduis madame, s'il te plaît, elle est ici pour rencontrer le chef.

L'ascenseur était à l'image du hall, un peu vieillot. Quoique rapide. Céleste et Ithri suivirent le bagagiste dans un couloir qui leur sembla interminable et oppressant. Enfin, ils s'arrêtèrent devant une porte battante.

La cuisine ressemblait à une salle d'opération. Lumière crue, inox partout, sol carrelé beige clair. Une armée de cuistots était affairée, concentrée. Personne ne leva les yeux de son ouvrage. Le bagagiste parut rétrécir. Céleste attendit qu'il les annonce. Le jeune homme avait l'air sur le point de prendre ses jambes à son cou.

Elle frappa sur la porte. Le chef pivota sur lui-même.

Des yeux noirs aux cils fournis, des cheveux brun foncé coupés au carré, une barbe soigneusement taillée et une bouche rouge sensuelle… le chef de cuisine du Château Sainte-Parme était bien l'homme de la photo découverte chez Océane Lemonnier.

— Capitaine de police Céleste Ibar, capitaine Ithri Maksen. Êtes-vous Ludovic Berthet ? Nous souhaitons vous parler.

Une seconde, mais une seconde seulement, l'agitation cessa. Un simple mouvement de tête du chef, et les équipes reprirent leur labeur.

— Moi pas.

La finesse de ses traits contrastait avec l'épaisseur de son torse et de ses bras. Sa veste de cuisine était tendue à craquer sur ses biceps et on devinait la forme de ses pectoraux sous le tissu. Il faisait à peu près la taille de Céleste, mais devait peser, au bas mot, vingt kilos de plus. Solidement campé sur ses jambes, il dévisagea la policière.

— Vous êtes bien le propriétaire d'un Skoda Kamiq couleur bleu foncé ?

— Pourquoi est-ce que vous venez me déranger en plein travail pour me poser des questions sur ma bagnole ?

Tout dans l'attitude du cuisinier témoignait de son hostilité. Céleste se félicita qu'Ithri soit avec elle. C'était un sentiment nouveau. Il s'était manifesté progressivement après son agression, comme la fumée d'un incendie s'insinue lentement sous une porte close, avant l'embrasement. Elle se détesta. Elle n'était pas une princesse. Elle pouvait se débrouiller seule. Elle continua, sur un ton à la fois ferme et courtois :

— Je souhaite vous poser des questions sur Océane Lemonnier.

— Connais pas.

— Elle est morte, vous savez ?

— Connais pas, je vous dis.

— Elle a été assassinée. Mutilée.

— Je n'ai rien à voir avec ça.

Il avait peut-être battu des cils un peu plus vite, hésité une fraction de seconde avant de répondre. Céleste aurait juré qu'il venait d'accuser le coup.

— Vous pouvez nous aider.

Le chef eut un hoquet méprisant.

— Vous aider ? Qu'est-ce que vous croyez que j'en ai à foutre ?

— Je peux vous convoquer au commissariat, si vous préférez.

— Je m'en fous, je vous dis !

— Dans ce cas, des collègues viendront vous chercher. Votre employeuse va adorer voir des flics en tenue débarquer un samedi midi pour vous traîner au commissariat parce qu'on vous soupçonne de meurtre.

Elle éprouva une certaine jubilation à savoir qu'elle aurait le dernier mot mais elle n'esquissa pas un sourire lorsque le chef saisit son torchon et le fit claquer contre le mur.

— Putain de bordel de dictature de merde, vous vous croyez vraiment tout permis ! Suivez-moi !

Passant devant Céleste, il poussa une porte qui donnait sur une pièce minuscule aux étagères couvertes de livres, de dossiers et de papiers, et au milieu de laquelle trônait un bureau métallique. Céleste s'arrêta, pétrifiée sur le seuil, toute euphorie envolée.

Ça ressemblait à une cave. Ses paumes devinrent moites. La présence d'Ithri, dans son dos, l'incitait à avancer ; ses tripes lui criaient de reculer. Elle se concentra sur le mobilier et l'espace éclairé. Énuméra mentalement ce qu'elle voyait, polarisée sur le réel. Deux stylos Bic et un bloc-notes à couverture orange. Une tasse dont émergeait la ficelle d'un sachet de thé. La photo d'une femme, celle d'un petit garçon. Une coupe en métal argenté.

— Alors, qu'est-ce que vous avez inventé comme excuse pour dépenser mes impôts à tort et à travers ?

Il n'y avait pas d'autre siège que le fauteuil sur lequel Ludovic Berthet s'était installé. Céleste pénétra dans la pièce d'un pas prudent, se concentrant sur le nom du chef brodé sur sa blouse, luttant contre l'angoisse qui menaçait de la submerger.

— Comme je vous l'ai dit, je voudrais vous poser des questions sur Océane Lemonnier.

— Je ne connais pas d'Océane. Sur quel ton faut-il que je vous le chante ?

Céleste lui présenta le portrait de la jeune femme affiché sur l'écran de son téléphone.

— Connais pas.

— Votre photo, raturée, a été retrouvée à son domicile.

— Qu'est-ce que vous voulez que je vous dise ? Une admiratrice déçue par ma cuisine ?

— Faites un effort. Regardez micux.

Elle n'avait pas souhaité que sa phrase prenne l'allure d'une supplique. Le chef se pencha au-dessus de son bureau, les yeux braqués sur Céleste. Elle esquissa un pas en arrière, instinctivement. Pourquoi n'était-elle pas allée chez le médecin de Lemonnier au lieu de venir au Château ? Pourquoi persistait-elle à se fourrer dans la gueule du loup ?

— Pour quelle raison je ferais un effort ?

Aurait-elle le dessus en cas d'agression ? Oui. Cette idée l'horrifia. Respirant par le ventre, elle se força à penser à Océane et aux motifs qui l'amenaient ici – et qui l'obligeaient à rester.

— Elle habitait sur l'île du Combattant, dans le parc de Brière. Lui avez-vous rendu visite ? Elle était enceinte. On le saura, si vous êtes allé là-bas. On vérifiera les déplacements de votre téléphone. On le saura.

— Je suis allé déjeuner chez Amandine Rocher.

— Comment expliquez-vous qu'elle ne vous ait pas reconnu sur cette photo ?

Ludovic Berthet se contenait, visiblement. Il allait falloir trouver autre chose. Puis tout s'éclaircit.

— Il paraît que la cuisine est un petit milieu et que tout le monde connaît tout le monde. Ça s'applique aussi aux femmes des collègues ? continua Céleste.

— Pourquoi voulez-vous savoir ça ?

— Le chef de La Baule qui a presque convaincu Amandine Rocher de ne pas engager Jonathan Le Divellec, c'est vous ? Et le bébé, sur la photo, c'est Raphaël, n'est-ce pas ? Vous êtes le père ?

— Qu'est-ce que ça peut vous faire ?

— Soit vous me répondez, soit je vous convo…

— Vous vous répétez ! Vous aimez ça, forcer les gens ? Ça vous excite ?

Ludovic Berthet tira de la poche arrière de son pantalon un smartphone qu'il posa sur son bureau.

— Voilà, j'enregistre. Ce n'est pas parce que vous êtes flics que je dois déballer ma vie privée. Je suis accusé d'un crime ?

Céleste n'avait qu'une envie : l'assommer. Elle opta pour une autre forme de brutalité :

— Océane Lemonnier est morte éventrée, les tripes à l'air. Comme les poissons que vous videz dans la cuisine. Un geste assuré. Le mec qui lui a fait ça sait manier les couteaux. Il est toujours dehors, et mon boulot, c'est de l'arrêter. Alors, vous répondez à mes questions ou je vous embarque. On explique à votre femme votre rôle dans cette histoire ?

Le chef frappa son bureau du poing dans un fracas métallique. Puis il se dirigea vers la sortie. Céleste lui barra la route, se préparant à une confrontation physique. Pendant cinq longues secondes, ils se toisèrent. Céleste bloquait la porte avec son corps qui, pour mince et couturé qu'il fût, n'en était pas moins costaud. Elle repoussa sa parka, posa la main sur la crosse de son SIG dans un pur geste d'intimidation. Personne n'aurait l'idée de tirer dans un espace aussi petit, mais son interlocuteur n'en savait peut-être rien.

— Vous faites vraiment un métier de merde. Comment vous réussissez à vous regarder dans le miroir le matin ? Vous ne connaissez que ce langage-là, la menace et la force. J'ai du bol de pas être noir ou pédé, je parie que vous m'auriez déjà étalé contre le mur.

Céleste le laissa cracher son venin. C'était sa façon à lui de reconnaître sa défaite.

Cinquième jour

Samedi 28 septembre

Céleste

Parc naturel régional de Brière
Île du Combattant

Ce samedi, le major n'était pas d'astreinte et Céleste avait proposé à Ithri et à Gwil de se retrouver pour déjeuner au Bistrot plutôt qu'à la Brillantine, afin de laisser aux Gembloux un peu d'intimité.

Elle avait mal aux yeux à force de scruter l'écran de son ordinateur. Ithri et elle s'étaient partagé les images de vidéosurveillance des rues autour de l'avenue Hoche, avec l'objectif de repérer Océane, alors qu'ils ne connaissaient ni sa démarche ni sa façon de se tenir. Elle pouvait avoir eu les cheveux détachés ou tirés, porter un chapeau ou des lunettes noires, les possibilités étaient infinies.

Elle n'appartenait pas à la police des mœurs, se répétait Céleste. Que les agissements de ses concitoyens lui répugnent ne devait pas entrer en ligne de compte dans son enquête. Elle devait faire abstraction de ses sentiments. Se focaliser. Se persuader que la bonne chose, dans ce nid de mensonges, était que Raphaël avait un père, Jonathan, qui ferait tout pour le garder près de lui, avec ses autres enfants. Qui pouvait souhaiter que le garçon soit élevé par un type comme Berthet ?

— Ça y est, je l'ai ! l'interrompit Ithri. Regarde, c'est son véhicule, son immatriculation…

La vidéosurveillance de la ville avait enregistré l'arrivée de la petite Fiat rouge avenue Courbet, à l'une des extrémités de l'avenue Hoche. À cause d'un rayon de soleil, les voitures et les pare-brise étincelaient, rendant l'identification difficile. Cependant, à la faveur d'un nuage, le visage d'Océane Lemonnier apparut nettement. La Fiat ralentit, puis tourna dans l'avenue Hoche. Céleste nota l'heure.

— Regardons si Océane ressort à pied du même côté.

Ithri fit dérouler les images de la caméra. Non, après s'être garée, la jeune femme n'était pas repartie vers l'avenue Courbet. Trois voitures y étaient entrées, en revanche ; Céleste vérifia, au fur et à mesure, l'identité des propriétaires. Des riverains. Elle en déduisit qu'Océane s'était dirigée à pied vers l'avenue Pavie, à l'autre extrémité. Les enquêteurs passèrent en revue les images de la caméra située de ce côté-là. Rien.

— Quelqu'un ! s'exclama Ithri en apercevant une ombre.

L'excitation des policiers fut de courte durée. À l'angle de l'avenue Pavie et de l'avenue Hoche, un fauteuil roulant poussé par une religieuse en habit pivota sous le lampadaire, puis traversa l'avenue Pavie avant de s'éloigner. Cela faisait déjà vingt minutes qu'Océane s'était garée. C'était trop long.

— Elle est peut-être au téléphone, suggéra-t-elle.

Ithri eut une moue dubitative.

— Il a cessé d'émettre à 17 h 54, cinq minutes après qu'on l'a vue prendre l'avenue Hoche. Or, sur les images de vidéosurveillance, il est déjà 18 h 07.

— Autrement dit, à l'heure affichée, elle a probablement déjà été agressée.

Ithri fit défiler une nouvelle fois les images. Céleste réexamina les vidéos de l'avenue Courbet sur lesquelles on voyait la religieuse arriver, tourner avenue Hoche, puis avenue Pavie.

— Il n'y a pas trente-six possibilités, dit Ithri. Soit Océane a escaladé les clôtures et a quitté les lieux en passant par les jardins privés, soit elle a été retenue à cet endroit, dans une voiture par exemple, soit la bonne sœur s'est débarrassée de son patient pour installer Océane à la place, soit il y a avenue Hoche l'entrée d'un tunnel secret qui mène à l'extérieur de la ville, conclut-il dans une tentative dérisoire d'humour.

— Prends des photos, les plus nettes possibles, répliqua Céleste. Il y a une résidence pour personnes âgées avenue Loti, tout au début de l'avenue Courbet. On ira demander si la religieuse y travaille. Il faut qu'on la retrouve. Elle a forcément vu quelque chose.

Puis, dans la foulée, elle ajouta :

— Je vais devoir m'absenter, au fait.

Voilà, c'était sorti. Elle pouvait enfin avouer son secret, la convocation à laquelle elle s'empêchait de penser depuis qu'elle l'avait reçue, au début de la semaine, et dont elle n'avait parlé à personne, Marie comprise. Sa hantise.

Ithri, sans quitter l'écran des yeux, fit signe qu'il l'avait entendue. Le flegme et le silence d'Ithri étaient deux qualités qui plaisaient à la capitaine. L'espace, aussi, l'espace qu'il lui laissait pour réfléchir, sachant quand alimenter son questionnement, quand se taire. Mais, à ce moment précis, elle ignorait s'il avait compris ce qu'elle venait de dire. Elle précisa :

— Je suis convoquée à Bobigny, jeudi. Je serai absente toute la journée.

Cette fois, le jeune policier releva la tête. Prendre autant de temps en début d'enquête pour être auditionnée, c'était forcément important.

Céleste n'avait jamais parlé avec Ithri des raisons qui l'avaient amenée à quitter la BRI et à échouer à Nantes, cabossée et balafrée. Mais elle était au fait des compétences informatiques de son équipier et ne doutait pas qu'il avait pris connaissance des circonstances par lui-même. Elle se contenta donc d'ajouter :

— C'est mon histoire de la cave. La famille de… du…

Elle ne parvenait pas à le qualifier. Mort ? Décédé ? C'était trop respectueux pour ce tas de merde. Elle ne pouvait pas non plus dire « tas de merde ».

— Bref, la famille a fait appel et le juge veut m'entendre de nouveau.

Elle soupira, parce que ça tombait vraiment mal et qu'elle redoutait l'entrevue.

— Je vais partir jeudi matin, je devrais être de retour dans la soirée. D'ici là, il faut qu'on ait avancé. On a jusqu'à mercredi pour établir un lien entre Océane et Mademoiselle X.

Elle se sentit brusquement prise à la gorge par l'ampleur de la tâche et les enjeux – ou peut-être était-ce simplement l'angoisse qui montait ? Elle voyait venir le moment où elle allait devoir renoncer : le travail nécessaire pour identifier ce meurtrier ne suivait pas le schéma classique qui consiste à trouver le mobile, le moyen, l'opportunité. Il n'y avait peut-être pas de mobile. Juste la volonté de détruire.

— Il y a toujours un mobile, objecta Ithri (Céleste se rendit compte qu'elle avait parlé tout haut). Elle n'a pas été assassinée sans raison, pas avec cette mise en scène, pas avec ce soin. Tu te souviens ? C'est toi qui me l'as dit. Les tueurs en série organisés ont toujours un mobile. Ils cherchent tous quelque chose. On doit trouver quoi. Se mettre dans leur tête.

— Jetée dans un fossé, pas encore morte, tu appelles ça une mise en scène ?

— Pas de blessures défensives, pas d'ADN, pas de fibres, rien, oui, j'appelle ça une mise en scène. Ça a été fait par quelqu'un qui connaissait son affaire. On n'arrache pas un utérus avec un fœtus vivant dedans sans raison, juste parce qu'on a croisé une femme enceinte.

La main droite d'Ithri s'était crispée en un poing. Céleste se dit qu'elle devrait cesser de se contempler le nombril. Elle n'était pas la seule à prendre cette affaire à cœur.

— On va en parler avec Gwil, dit-elle enfin. Il aura peut-être une idée, un autre point de vue. Et puis on a des choses à lui raconter.

Il y avait foule au Bistrot du Marais. Gwil, arrivé le premier, avait pu leur réserver une table en retrait. Il faudrait parler à voix basse – Céleste s'en réjouit secrètement, comme chaque fois que le grand gendarme se trouvait dans l'obligation de modérer son extraversion.

Elle ne reconnut personne, à l'exception du pilier de bar hirsute de leur première visite. Perché sur un tabouret haut, le nez dans son assiette, l'homme n'accordait pas un regard aux joyeux drilles qui se retrouvaient là pour un apéritif ou pour déjeuner. Le serveur derrière le comptoir lui était inconnu. Quant au patron, il slalomait entre les tables.

Elle s'installa à une place qui ne lui convenait guère, dos à la salle.

— J'ai des informations pour vous, commença Gwil.

Il raconta son entrevue avec le médecin, puis :

— La grossesse d'Océane n'était pas de notoriété publique. Je propose deux axes de recherche. Le premier, qui savait qu'elle était enceinte ? Le deuxième, avec qui avait-elle rendez-vous lundi après avoir quitté Le Divellec et le Bistrot du Marais ? Vous voulez manger quoi ?

Le téléphone de Céleste, posé sur la table, vibra. Numéro inconnu. Elle avait déjà loupé trois appels. Cette fois, elle décrocha, pendant que les deux garçons consultaient la carte.

— Sale connasse, sale pute, t'es qu'une enculée de ta race, on va t'faire la peau…

Céleste fut tellement étonnée qu'elle lâcha le portable, comme s'il la brûlait. Gwen et Ithri la fixèrent, médusés par sa réaction. Thierry Guyomard la préserva de leur curiosité en surgissant devant eux.

— Qu'est-ce que je vous sers ? Le plat du jour, c'est canard sauvage rôti au miel de Brière, avec compotée de pommes au vin blanc doux.

— Parfait, grommela Céleste.

Gwil et Ithri se laissèrent tenter par le même plat.

Céleste résuma à mi-voix ce qu'elle avait saisi du triangle amoureux formé par les époux Le Divellec et le chef du Château Sainte-Parme :

— Jonathan travaillait au Château sous la direction de Ludovic Berthet, devenu un ami au fil du temps. Après la naissance de son troisième enfant, Jonathan s'est fait vasectomiser, sans en parler à sa femme. Peut-être avait-il perçu qu'elle aimait passionnément être mère et que rien ne l'arrêterait pour agrandir la famille. Chez certains couples, ce sont des disputes sans fin. Il a trouvé un moyen ingénieux d'y mettre un terme, et sans querelle. Lorsque Émilie est tombée enceinte, il a compris qu'elle le trompait, et découvert que c'était avec son ami. Il a démissionné, s'est fait embaucher par Amandine. Jonathan avait peut-être décidé de passer l'éponge. Seulement, là, Émilie commence une nouvelle grossesse… On va vérifier, mais je suis persuadée que ses études à la bibliothèque n'étaient qu'un prétexte. En réalité, elle retrouvait son amant.

— C'est toujours Berthet ?

— Il n'a rien voulu confirmer, mais c'est plausible.

— Comment as-tu deviné ?

— J'ai assemblé plusieurs éléments. Berthet n'a pas d'enfants avec sa femme, or il y a le portrait d'un gosse sur son bureau. Raphaël a les cheveux très foncés alors que sa mère est châtain, Jonathan blond et Berthet brun.

— Et Océane Lemonnier ?

— Elle ne connaissait pas Berthet. À mon avis, la photo trouvée sous le meuble de sa chambre appartenait à Émilie. Pourquoi elle l'a raturée de la sorte ? Il faudra l'interroger à ce sujet… Quant à Jonathan, il a peur qu'on lui enlève Raphaël. Il l'aime comme son fils et il préfère se sacrifier, d'une certaine façon, plutôt que de le perdre. On lui demandera de confirmer quand il déposera à la gendarmerie.

Gwil et Ithri hochèrent la tête, consternés. Plusieurs pistes se refermaient, leurs suspects étant mis hors de cause.

Si Céleste était parvenue à distraire ses compagnons du coup de téléphone qu'elle venait de recevoir, les propos haineux résonnaient encore à ses oreilles. Elle n'arrivait pas à se blinder, à se persuader qu'il s'agissait de paroles en l'air et sans conséquences. Où cela menait-il ? Pourquoi était-elle devenue une cible si longtemps après la mort de Ben Ayed ? Elle ne doutait pas que les deux faits soient liés, mais ne comprenait pas pourquoi les attaques advenaient à ce moment précis.

Thierry Guyomard revint, chargé de trois assiettes fumantes qu'il déposa sur leur table. Gwil la stupéfia lorsqu'il demanda :

— Dites-moi, Thierry, vous saviez qu'Océane était enceinte ?

Il y eut un blanc. Enfin Thierry Guyomard balbutia :

— Ah… ah ben ça alors ! Non, non, ça non, je savais pas, ah ça non, je savais pas. Si j'avais su… si j'avais su…

— Si vous aviez su… quoi, monsieur Guyomard ?

— Ben, j'ai essayé, ces derniers temps… avec Océane… vous voyez… elle m'a gentiment repoussé. Elle m'a dit qu'elle préférait ne pas avoir d'homme dans sa vie, que ça lui avait fait trop de mal… Alors elle avait un copain ? Mais qui ?

Si seulement on pouvait répondre à cette question, se dit Céleste.

Guyomard paraissait avoir oublié ses clients. Lorsque l'un d'eux l'interpella, il se remit en marche d'un pas mécanique. Son sourire avait perdu sa jovialité.

La policière prit ses couverts et repoussa du bout de la fourchette son morceau de viande sur le bord de l'assiette. Il baignait dans une sauce presque noire.

Qui était le père de l'enfant d'Océane ? La réponse à cette question les mènerait-elle à son bourreau ? Devaient-ils creuser la piste des aventures d'un soir ? Tous ces réseaux sociaux spécialisés dans les relations sexuelles n'avaient-ils pas rendu obsolètes les rencontres imprévues ? Depuis le temps, ils auraient dû avoir accès aux éventuels échanges Tinder ou Messenger ou Dieu savait quoi d'Océane Lemonnier ! En cette ère de l'instantanéité, comment se faisait-il que la transmission des fichiers n'ait pas encore abouti ?

Alors que Gwil avait englouti sa part de canard, et qu'il s'était essuyé les coins des lèvres avec application, Céleste n'avait pas même entamé sa portion. Comme le gendarme louchait sur son contenu, elle poussa l'assiette vers lui.

— Vas-y, si tu veux, je n'ai pas faim.

Ils étaient au Bistrot depuis près d'une heure et ils avaient à peine abordé le sujet qui les intéressait.

Il fallait reconnaître qu'il était difficile d'évoquer une affaire en cours dans ce brouhaha et avec tout ce monde autour d'eux. Céleste avait imaginé qu'ils pourraient s'isoler sur la terrasse, ou que l'endroit serait désert. Elle prit son mal en patience, écouta Gwil raconter quelques sombres légendes sur la Brière, dont Ithri était friand. Une histoire de chevalier à la tête à l'envers, chevauchant son cheval et expiant une faute pour l'éternité.

Thierry apporta le dessert, des panna cotta aux fruits rouges agrémentées d'une framboise. Malgré son allure d'ancien joueur de rugby, le bistrotier avait la grâce d'une danseuse. Il déposa avec délicatesse les verres crémeux devant ses convives et laissa retomber son plateau vide le long de sa jambe d'un mouvement élégant.

Ithri demanda s'il s'agissait d'une réalisation de Flora. Pendant que Thierry s'extasiait sur le don de pâtissière de la jeune fille, Céleste remarqua que le niveau sonore général avait baissé. Toutes les tables étaient servies et le propriétaire des lieux avait retrouvé son attitude commerçante. Il raconta aux enquêteurs comment il avait fait la connaissance de Flora, peu de temps après son arrivée dans la région. Par hasard, ou par ricochet, plutôt : elle s'était liée d'amitié avec son voisin, un gars qu'on appelait l'Ermite et qui vivait au bord de l'eau sur le terrain contigu à la Brillantine. Il lui apportait du gibier en saison.

Comme Céleste s'étonnait qu'on puisse en servir, Gwil s'amusa :

— Privilège local ! Si c'est du canard entier non plumé, qui n'a jamais été congelé et qui provient d'un lieu de chasse éloigné de moins de quatre-vingts kilomètres, c'est autorisé. Il y a deux ou trois autres trucs à vérifier, mais quand on connaît bien le chasseur, ça ne pose pas de problème. Vous êtes d'accord avec moi, n'est-ce pas, Thierry ?

Ce dernier approuva, avec l'air de celui qui essaie d'apprendre par cœur ce que vient de dire son interlocuteur. Puis il rejoignit son comptoir, où les policiers crurent le voir noter quelque chose.

— Tu viens d'édifier les masses, remarqua Céleste en attaquant sa panna cotta.

— Je viens surtout de trouver le possesseur d'un fusil de chasse non répertorié.

Gwil refusa d'en dire plus, évoquant malicieusement des investigations confiées en exclusivité à la gendarmerie, et la nécessité de protéger ses informations. Céleste se rembrunit tandis qu'Ithri éclatait de rire.

— Je vais tirer le fil, abdiqua Gwil, je vous tiendrai au courant.

Quand les trois enquêteurs se séparèrent, ils n'avaient pas fait le point prévu et Céleste ne parvenait pas à s'en offusquer. Savoir prendre du recul et ne pas se laisser dévorer par une enquête étaient des défis qu'on apprenait à relever avec l'expérience. Elle se rendait compte qu'elle prenait un réel plaisir à la compagnie de Gwil et d'Ithri, qu'elle retrouvait cette fraternité de groupe, une forme de normalité qui lui avait manqué et qu'elle n'avait pas su – pas pu – recréer à la PJ de Nantes. Or elle en avait besoin. La perspective de l'audition avec ce juge de Bobigny, pour une fois encore analyser chaque minute de son calvaire, savoir quoi dire, quoi taire pour ne pas se contredire, tout cela lui pesait.

Alors qu'il sortait du Bistrot, Gwil fut heurté par une jeune femme qui y entrait, accompagnée de trois hommes. Il s'excusa machinalement. La jeune femme se décomposa. Céleste crut qu'elle allait éclater en sanglots.

Les policiers regagnèrent la Brillantine en courant, sous des trombes d'eau. Le téléphone de Céleste vibra alors qu'ils atteignaient le bâtiment. Marie. Cette dernière s'accordait une pause au cours de sa garde à l'hôpital. Céleste ne rentra pas dans la maison de peur de tremper le sol et longea la chaumière, dont le toit ruisselait de pluie, jusqu'à trouver refuge dans la grange, cachée derrière un bosquet, où Victoire entassait ses outils, ses pots de peinture géants, ses sacs de chaux, bref, tout son matériel de rénovation. Là, assise sur une glacière métallique, elle écouta sa femme lui raconter les derniers événements familiaux, sans s'intéresser aux tintements qui annonçaient l'arrivée de messages. Clémence avait eu un 15 en maths, en revanche le prof de sport se plaignait de « ne pas la connaître ». Marie soupçonnait Emma d'avoir rédigé des mots d'absence pour sa sœur, mais n'avait pas réussi à la faire avouer.

— Il est temps que tu rentres, dit-elle en riant, je suis nulle pour extorquer des confidences !

— J'essaie de venir mercredi soir, je partirai pour Paris jeudi matin.

Elle parvint enfin à dire à son épouse ce qui la tracassait. Marie soupira.

— Tu sais ce qu'il te veut, ce juge ?

— Boucler son instruction. Il va pouvoir fermer le dossier la conscience tranquille.

— L'avocat du syndicat sera là ?

— Tout va bien se passer. Ça m'ennuie juste de perdre une journée en plein milieu d'une enquête sur un tueur de femmes enceintes.

Il ne s'agissait pas vraiment d'un mensonge. Plutôt d'un vœu pieux. Marie avait une telle propension à s'inquiéter !

Elle regagna en courant la Brillantine, s'engagea dans le couloir menant au bureau tout en consultant les messages qui s'étaient accumulés pendant sa conversation avec Marie. Elle s'arrêta, stupéfaite, triomphante et navrée.

— Ithri ! Appelle Gwil, dis-lui de revenir, on passe en conférence téléphonique avec Tom !

Les bébés

Samedi 28 septembre-Lundi 30 septembre 2019

Cinquième jour

Samedi 28 septembre

Céleste

Parc naturel régional de Brière
Île du Combattant

Céleste ne voulut rien révéler à son adjoint avant l'arrivée de Gwil. Installée derrière le bureau du major, elle contemplait Ithri tandis qu'ils attendaient le gendarme. Après quelques mois de collaboration, elle lui accordait toute sa confiance, presque comme à un fils spirituel. Elle lui enviait sa nonchalance tranquille, sa capacité à vivre dans le présent. À sa place, elle l'aurait bombardé de questions.

Enfin, Gwil fit son entrée. Après avoir verrouillé la porte, Ithri rappela Tom. Ce dernier exposa le résultat des recherches qu'il avait entreprises après avoir modifié les mots-clés et s'être concentré sur des disparitions ou assassinats de femmes enceintes. Et il en avait fait, des découvertes !

— À Sainte-Foy-la-Grande, il y a quatre ans, Tatiana Tenon, vingt-sept ans, enceinte de cinq mois, célibataire et fleuriste à son compte, s'est volatilisée. On n'a récupéré ni son téléphone ni son portable. La brigadière chargée du suivi de l'enquête m'a indiqué qu'ils avaient failli demander un rapprochement de cas avec une autre disparition qui avait eu lieu à Mussidan, en 2014. Une certaine Amélie Melliot. Finalement, le corps a été retrouvé et on a conclu au suicide. J'ai les coordonnées du gendarme référent pour ce dossier. Je me suis dit que votre gendarme…

— Tu as raison, intervint Gwil de sa voix grave. Certains collègues ont l'esprit étroit et un a priori contre les policiers. Il est préférable que ce soit moi qui leur demande un service.

— J'ai trouvé un autre cas qui pourrait coller, continua Tom. Je vous ai envoyé les photos et toutes les infos par e-mail. Dans le département de la Gironde, une certaine Natacha Hugoli. La disparition a été signalée par son employeur le 17 mai 2016. Il s'est inquiété de ne pas la voir et de n'avoir aucune nouvelle. Natacha Hugoli vivait à Monflanquin, à une vingtaine de minutes de Villeneuve-sur-Lot, où elle exerçait le métier de formatrice en management. Elle était enceinte de vingt semaines. Un matin, elle est partie de chez elle pour se rendre au travail et elle n'y est jamais arrivée. On a récupéré sa voiture, vide, pas d'empreintes.

— Et son téléphone ?

— J'ai vérifié, on ne l'a pas retrouvé. Il a cessé d'émettre en pleine rue. Son compte Facebook a été supprimé. Impossible de savoir si c'est par elle ou par quelqu'un d'autre.

— Elle avait des raisons de disparaître ?

— Aucune.

— Et sa grossesse ? On connaît le géniteur ?

— Non. Elle a annoncé à son employeur qu'elle attendait un enfant, et elle a précisé qu'il n'y aurait pas de père dans le paysage.

— Elle n'était pas en couple à l'époque ?

— Disons qu'elle fréquentait. Elle vivait seule chez elle, cependant.

— Ben, et alors ?

— Et alors, ce n'est pas sa moitié qui risquait de la mettre enceinte. Le petit ami de Natacha s'appelait Géraldine Vasseur.

— Tu peux me trouver ses coordonnées ? s'enquit Céleste. Il faut qu'on…

— Déjà fait. Elle est décédée dans un accident de voiture, un an plus tard.

— Flûte !

Gwil demanda, avec beaucoup de précautions, pourquoi ces noms n'étaient pas sortis lors de l'enquête initiale. Il précisa qu'il ne blâmait pas Tom, qui, il en était persuadé, faisait très bien son travail. Il souhaitait simplement comprendre pourquoi.

Tom répondit qu'il s'agissait d'une question de critères. Même en se consacrant vingt-quatre heures sur vingt-quatre à ces recherches, un luxe que leur groupe ne pouvait pas se permettre, il était impossible d'étudier par le menu les cinq mille huit cent vingt-quatre disparitions considérées comme inquiétantes de femmes âgées de vingt à cinquante ans. En consacrant seulement cinq minutes à chaque dossier, il aurait eu besoin de quatre cent quatre-vingt-cinq heures. Il fallait trouver les bons mots-clés. Au début, il avait sélectionné le critère de la mutilation. Or pour Mademoiselle X, Natacha Hugoli et Tatiana Tenon, il n'existait aucune association entre « alliance » et « sein tranché ». Finalement, c'est « disparition de femme enceinte » qui avait fonctionné. Gwil le remercia pour ces explications. Céleste félicita son adjoint et lui conseilla de rentrer chez lui profiter du week-end.

— La semaine prochaine va être chargée, si nous devons identifier les points communs à ces derniers dossiers, conclut-elle avant de raccrocher.

Il faudrait refaire la liste de toutes les personnes qu'Océane avait pu rencontrer au cours des vingt-quatre heures précédant sa disparition, insister encore et encore pour obtenir non seulement ses relevés téléphoniques mais aussi la copie de ses interactions Messenger, WhatsApp ou Tinder, bref, accumuler des données qu'ils compareraient ensuite avec ce qu'ils savaient des femmes repérées par Tom. Dans un premier temps, Ithri croiserait les numéros de téléphone de toutes les victimes pour découvrir s'il existait une correspondance. Dans un second temps, il ferait de même avec leurs contacts sauvegardés par les opérateurs téléphoniques.

Le portable de Céleste vibra à plusieurs reprises au cours de leurs échanges. Appelant inconnu, à chaque fois. La violence des insultes résonnait encore à ses oreilles. Elle devait s'empêcher de se faire un film et leur trouver des explications rationnelles à défaut d'être rassurantes. La partie civile avait pu avoir accès au dossier et diffuser son numéro. Par chance, Céleste s'était domiciliée au commissariat central. Sur un plan personnel, abonnements électricité, Internet… tout était au nom de famille de Marie. Elle envisagea de faire répondre Ithri ou Gwil, tout en s'étonnant de se découvrir aussi faible. Pour des insultes… Devenait-elle sensible ? Elle retourna son téléphone sur la table pour ne plus voir l'écran.

Comme Ithri, elle estimait que l'hypothèse d'un seul et même agresseur était compatible avec celle d'un tueur local. Celui-ci pouvait très bien avoir déménagé au fil des années. On pouvait aussi imaginer qu'il voyage et se soit servi de la masure parce qu'il l'avait repérée lors d'une visite dans les environs… Elle souligna qu'ils devaient se limiter à certains postulats, sinon ils ne sauraient plus à quel saint se vouer. S'ils se révélaient erronés, ils réorienteraient l'enquête, voilà tout.

— À chasser deux lièvres, on n'en prend aucun, conclut-elle sentencieusement.

— Chacune de ces femmes vivait seule, constata Gwil. En revanche, elles n'exerçaient pas le même métier, elles habitaient à des endroits différents, elles n'avaient pas les mêmes préférences sexuelles.

— Si c'est pour me casser le moral, je te propose d'aller bosser sur ton meurtre de mec.

Céleste avait voulu plaisanter, or sa voix résonna durement. Gwil fit tourner son fauteuil, imperméable au sarcasme. De son ton calme et posé, il se contenta de dire :

— J'attends les résultats ADN des échantillons de sang prélevés dans la masure. J'espère une correspondance.

Il était inutile de compter sur des renforts, signala Ithri. Si l'on s'orientait vers un criminel en série, il faudrait réclamer un rapprochement de tous les cas. Pour l'obtenir, des arguments solides seraient nécessaires et non de vagues conjectures. Donc des faits. Les enquêteurs avaient besoin de ressources pour étudier les dossiers afin de dégager des faits, mais ils ne recevraient ces ressources que si lesdits dossiers étaient rapprochés.

— C'est le serpent qui se mord la queue ! tempêta Céleste.

— Ça ne fait pas une semaine qu'Océane a été retrouvée, tempéra Gwil d'un ton placide.

— Mais ça fait deux mois et demi qu'on a débuté et c'est le second homicide, Gwil ! Je veux trouver le type qui a fait ça avant qu'il recommence.

Céleste se leva. La frustration lui hérissait les poils des bras et de la nuque et elle avait envie de donner des coups de pied dans les murs.

— Si seulement on pouvait identifier Mademoiselle X ! Ithri, sais-tu où en est Belome ?

— Elle a commencé la procédure de réhydratation. T'inquiète, on en saura plus avant jeudi.

Le regard de Gwil navigua de l'un à l'autre policier. Il flairait le non-dit. Un instant, Céleste fut tentée de parler de sa convocation, de son affaire. Quelque chose la retint. La honte. D'être un monstre ? Ou d'être une victime ?

Ithri demanda :

— Pourquoi est-ce qu'il cible des femmes enceintes ? Parce qu'il les déteste ? Sa mère a voulu avorter ? Il a été quitté par sa copine pendant sa grossesse ?

— Ça m'étonnerait. On aurait un panel plus large. Regarde-les. Ça ne peut pas être un hasard. Elles sont célibataires, et il laisse une alliance près d'elle !

— Ça me rappelle une légende… commença Gwil. Vous connaissez celle de Comorre, le Barbe-Bleue breton ?

— Ça va nous aider à avancer ?

— Je ne sais pas. Ce qui est fascinant, c'est que Comorre exécutait ses épouses dès qu'elles se retrouvaient enceintes.

L'intérêt de Céleste s'éveilla.

— Raconte.

Ravi d'être le centre de l'attention, Gwil se mit debout et leva un bras, dans une posture qu'il jugeait théâtrale.

— Comorre était un seigneur du Finistère, du côté de Quimperlé. Une prophétie prétendait qu'il serait assassiné par son fils. Aussi, dès que ses femmes étaient enceintes, il leur donnait la mort. L'une d'elles parvint à s'échapper et à accoucher. Saint Gildas, je crois, recueillit l'enfant. Celui-ci finit par rencontrer son géniteur…

— Et le tuer, acheva Céleste.

— Non, son père l'a décapité.

— Les Bretons sont fâchés avec la morale ?

— Non, Comorre a tout de même mal fini.

— Merci pour l'histoire, Gwil, mais ça ne nous aide pas. On a uniquement affaire à des enfants qui auraient dû naître sans père…

La fin de la phrase mourut dans la voix de Céleste quand retentit la musique de *La Guerre des étoiles*. La conversation qui s'ensuivit apportait une bonne nouvelle, à en juger par l'expression de Gwil. L'excitation courait sous sa peau, ses yeux brillaient. Il existe un moment, dans toute enquête, où le cours des choses s'accélère. Un instant avant, la multiplicité des pistes prend les enquêteurs à la gorge : il leur faut les réduire à quelques-unes, ils doivent choisir lesquelles suivre, lesquelles abandonner. Puis, d'un coup, ça mord.

Gwil saisit un stylo, une feuille de papier et inscrivit, en lettres capitales, un nom : *SOAZIG BRIEG*, une date : *11 février 2017*, et un lieu : *Questembert*. Il demanda qu'on lui envoie « la liste des effets qui ont été retrouvés » et épela les noms de Tatiana Tenon et Natacha Hugoli. Enfin, il raccrocha ; les deux policiers étaient sur le point d'exploser. On frappa alors à la porte. La voix de Flora s'éleva :

— On peut discuter ?

Les paumes jointes, le regard à terre, la jeune femme entra.

— Tu veux quelque chose ? interrogea doucement Ithri.

Elle lui jeta un coup d'œil par en dessous, tordant ses poignets, avant de se lancer :

— À l'école, une fille m'a dit qu'on peut savoir qui est son père.

Flora s'adressait à Ithri. C'est pourtant Gwil qui répondit :

— Tu en as parlé à Victoire ?

— Non.

— Ce serait peut-être mieux que tu voies avec elle.

Flora dénoua ses doigts et saisit l'une des mains d'Ithri avec un air implorant.

— J'en parle à Ithri. Je parle de ce que je veux à qui je veux.

Céleste avait déjà remarqué que Flora n'aimait pas être contrariée et que, dans ces cas-là, le ton montait rapidement. Elle pouvait comprendre la frustration de la jeune fille, même si avec le recul, personnellement, elle aurait préféré ne jamais connaître son père. Il y a parfois des vérités qu'il vaut mieux ignorer.

— Qu'est-ce que tu veux savoir ?

— Je veux savoir si c'est vrai. Elle m'a dit : « T'as le droit de connaître ton père. »

Ithri soupira.

— C'est vrai, tu as le droit. Les enfants adoptés peuvent réclamer qu'on lève le secret sur leurs origines. Mais il faut faire ça avec ton tuteur. C'est Victoire, ton tuteur, ou Antoine ?

— Antoine.

— Mais je ne crois pas que tu sois un enfant adopté, Flora. Tu sais qui est ta maman, n'est-ce pas ?

Flora fit signe que oui. Elle imprima au bras d'Ithri un mouvement de balancier, comme pour se bercer – ou se rassurer.

— Comment je peux savoir qui est mon père, alors ?

— Tu as demandé à Antoine ?

— Il a dit « C'est un bon à rien qu'a pas assumé ». On peut quand même savoir qui c'est ? insista Flora, commençant à respirer bruyamment.

Nous sommes tous pareils, songea Céleste. Nous avons tous besoin de nous inscrire dans une communauté.

D'où Flora tenait-elle ces longs cheveux roux alors que sa mère et son oncle étaient bruns ? D'où lui venait cette rage de contrarier son destin ? Avait-elle des grands-parents paternels, une famille à elle quelque part ? Céleste se demanda pourquoi Antoine et Victoire ne l'avaient pas adoptée. Ça leur aurait pourtant facilité la vie, et Flora aurait eu des personnes à appeler papa et maman. Parfois, ça suffisait.

— Il faudrait rechercher parmi les hommes de la communauté où vivait ta mère biologique… commença Ithri.

Flora leva le menton dans une attitude de défi. Sa voix grimpait dans les octaves.

— Toi, tu es policier, c'est ton métier, non ?

— Je n'ai pas le droit d'enquêter sur la vie des gens juste comme ça.

— Mais il n'a pas dit qu'il était mon père, c'est normal, ça ?

— Ce n'est pas bien. Il aurait dû le faire, mais il n'était pas obligé. Je comprends que tu sois triste.

Flora lâcha la main d'Ithri, les coins des lèvres abaissés. Son visage était devenu rouge. Elle tapa du pied.

— Qui va m'aider, alors ? C'est toujours pareil ! Je suis là pour tout le monde. Personne est là pour Flora.

Et, criant de rage, elle sortit de la pièce. La porte rebondit contre le mur.

Alertée par le vacarme, Victoire surgit dans le bureau. De la farine maculait son tablier noir et les poignets de son pull.

— Flora… commença Gwil.

Il ne savait pas comment tourner les choses sans avoir l'air accusateur.

— Elle nous a posé des questions sur son père, termina Ithri. Une copine de classe lui a dit qu'elle pouvait le rechercher – et le trouver.

Victoire soupira.

— Elle m'en a parlé ce matin, son amie lui a mis cette idée de tests génétiques en tête, j'ai refusé. Elle ne conçoit pas à quel point le monde est cruel. Tout ce qu'elle voit, c'est qu'elle peut retrouver son père ou la famille de son père. Elle n'imagine pas comme la trisomie fait peur, elle ignore encore le rejet, les moqueries. Depuis, elle m'en veut et elle m'évite. Je ne sais pas comment la protéger.

Du bureau, on entendait Flora pleurer à gros sanglots. Ithri se faufila pour sortir.

— Ça revient périodiquement, reprit Victoire. Malheureusement, on n'a pas de réponse pour elle. Antoine m'a dit… quand il est allé la récupérer… Pauvre enfant…

Ses yeux se remplirent de larmes. Si longtemps après, se dit Céleste, elle est encore touchée par ce qui est arrivé à cette petite fille.

— Elle était dans un état de saleté repoussant et à la limite de la malnutrition. Les enfants trisomiques ont besoin de beaucoup de soins et d'attentions, surtout au début de leur vie. Personne ne s'intéressait à elle. Si Antoine n'y était pas allé, ils l'auraient laissée mourir de faim et de soif. Un bébé…

— Et vous n'avez pas réussi à savoir qui était son père ?

— Son père ? Oh… Il faudrait qu'Antoine vous raconte comment ils vivaient, tous les uns sur les autres, comme des bêtes. Je crois que sa propre mère ignorait qui était le père de son enfant.

Céleste prit brutalement conscience de la vie de son hôtesse, sur le pont en permanence, avec, elle le constatait, un soutien limité de la part du major. Quelle abnégation fallait-il pour se consacrer autant à un enfant qui n'était pas le sien, aux besoins intenses ? N'était-ce pas là la démonstration d'un véritable amour maternel ?

— Je vois bien que vous avez envie de l'aider, dit Victoire. Vous vous demandez « Qu'est-ce que je peux faire pour soulager son malheur ? ». Mais c'est un miracle que Flora ait survécu. Antoine m'a dit qu'il avait intenté une action pour un défaut de soins contre les membres de cette communauté, en vain. Dès que la société peut se défausser sur la famille, elle ferme les yeux sur ses propres carences.

— Mais… ils l'avaient contacté, pourtant ?

— Ce n'était pas sans arrière-pensée. Ils ont essayé de faire chanter les grands-parents, de leur soutirer de l'argent en échange du bébé. Sandrine n'avait pas dû leur dire que son frère était gendarme. C'est Antoine qui est allé récupérer Flora. Ensuite, pfuitt, tout ce petit monde a disparu dans la nature.

L'écran du téléphone de Céleste s'illumina. Un tintement annonça un message. Elle ne réagit pas. Victoire enleva de l'ongle une tache sur son tablier.

— Certains jours, je lui en veux. Flora souffre vraiment de ne pas connaître son père. La plupart du temps, je pense qu'Antoine a bien agi. Est-il nécessaire qu'elle subisse un nouveau rejet ? Ce type a juste couché avec sa mère, il n'a rien d'un père. Les parents se lèvent la nuit, murmurent des paroles de réconfort et font des câlins.

Elle eut un petit rire, mais on entendait des larmes dans sa voix. Gwil posa une main sur son avant-bras.

— Vous êtes des gens bien, Vic. Vous lui faites une belle vie, vous lui montrez le meilleur de l'humanité. Son existence n'a pas très bien démarré, mais elle n'aurait pas pu mieux se prolonger.

Ithri entrouvrit la porte, s'assura qu'il ne dérangeait pas et adressa à Victoire un sourire réconfortant.

— Ça va mieux. Je lui ai raconté que, moi aussi, j'ai grandi sans père et que ça ne m'a pas empêché de devenir quelqu'un de très bien.

— Oh, je ne savais pas, fit Victoire.

— Ce sont des choses qui arrivent, dit Ithri avec un geste évasif. J'ai eu une mère et cinq sœurs à la place, c'est pas mal aussi.

Victoire le remercia. Ithri sourit gauchement et attendit qu'elle ait quitté la pièce.

— Gwil, tu allais nous parler d'une certaine Soazig Brieg, avant l'irruption de Flora.

Soazig Brieg avait quarante-deux ans. Fraîchement débarquée de Paris à Questembert, dans le Morbihan, elle était responsable administrative pour une société de maintenance et de réparation d'équipements industriels. Elle menait une vie normale, sans accroc apparent, sortait de temps en temps avec ses collègues, faisait partie d'un club de tir à l'arc. Son employeur avait déclaré sa disparition le 17 février 2017. Elle ne s'était pas présentée à son travail depuis trois jours et n'avait pas non plus donné de nouvelles, ce qui était très inhabituel. L'enquête était en cours, comme on dit pudiquement. Les gendarmes n'avaient guère de piste. La perquisition de sa maison n'avait rien apporté. Son téléphone avait brutalement cessé d'émettre le 13 février vers 19 h 30, alors qu'elle était chez elle. Les voisins n'avaient rien vu. Elle habitait dans un petit lotissement, mais à 19 h 30, à cette époque de l'année, les volets sont fermés, et il pleuvait des cordes ce jour-là. Pas de vidéosurveillance.

La gendarmerie avait bien travaillé. Gwil était fier. À contempler sa mine satisfaite, Céleste comprit que les révélations n'étaient pas terminées.

— On a reçu confirmation qu'il s'agit du sang de Stéphane Meynet à la masure. Plus exactement, à l'extérieur, pas à l'intérieur, conformément aux suppositions de la légiste. Mais ce n'est pas tout.

Ithri l'observait, concentré, prêt à noter.

— On a récupéré six ADN différents de femme dans le bâtiment. On a deux identités : Océane Lemonnier, Soazig Brieg.

— Elle n'était pas enceinte, sinon Tom l'aurait ajoutée à notre liste des disparues. Ça fiche en l'air notre théorie.

Gwil admira la confiance que Céleste plaçait en ses hommes.

— Si seulement tous les fichiers étaient correctement remplis, sans erreur ni omission… Il est indiqué dans son dossier de gendarmerie que Soazig était enceinte de quatre mois.

— *Yes !* murmura Ithri en brandissant les poings devant lui.

Céleste se détendit. Ils faisaient vraiment un drôle de métier pour se réjouir qu'une femme disparue et probablement assassinée ait été enceinte. Gwil continua :

— On a un troisième match. Votre Mademoiselle X. On a un tueur en série à arrêter.

Les trois enquêteurs restèrent silencieux. L'hypothèse selon laquelle Stéphane Meynet avait dérangé l'assassin se confirmait. Ils aboutirent tous à la même conclusion : si ce dernier avait eu très peu de temps pour nettoyer et abandonner les lieux, il avait peut-être laissé quelque chose de lui. Ne serait-ce qu'un cheveu.

Gwil le démentit tristement. Les techniciens avaient soigneusement ratissé l'endroit et n'avaient rien trouvé d'exploitable. À chaque fois qu'ils s'approchaient d'une solution, elle leur échappait. Céleste était en colère.

— Comment est-ce possible, Gwil ? Comment se fait-il qu'on ne déniche rien ? On n'a pas d'ADN, pas d'empreintes, pas de témoin, pas de suspect… Merde !

— Seulement 7 % des affaires sortent grâce à un indice matériel, fit remarquer Ithri.

— Pardon ? C'est une statistique récente ?

— Aucune idée, je l'ai lu dans un bouquin de Bernard Minier.

Céleste se figea, interloquée. Gwil semblait tout aussi stupéfait. Puis les deux enquêteurs partirent dans un fou rire qui laissa Ithri désarmé mais assez content de son effet.

Avant que Gwil ne rentre chez lui, Céleste l'accompagna au tribunal de Saint-Nazaire, où ils retrouvèrent le substitut. Orueta avait interrompu un déjeuner de famille pour prendre connaissance des nouveaux développements. Sur un plan judiciaire, dit-il, ça allait créer des remous : il s'agissait désormais de lier les dossiers de Stéphane Meynet, Océane Lemonnier, Soazig Brieg et Mademoiselle X, disséminés entre plusieurs services et plusieurs juges d'instruction. Il ne doutait pas que les ADN manquants seraient identifiés, à la faveur peut-être d'un appel à témoins ciblé. Gwil avait convaincu Céleste de taire les disparitions pour lesquelles ils n'avaient que des soupçons.

« Si c'est trop gros, trop embrouillé, il va chercher à se défausser sur un service central, avait-il plaidé. On n'a aucune certitude, seulement de vagues conjectures basées sur le fait que nos disparues étaient enceintes. On ne sait même pas si elles sont mortes ! Il sera toujours temps de les ajouter après. »

Céleste avait cédé.

Le substitut Orueta les félicita et ne manqua pas de souligner sa satisfaction de constater que, bien qu'issus de corps distincts, ils collaboraient efficacement. Il prévint Céleste et Gwil qu'il se chargerait dès le lundi matin suivant d'ouvrir une instruction et de désigner un juge qui centraliserait les différents homicides. Il proposerait bien entendu que la PJ de Nantes soit affectée à l'enquête.

— Quant à vous, commandant, la seule solution pour vous impliquer est de co-saisir la SR de Rennes et d'espérer qu'on ait besoin de vous. Je ne vous cache pas que les chances sont minces, cette affaire risque d'attiser les rivalités.

— Pourriez-vous repousser l'ouverture de l'instruction à la fin du délai de flagrance ? proposa Gwil. Avec quelques effectifs en plus, je ne doute pas que la capitaine et moi réalisions des avancées décisives.

Et il adressa à Céleste un clin d'œil. Orueta promit d'y réfléchir.

Céleste était presque mélancolique, en quittant le bureau de Patxi Orueta. Elle appréciait le gendarme en dépit de son exubérance et espérait que le substitut réussirait à le garder dans la course.

Revigorés par ces perspectives, Céleste et Ithri décidèrent de retourner à La Baule. Ils se rendirent tout d'abord à la résidence pour personnes âgées, où on identifierait peut-être la nonne et son patient. À l'accueil, une jeune femme leur expliqua qu'elle était nouvelle et ne connaissait pas vraiment les pensionnaires. Elle leur suggéra de revenir le lundi suivant ; ils pourraient alors s'adresser à sa responsable.

Avenue Pavie, Céleste et Ithri se mêlèrent à une foule de fêtards qui n'avaient pas envie que l'été se termine et profitaient d'une fin de journée sans pluie. Les trottoirs étaient noirs de monde. Les deux policiers firent de nouveau chou blanc. Personne ne se rappelait avoir vu Océane. Pas plus qu'une religieuse, d'ailleurs, ou un fauteuil roulant.

— C'est flippant, dit Ithri à Céleste alors qu'ils sortaient d'un bar. On dirait que plus personne ne fait attention à personne. Comme si la vie des autres ne nous intéressait pas, à moins qu'il ne s'agisse de gens riches ou beaux ou célèbres ou les trois à la fois. On achète du rêve et on oublie la réalité.

Qu'est-ce que Céleste pouvait répondre à ça ? Cette enquête était tout entière marquée du sceau de l'indifférence. Ces femmes seules qu'on avait à peine recherchées parce qu'il y avait des cas plus graves, plus urgents ou parce qu'on préférait se persuader qu'elles avaient disparu volontairement. On a la société qu'on mérite. Ceux de sa génération avaient revendiqué ce droit à l'indifférence. Et maintenant qu'ils l'avaient, ils se rendaient compte que ce n'était pas ce dont ils avaient besoin. Un droit à la différence changerait-il les choses ?

Soulagée à la perspective de conserver la direction de l'enquête, Céleste proposa à Ithri qu'ils rentrent à Nantes le soir même, ce qu'il accepta avec empressement.

Gwil

Parc naturel régional de Brière
Île du Combattant

De retour de Saint-Nazaire, Gwil se rendait sur l'île du Combattant pour interroger Thierry Guyomard au Bistrot du Marais lorsqu'il croisa, cheminant sur le bord de la route, Romane, l'ex-colocataire de Stéphane Meynet. Elle paraissait au bout du rouleau. Ça devait tenir à ses cheveux, qui pendaient tristement comme si elle ne les avait pas lavés depuis une éternité. Ou peut-être à son maintien. Voûtée et le regard à terre, elle ne ressemblait plus du tout au petit chat sauvage qui voulait lui sauter à la gorge, plutôt à une bête traquée.

Il ralentit et fut fort étonné quand elle leva le bras pour le héler. Il mit pied à terre.

— Si je vous révèle quelque chose, vous serez obligé de parler de moi ? lui demanda-t-elle sans s'embarrasser de formule de politesse.

Il aurait ironisé sur cette entrée en matière pour le moins cavalière s'il n'avait croisé son regard. Elle était paniquée. Il éteignit le moteur de sa moto et retira son casque.

— Ça dépend de ce que vous avez à me dire.

— C'est à propos de Stéphane… On pourrait aller dans un endroit plus tranquille ?

Fut un temps, Gwil l'aurait suivie sans tergiverser sur un sentier loin des oreilles indiscrètes. Cette époque était révolue. Il ne pouvait pas ignorer qu'à moins d'une heure de route se déroulait une quasi-guerre civile, occupants de la ZAD de Notre-Dame-des-Landes contre gendarmes, jets de bouteilles d'acide contre lacrymo. Il prenait au sérieux les avertissements de ses collègues chargés de maintenir l'ordre. La méfiance avait gangrené les deux camps. Il proposa l'intérieur de l'église. Romane accepta.

Elle se glissa près de lui, sur un banc dans la nef centrale. Le bâtiment était désert, il faisait frisquet. Romane luttait contre les larmes.

— On a fait quelque chose de terrible, murmura-t-elle.

Avait-il pu se tromper à ce point et mal juger ces jeunes gens ? Il n'avait jamais rencontré quiconque capable de tuer de sang-froid pour des motifs politiques. Allait-il terminer sa carrière sur cette note désespérante ?

Dans un souffle, Romane avoua avoir découvert le nom de Meynet parmi les adhérents d'organisations politiques d'extrême droite qu'elle abhorrait de tout son être. Elle-même faisait partie d'un comité local de vigilance antifas. Celui de Haute-Savoie avait diffusé dans toute la France des tracts avec photos appelant à supprimer ces nazis. Sur l'un des clichés, elle avait reconnu son collègue, bien qu'il soit identifié sous le prénom de Jérôme. Il était avec son père. Gwil ne lui dit pas que Stéphane avait un frère qui lui ressemblait beaucoup, et qu'elle s'était trompée. La légende indiquait qu'ils avaient été condamnés pour des faits de violences volontaires sur Corinne Meynet, la mère. Les antifas de Haute-Savoie avaient eu maille à partir avec eux à plusieurs reprises. Elle avait donc alerté son comité de vigilance de la présence de Stéphane au Lavoir de la Grèbe.

L'enfer est pavé de bonnes intentions, se répéta pour la énième fois Gwil, qui avait tout de même du mal à se persuader des bonnes intentions de tous ces courageux militants. Mettre le bazar et le justifier par une action politique, voilà qui, à ses yeux, était plus vraisemblable. Pourtant, il s'interdit d'ironiser. Romane avait besoin d'un confesseur. Il avait peut-être bien fait de choisir ce lieu, même si, à l'origine, c'était par provocation.

Romane n'avait pas dit « dénoncé ». Elle précisa qu'elle avait agi sur l'insistance de Mattéo. Elle pensait qu'ils pouvaient se contenter de faire sentir à Stéphane qu'il n'était pas le bienvenu, par exemple en pissant dans ses Tupperware ou en injectant du Tabasco à la seringue dans son dentifrice. Mattéo estimait qu'ils ne devaient pas se salir les mains. Le comité de vigilance avait sauté sur l'occasion de casser du facho. Ils avaient promis qu'ils viendraient lui passer l'envie de répandre ses idées putrides.

Et Stéphane était mort.

Elle avait peur d'être accusée de complicité de meurtre. Alors qu'elle n'avait jamais pensé qu'ils iraient jusqu'à le tuer. Elle était humaniste, elle militait pour les droits des sans-papiers et l'accueil des réfugiés que ces pourritures de l'extrême droite menaçaient. Tout ce qu'elle voulait, c'était qu'il dégage.

Gwil s'abstint de remarquer qu'elle employait des méthodes identiques à celles qu'elle reprochait à l'autre camp. Comme souvent. Ce qu'on déteste chez autrui, c'est aussi ce qu'on abhorre chez soi.

Il nota des noms, rassura la gamine et lui fit promettre de se tenir à distance des agitateurs.

— On n'a jamais rien résolu par la violence, conclut-il.

Il avait l'impression qu'elle était soulagée. Il avait menti, évidemment. Si Stéphane Meynet était mort à cause de sa dénonciation, elle plongerait comme les autres.

Sixième jour

Dimanche 29 septembre

Céleste

La Chapelle-sur-Erdre

Pour Céleste, le dimanche qu'elle passa chez elle, au milieu de « ses femmes », comme elle les appelait, fut le meilleur depuis des mois. Côtoyer la misère des autres lui faisait souvent prendre conscience de son propre bonheur. Ses filles éprouvaient-elles le même sentiment ? Clémence cria de joie en la découvrant dans la cuisine le matin et même Emma la serra dans ses bras. Céleste évita son bureau de toute la journée et elle sut gré à Ithri et à Gwil de respecter un silence radio.

Alors qu'elles marchaient dans la campagne, Marie évoqua un projet d'échange avec un hôpital australien. Un partage de connaissances entre l'urgentiste urbaine et les médecins de brousse, un nouveau partenariat développé en collaboration avec le service des maladies tropicales qui, lui aussi, enverrait un de ses médecins. C'était prévu pour le printemps suivant et ça ne durerait pas plus de deux ans, précisa-t-elle. Céleste pouvait toujours demander une mise en disponibilité. Il restait un seul problème à résoudre, et de taille.

— Emma passe le bac de français en juin, Marie. Est-ce qu'on pourrait attendre la fin de l'année scolaire ?

Septième jour

Lundi 30 septembre

Céleste

Parc naturel régional de Brière
Île du Combattant

Le lundi débuta sur les chapeaux de roue avec un appel de Gwil avant l'aube. Céleste repoussa la couette et se leva. Elle se contorsionna pour enfiler un jean noir et un pull et, le téléphone toujours rivé à l'oreille, quitta la chambre en refermant doucement la porte derrière elle.

Gwil avait reçu les résultats de la balistique, pour Stéphane Meynet : calibre 12/89 Super Magnum avec billes d'acier. Un fusil de chasse. En l'absence de douille, il ne savait rien de plus. On estimait, avec une grosse marge d'erreur, que le tireur mesurait entre un mètre soixante-cinq et un mètre soixante-quinze. Ce n'était cependant pas pour parler balistique que

Gwil téléphonait à Céleste. Il avait une proposition à lui faire :

— Je vais rendre visite au copain de Thierry Guyomard, celui qui vend des canards sauvages. Il n'a ni permis de chasse ni arme enregistrée. Tu veux m'accompagner ?

Un peu étonnée, Céleste commença par prévenir Gwil qu'elle était chez elle, en banlieue nantaise, puis accepta une fois que le gendarme lui eut précisé qu'il l'attendrait.

— Je ne perquisitionne pas chez un chasseur isolé quand il fait nuit, ajouta-t-il en riant.

Une heure plus tard, les deux enquêteurs se retrouvèrent sur le parking du Bistrot du Marais. Gwil avait apporté une thermos de café et deux tasses, et ils trinquèrent au succès de leur opération. Tout en engloutissant le croissant que Céleste avait refusé, le gendarme détailla les informations qu'il avait récoltées. Au dire de Thierry Guyomard, celui qu'on surnommait l'Ermite s'appelait Bernard Béchu. Il était arrivé dans le village quatre ou cinq ans auparavant, n'avait jamais fait parler de lui, le fournissait régulièrement en canards sauvages pour le restaurant. Béchu était un homme calme et discret, que Guyomard soupçonnait de vivre d'aides sociales. L'homme était une encyclopédie vivante en ce qui concernait les oiseaux du marais, ce qui expliquait qu'il s'était immédiatement bien entendu avec Flora. De temps à autre, il donnait un coup de main à Victoire pour ses travaux de rénovation. Thierry Guyomard ne pensait pas que l'homme possédait une voiture. Il se déplaçait en chaland, sa connaissance approfondie des canaux lui permettant d'accéder à tous les bourgs de la zone protégée. Bernard Béchu n'avait pas sympathisé avec grand monde. Lorsqu'il venait au Bistrot, il restait dans son coin, près du comptoir, ne conversait qu'avec Flora. Guyomard doutait qu'Océane lui ait jamais adressé la parole. Gwil avait demandé à voir les factures pour les canards sauvages et le tenancier avait ri jaune.

Bernard Béchu était inconnu des services de gendarmerie. Ce qui était certain, c'est que son fusil n'était pas déclaré et qu'il n'avait pas de permis de chasse – tous les propriétaires d'armes à feu enregistrées avaient répondu à la convocation lancée par la gendarmerie à la suite du meurtre de Stéphane Meynet.

— Ce qui ne signifie rien. On a arrêté des tueurs en série parfaitement insérés dans la société, mariés, chefs scouts, professionnellement stables.

Pendant qu'il parlait, Gwil s'était avancé vers une haie touffue qui bordait la route. D'un doigt, il désigna une percée. Vêtue d'un pantalon en toile, avec sa parka comme unique carapace, Céleste se sentait vulnérable.

— C'est pour ça que je t'avais prévenue de t'habiller avec du solide. Il y a des épines.

La trouée ouvrait sur un sentier qui serpentait entre le mur de clôture du Bistrot du Marais et un roncier. Les deux enquêteurs s'y engagèrent. L'île du Combattant était aménagée d'une manière particulière : les parcelles privées s'organisaient en longues lanières de part et d'autre de la route circulaire. En raison des inondations saisonnières, la plupart des habitations avaient été érigées à proximité de cette route, la partie arrière étant réservée aux jardins potagers, régulièrement enrichis par le limon. Certains audacieux avaient construit plus près de l'eau des maisons montées sur pilotis.

Le sentier détrempé par les pluies était boueux. Entre les ronces qui s'accrochaient à sa parka et le sol glissant, Céleste avait du mal à progresser. Alors qu'elle allongeait le pas pour tenir le rythme de Gwil, elle dérapa. Par réflexe, elle amortit sa chute avec la main. Des épines lui labourèrent la peau. Elle se releva, un peu honteuse. Toute cette nature la déstabilisait.

— Tu veux que je t'aide ? demanda Gwil, bras tendu. J'imagine que tu serais plus à l'aise sur les trottoirs de la capitale.

Paris, son audition dans quatre jours. Une bouffée d'angoisse obstrua la gorge de Céleste. Elle considéra l'enchevêtrement de tiges épineuses au cœur duquel se dressaient des arbrisseaux tordus mais robustes. Elle choisit d'y voir un message d'espoir.

— Allons-y, dit-elle à Gwil en essuyant ses paumes sur son pantalon, ce n'est rien.

Elle saisit tout de même la main du gendarme.

La maisonnette où vivait Bernard Béchu était une construction en bois guère plus spacieuse qu'une cabane de jardin, guère plus luxueuse non plus. Gwil frappa.

— Gendarmerie, monsieur Béchu, ouvrez.

Le client du Bistrot du Marais apparut dans l'entrebâillement. Il portait un pull marine et un jean délavé. Il n'était pas aussi âgé ni aussi sale qu'il y paraissait à première vue. Son visage évoqua à Céleste une statue de Jules César, très modelé, les pommettes, les mâchoires et le menton saillants, les yeux rapprochés et atteints d'un léger strabisme divergent. Ce qui frappait, surtout, c'était la lassitude que traduisaient à la fois le regard éteint de l'homme et son attitude, corps courbé, mouvements lents.

— Bonjour, vous êtes Bernard Béchu ? (L'homme opina.) On peut entrer ? ajouta Gwil en montrant sa carte.

La tête rentrée dans les épaules, leur hôte s'effaça. Préparé à plus de résistance, Gwil lança à Céleste un coup d'œil surpris.

La cabane n'était pas aussi délabrée que son occupant. Au fond, une petite cuisine carrelée d'une vieille faïence blanche. Un poêle qui diffusait une bonne odeur de feu de bois. Il devait également faire office de fourneau. Des couvertures en laine couleur bouton-d'or sur le lit, des draps à carreaux. Une table, une chaise ainsi qu'un fauteuil de rotin complétaient le mobilier. C'était modeste et propre.

Une volière occupait tout un coin de l'habitation, dégageant des effluves un peu aigres que Céleste attribua aux oiseaux. Elle avisa une porte fermée près de la cuisine. Une autre pièce ?

Bernard Béchu s'assit sur son lit, désigna aux enquêteurs les sièges vacants.

— Monsieur Béchu, je suis le commandant Guézennec et voici la capitaine Ibar. Nous enquêtons sur la mort d'un jeune homme, survenue mardi dernier près du canal de la Boulaie.

— J'en ai entendu parler.

Sa voix était étonnamment moelleuse pour ce corps qui suintait les causes perdues.

— Vous connaissiez le garçon ?

— En effet, nous avons discuté à plusieurs reprises. Il voulait en apprendre plus sur les oiseaux. Son savoir sur la Brière était principalement théorique.

Bernard Béchu expliqua dans quelles circonstances il avait rencontré Stéphane Meynet (« J'ignorais son nom de famille, je l'ai croisé plusieurs fois, arpentant le marais, et nous avons fini par converser »). Étonnée par le vocabulaire et le niveau d'expression, Céleste explora du regard la maisonnette, à la recherche d'informations. Une série de cadres attira son attention. Ils étaient accrochés au mur de manière telle que, allongé dans son lit, Bernard Béchu pouvait les contempler. C'était sans doute la première chose qu'il voyait en ouvrant les yeux le matin. Il s'agissait de portraits joyeux d'une famille en vacances. Elle compta trois enfants, dont le plus âgé n'avait pas sept ans, pressentit le drame. Elle prit quelques photos et les envoya par SMS à Ithri, lui demandant de se renseigner sur l'occupant des lieux.

Bernard Béchu affirma qu'il avait consacré la journée de mardi à la chasse dans les marais. Il fournit des précisions sur son itinéraire avec une pointe de défi dans la voix : il s'était dirigé vers la Piarde-à-Julot en passant par la Curée-Denis-Vince et le Copis-Ardent. Gwil posa des questions sur les espèces chassées par Béchu, ce dernier répondit de bonne grâce. La conversation se déroulait sans accrocs et aurait pu passer pour amicale. Les choses se gâtèrent quand Gwil réclama le permis de chasse et le récépissé de la déclaration d'arme à feu. Béchu commença par bafouiller, expliqua qu'il les avait égarés.

— Égarés ? Égarés entre ici et la gendarmerie, dans ce cas, parce qu'on n'a rien reçu.

— Non, pas du tout, je suis allé enregistrer mon fusil là-bas.

— Alors, montrez-moi le récépissé, insista Gwil. Ce n'est pas comme s'il y avait mille cachettes, chez vous.

Bernard Béchu se releva, bredouillant une histoire où il était question d'avoir cherché les documents quelques jours auparavant pour répondre à une demande de la société de chasse, raison pour laquelle il savait qu'ils avaient disparu. Il était catégorique sur la déclaration et ne comprenait pas que la gendarmerie l'ait perdue. Les oiseaux, sentant peut-être son inquiétude, se mirent à pépier et à battre des ailes. Béchu se dirigea vers une commode placée au pied de son lit, fourragea dans les tiroirs. Il referma chacun d'eux en le faisant claquer un peu plus fort que les précédents.

Le téléphone de Céleste vibra dans la poche de son pantalon. Lorsqu'elle prit connaissance du texto d'Ithri, tout s'éclaira.

Que faire de l'information qu'elle venait de recevoir ? En parler à Gwil ? Ça fausserait forcément son jugement. Elle avait compris qu'il marchait à l'affectif.

Un des aspects difficiles de ce métier consistait à cerner leurs « clients ». Faire le tri entre les irrécupérables et les repentis. Céleste savait que les monstres ne le restent pas toujours.

— Bon, ce récépissé, ça vient ? reprit Gwil.

Sa voix n'était ni douce ni gentille.

— Il n'y en a pas, dit Céleste en se levant. Il ne s'appelle pas Bernard Béchu, mais Jean Billiers. Il a été condamné en 1999 à quatorze années de prison pour le meurtre de sa compagne. Il n'est pas autorisé à détenir une arme à feu ni à obtenir un permis de chasse. Son contrôle judiciaire a pris fin il y a cinq ans.

Dès qu'elle avait commencé à parler, Bernard Béchu/Jean Billiers avait reculé. Son regard naviguait de la policière au gendarme. Il ouvrit la bouche comme pour dire quelque chose, la referma. Instinctivement, les muscles de Céleste se tendirent, son corps trouva des appuis solides. Quelque chose en elle avait anticipé l'attaque de l'Ermite sans qu'elle en ait conscience, si bien qu'elle était prête à réagir lorsqu'il bondit. Elle fit un pas de côté, évita la charge. Elle enroula son bras autour du cou de l'homme et glissa derrière lui en le tirant vers l'arrière. Trois secondes plus tard, Bernard Béchu était neutralisé.

— Détention non déclarée d'un fusil de chasse, il risque quoi ? demanda Gwil, se sentant un peu bête de ne pas avoir vérifié les informations de Guyomard avant d'agir.

— Catégorie C : 30 000 euros d'amende et deux ans de prison.

Gwil l'observa, épaté.

— Tu maîtrises le Code pénal par cœur ?!

— Dix ans à Paris en brigade d'intervention, je connais sur le bout des doigts des pans très spécifiques de la législation, à force. Bon, ce fusil, il est où ? fit-elle en s'adressant à Béchu/Billiers.

L'homme ne répondit pas. Céleste n'insista pas, enfila ses gants en nitrile et désigna à Gwil la porte près de la cuisine.

— Je vais jeter un coup d'œil là-dedans, je te laisse le reste de la maison.

Quand elle était petite, le conte de Barbe-Bleue la captivait. Combien de fois s'était-elle réveillée, terrorisée, après avoir rêvé qu'elle ouvrait la chambre défendue ? Cette fascination pour les portes fermées avait bien failli lui coûter la vie, et il ne se passait pas une journée sans qu'elle repense à ce moment funeste où l'histoire de Barbe-Bleue était devenue, pour elle, réalité. Et pourtant, elle ne pouvait toujours pas s'empêcher de franchir les seuils interdits.

Elle se retrouva dans une sorte de cagibi, conçu peut-être, à l'origine, pour isoler la maison de l'extérieur. Des conserves artisanales étaient alignées sur des étagères en bois couvrant deux pans de mur. Un gros congélateur bahut était poussé contre la troisième cloison. L'endroit étant dépourvu de fenêtre, les seules sources lumineuses étaient la salle principale, derrière elle, et les rainures d'une porte, encore une, au fond. Il flottait une odeur un peu douceâtre de fruits blets. Céleste traversa le réduit, appuya sur la poignée. La porte du fond s'ouvrit sur une digue. Pas de verrou.

La policière se mit à quatre pattes pour inspecter le dessous des étagères. Elle en tira une mallette, qu'elle rapporta dans la première pièce.

— On devine tous ce que c'est, n'est-ce pas ?

Elle désigna la marque : *Verney-Carron*. Un des plus vieux manufacturiers d'armes de France. Béchu se tenait devant eux, abattu, n'évoquant rien du prédateur auquel elle s'attendait. Cet homme capable de sauter sur un policier sans savoir se battre pouvait-il être le bourreau d'Océane ? De Stéphane, passe encore. Mais charcuter une femme pas encore morte ? Cela dit, il avait tué sa compagne et la prison n'était pas connue pour adoucir les mœurs. On approfondirait au cours de la garde à vue.

La perquisition n'était pas terminée. Céleste retourna dans l'arrière-cuisine. Envahie par une vague appréhension, elle bascula le couvercle du congélateur, un truc énorme et antique dont la prise électrique avait jauni. À l'intérieur, à côté de sacs de légumes, dans des pochettes plastiques soigneusement datées, se trouvait ce qui ressemblait à des animaux dépecés. Céleste n'y connaissait pas grand-chose, mais elle était presque certaine qu'il était interdit de chasser de si petits mammifères. Il lui sembla reconnaître un lapin, mais, pour l'essentiel, les carcasses congelées étaient beaucoup plus délicates. Des écureuils ? Elle revint dans la pièce à vivre, où Gwil fouillait placards et tiroirs, et montra un des sachets à Bernard Béchu.

— Quel est cet animal, monsieur Béchu ? Vous savez qu'on ne peut pas chasser n'importe quoi ?

— Je ne les ai pas chassés. Il n'y a presque rien à manger dessus, je ne vais pas gâcher des munitions pour trois bouchées. Je les ai trouvés sur la route.

Gwil interrompit sa fouille, figé. Béchu répéta :

— Je les ai trouvés sur le bord de la route. Ils ont été tués par des voitures. C'est de la viande, pourquoi la laisser pourrir alors qu'on peut se nourrir ? Quand on sait cuisiner, c'est très bon.

Céleste contempla en silence la petite carcasse dans son sac. Elle ne débattit pas longtemps avec elle-même, n'interrogea pas son partenaire. Avec un rictus de dégoût, elle alla remettre la pochette en place. Tout cela n'allait pas les mener très loin. Bien sûr, le passé de Béchu ne plaidait pas en sa faveur, mais arrêter un homme uniquement pour cette raison, c'était un peu déshonorant. Lors de sa précédente enquête, elle s'y était abaissée, et ça s'était mal terminé[1]. La honte lui serrait encore la gorge. Par ailleurs, la balistique n'aiderait pas. Sans douille, les techniciens seraient incapables d'associer, ou non, le fusil de Béchu au meurtre de Stéphane Meynet. Il fallait trouver autre chose ou bien compter sur des aveux.

Elle referma le congélateur et se tourna vers les rayonnages. Les bocaux remplis de carottes, de poivrons, de petits pois, de tomates et d'asperges étaient soigneusement datés et répertoriés. Céleste s'arrêta sur les étiquettes. Les conserves placées près de la porte de l'arrière-cuisine remontaient à 2017. Celles de 2018 étaient arrangées un peu plus loin, et celles de l'année en cours au fond. Il y faisait plus sombre et Céleste dut recourir à la torche de son portable pour les inspecter.

Un espace libre situé en retrait des conserves les plus récentes, sur une étagère en hauteur, attira son attention. Pourquoi disposer des bocaux en verre près du bord quand il y a tant de place derrière ? Se dressant sur la pointe des pieds, elle glissa la main à l'arrière et heurta quelque chose.

Gwil passa la tête par la porte.

— Je suis prêt à l'emmener au poste. Il n'a pas d'alibi pour le jour du meurtre de Stéphane Meynet, ni pour le soir de la disparition d'Océane, ni pour la matinée de la découverte du corps. Il connaît le marais comme sa poche, il a déjà tué…

— Donne-moi une minute, fit Céleste.

---

1. Voir *Les Beaux Mensonges*.

Elle braqua la lumière de son téléphone sur le fond de l'étagère. Au début, elle ne distingua qu'une série de récipients en verre fermés par des bouchons de liège et qui contenaient des trucs sombres. Elle déplaça les bocaux.

Lentement, son esprit interpréta ce qu'elle voyait.

Elle aurait voulu hurler, faire sortir l'horreur, mais elle n'y parvint pas. Hébétée, elle s'élança hors de la pièce et son regard suffit à Gwil pour s'y précipiter à son tour.

Barbe-Bleue, toujours.

La suite ne fut qu'une lente plongée dans un abîme. Les équipes techniques de la police investirent la maisonnette de Béchu. Arrivé sur les lieux, le substitut Patxi Orueta annonça que la période de flagrance s'achevait le lendemain. Il avait désigné, avec une journée d'avance, un juge chargé d'instruire la mort de Stéphane Meynet et d'Océane Lemonnier. Ses services procédaient à la demande de rapprochement des dossiers de Mademoiselle X et de Soazig Brieg.

Il ressortit de la remise bouleversé.

— Placez Béchu en garde à vue, obtenez des aveux ! J'ordonnerai que les analyses soient réalisées en urgence et qu'aucun doute ne plane sur sa culpabilité. Je ne devrais pas préjuger du résultat de l'instruction, mais, entre nous, une personne capable de perpétrer une telle horreur devrait être neutralisée pour le reste de sa vie. Seigneur !

Avant de regagner la gendarmerie avec Gwil, Céleste récupéra dans le bureau soigneusement verrouillé de la Brillantine l'intégralité de leurs documents et notes. Elle savait ce qu'il leur restait à faire. Mettre au propre la procédure, relire le dossier de manière à traquer la moindre zone d'ombre, questionner Béchu, trouver le moyen de l'amener à avouer être l'auteur de cette boucherie, qu'il explique ce qu'il avait fait et comment.

Céleste était troublée. L'identification et l'interpellation d'un suspect se traduisaient toujours chez elle par de l'exaltation, un sentiment d'euphorie et la satisfaction du travail bien fait. Pourtant, elle ne ressentait rien de tout cela.

À la gendarmerie, on leur avait libéré un bureau pour l'audition de Béchu. Les difficultés matérielles s'étaient aplanies au moment où ils en avaient le moins besoin – ils auraient pu questionner Béchu dans la salle de réunion.

Savoir qu'elle avait côtoyé un homme capable d'une telle sauvagerie retournait le cœur de Céleste. Il n'y avait pas que cela, bien entendu. Elle se connaissait trop bien pour se le cacher à elle-même.

Ses doutes s'intensifièrent au fil de l'interrogatoire de Béchu, tandis que les analyses et les rapports tombaient. Tout semblait confirmer la culpabilité de l'Ermite. Sauf qu'elle, elle n'y croyait pas.

Alors que tout concordait.

Béchu/Billiers avait abattu sa compagne par arme à feu après avoir appris qu'elle le quittait. Il comptait mettre fin à ses jours et tuer également leurs trois enfants, mais n'avait pu mettre son projet à exécution. Il s'était effondré devant la chambre de l'aîné, qui avait sauté par la fenêtre et était allé prévenir les voisins. Béchu s'était laissé embarquer par les gendarmes sans résistance. Il avait été détenu à Neuvic, en Dordogne, jusqu'en 2009. Pendant sa conditionnelle, il s'était installé à Libourne. Après quoi, la justice avait perdu sa trace. Il n'avait jamais repris contact avec ses enfants.

À son domicile briéron, la police avait trouvé de nombreux couteaux très affûtés qui auraient pu servir à tuer et mutiler Mademoiselle X, Océane Lemonnier et Soazig Brieg.

Informé du fait que Tom avait repéré certaines disparitions préoccupantes de jeunes femmes enceintes, le substitut Orueta demanda que les différents ADN non affectés récoltés à la masure soient comparés avec ceux de ces disparues. Les résultats étaient attendus dans les jours à venir.

Béchu n'avait pas d'alibi pour les dates des homicides. Il n'avait d'alibi pour rien, d'ailleurs, ne voyant personne, n'utilisant ni carte bancaire ni téléphone. C'était un reclus volontaire, qui vivait chichement, ne sortant de son isolement qu'en de rares occasions, ne fréquentant que son voisin, qui lui achetait le produit de sa chasse ou de ses cultures maraîchères.

Coup de grâce : les restes découverts dans la remise. Des fœtus plastinés, parfaitement conservés. Neuf embryons minuscules, qui avaient été un désir, une espérance, une attente, des humains en devenir, et qui étaient figés pour l'éternité, ou presque. On distinguait les oreilles, les doigts, les petits orteils, le nez. Ils étaient recroquevillés sur eux-mêmes, ils avaient l'air de dormir. C'était beau, d'une certaine manière.

La plastination semait le doute dans l'esprit de Céleste quant à la culpabilité de Béchu. Elle insista sur ce point quand elle discuta par visioconférence avec le juge Blimmet, chargé de l'affaire. Il voulait une mise en examen rapide et des aveux pour apaiser l'opinion publique, qui serait horrifiée par l'idée qu'on transforme des fœtus en œuvres d'art morbides.

— Je reconnais que l'individu a le profil parfait, concéda-t-elle. Un asocial déjà condamné, c'est pain bénit. Mais pour plastiner un corps il faut suivre une procédure spécifique. Il ne suffit pas de le vider de son sang et de le recouvrir de silicone. Il est indispensable de le déshydrater avec du formol, puis de le placer pendant six semaines dans des bains d'acétone successifs à moins 20 ou moins 30 degrés. Ensuite, il doit être plongé dans une cuve hermétique remplie de polymères, sous vide d'air. Dans la maison de Béchu, monsieur le juge, rien ne permet de faire le vide, et son congélateur ne descend pas à des températures aussi basses. On n'a pas trouvé un millilitre d'acétone et encore moins de polymères. Il n'a pas la possibilité matérielle de plastiner ces fœtus. Il n'a pas les moyens financiers de le faire non plus. Et quand je lui en ai montré un, j'ai cru qu'il allait s'évanouir. Il a hurlé, il a pleuré, il a juré…

Ithri l'avait rappelée, une heure après lui avoir envoyé le SMS démasquant Béchu. Derrière lui, elle avait entendu des bruits de fête, des rires. C'était Roch Hachana, avait-il commenté, le Nouvel An juif. Elle avait oublié qu'il avait posé un jour de congé. Elle venait de dénicher les fœtus chez Béchu, l'équipe technique et le substitut arrivaient, elle était toujours sous le choc de sa découverte. Ébranlée et révulsée. Elle ne comprenait pas ce qu'elle voyait et c'est Ithri qui, en la questionnant, avait levé le voile.

Il avait réussi, véritable prouesse, à la garder en ligne tout en contactant un universitaire. La plastination, avait expliqué ce dernier, était une méthode de préservation d'organes, voire de corps entiers, mise au point à la fin des années 1970 par un anatomiste allemand. L'organe ou le corps, ainsi protégé de la décomposition, était conservé dans un état proche de la réalité, les polymères préservant la souplesse apparente des tissus.

L'attitude très professionnelle de son adjoint avait été pour Céleste comme une bouée de sauvetage. Il l'avait envoyée fouiller les maigres biens de Béchu, à la recherche d'objets indispensables à la plastination. N'ayant rien découvert de ce genre, les deux policiers en avaient conclu que Béchu n'avait pas pu y procéder chez lui.

— Quelle explication proposez-vous, Ibar ? demanda le juge Blimmet. D'après vous, Béchu aurait un complice ?

Céleste avait envisagé cette possibilité, écartée après l'interrogatoire. Mais Blimmet ne doutait pas : puisque les fœtus avaient été trouvés chez Béchu, l'homme était coupable. Il avait pu en revendre certains au marché noir pour financer sa macabre passion. Il avait déjà démontré qu'il pouvait tuer. Il savait dépecer des animaux… bref, son compte était bon.

Céleste abattit ses dernières cartes :

— Nous n'avons pas retrouvé l'embryon d'Océane Lemonnier. Nous n'avons découvert que des fœtus complètement plastinés. Il faut des mois pour parvenir à ce résultat. Même celui de Mademoiselle X est sans doute trop récent pour se trouver dans le lot.

— Où sont-ils, selon vous ?

— J'aimerais bien le savoir. Probablement dans un bain d'acétone à moins 30 degrés, seulement on ne peut pas examiner tous les congélateurs de la région… Autre chose, Béchu n'a pas de voiture.

— Il aurait pu en louer une.

— Son permis de conduire a été annulé et il ne l'a jamais repassé. Les loueurs exigent un permis de conduire valide.

— Ce ne serait pas le premier à voler une auto ou à se faire faire des faux papiers.

— On n'en a pas retrouvé chez lui, objecta Céleste.

Céleste fit enfin valoir combien il était facile de s'introduire chez Béchu et d'y déposer les fœtus. Le juge demanda pourquoi ce mystérieux tueur aurait pris le risque de renoncer à ses précieux trophées.

— Pour la même raison que l'abandon d'Océane. À cause de la battue, de la crainte d'être découvert.

Le juge Blimmet resta silencieux pendant un long moment et Céleste crut qu'elle avait eu gain de cause. Qu'ils allaient libérer Béchu et se concentrer sur la recherche du véritable criminel.

En effet, l'enquête s'était arrêtée. Les demandes d'informations complémentaires en cours avaient été suspendues et seuls les éléments susceptibles de confirmer la culpabilité de Béchu étaient étudiés. Blimmet s'était immédiatement placé dans une optique de procès et montait son dossier.

Les arguments de Céleste étaient si solides et raisonnables qu'elle n'en crut pas ses oreilles lorsque le juge trancha :

— Puisque vous n'êtes pas convaincue, capitaine, je vais confier les investigations à la SR de Rennes. Il faut de véritables professionnels sur cette enquête. Vous allez donc mettre au propre la procédure et leur envoyer tout ce que vous avez. Je vous laisse trois jours.

Mise à l'écart

Mardi 1er octobre-Jeudi 3 octobre 2019

Mardi 1er octobre 2019

Céleste

Nantes
Institut médico-légal

Céleste regagna la Brillantine dans un état second, mélange d'épuisement et de colère. De ressentiment, aussi. La maison était silencieuse. Elle monta dans sa chambre sur la pointe des pieds et s'effondra sur son lit. Le froid la réveilla. À tâtons, elle s'empara d'un pull dans lequel elle se lova avant de s'emmailloter dans sa couette. Elle se sentait coupable. Si elle n'avait pas envoyé à Ithri les photos de chez Béchu qui avaient permis, miracle de la technique, d'identifier Isabelle Billiers, son assassin et leurs enfants, Gwil n'aurait pas arrêté l'Ermite.

Ils n'auraient pas découvert les fœtus plastinés non plus.

Parfois, le fonctionnement du monde étouffait Céleste, comme si toute cette noirceur aspirait son oxygène. Parfois, le découragement la submergeait. À quoi servait-elle, en réalité ? Les monstres mis hors d'état de nuire étaient aussitôt remplacés par d'autres. Les policiers tombaient au combat, l'exercice de son métier relevait de la baston permanente, et pour quel résultat ?

Elle se rendormit.

Lorsqu'elle descendit, Victoire l'attendait dans la cuisine. Elle s'étonna en découvrant le sac de voyage.

— Je dois rentrer au service, Victoire. On nous a retiré l'affaire.

— « Retiré » ? Comment ça ?

— Je ne peux pas commenter.

— Mais qui va le défendre ? Qui va montrer qu'il est innocent ? s'écria Victoire. C'est mon ami ! Flora a passé des heures avec lui, il a toujours été parfait ! Il est un peu spécial, mais il est adorable, vous l'écouteriez discuter oiseaux, il sait tout de leurs mœurs, où ils vivent, ce qu'ils mangent… Je ne peux pas croire qu'il ait commis ces horreurs, ce n'est pas parce qu'il est chasseur qu'il est capable de tuer un être humain. Je préciserai même : au contraire. Il connaît le prix de la vie.

— Je suis désolée, Victoire. Malheureusement, il l'a déjà fait. Il a été condamné pour ça.

— Comment ? Pardon ? Que dites-vous ?

À peine les mots eurent-ils quitté sa bouche que Céleste s'en voulut. Victoire insista, Céleste la pria de laisser tomber.

— Est-ce que vous pouvez au moins attendre Flora ? Elle est chez Thierry, aujourd'hui. Elle doit rentrer dans peu de temps. Il préfère qu'elle ne soit pas en cuisine au moment du coup de feu.

Céleste refusa. Victoire proposa alors un café accompagné de douceurs.

— Il faut que vous mangiez. Vous avez une mine épouvantable. Vous ne pouvez pas prendre la route le ventre vide.

Et Céleste céda, parce que la sollicitude de Victoire la touchait, la rassurait et lui redonnait foi en l'humanité un jour de grand besoin.

Flora l'enlaça, les larmes aux yeux, quand Céleste prit enfin congé. C'était fort et doux comme l'étreinte d'un enfant et Céleste la pressa en retour contre son cœur.

Puis Flora s'inquiéta pour les oiseaux de Bernard, proposa de s'en occuper. À condition qu'elle n'aille pas dans l'arrière-cuisine, Céleste n'y vit pas d'inconvénient – ce n'était pas une scène de crime. Elle recommanda à la jeune fille de demander l'autorisation du major et de lui réclamer la clé, la maisonnette ayant été fermée par les services techniques. Flora rit. Une fois où elle l'attendait sous la pluie en grelottant, Béchu lui avait montré le truc pour ouvrir la porte même quand elle était verrouillée.

La perspective d'assister à la sortie du corps de Mademoiselle X de sa baignoire apaisait en partie l'amertume de Céleste. Elle n'effaçait pas pour autant le sentiment de culpabilité qui l'étreignait, cette sensation d'avoir non seulement failli mais détruit.

La réhydratation avait atteint le point précis décrit par le médecin mexicain. La dépouille risquait de s'abîmer, à tremper plus longtemps : si la peau absorbait trop de liquide, elle se boursouflerait.

À l'annexe de l'institut médico-légal, Céleste retrouva Ithri et Gwil. Elle devait bien ça au gendarme et songea avec tristesse qu'ils se réunissaient peut-être pour la dernière fois.

Enfin vint le moment de sortir Mademoiselle X de sa baignoire de potion magique. Elle reposait sur une plaque de plastique épais, percée de trous destinés à faciliter l'écoulement de la solution, il fut donc aisé de l'extraire du liquide, ruisselante.

Sara Belome était une scientifique. Une légiste accomplie, qui délivrait des rapports respectés et témoignait lors de procès d'assises. Habituellement, tout en elle respirait le savoir, l'expérience, l'érudition. Ses gestes étaient précis, ses paroles mesurées.

Aujourd'hui, elle faisait des grands mouvements, parlait tantôt fort, tantôt à voix basse, ne tenait pas en place. Emma et Clémence se comportaient ainsi en certaines occasions, comme Noël ou leurs anniversaires. Autrement dit : au moment précédant la découverte des cadeaux.

Le cadavre, qui en deux mois s'était comme momifié dans la chambre froide de l'institut, présentait de nouveau un aspect humain. Les lèvres étaient pleines, les pommettes redessinées. Sur le haut du corps, la peau avait perdu son aspect parcheminé et sa couleur rouille foncé pour retrouver une apparence presque veloutée et une teinte plus claire, proche de celle des jambes. Enfin, sur le bras et le flanc gauche s'étalaient deux tatouages suffisamment caractéristiques pour qu'on puisse espérer une identification rapide.

— J'adore cette mode des tatouages, des scarifications et des piercings, dit Sara Belome. Même après avoir couché dix fois, cent fois avec elle, tu serais probablement incapable de me décrire ses grains de beauté. Alors qu'avec ça son voisin la reconnaîtrait.

Ithri désigna le coude du cadavre.

— C'est une cicatrice, à votre avis ?

La légiste tourna autour du corps, l'observant méticuleusement, avant de se prononcer :

— Oui. Je pense que celle-ci est consécutive à une blessure ; elle semble ancienne, bien refermée, peut-être une chute, alors que celle-là est une marque de varicelle.

Un sourire éclaira le visage de Sara Belome.

— Merci beaucoup, dit-elle à Gwil. Cette technique fait des miracles pour un coût infiniment moindre que la reconstruction faciale. J'espère que ça vous aidera à lui rendre son identité.

Céleste sortit de l'institut, le moral regonflé. Certes, elle devait toujours passer la main sur les dossiers, mais il lui restait trois jours. Trois jours au cours desquels elle pouvait encore démontrer que Béchu n'était pas le meurtrier, voire arrêter le tueur, s'ils parvenaient à identifier rapidement Mademoiselle X.

— Téléphone à Tom et diffuse un communiqué de presse, requit-elle en montant dans sa voiture.

— On prévient le juge Blimmet ?

— Non. Pour le moment, le rapprochement du dossier de Mademoiselle X avec ceux de Stéphane Meynet et d'Océane Lemonnier est juste en cours de demande. C'est toujours le juge Mercier qui s'occupe de Mademoiselle X. Je vais l'appeler.

Le téléphone de Céleste vibra. Numéro inconnu. Elle jeta un coup d'œil à Ithri, puis décrocha, après avoir enfoncé un de ses écouteurs dans son oreille.

— Sale pute !

Ithri tourna la tête vers elle. Il avait peut-être perçu la violence du ton. La traînée acide de l'insulte brûla la gorge de Céleste. Elle avait réfléchi aux appels ignobles qu'elle recevait, aux messages orduriers laissés sur son répondeur. Elle ne pourrait pas fuir éternellement. Elle pourrait changer de numéro, bien sûr, mais elle ne parviendrait pas à le garder privé bien longtemps. Céleste coupa la parole de son interlocuteur :

— Ce téléphone est sur écoute. Il nous faut moins de quinze secondes pour vous localiser.

La première phrase aurait suffi. L'inconnu raccrocha. Le message était passé. Comme Ithri l'interrogeait du regard, Céleste déclara :

— Des emmerdeurs.

Mercredi 2 octobre

Céleste

Nantes
Commissariat central

Tom vint accueillir Céleste à la porte du service lorsqu'elle s'y présenta le lendemain. Elle regarda le visage creusé de son collègue, demanda s'il avait passé la nuit sur place. Ce qu'il confirma. À la suite de la réhydratation de Mademoiselle X, un appel à témoins avait été relayé par les médias locaux en Pays de la Loire et Bretagne, jusqu'en Vendée et en Mayenne. La police avait recueilli un tas de déclarations plus ou moins fantaisistes. Mais pas seulement. Il y avait des accents de victoire dans la voix de Tom.

— On a un prénom, un nom et une adresse pour Mademoiselle X. Ophélie Sauvet, 22, rue de la Plage à Piriac.

— Déjà ?

— On a reçu vingt-quatre identifications semblables et deux personnes ont envoyé des photos d'elle avec les tatouages apparents. Elles ne l'ont pas vue depuis le mois de mai. Elles m'ont affirmé s'être déplacées à la police sans avoir pu déclarer sa disparition, n'étant pas des proches.

Autant battre le fer… Céleste remercia Tom, fit signe à Ithri et bondit dans sa Porsche. Elle chargea son coéquipier de convoquer un serrurier et d'appeler Gwil en chemin.

Encore une perquisition, encore une femme seule. Cette fois, l'appartement était en désordre et tout était couvert de poussière. Renseignements pris par Tom, le loyer, modeste, était régulièrement payé par virement ; le propriétaire n'avait pas remarqué la disparition de sa locataire.

Une fois de plus, pas de téléphone portable, pas d'ordinateur. Ophélie Sauvet venait de terminer un CDD quand elle avait disparu. Ses relevés bancaires n'indiquaient rien de particulier, à première vue. Compte suffisamment fourni pour que les prélèvements automatiques soient honorés. Dépenses courantes, économies moyennes. Une voiture vieille de sept ans qui avait fait l'objet d'un enlèvement par la fourrière. Sa boîte aux lettres débordait.

Il fallut plonger dans le magma d'une poubelle de cuisine abandonnée depuis plus de six mois pour exhumer un test de grossesse usagé. Contre toute attente, il était intact. Et surtout positif.

Céleste et Ithri retournèrent à Nantes, euphoriques. Bien sûr, ils devraient communiquer l'information au juge Mercier, qui s'empresserait de se défausser sur le juge Blimmet – à moins que la perspective d'identifier un tueur en série ne l'emporte sur sa réticence initiale à instruire la mort de Mademoiselle X. Qu'à cela ne tienne. C'était un pas de plus vers la vérité.

Jeudi 3 octobre

Céleste

Bobigny
Tribunal judiciaire

— Madame Céleste Ibarben…

Le juge buta sur le nom de famille de Céleste. Elle s'apprêtait à l'énoncer à sa place quand l'avocat dépêché par le syndicat de la police l'en empêcha d'un geste. Enfin, le magistrat parvint à articuler le patronyme de Céleste, non sans l'écorcher. Il continua :

— Vous êtes donc entendue au tribunal judiciaire de Bobigny ce jeudi 3 octobre à propos de la mort de M. Abdelkarim Ben Ayed, survenue le dimanche 1er juillet 2018 à Saint-Denis. C'est bien cela ?

Céleste acquiesça.

— J'ai les dépositions que vous avez faites à l'IGPN ainsi qu'à mon collègue, qui était chargé de l'instruction de votre dossier. Vous voulez que je les relise ?

Céleste fit signe que non.

Puis les choses dérapèrent.

Le juge d'instruction posa les avant-bras sur son bureau, jouant en silence du bout des doigts avec un crayon à papier. Il portait un costume trois-pièces bleu marine à fines rayures grises, une cravate lie-de-vin nouée artistiquement et des boutons de manchette à l'effigie de la Justice aveugle. Il n'avait pas plus de trente ans.

— Vous avez déclaré, lors de votre audition par l'IGPN, je cite : « J'ai agi pour défendre ma vie. » Vous avez précisé que vous étiez en danger imminent de mort. Pourtant, rien dans le dossier n'indique que M. Ben Ayed avait l'intention d'attenter à votre existence.

Estomaquée, Céleste resta muette. Avait-elle bien entendu ?

— Monsieur le juge, cet individu venait de violer ma cliente, un officier de police judiciaire, de la brûler et de lui briser les os. Comment aurait-elle pu imaginer conserver la vie sauve ? intervint l'avocat.

— Je répète, rien dans le dossier n'indique que M. Ben Ayed avait l'intention d'attenter à vos jours.

Le corps entier de Céleste se transforma en pierre. Elle avait l'impression de dégringoler dans un puits. Sa cuisse l'élançait. Le bureau tanguait. Elle enfonça ses ongles dans ses paumes et se mordit l'intérieur de la lèvre. Elle est vivante.

Elle était vivante et elle allait s'en tirer.

Elle ouvrit la bouche pour répondre. Un croassement en sortit.

— Vous voulez de l'eau ? demanda son avocat.

Elle fit oui la tête. Elle ne savait pas où poser les yeux. Pas sur le juge, elle devait reprendre le contrôle. Pas sur son avocat ni sur la greffière, qui se levait pour lui apporter un verre. Céleste but à longs traits. Puis elle répondit :

— Il a approché un cutter de mes yeux, il a appuyé un genou sur mon bras brûlé et il m'a dit : « Je vais te faire la peau. »

— C'était au début de votre agression. Il voulait peut-être vous faire tenir tranquille ?

— Monsieur le juge, cet individu avait déjà tué plusieurs personnes…

— La justice ne l'a jamais condamné.

Le juge fixa Céleste d'un air sévère. L'avocat aboya :

— Cet individu était une bête sauvage et s'il n'a jamais été reconnu coupable, c'est parce que…

— La police a été incapable de prouver son implication, termina le magistrat d'un ton glacial. Dois-je vous rappeler le droit ? Cet homme est présumé innocent tant qu'il n'a pas été jugé coupable.

Il posa le crayon sur son bureau et joignit le bout de ses doigts.

— Voyez-vous, madame, la police souffre d'une image déplorable. Et savez-vous pourquoi ? Parce qu'elle se croit au-dessus des lois. Non seulement elle accuse sans preuves, mais elle se rend responsable d'actes méprisables qui rejaillissent sur la communauté tout entière. Je ne dis pas que c'est votre cas, bien entendu. Je suis là pour investiguer.

Céleste avait un goût de bile au fond de la gorge. Son premier juge d'instruction était alors en fin de carrière et n'avait plus d'illusions sur la réalité du travail policier. Il avait consulté le fichier qui recensait toutes les affaires dans lesquelles Ben Ayed avait été impliqué, puis blanchi, avait questionné Céleste et écouté ses réponses. Comparé ses états de services à la litanie d'infractions reprochées à Ben Ayed, relu le rapport de l'IGPN.

« Je suis désolé que vous ayez eu à traverser cette épreuve, capitaine Ibar, avait-il dit. J'espère que la suite de votre carrière sera moins traumatisante », avait-il ajouté avant de la congédier.

Quelques semaines plus tard, Céleste avait reçu copie de l'ordonnance de non-lieu.

— Monsieur le juge, intervint l'avocat, la légitime défense n'exige pas qu'elle ait été en danger de mort pour riposter. Il suffit qu'elle se soit réellement sentie menacée. En l'espèce, elle venait de…

Le juge d'instruction l'interrompit :

— Maître, mon rôle est d'estimer si, oui ou non, les conditions de l'infraction sont réunies et si les preuves sont satisfaisantes. J'ai bien compris que votre cliente avait subi des violences, mais je vous rappelle que la riposte doit être proportionnée et répondre à une atteinte immédiate. Il est interdit, dans ce pays, de se faire justice soi-même, et Mme… la capitaine a une formation suffisante pour savoir adapter et doser sa réaction. On ne tue pas un violeur, maître, on le traîne devant les tribunaux.

— Ma cliente était entravée, monsieur le juge…

— Ah oui ? Je ne vois pourtant rien dans le dossier qui le prouve. Quand la BRI est intervenue, elle l'a trouvée libre de ses mouvements et capable de se tenir debout, alors qu'elle avait prétendument le fémur brisé. Je vais d'ailleurs ordonner une contre-expertise, les radios fournies ne sont pas claires. Le médecin qui l'a examinée aurait pu exagérer une fissure de l'os.

— Consultez le rapport du légiste, il a noté des empreintes sur les poignets… Ma cliente s'était libérée elle-même après… après avoir supprimé la menace…

— Maître, rien ne nous le prouve. Elle aurait très bien pu s'infliger ses marques elle-même.

— Monsieur le juge, ma cliente est un officier de police assermenté !

L'avocat s'étouffait d'indignation.

— Nous poursuivons le même objectif, maître : protéger l'honneur de la police. Et je ne tolère pas que des barbouzes puissent prendre des libertés avec la procédure et notre droit. Vous ne pouvez pas affirmer sans preuves que M. Ben Ayed était un délinquant et vous exonérer de son homicide sans apporter la démonstration qu'il s'agissait de légitime défense.

La voix du juge montait dans les aigus. Des rougeurs étaient apparues sur son cou et il passa un doigt entre sa peau et le col de sa chemise.

— J'étais maintenue au sol par un filet métallique lesté de boules de plomb, dit Céleste.

Elle glissa ses mains tremblantes entre ses genoux.

— Il m'a entravé les poignets avec une chaîne fixée à des crochets. Après quoi il a levé le filet. Il a saisi son couteau, il a tranché ma manche. Il m'a tailladé le bras, là, fit-elle en désignant son humérus gauche. Ça n'apparaît pas dans le rapport, parce que, ensuite, il l'a brûlé et la chair a fondu…

Sa voix se brisa et elle se tut. Le juge en profita.

— Capitaine, tout est dans le dossier. Je me demande, voyez-vous, si vous ne lui avez pas tendu un guet-apens. Il vous avait échappé une fois encore, et vous étiez prête à prendre tous les risques pour faire justice vous-même. Ce qui n'est pas tolérable dans une société de droit. La police n'est pas, n'a pas à être un repaire de cow-boys, surtout une unité d'élite. Par votre comportement, vous avez mis en danger la vie de plusieurs de vos collègues. Vous n'avez pas respecté les procédures. Vous n'avez pas respecté le droit. Vous n'avez pas apporté la preuve que vos actions étaient proportionnées à la menace. Par conséquent, j'ai décidé de vous mettre en examen pour homicide volontaire commis par une personne dépositaire de l'autorité publique avec circonstances aggravantes d'actes de torture et de barbarie. De tels comportements sont une honte pour la police nationale, madame. Une honte.

Le juge prit sa pile de dossiers, qu'il fit claquer sur son bureau. La greffière eut un hoquet de surprise, mais le rythme de ses doigts sur le clavier ne faiblit pas.

— Inutile que ça apparaisse dans le PV, Gaëlle.

Les paroles du juge firent à Céleste l'effet d'une bombe qui aurait explosé dans son cerveau, sa gorge, derrière ses yeux, dans son estomac, ses poumons. Elle avait craint qu'on ne l'accuse de coups et blessures volontaires, or elle se retrouvait à répondre d'un crime qui pouvait l'expédier en prison jusqu'à la fin de ses jours. Seul l'orgueil lui insuffla l'énergie nécessaire pour se lever dignement et quitter le bureau sans s'écrouler. Pas question de flancher devant ce connard.

Elle dévala les escaliers le plus vite possible, de peur de s'effondrer. Une fois dans la salle des pas perdus, elle s'adossa à un pilier.

— Nous allons combattre cette mise en examen, capitaine, dit l'avocat, qui l'avait rejointe. Nous allons saisir la chambre d'accusation et faire reconnaître la légitime défense.

— Maintenant que je suis mise en examen, on a accès au dossier. Je suis certaine qu'il y a autre chose. Le juge est trop sûr de lui.

Le voyage en TGV jusqu'à Nantes se déroula dans une sorte de brouillard dont Céleste ne garda aucun souvenir. Jamais elle ne s'était sentie si impuissante, si menacée, si vulnérable. Jamais. Même dans cette cave, à la merci de cet homme qui la suppliciait. Elle avait toujours réussi à envisager une échappatoire, un moyen de lutter. Jusqu'à aujourd'hui.

Qu'allait-elle dire à Marie, aux filles ?

À la gare, elle se trompa de sortie. Puis, une fois dans sa voiture, elle se trouva incapable de démarrer le moteur.

Mise en examen.

Torture.

Actes de barbarie.

Procès.

Crime.

Procès d'assises.

Les mots qu'elle utilisait tous les jours, dont elle menaçait ses suspects, qui faisaient partie de son quotidien, avaient pris une tout autre signification.

Le bras lourd, elle ralluma son téléphone, qu'elle avait éteint en pénétrant dans le bureau du juge. Des insultes haineuses saturèrent l'habitacle. Sans réfléchir, elle envoya un SMS à Ithri. Viens me chercher à la gare, STP. Parking Sud.

Ithri se comporta comme un véritable ami. Il rejoignit Céleste, la fit changer de siège et prit le volant. Il ne donna même pas l'impression de prendre plaisir à conduire la Porsche. Il ne prononça pas un mot jusqu'à leur arrivée devant le commissariat. Une fois la voiture garée, il resta assis.

— On a reçu un mail du juge. Le patron doit te voir.

Ainsi, il savait ? Il connaissait son ignominie et il avait tout de même répondu à son appel ? Il lui tint la main jusqu'à ce qu'elle ait fini de pleurer.

— Ça craint, dit-il. On est là. On fera bloc.

Quémeneur l'attendait dans son bureau. Il n'y avait pas d'animosité dans ses yeux, pas de dégoût, pas de rejet. Ça n'était pas plus facile de respirer, mais il n'ajoutait pas de poids sur ses épaules.

— Je suis pieds et poings liés, Céleste. J'ai reçu le courrier officiel du juge d'instruction de Bobigny par e-mail il y a deux heures. Ils font vite, ces cochons, quand ils veulent. Pour un suspect, c'est toujours la croix et la bannière, mais dès qu'il s'agit d'un flic…

Il soupira. Céleste avait l'impression de se désintégrer intérieurement. *Poker face*, se répétait-elle en boucle. *Poker face*.

— Je dois te suspendre.

Elle estimerait normal qu'on retire son insigne et son arme de service à tout autre policier. Sauf qu'elle, elle n'était pas coupable. Vraiment ? Elle n'était pas coupable, se força-t-elle à penser.

— Ithri va s'occuper de clôturer le dossier avant transmission à la SR de Rennes. J'espère que ton nom ne va pas fuiter. Ta chance, c'est qu'ils ne trouveront certainement personne pour l'orthographier correctement.

Quémeneur eut un rire sans joie.

— Marie et les filles ont le même que toi ?

— Non.

Céleste fut sur le point de mentir, de déclarer que c'était à cause de sa profession qu'elles avaient décidé que les autres membres de la famille s'appelleraient Evrard. Puis elle renonça. À quoi bon ? Emma et Clémence portaient le nom de Marie parce qu'elles étaient sorties de son ventre. Elle-même n'était qu'une mère de remplacement.

— On est tous là pour toi, *je* suis là pour toi, lui assura Quémeneur.

Céleste le remercia, mais elle savait que quoi qu'il dise, quoi qu'ils disent tous, on mène toujours ses combats seul.

Mise à pied

Vendredi 4 octobre-Lundi 28 octobre 2019

Vendredi 4 octobre et après

Céleste

Les jours suivants, Céleste combattit par la fuite. Le sommeil était un refuge, mais le poids qu'elle ressentait chaque fois qu'elle en émergeait était toujours aussi insupportable. *Homicide volontaire commis par une personne dépositaire de l'autorité publique avec circonstances aggravantes d'actes de torture et de barbarie.* Elle ne parvenait pas à se faire à l'idée. Qu'on l'accuse de cette abomination. Qu'elle risque de terminer ses jours en prison. Pour une fois, elle applaudissait la lenteur de la justice. Plus son procès était loin, plus longtemps elle resterait en liberté.

Pour échapper à ses pensées, elle s'abrutissait en courant, en tapant sur son punching-ball jusqu'à ce que ses genoux flageolent, prenant une douche, dormant, recommençant.

Ithri bouclait la procédure – il avait obtenu un délai et il avait sympathisé par téléphone avec un des officiers de l'OCRVP, à qui le dossier allait échoir, bien désolé que les policiers locaux soient dessaisis.

— Il demande s'il peut t'appeler, dit-il à Céleste, un soir où il était passé la voir. Il a entendu parler de ton histoire. Tout le monde est avec toi, tu sais. Tous les flics, je veux dire. Personne n'est dupe. Je lui ai tout expliqué du mieux possible, il a tous les PV, mais je crois qu'il aimerait l'entendre de ta bouche. Je peux lui donner ton numéro ? Celui de ton domicile ?

Les insultes n'avaient pas cessé avec sa mise en examen. À la demande de Quémeneur, Céleste avait laissé sa carte SIM aux techniciens de la police et, tout comme les voyous, avait acheté une carte prépayée. Personne n'avait son numéro, sauf Marie et Ithri. Elle refusa.

— Tu es chef de groupe par intérim, Ithri. Je te fais confiance, tu es capable.

Le mardi suivant l'audition à Bobigny, la sonnette de chez elle retentit. Les cheveux collés par la transpiration, vêtue d'un vieux tee-shirt décoré d'auréoles sous les bras et d'un pantalon de jogging, elle interrompit sa séance de boxe et, les mains toujours bandées, entrouvrit la porte barrée de la chaînette de protection.

Gwil débarquait de Brière, égal à lui-même, habillé de cuir et chaussé de bottes de moto flambant neuves. Elle était si soulagée qu'elle faillit lui sauter au cou.

— Tu ne réponds plus au téléphone, dit-il.

— J'ai changé de numéro. La PTS[1] est dessus. Ça n'arrêtait pas, des insultes, des menaces.

1. Police technique et scientifique.

— Tu as prévenu ton juge ?

Ils n'avaient jamais parlé ensemble de ce qui lui arrivait. Elle avait trop honte. Elle se demanda ce qu'il savait, ce qu'elle devait lui dire. Il se baissa pour retirer ses bottes et les laissa sur le paillasson, luisantes de pluie. Il avait des chaussettes vertes à pâquerettes.

Oui, elle avait averti le juge de Bobigny. Et il s'en fichait. Il lui avait conseillé d'éteindre son téléphone et de se tenir à distance des réseaux sociaux et des médias le temps qu'il rende ses conclusions. Gwil grimaça. Puis, montrant son petit sac à dos, il demanda :

— Tu as un endroit où je peux me changer ?

Céleste lui désigna son bureau et gagna la cuisine. Ils s'y installèrent, avec un café noir pour Céleste, au lait pour Gwil. Ce qui amusa beaucoup le gendarme.

— On est comme les pièces d'un échiquier, dit-il.

Et il rit, ravi de son observation. Céleste, pas dupe de ses tentatives pour alléger l'atmosphère, lui en sut pourtant gré. Lorsqu'il eut repris son sérieux, Gwil questionna Céleste sur son entrevue avec le juge, sa mise à pied et son état d'esprit. Après tout, il n'avait que la version des journaux, défavorable à la policière. La famille de la victime s'épanchait à longueur de colonnes : le tribunal médiatique avait choisi son camp, qui n'était pas celui de Céleste. Quant à ses collègues, ils étaient bâillonnés par le devoir de réserve. En outre, ils veillaient à ne pas risquer de gâcher ses chances en cas de procès.

— Mes anciens coéquipiers ont été convoqués pour raconter de nouveau leur version des faits, dit-elle. Le problème, c'est qu'ils n'étaient pas là quand j'ai été… capturée. Mon avocat a demandé au juge de lancer des réquisitions sur les téléphones portables et les caméras de vidéosurveillance des environs. Si longtemps après, on n'a pas beaucoup d'espoir.

— Le précédent juge ne l'avait pas fait ?

Céleste soupira.

— Non. J'étais contente de tomber sur un juge qui respectait le travail de la police. Et la parole d'un flic. Malheureusement, il a bâclé son instruction. J'ai écopé d'une petite tape sur les doigts. Il n'a pas imaginé que la famille ferait appel et qu'il serait dessaisi. Les temps changent, et pas favorablement pour la police.

— Il n'y a rien à faire, alors ?

— J'ai peur que ce ne soit parole contre parole, celle du témoin providentiel qui m'aurait vue traîner Ben Ayed dans une cave contre la mienne. J'ai suivi Ben Ayed, alors que j'aurais dû attendre le reste du groupe. Je craignais qu'il ne soit en train d'attaquer cette fille qui hurlait à l'aide… On peut se demander ce que vaut la parole d'un flic, aujourd'hui. Tout le monde part du principe qu'on ment. Qu'on ait prêté serment n'entre plus en ligne de compte. Et toi ?

— Tu penses bien que s'il y avait du nouveau je t'en parlerais. Je suis sur la touche, moi aussi. Je coûte cher et la gendarmerie est ravie de se débarrasser de cette affaire…

— On t'a renvoyé à la retraite ?

— C'est ça.

— C'est parce que tu t'ennuies que tu viens me voir ?

— Parce que je m'ennuie, parce que tu t'ennuies… et parce que j'ai eu une idée.

Inactive, recluse chez elle, Céleste devenait folle. Elle avait vécu cette situation, plus longuement, quand, clouée au lit par ses blessures, elle dépendait des autres pour tout, et elle détestait. Gwil apparaissait comme une lueur au fond du tunnel. Quelle que soit sa proposition, elle la trouverait bonne.

Gwil détailla son plan à Céleste. Elle troqua son pantalon de jogging contre une combinaison en cuir et fourra quelques affaires dans un sac. Elle pensait que ça revenait à chercher une boule de neige dans un champ de poudreuse et ne voyait pas trop en quoi ça les aiderait à confondre définitivement Béchu ou à le disculper, mais elle ne protesta pas, trop heureuse de sortir de la déprime. Elle appela Marie pour la prévenir qu'elle partait quelques jours en excursion avec son nouvel ami gendarme. Marie trouva l'idée excellente. Céleste était la pire des patientes.

Elle gagna le garage pieds nus, goûtant la fraîcheur du carrelage sous ses orteils. Une forme d'excitation s'était glissée entre sa combinaison et sa peau, comme un frisson. Gwil ne cessa pas de parler pendant tout le temps où elle enfilait ses chaussettes et se battait pour entrer dans ses bottes et en remonter la fermeture Éclair. Quand le gendarme la vit harnachée et casquée, il siffla.

— Ah ! Tu es une vraie. Avec des râpures aux endroits qu'il faut. Moi, je croyais qu'une vieille BM, ça se pilotait en robe à fleurs et gants blancs.

Et il partit à rire, satisfait de sa blague. S'il l'imaginait en robe à crinoline, il avait de quoi rire pour tout le trajet. Elle aussi.

C'était aussi simple que ça. Si Céleste se sentait enfermée, c'était qu'elle se cloîtrait elle-même dans son appréhension, l'épouvante du sort qui l'attendait. Rien ne l'empêchait d'aller et venir à sa guise, puisque le juge avait consenti, compte tenu des états de service de la policière et de son statut, très mal vu en prison, à renoncer à la détention préventive. Elle n'avait pas le droit de pénétrer en région Île-de-France et devait se soumettre à un contrôle judiciaire plutôt léger : une fois par semaine à la gendarmerie de son domicile. Rien de plus. Les barrières n'étaient que celles qu'elle érigeait elle-même.

Direction Coëx, une petite commune en Vendée. Céleste l'avait désignée car y aller les obligerait à emprunter des routes tortueuses et étroites. La vitesse ne l'intéressait pas plus que ça. Elle aimait sentir l'épaisseur de l'air, s'appuyer dessus dans les virages, lorsque le sol se rapproche sans jamais qu'on soit en danger, quand d'un coup de reins on doit remonter la moto et l'envoyer danser de l'autre côté.

Gwil avait fait la moue, mais étant donné qu'il lui avait proposé de choisir leur première destination, il ne pouvait pas se dédire. La Versys démarra dans un feulement. Prenant appui sur les repose-pieds escamotables, Céleste grimpa derrière Gwil. La selle était haute, si bien que la policière dominait le pilote d'une tête.

Le ronflement du moteur, la vibration… Céleste s'accrocha aux poignées. Le large dos du gendarme et son calme étaient rassurants. Elle se laissa emporter. Gwil attaquait les virages comme si elle n'était pas là et, pour la première fois depuis une éternité, elle se sentit entière.

La gendarmerie de Coëx n'était pas la bonne. Ni la suivante ni celle d'après. Au bout de quatre jours, alors qu'ils s'étaient réfugiés dans un bar minable de Luçon, Céleste prononça la phrase magique :

— On n'y arrivera jamais comme ça.

Gwil protesta mollement :

— C'est la seule façon de procéder. Être méthodique et systématique. Aller dans chaque gendarmerie, montrer ma carte, leur expliquer ce qu'on cherche.

— Il nous faudra trois ans pour tout faire. Et trois motos.

— Pas du tout, ma Versys est idéale pour les longues distances…

Ces quatre jours avaient éprouvé les humains et la machine. À l'euphorie de ses retrouvailles avec la moto avaient succédé pour Céleste les courbatures, combattues à coup de Doliprane, aussi efficace sur elle qu'un diabolo menthe. Sa cuisse lui faisait souffrir le martyre à chaque virage vers la droite et elle se prenait à rêver d'autoroute. Heureusement, le soleil était revenu, et une chaleur relative avec lui.

— Je crois qu'on s'est trompés.

Céleste batailla pour déplier devant eux la carte routière des Pays de la Loire sur laquelle ils avaient indiqué toutes les brigades, rayées au fur et à mesure de leurs visites. Jusque-là, les deux enquêteurs avaient écumé la Vendée, soit trente et une gendarmeries. Céleste avait imaginé que quitter le tout technologique d'Ithri lui plairait, la reposerait. C'était tout le contraire. Elle avait oublié combien les cartes papier étaient encombrantes et peu pratiques. Elle n'avait pas anticipé que les passants seraient aussi réticents à indiquer leur chemin à deux motards. Et surtout, elle en avait assez de manger des sandwichs et de dormir dans des hôtels miteux. Elle s'en voulut de ne pas avoir prêté un peu plus attention à toutes ces innovations qui facilitaient tellement la vie.

Elle rattrapa de justesse sa tasse de café, heureusement vide, qui menaçait de valser au sol et la posa sur la table derrière eux.

— Je te propose qu'on adopte ma méthode.

Gwil renâcla.

— On ne va pas abandonner, on est peut-être tout près du but.

Céleste avait repris du poil de la bête. Se concentrer sur une enquête l'aidait à ne pas penser à celle dont elle faisait l'objet. Sillonner les routes désertes d'un département rural la gardait éloignée des médias nationaux et des manchettes de journaux. Pour la première fois, elle rêvait de road trip avec Marie et les filles, toutes les quatre dans un camping-car, dans une nature sauvage et belle et un pays qui ne déteste pas les policiers par principe.

Céleste avait pensé appeler Ithri pour lui demander conseil avant de renoncer, estimant que les bénéfices de cette sorte de retraite personnelle l'emportaient sur les inconvénients. Ça avait été comme un chemin spirituel. Mais elle en avait assez. Elle reprit, en tapant de l'index sur la carte :

— On exclut les gendarmeries des jeunes femmes qui ont déjà été identifiées mais on visite celles alentour. Les tueurs en série ne sont pas forcément des routards. Ils sortent rarement de leur zone de confort et opèrent dans un périmètre défini. Soazig Brieg à Questembert, Ophélie Sauvet à Piriac, Océane Lemonnier en Brière, c'est plutôt circonscrit. Je propose qu'on cherche en spirale autour de ces endroits. On pourra rentrer dormir chez nous et manger des crêpes.

Gwil gratta sa barbe naissante de la pointe de l'ongle, ce qui produisit un bruit de râpe à muscade.

— OK. Et si ça ne marche pas, on remplira les trous avec ma méthode ?

— Si ça ne marche pas, on avisera, répliqua Céleste. Et demain, on prend ma voiture.

Gwil lui lança un regard torve.

— On ne respire pas, en bagnole.

— Tu ouvriras la fenêtre.

Vendredi 18 octobre

Céleste

Redon
Gendarmerie

Ils firent le tour des gendarmeries de l'ouest des Pays de la Loire, puis remontèrent vers la Bretagne. Au bout de quatre jours, ça paya. À Redon, le militaire de l'accueil expliqua :

— Oui, absolument, on a eu un cas pareil. C'est moi qui m'en suis occupé. Si vous saviez à quel point j'étais désolé ! Le capitaine Carpentier, le chef de la brigade, n'a pas voulu transmettre au procureur. Une fille qui quitte son logement sans payer, qu'il m'a dit, tu crois qu'on va emmerder le magistrat avec ça ? À la réflexion, je comprends. Des gens qui disparaissent comme ça, il doit y en avoir des tas, à la ville. Dans les villages, c'est différent, parce qu'on se connaît. Mais ça, le capitaine Carpentier, il ne le saisit pas. Il vient de Marseille. Et pour être tout à fait honnête (le gendarme baissa la voix), je ne crois pas qu'il fasse beaucoup d'efforts. Pour lui, on est juste des bouseux.

Gwil approuvait, détendu, avec un seul objectif : pousser le collègue à rapporter les commérages. Céleste piaffait silencieusement. Première piste depuis des jours, éclaircie dans un océan de désappointement, et elle devait écouter patiemment un gendarme leur raconter ses déboires avec son supérieur ! Elle commença à tapoter le sol du bout de sa botte.

Parce que, oui, au bout de cinquante kilomètres, le teint de Gwil avait viré au gris et ils avaient dû rebrousser chemin pour reprendre sa moto. Céleste s'en voulait à mort de ne pas avoir récupéré sa BM, qui dormait dans le garage d'un de ses anciens collègues depuis un an. Et à présent il lui était strictement interdit d'entrer en contact avec lui. Elle se trouvait condamnée au rôle de passagère. Marie s'était moquée d'elle, l'accusant d'être une obsédée du contrôle et de ne jamais être contente. Elle avait refusé de chercher une solution pour faire rapatrier la BMW.

« Céleste, tu ne crois pas que tu es assez dans la merde comme ça ? Tu vas risquer une révocation de ton contrôle judiciaire simplement parce que tu veux être celle qui dirige, même une moto ? Tu as envie d'être en taule pendant l'instruction ? »

Évidemment, Marie avait raison. Si le juge apprenait qu'elle était en relation avec ses anciens collègues, il l'accuserait de collusion, de chercher à fabriquer une histoire qui l'innocenterait.

Le gendarme de l'accueil conclut :

— Mme Bodurier, la logeuse, a emballé les affaires de la petite Carine et le curé a proposé de les conserver au presbytère. Pour quand elle reviendra, vous comprenez. On est sûrs qu'elle n'a pas tout quitté pour un problème de loyer. Mme Bodurier touche directement l'aide de la CAF et puis, elle n'est pas à ça près. Elle l'aurait gardée pour rien, Carine, m'a-t-elle dit, quand elle est venue déclarer sa disparition. Elle veut juste qu'on la retrouve, parce que c'est une bonne petite et que personne ne s'explique qu'elle soit partie. Surtout qu'elle allait devenir maman.

— Carine Tervier ? Oui, je la connais. Elle n'est pas là en ce moment, dit le prêtre.

— Elle a disparu, nous sommes au courant, répondit Gwil. Nous aimerions en parler avec vous.

Le presbytère Saint-Sauveur était situé dans une maison bourgeoise du début du vingtième siècle, sa façade au crépi marronnasse égayée par des petits balcons aux rambardes blanches et des rosiers grimpants couverts de fleurs, malgré la saison avancée.

Le père Nicolas Esnaut était loin de l'idée qu'on se fait d'un curé de campagne. Des cheveux bruns mi-longs, un sweat gris, un jean et une paire de baskets ; il avait l'allure de M. Tout-le-Monde. Devant la carte de réserviste de Gwil, le prêtre observa :

— Mon père était gendarme, aussi.

— Oh, basé dans la région ?

— Oui, ici même. Enfin, les dernières années. On a vécu un peu partout en France, Mende, Sarlat, Gouret… Ça fait voir du pays, ce métier.

Le père Nicolas désigna une construction cubique et sans âme accolée au presbytère.

— C'est la salle Mériadec, expliqua-t-il. Nous y serons mieux pour discuter.

Céleste reconnut l'odeur à peine entrée. Il y avait un local semblable dans la paroisse de ses parents. Elle y allait tous les mercredis. Les gamins s'installaient autour d'une grande table recouverte d'une nappe. On y parlait des Évangiles. Le catéchisme avait longtemps correspondu, pour Céleste enfant, à des moments joyeux, une camaraderie simple d'école primaire et de collège, jusqu'à ce qu'on instille le doute dans son esprit. Une phrase de la première Épître à Timothée l'avait marquée. *La loi n'a pas été instituée pour le juste, mais pour [...] les impudiques, les homosexuels, les trafiquants d'hommes, les menteurs, les parjures, et pour tout ce qui s'oppose à la saine doctrine.* Ce jour-là, la jeune Céleste, que la proximité de ses amies troublait, avait perçu les yeux du curé posés sur elle, accusateurs. Elle avait eu peur de la colère de son Dieu et elle s'était sentie salie. Elle n'y était jamais retournée.

Le décor soigné de la salle Mériadec dissimulait une architecture sans âme et la médiocrité des matériaux utilisés. Céleste s'assit à côté de Gwil, le père Nicolas face à eux.

— Parlez-moi de Carine Tervier, demanda le gendarme.

— Elle avait une trentaine d'années, un peu plus peut-être, commença le prêtre. Une fille volontaire, décidée. D'ailleurs…

Sans terminer sa phrase, il se dirigea vers un panneau d'affichage. Il revint avec une photo qu'il fit glisser vers les deux enquêteurs.

— C'est Carine, à deux personnes de moi.

Le cliché montrait un groupe de paroissiens. Ce devait être le printemps ou l'été. Tout le monde portait un tee-shirt, deux des femmes étaient en robe. Souriante, Carine Tervier se tenait au bout de la rangée. Quelque chose dans son expression, son maintien, corroborait la description lapidaire du prêtre. Elle fixait l'objectif, le regard perçant derrière ses lunettes rondes. Cheveux bruns, mince, plutôt grande, la trentaine avancée…

— Vous la connaissiez bien ?

Le père Nicolas acquiesça.

— Elle participait beaucoup à la vie de la paroisse et, plus généralement, à celle de la commune. Elle était engagée dans l'Église et était également bénévole au comité d'action contre la faim et pompier volontaire. On a monté une petite soupe populaire sous son impulsion. Il y a des gens qui ne mangent rien de chaud, l'hiver, vous savez.

— Elle vivait à Redon depuis longtemps ?

Il s'avéra que Carine Tervier était native de la ville, où, fille unique d'une mère dépressive et alcoolique, elle avait grandi sous l'œil attentif des services sociaux et des prédécesseurs du prêtre.

— Mme Bodurier m'a dit qu'elle avait nourri plus d'une fois la petite Carine, qui venait chez elle après l'école.

— Pourquoi est-elle restée ?

Le père Nicolas haussa les épaules.

— Il en faut, pour qu'on retire un enfant à ses parents. Sa mère ne la maltraitait pas, la gamine était propre, elle avait un toit… Aurait-elle été mieux en foyer ? Elle n'aurait pas eu plus d'affection. Ici, tout le monde la connaissait. Elle savait où aller quand elle avait faim.

Carine Tervier avait accompli toute sa scolarité à Redon, obtenant un CAP puis un BEP. Sa bonté et sa générosité en faisaient une jeune femme appréciée, toujours entourée d'amis. Pourtant, il n'y avait eu personne pour récupérer ses affaires.

Comme Céleste interrogeait le prêtre sur la raison pour laquelle il parlait d'elle au passé, ce dernier esquissa un geste d'impuissance. Il n'avait pas entièrement perdu espoir, non, mais elle avait disparu depuis si longtemps…

— Vous vous souvenez de la date exacte ?

— Laissez-moi quelques minutes…

Il chercha l'application calendrier de son iPhone.

— Voilà, dit-il. Le 20 novembre 2017, un lundi. Elle n'est pas venue à une réunion du comité, ce qui ne lui ressemblait pas. Elle arrivait toujours en avance et, sinon, elle prévenait. Avec la présidente, nous avons tenté de la joindre, sans succès. Nous sommes allés frapper à sa porte, en vain. Nous avons fait appel aux pompiers pour qu'ils ouvrent.

— Une raison particulière ?

— Elle était enceinte et elle faisait du diabète gestationnel.

— Ça n'était pas un secret ?

Le père Nicolas eut l'air franchement surpris.

— Non, pourquoi voulez-vous que ce soit le cas ?

— Elle n'était pas mariée.

Un sourire taquin éclaira le visage du prêtre.

— Des tas de personnes ont des enfants sans être mariés, vous ne pouvez pas l'ignorer. Et elles ne le cachent pas forcément à leur curé.

— Un petit ami ? Lesbienne ?

Céleste avait posé sa question par défi. Il l'agaçait, ce prêtre, avec son air de premier de la classe et ses leçons de bienveillance. Elle savait que la tolérance ne tenait jamais longtemps, avec le clergé. Le religieux la prit de court :

— Rien de tout ça. Je pense qu'elle n'était tout simplement pas… pas intéressée.

— Ou qu'elle préférait vous le cacher. La position de l'Église est assez claire à ce sujet.

Le père Nicolas entrelaça ses doigts et se pencha vers Céleste, par-dessus la table. Son visage se décentrait lorsqu'il parlait, comme si seuls les muscles de la joue gauche se contractaient, tirant vers eux la bouche et le nez. Cela lui donnait un air mutin.

— Vous avez peut-être eu une mauvaise expérience à ce sujet, concéda-t-il d'une voix douce, même dans l'Église nous ne sommes pas parfaits. Mais nous ne fonctionnons pas ainsi, ici. Nous ne jugeons pas. Chacun fait comme il peut. Je peux vous certifier que Carine n'était pas intéressée par le fait d'avoir un petit ami ou une petite amie ni par les relations sexuelles. Nous avons également parlé de sa vocation, plus jeune, à rejoindre les ordres. Ça lui aurait peut-être convenu, à un détail près.

Céleste était trop occupée à ne pas croire les paroles lénifiantes du curé, aussi ce fut Gwil qui s'enquit :

— Quel était-il ?

— Son désir d'enfant. Carine faisait partie de ces femmes qui ne peuvent concevoir de vivre hors de la maternité. Il ne s'agissait en rien d'un désir pathologique. Elle a toujours aimé donner. Devenir mère représentait pour elle une forme ultime de don de soi.

Cependant, elle n'aspirait pas à trouver un compagnon. Nous avons beaucoup discuté à ce sujet. Nous n'étions pas d'accord, évidemment, mais je respectais sa position. Elle voulait un enfant à elle, qu'elle aurait porté.

La réponse de Gwil fusa :

— On peut être parent sans avoir porté l'enfant.

— C'est ce que je lui ai objecté. Les hommes ne portent pas les enfants, pourtant, ils sont parents, eux aussi. Mais elle ne voulait pas écouter. Elle souhaitait un enfant qui soit d'elle, qui sorte de son ventre. Ça n'aurait pas été pareil, une adoption.

En effet, ce n'était pas pareil. Céleste le voyait dans le regard de Marie chaque fois qu'elle enlaçait leurs filles, cette sensualité de louve qui protège ses petits. Elle l'entendait dans la voix de Marie lorsqu'elles se disputaient au sujet de l'éducation d'Emma et de Clémence. « *Mes* filles », laissait-elle souvent échapper. Céleste le ressentait toujours comme une douloureuse attaque contre elle, son corps stérile, ses seins secs. *Mes* filles. Emma et Clémence qui prenaient le parti de leur mère. Et Marie, qui avait le dernier mot.

— Comment est-elle tombée enceinte ? demanda-t-elle. En tant que femme seule, elle ne pouvait pas prétendre à l'insémination artificielle. Elle est allée à l'étranger ?

— Non, non. Elle n'en avait pas les moyens.

— Alors elle… elle a trouvé quelqu'un ? Ce n'est pas la Vierge Marie, tout de même.

Le père Nicolas rougit délicatement. Il se leva et remplit d'eau une bouilloire électrique.

— Je ne sais pas. Je fais du thé, vous en voulez ?

Sans attendre de réponse, il rapporta trois grandes tasses et une boîte dans laquelle des sachets étaient disposés, revint avec la bouilloire fumante. Ses joues avaient repris leur couleur normale.

Céleste allait insister ; Gwil lui fit signe que non.

— Le gendarme nous a dit que vous aviez conservé ses effets personnels au presbytère, vous nous permettez d'y accéder ?

Pour la première fois, le prêtre sembla suspicieux.

— Vous n'êtes pas censés avoir un mandat ou quelque chose de ce genre ?

— Si. Mais ça va prendre des jours et on n'a pas de temps.

— Ça fait deux ans qu'elle n'est plus là, qu'est-ce que ça change ?

— Elle n'est pas la seule, dit Céleste. Nous avons constaté la disparition d'autres femmes enceintes et célibataires.

Pour la première fois, le prêtre abandonna son air tranquille. Sans un mot de plus, il les mena à une réserve. Parmi tout un bazar liturgique se trouvaient quelques boîtes empilées.

— Tout est là. Toute la vie de Carine dans six cartons. Elle vivait de manière très simple, vous voyez. J'ai été étonné qu'il y en ait si peu, mais Mme Bodurier m'a rappelé que Carine n'avait jamais connu l'abondance. Et elle donnait beaucoup. Pas seulement de son temps. Son argent, aussi. Elle ne devait pas en garder beaucoup pour elle.

Céleste se détourna tandis que Gwil discutait avec le prêtre. Quelque chose chez ce dernier la dérangeait et elle ne se sentait guère capable de le cacher. C'était l'âge. Plus elle vieillissait, moins elle parvenait à dissimuler le fond de sa pensée. D'après Marie, la coupe était pleine et il était temps de se laisser aller à exprimer ses émotions. La bonne blague.

Céleste trancha d'un coup de couteau le gros ruban de scotch qui fermait le carton devant elle. Des vêtements, trois jeans à divers stades d'usure, trois tee-shirts à manches courtes, trois à manches longues et trois pulls tricotés à la main, dont la qualité détonnait avec le reste. Probablement le cadeau d'une bonne âme du village. Quelques slips et soutiens-gorge en coton. 85 bonnet A, pas d'armatures ni de push-up. Une robe d'été à fleurs, et trois paires de souliers. À peu de chose près, ça aurait pu être sa garde-robe si Marie ne se mêlait pas de lui acheter de nouvelles chemises ou des culottes en dentelle.

Céleste fouilla les poches des jeans, s'assura que l'intérieur des chaussures était vide. Puis elle passa au carton suivant. Des livres. Céleste vérifia chacun d'eux. Elle n'y découvrit ni inscription suspecte ni papier caché entre deux pages.

Gwil et le père Nicolas parlaient à voix basse sans s'occuper d'elle.

Dans le troisième carton se trouvaient les papiers administratifs de Carine et ses relevés bancaires. La cuisse douloureuse, Céleste s'assit par terre, les jambes allongées, un classeur sur les genoux. Bien que Carine Tervier ne gagnât pas beaucoup d'argent, elle effectuait au moins dix virements automatiques sur le compte d'associations caritatives. Tous les mois, la jeune femme épargnait sur un livret, dont le solde s'élevait à 29 200 euros. Une fois le loyer, l'électricité et l'assurance payés, il ne lui restait pas grand-chose. Les seules dépenses étaient au Super U local.

C'est dans le quatrième carton qu'elle trouva son bonheur, ou plutôt de quoi raviver son espoir : dans une enveloppe renforcée expédiée par un atelier de réparation électronique, et adressée à Carine Tervier, elle découvrit un ordinateur portable.

Le père Nicolas confirma que la machine avait été réceptionnée après la disparition de Carine. Personne n'avait eu l'idée de s'en servir pour essayer de repérer la jeune femme. Comment auraient-ils pu faire, d'ailleurs ? Il accepta volontiers de le leur confier, contre la promesse de le rendre, au cas où Carine serait retrouvée vivante. Sa voix se brisa à cette évocation et il prétexta la tenue d'une réunion du groupe d'études bibliques pour poliment prendre congé des deux enquêteurs.

Ces derniers ne s'éternisèrent pas non plus. Malgré la pluie, ils foncèrent chez Gwil. Le retour fut pénible. À la sensation de liberté avait succédé la claustrophobie, visière baissée et couverte de buée, paysages plombés et murs d'eau.

L'ordinateur trônait à présent sur la table de la salle à manger. Gwil et Céleste, ayant décidé qu'il valait mieux laisser quelqu'un qui s'y connaissait fouiller le ventre de la machine, avaient appelé Ithri. Ce dernier avait demandé à Céleste de patienter, coupant le son de son micro pendant plusieurs secondes. Céleste aurait juré avoir entendu la voix de Flora, au phrasé si particulier. Ithri avait repris l'appel dans un silence total pour proposer de les retrouver chez Gwil, vingt minutes plus tard.

Céleste avait reposé son téléphone avec perplexité. Ithri lui avait parlé de quelqu'un qu'il voyait depuis quelques mois, était-il chez cette personne ? Elle s'en voulut de ne pas avoir accordé plus d'attention aux confidences de son adjoint, de s'être laissé enfermer dans son appréhension, de s'être elle-même placée en retrait, centrée sur ses problèmes, à l'écart de la vie des autres.

Ithri

Parc naturel régional de Brière
Île du Combattant

— Tu dois partir ?

Ithri repoussa sa chaise.

— J'en ai pour quelques heures. Je serai là pour le dîner. Peux-tu prévenir Victoire ?

Flora avait l'air déçue, bien qu'elle fasse des efforts surhumains pour le cacher. Ithri se sentait désolé. Il ne voulait surtout pas lui faire de peine, mais Céleste, qui venait de l'appeler, comptait vraiment sur lui.

— Écoute, tu peux t'entraîner pendant ce temps-là. Tu t'enregistres sur ces trois sites, puis tu suis leurs indications, et quand je reviens on verra si tu as réussi.

Retourné à la Brillantine pour souffler un peu après une dispute monumentale avec sa mère et en l'absence de Pauline, en déplacement professionnel, Ithri avait été accaparé par Flora. La jeune fille avait insisté pour qu'il lui apprenne à se servir « en toute autonomie » d'un ordinateur. Victoire avait trouvé l'idée formidable et conseillé à Ithri de lui montrer comment chercher une recette de cuisine sur des sites de pâtisserie, en particulier ceux qui proposaient des cours vidéo de CAP.

C'était difficile pour Flora. Elle avait recopié avec application la procédure expliquée par Ithri et se mettait en colère dès que le site Internet qu'elle consultait y dérogeait. En revanche, sitôt qu'elle réussissait, elle adressait à Ithri des œillades confondantes. La première fois, elle avait poussé un hurlement qui avait fait accourir Victoire. Ils en avaient bien ri tous les trois. Flora s'était jetée dans les bras du jeune policier en le remerciant.

Ithri avait compris qu'elle cherchait à retrouver son père. Il s'abstenait de l'aider directement, en toute hypocrisie. En réalité, il lui confiait les outils pour qu'elle puisse, demain, dans un mois, dans dix ans, accéder aux informations nécessaires, au nom du principe de l'autodétermination des individus et du droit de chacun à connaître ses origines. Il ne voulait pas admettre qu'il était devenu accro à la gratitude. Celle de Victoire, qui le valorisait pour le travail réalisé avec Flora, et celle de la jeune fille, qui lui donnait le sentiment d'être utile. D'être important. D'être décisif.

Il ne pensait pas à mal.

L'enfer est pavé de bonnes intentions.

Céleste

Parc naturel régional de Brière
Île du Combattant

Lorsque Ithri se présenta chez Gwil, Céleste resta un instant perplexe. Quelque chose avait changé. Avait-il réellement tardé à l'embrasser sur les deux joues pour la saluer ? Elle se réfugia de l'autre côté de la table et désigna l'ordinateur pendant que Gwil allait chercher des biscuits et préparer des tisanes.

Ithri l'informa des derniers développements de l'enquête. Bernard Béchu se trouvait en détention provisoire. L'extraction de l'ADN des fœtus posait des problèmes en l'absence de méthode fiable : personne ne savait déplastiner, dans les laboratoires de la police scientifique. Selon un technicien, une équipe de chercheurs chiliens travaillait là-dessus, ce qui signifiait qu'il faudrait pas mal attendre avant d'obtenir des réponses.

Ithri parlait sans regarder Céleste.

— On n'a pas identifié le ou les pères, alors ?

— Non.

— Et au service, comment ça se passe ?

Le jeune homme grimaça.

— J'ai posé des congés. Je suis à la Brillantine depuis deux jours, j'apprends à Flora des trucs sur Internet. Victoire est ravie. Tu as des nouvelles de ton audition ?

Réponse laconique, changement de sujet. Céleste ne s'était pas trompée. Sa sensation de malaise revint au galop. Ses tripes lui envoyaient des signaux d'alerte. Mais sur quoi ?

— Flora… Flora de la Brillantine ?

La question était stupide. Ils n'avaient qu'une Flora en commun. Ithri était-il tombé amoureux de la jeune fille ? Flora ne faisant pas partie de l'enquête, Ithri n'était pas contraint à la réserve déontologique.

À cet instant, Céleste envia l'extraversion de Gwil, ses questions, mêmes indiscrètes, même inconvenantes. Il en savait probablement plus sur Ithri qu'elle n'en avait appris sur lui en plusieurs mois de travail commun. Non qu'elle soit indifférente, mais dans son métier elle passait suffisamment de temps à tirer les vers du nez des autres pour ne pas avoir envie d'appliquer la même méthode à son entourage. Conséquence, elle n'avait aucune idée de la vie personnelle de son adjoint. L'idée qu'il se soit amouraché de Flora lui paraissait inconcevable, sans qu'elle sache pourquoi. À cause du retard intellectuel de la jeune femme ? En contrepoids, elle était très jolie, émotionnellement riche, et appréciait la beauté de la vie. Oui, pourquoi Céleste trouvait-elle incongru qu'Ithri puisse s'éprendre de Flora alors que le contraire lui semblait évident ?

Gwil revint dans la pièce, la tirant de ses interrogations. Elle se rendit compte qu'Ithri avait allumé l'ordinateur de Carine. Concentré, il griffonnait des notes sur sa tablette. Le gendarme fit pivoter une chaise et s'installa à côté de lui, patientant. Ithri brancha un disque dur externe et finit par se redresser, pendant que les informations se dupliquaient.

— Écoute, mon garçon, commença Gwil, j'ai bien vu qu'elle avait un crush pour toi, la petite. C'est normal. Tu as presque son âge, tu es beau, tu es brillant et tu sais faire des tas de trucs qu'elle aimerait maîtriser.

Le rouge envahit le cou d'Ithri, son visage. Il ressemblait à un gamin qu'on sermonne, se dit Céleste.

— Je ne te reproche rien, je veux juste t'expliquer. D'une manière générale, les personnes trisomiques ont un rapport très affectif avec ceux qu'elles considèrent comme des mentors.

— Quel est le prob…

— Elle va s'attacher à toi. Elle a peut-être une trisomie légère, mais elle est trisomique, on ne peut pas le nier, Ithri. Elle est vulnérable. Elle ne sait pas mettre de distance. Elle est entière. Elle aime de tout son cœur. Et son cœur, tu vas forcément le briser… Je sais, je sais, ce n'est pas ce que tu souhaites. Tu es amoureux d'elle ?

— Non, pas du tout. Je suis plus comme… comme un grand frère.

— Toi, tu la vois comme une petite sœur, mais elle ? Tes sœurs sont plus âgées ? (Ithri hocha la tête.) Je ne veux pas faire de psy à deux balles, mais je suppose que rien de ce que fait le petit dernier n'impressionne les autres ?

— Elles ont toujours été adorables avec moi ! protesta Ithri.

Puis il finit par en convenir :

— Non, je ne les épate pas.

— Je comprends, mon garçon. On a tous envie d'être le héros de quelqu'un.

Gwil se releva, écrasant Ithri de sa haute stature. Il retourna s'asseoir un peu plus loin.

— Tous les messages que tu reçois depuis que tu es arrivé, c'est Flora ?

Céleste regarda Gwil avec surprise. Comment le savait-il ?

— Son téléphone n'arrête pas de s'allumer et de s'éteindre avec des notifications toutes les cinq minutes, fit l'ex-gendarme en se tournant vers elle. Parfois, reprit-il à l'intention d'Ithri, ça peut aller super vite et le jeune trisomique fait une fixette sur son mentor. Même si tu ne cherches pas à lui faire de mal ou à la manipuler, ce n'est pas bon pour Flora. Elle est comme une éponge, elle voit le monde avec tes yeux, elle se met à agir comme elle pense que tu veux qu'elle agisse… C'est elle qui t'a demandé de revenir à la Brillantine ?

Ithri était très pâle.

— Oui.

— Antoine m'a confié qu'il trouvait Flora bizarre depuis quelque temps, qu'il avait l'impression qu'elle lui cachait quelque chose… Je comprends, maintenant. Tu n'as pas…

— Non ! s'écria Ithri. Je te l'ai dit, je la considère comme une petite sœur.

Finalement, il lâcha :

— Je suis d'accord avec toi. Je sens bien, moi aussi, qu'elle s'est accrochée d'une manière qui n'est pas saine. Je comptais lui annoncer que j'avais une copine, mais je n'ai pas réussi à le glisser dans la conversation.

— Parfait, répondit Gwil. Je vais réfléchir à un plan d'action. Et nous, on a besoin que tu extraies ce que tu peux de cette machine.

Gwil raconta qu'ils avaient écumé les gendarmeries de Vendée et du Morbihan à la recherche de disparitions de femmes enceintes qui n'auraient pas été officiellement signalées.

— Vous avez conscience que ce que vous faites ne pourra jamais entrer en procédure ? s'exclama Ithri, incrédule. Vous êtes des officiers de police judiciaire confirmés tous les deux, pas des perdreaux de l'année…

Il avait l'air vraiment choqué.

— Ce n'est pas comme si on avait d'autres pistes, objecta Céleste. Blimmet s'entête à vouloir démontrer la culpabilité de Béchu. Pendant ce temps, il néglige tout ce qui ne colle pas, et le meurtrier court toujours. On cherche juste à l'empêcher de nuire, Ithri. Et tu peux nous aider. Cet ordinateur ne rentre dans aucune procédure, et Carine n'a pas officiellement disparu de manière inquiétante. En revanche, il peut nous mettre sur une piste. Nous dire pourquoi Carine Tervier et les autres ont été choisies, parmi toutes les femmes enceintes célibataires.

Ithri ne réclama pas plus d'explications. Il remonta ses manches et le monde autour de lui s'évanouit. Il travaillait vite, concentré. Gwil fit signe à Céleste de le suivre jusque dans la cuisine. Il ouvrit le réfrigérateur, en sortit un saladier rose fuchsia.

— Tu aimes la mousse au chocolat ?

Deux tasses plus tard, les deux enquêteurs regagnèrent la salle à manger. Gwil proposa une tasse de mousse à Ithri, qui refusa d'un geste.

— Tu as trouvé quelque chose ?

— Beaucoup et pas grand-chose. Je suggère qu'on se partage le travail. Je viens d'envoyer son historique Facebook à Céleste. Tout ce qu'elle a posté, reçu, les groupes auxquels elle a participé, son Messenger, tout.

— Facebook, le meilleur allié du policier, persifla Céleste.

Puis, devant l'air décontenancé de Gwil, elle ajouta :

— Si les utilisateurs savaient à quel point ces réseaux sociaux sont des mines d'informations sur leur vie privée, ils apprendraient peut-être à s'en servir.

— Ce que tu as fait ?

— Je ne suis sur aucun réseau, précisa Céleste. Au cas où tu voudrais m'inviter, ne te fatigue pas. Ithri est venu instruire mes filles et ma femme à ce sujet. Ça lui a pris une journée, mais je crois qu'elles sont un peu plus prudentes.

— Gwil, dit Ithri, je te laisse décortiquer ses e-mails, je les ai triés par contact pour que ça aille plus vite. Quant à moi, je m'occuperai de son historique de navigation et de recherches Internet. J'ai aussi lancé une copie de ses documents stockés dans le cloud pour pouvoir y accéder depuis chez moi… J'ai sauvegardé une partie de son ordinateur en ligne, si tu préfères, précisa-t-il devant le regard vide de Gwil.

Samedi 19 octobre

Marie

La Chapelle-sur-Erdre

Quarante-huit heures de garde. En rentrant chez elle, Marie n'aspirait qu'à plonger ses pieds dans une bassine d'eau froide et à enfiler un pyjama en pilou. Si seulement elle en avait un ! Le calme de la maison ne l'inquiétait pas. Depuis quelques mois, quelques années peut-être, les trois femmes de sa vie passaient de moins en moins de temps ensemble. La faute à tout un tas de choses, les réseaux sociaux, la taille de la demeure qui autorisait chacune à disposer de sa pièce personnelle, à Céleste et Emma, qui étaient secrètes et silencieuses. La faute au temps qui passe et qui fait grandir les enfants.

Elle était lasse. Elle avait envie d'un verre et d'un câlin, ce qui n'était pas trop demander pour un samedi soir.

Il y avait de la lumière dans le couloir, provenant du bureau de Céleste. Sa femme et sa fille aînée étaient assises côte à côte, les yeux rivés sur un écran d'ordinateur. Plus étonnant, leurs chuchotements de connivence. Cela faisait longtemps, pourtant, que ces deux-là avaient perdu toute complicité, au grand dam de Marie, pour qui l'harmonie était une quête perpétuelle.

— Bonsoir, vous deux ! lança-t-elle en s'appuyant au chambranle. Quels troubles fomentez-vous ?

Il fallut qu'elle frappe sur le mur pour que les deux en question daignent lever un œil. Emma montra quelque chose du doigt à Céleste, qui glapit :

— Et de trois !

Ce qui mit la puce à l'oreille de Marie. Céleste tonnait, tempêtait, murmurait, aboyait, gémissait, mais jamais elle ne glapissait.

— Que se passe-t-il ?

Emma désigna Céleste, la bouche close, un sourire mystérieux flottant sur ses lèvres. Toujours silencieuse, elle se leva, contourna sa mère biologique et lui planta un baiser sur la joue.

— Elle t'expliquera. Bonsoir, maman.

Et elle quitta la pièce.

— Marie, il faut que tu voies ça ! Je ne savais pas que ça existait, mais je suis sûre que toi, oui.

Sur l'ordinateur s'affichait un site Internet dont le titre sauta aux yeux de Marie :

Un projet d'enfant ? Choisissez un géniteur.

Suivi de deux encadrés où préciser une ville et une distance.

Marie se sentit toute molle. Céleste avait toujours refusé avec énergie de porter un enfant. Avait-elle changé d'avis ? Elles avaient dépassé l'âge de procréer toutes les deux. Et pourquoi impliquer Emma ? Depuis quand Céleste demandait-elle son opinion à leur fille avant de lui en parler à elle ? Elle dévisagea son épouse pendant près d'une minute, attendant des explications, en vain.

Céleste partagea son écran en deux. Sur une moitié, un groupe Facebook intitulé *Insémination artisanale ou naturelle*. Groupe privé, était-il indiqué. Marie comprit que Céleste avait postulé pour en faire partie et avait été acceptée. Elle ne parvenait pas à reprendre le contrôle de son esprit. Ce n'était pas de la panique – si, en fait, peut-être un peu.

Enfin, Céleste se tourna vers elle.

— Mes victimes, dit-elle. Elles étaient inscrites sur ce groupe.

Elle lui adressa un clin d'œil.

— Tu croyais que j'allais te demander un troisième ?

Elle avait fait exprès ! La main de Céleste sur son genou, c'était tellement agréable, c'était chaud. Libérée du poids de son inquiétude, Marie se focalisa sur la découverte qu'avaient faite sa femme et sa fille.

Bébé naturel, 47 ans

Donneur naturel

Se déplace Hauts-de-Seine/Saint-Cloud

Célibataire, groupe sanguin B+, bonne tension (12/7), OK pour prise de sang afin de faire toutes les analyses nécessaires que vous souhaiterez et que mon médecin me prescrira (hépatites B et C, VIH, chlamydia, syphilis… etc.).

1 m 70, brun, yeux marron, 80 kg, activité physique régulière, alimentation équilibrée, non-fumeur, je ne consomme ni alcool ni drogue.

J'aimerais aider une femme seule ou un couple de femmes à avoir un enfant car j'aime rendre service, être utile et rendre les autres heureux.

Si vous souhaitez m'envoyer des photos de votre futur bébé et garder contact avec moi, j'en serais très heureux.

melokitty, 25 ans/nouvelle

Méthode naturelle ou semi-naturelle

Couple lesbien

Loiret/Orléans

Couple recherche donneur dans le Loiret ou région Centre pour donner la vie à une petite merveille.

auxquatrevents, 43 ans

Donneur naturel

Se déplace Paris

Bonjour. Brun, yeux marron sans problèmes médicaux, bien équilibré, je me mets à la disposition d'une femme ou d'un couple qui voudraient un enfant. Méthode naturelle de préférence après concertation avec la future mère ou les futurs parents.

Paris et région parisienne.

Photo sur demande et tests si intéressée.

Et ainsi de suite pendant des pages et des pages.

— De quoi s'agit-il ?

— Toutes les victimes étaient inscrites sur ce site. Ainsi qu'à ce groupe Facebook, ajouta Céleste en désignant l'autre moitié de son écran.

— Comment t'en es-tu rendu compte ?

Céleste expliqua à Marie la rencontre avec le père Nicolas et l'ordinateur providentiellement envoyé en réparation avant la disparition de sa propriétaire.

Être assise ici, juste à côté d'elle sa femme, réjouissait Marie. Elle n'avait pas vu cet éclat dans les yeux de Céleste depuis trop longtemps.

— Ithri a récupéré les données personnelles Facebook de cette jeune femme, Carine Tervier. Elle n'avait pas d'attaches familiales, personne qui puisse déclarer sa disparition.

— Et son employeur ? Tu m'as dit qu'ils pouvaient s'en charger.

— Elle était au chômage, et enceinte. Pôle Emploi s'est contenté de lui envoyer des courriers, puis de la radier.

Emma leur souhaita bonne nuit. Ses mères l'écoutèrent monter l'escalier d'un pas léger, entendirent la porte de sa chambre se refermer.

— Carine Tervier faisait partie de cent deux groupes. Cuisine, lecture, prière… Emma m'a permis d'utiliser son compte pour intégrer les groupes privés. Jusqu'à ce que je comprenne que mes victimes avaient en commun d'être inscrites sur des sites de mise en relation de donneurs de sperme et de personnes qui veulent un enfant.

— Le Tinder de la grossesse, autrement dit. Tu penses que ton tueur piège ses proies sur ces sites ?

— C'est la première piste solide qu'on ait. Une chance qu'elles n'aient pas eu recours à un pseudonyme sur leur profil Facebook… Tu connais le phénomène ? Pourquoi font-elles ça ? C'est tellement dégradant.

La question des enfants avait toujours été un sujet brûlant entre elles. Marie n'avait jamais conçu sa vie sans, Céleste n'avait jamais envisagé la sienne avec. Pour elle, être lesbienne la plaçait dans la catégorie des adultes sans enfants. Au contraire, pour Marie, qui était médecin, utiliser les connaissances acquises par l'humanité allait de soi. Pourquoi aurait-il fallu qu'elle se résolve à un rapport sexuel qui lui répugnait profondément (en réalité plusieurs, il n'y a que les grossesses non voulues qui marchent au premier coup) alors que les avancées de la science et de la technique lui permettaient d'assouvir son souhait sans plus de violence que nécessaire ?

Marie n'était jamais parvenue à faire comprendre son désir d'enfant à Céleste. Ce sentiment d'incomplétude. La poigne invisible qui lui enserrait les tripes et la tirait vers le monde de la maternité. Ça avait été une exigence constante depuis son adolescence et Marie, bien qu'elle ne l'ait jamais avoué à quiconque, aurait été capable, en d'autres temps, dans d'autres lieux, d'épouser un homme pour y répondre. Par chance, elle vivait à la bonne époque et au bon endroit, celui où son orientation sexuelle était respectée, où elle avait pu étudier et devenir une femme indépendante libre de ses choix, de ses décisions, de ses convictions – et de sa nature. Avec moins d'argent, moins d'autonomie, dépourvue du soutien de sa compagne, de sa famille ou de ses amis pour apporter à cet enfant suffisamment de repères, elle aurait sans doute pu, elle aussi, faire appel à ces dons.

Céleste, elle, ne pouvait pas envisager la moindre intimité physique avec un homme – et son viol n'avait fait qu'empirer les choses. C'est pourquoi Marie répondit simplement aux interrogations sincères de son épouse :

— Tant que l'insémination artificielle sera refusée aux lesbiennes et aux femmes célibataires, la loi sera contournée. Tout le monde n'a pas, comme nous, les moyens d'aller à l'étranger et de dépenser 5 ou 10 000 euros pour une insémination artificielle. Le don artisanal ne coûte rien, même s'il est interdit.

— Seuls les centres agréés sont autorisés à manipuler du sperme, assena Céleste. Pas les personnes privées.

Marie éclata de rire.

— J'adore quand tu parles comme un politique coincé. Allons, ça a toujours existé, les femmes qui n'arrivaient pas à avoir d'enfant avec leur mari et à qui on suggérait de prendre un amant. C'est juste la version 2.0. Pas de quoi en faire une histoire.

— Et si c'était la cause des meurtres ?

Céleste raconta à Marie le conte du Barbe-Bleue breton, qui décapitait ses épouses dès qu'elles étaient enceintes, pour ne pas courir le risque d'être tué par son propre fils.

— Un homme qui choisit ses victimes parmi les femmes qu'il insémine ? Quelles pourraient être ses motivations ?

— Collectionner la chair de sa chair ? C'est morbide, mais pourquoi pas ?

— Un artiste fou ? La création ultime ?

Cela rappela des souvenirs à Marie et elle en fit part à sa femme. Plus d'une décennie auparavant, un artiste nommé Habacuc aurait laissé mourir de faim un chien, attaché sans eau ni nourriture dans une salle d'exposition au Nicaragua. Pour attirer l'attention des autorités sur les millions de chiens errants dans son pays, avait-il dit. Des photos prises lors de l'exposition montrent un public indifférent au sort de l'animal. Peut-on tuer au nom de l'art ? Damien Hirst avait essuyé le feu des critiques après avoir exterminé plus de neuf mille papillons pour réaliser l'une de ses œuvres. Les Japonais avaient quant à eux élevé l'ikejime, la mise à mort des poissons, au rang d'art, même si l'objectif restait de les manger.

Ça ne servait à rien, de toute façon, elles n'étaient pas psy, et encore moins psychocriminologues. Elles pouvaient disserter à l'envi sur les motivations du tueur, avec pour résultat de multiplier les pistes.

Mais ça ne donnait pas de sens à l'ensemble.

Autant aller se coucher.

Dimanche 20 octobre

Céleste

La Chapelle-sur-Erdre

Le lendemain était un dimanche, jour que Marie, lorsqu'elle n'était pas de garde, consacrait à cuisiner, aussi Céleste ne fut-elle pas surprise de se réveiller baignant dans des senteurs appétissantes.

Elle s'était endormie tard, se tournant, et se retournant pendant des heures, se demandant en vain comment articuler tout ce qu'elle savait. La piste de l'insémination sauvage était, pour le moment, la plus prometteuse. Elle devait informer Gwil et Ithri de ce qu'elle avait découvert la veille et obtenir les données personnelles Facebook des autres victimes.

Puis la réalité la rattrapa, moche et terrifiante. Ce n'était plus son affaire. Elle n'était plus policière. Il se forma à l'intérieur d'elle comme un petit trou noir qui aspira toute la joie qu'elle aurait eue à se lever. Elle avait survécu à l'attaque de Ben Ayed, s'était reconstruite, réparée, et maintenant, ça. La déchéance au bout du chemin. L'anéantissement d'une carrière, et ensuite ? Heureusement, elle avait sa famille. Sa femme, ses filles.

Marie surgit dans la chambre à ce moment-là, deux tasses de café à la main. Elle portait une grande robe rouge qui s'accordait parfaitement avec son teint mat et ses cheveux bruns.

— Tu traînes encore à cette heure-ci ? Tiens, dit-elle en tendant son café à Céleste. J'ai fait des recherches.

Elle posa sa tasse sur la table de chevet et s'installa sur le lit, bien adossée aux oreillers, les chevilles croisées. Marie avait des chevilles magnifiques, fines et solides à la fois.

— Tu m'écoutes ? J'ai passé des coups de fil à la Maison de naissance. Les sages-femmes connaissent le phénomène. Elles appellent ça un don de sperme sauvage. D'après elles, ça touche non seulement les femmes seules et les lesbiennes, mais aussi des couples hétéros. Il n'y a pas assez de donneurs officiels et le délai de prise en charge est de dix-huit mois à deux ans. Certains essaient depuis longtemps et ne veulent pas attendre davantage, parfois à cause de la limite d'âge.

Céleste se remémora les discussions qui avaient préludé à l'insémination de Marie. Ça n'avait pas été si facile. Marie avait fait valoir qu'avoir des enfants coûtait beaucoup d'argent et imposait beaucoup de contraintes, alors qu'est-ce que ça changeait de commencer un peu plus tôt que les couples hétéros ? « Dans dix ans, disait-elle, on n'y pensera plus, sauf si on s'engueule. Si on s'engueule, on y pensera jusqu'à notre mort. Mais de toute façon je vais le faire. » Ça n'était pas un souvenir très plaisant, à la réflexion.

— Il y a des femmes pour qui c'est un choix militant. Elles ne trouvent pas normal de payer une clinique à l'étranger alors que chez nous ce service est remboursé aux épouses d'un homme. Certaines s'arrangent avec un couple de copains gay, comme par exemple Géraldine et Amélie, tu sais, qui sont coparentes avec Jérémie et Damien.

— Marie, ma chérie, j'apprécie ton enthousiasme, mais si c'est juste pour m'apprendre des choses que je connais déjà, il n'était pas nécessaire de me tirer du lit à l'aube. J'ai bien saisi que le don de sperme sauvage consiste pour certains hommes à donner leur sperme, en dehors de tout cadre officiel, à des femmes qui désirent un enfant. Ce que je voudrais comprendre, c'est : comment ça marche, une fois qu'ils se sont trouvés par l'intermédiaire d'Internet.

Marie enroula ses mains en coupe autour de sa tasse et souffla sur la vapeur qui en sortait.

— J'y venais. C'est assez glauque. Pour faire simple, il y a trois méthodes : l'insémination artisanale, la méthode semi-naturelle et la méthode naturelle. Pour la première, les femmes récupèrent un bocal de sperme frais et s'inséminent avec une pipette. Pour la méthode semi-naturelle, il n'y a pénétration qu'au moment de l'éjaculation. Quant à la méthode naturelle, elle suppose un rapport sexuel complet. Certains hommes l'imposent au dernier moment. C'est tellement long de trouver un donneur – surtout quand on exige que l'homme fournisse sa véritable identité et des tests à jour… Quand, au bout du processus, il annonce que c'est méthode naturelle ou rien, beaucoup de femmes cèdent. Si elles le vivent bien, elles disent que c'est un peu comme aller chez le gynéco. Désagréable, mais utile. La plupart trouvent ça dégradant.

Elle but une gorgée de café et fit glisser sa main jusqu'à celle de sa femme.

— C'est triste, en fait, fit remarquer Céleste à Marie tout en s'habillant. Tu imagines, toi, voir ta femme coucher avec un homme en sachant que ça vous répugne à toutes les deux, parce que c'est la seule solution pour avoir des enfants ?

— Il y a d'autres possibilités, Céleste.

— Tu trouves normal de devoir choisir entre un viol consenti, une tambouille d'arrière-cuisine ou raquer et partir à l'étranger ? Est-ce que nous sommes des citoyennes de seconde zone ? Des sous-couples ? Je n'aurais pas pu, Marie.

Marie se leva. Elle passa ses bras autour du cou de sa femme, rapprocha son visage du sien.

— On n'a pas eu à le faire, murmura-t-elle d'un ton apaisant. Mais s'il avait fallu, tu l'aurais fait. Tu aurais fait face. Comme toujours.

Céleste l'enlaça.

— Tu as tous les renseignements que tu souhaitais ? demanda Marie.

— Je crois que je saisis l'image globale. C'est assez simple, comme de vendre un truc sur Leboncoin.

Céleste s'était peut-être habillée trop tôt, en fait. Elle embrassa sa femme, la serra contre elle.

On frappa à la porte et, immédiatement après, Clémence fit irruption dans la chambre de ses mères. C'était tout à fait inhabituel.

— Les menaces de mort, c'est une infraction pénale ? demanda-t-elle d'un ton alarmé.

— Il faut vraiment être fille de flic pour utiliser ce vocabulaire, fit remarquer Marie en souriant.

Céleste, elle, n'avait pas envie de rire. Qu'on s'en prenne à elle était une chose, mais à sa famille…

— Qui t'a menacée ?

Clémence présenta son téléphone à ses mères.

— Tu peux faire défiler, ce sont des copies écran, précisa-t-elle.

Céleste lut à voix haute :

Sale fille de pute, ta mère est une chienne, on va t'égorger, pour qu'elle voit ce qu'elle a fait. Je vais te faire sortir les tripes et te les faire bouffer, salle chiene. On a retrouver ou t'habite on va te massacrer. On a ton adress on va venir chez toi.

— Mon Dieu ! Qui t'a envoyé ça, Clémence ? s'écria Marie.

— Je ne sais pas. J'ai fait une vidéo TikTok pour prendre ta défense et je me retrouve avec ça…

Clémence scrolla rapidement. Cette fois-ci, sur Twitter, un message de Fc Arouf, en réponse à @wshqlf : Le num de sa pote faites le monter en top com pour que tout le monde puisse le voir (on cherche son adresse restez a l'affut mdrr on dirais trop chuis un rappeur pouahaha), suivi d'une image au centre de laquelle s'étalait un numéro de téléphone portable. En fond, le compte Instagram de Carla, la meilleure amie de Clémence.

— C'est Carla qui m'a prévenue. Elle l'a signalé et elle a fermé son compte.

— Seigneur, souffla Marie.

Comme Céleste, Marie était confrontée chaque jour à la violence. Elle prenait des décisions difficiles, gardant son sang-froid, concentrée sur son objectif : sauver son patient. Elle ne paniquait jamais. Elle agissait. Mais là…

Céleste lui serra brièvement le bras, puis, parlant à Clémence :

— Nous allons déposer plainte. Est-ce qu'on peut trouver l'adresse de la maison par les réseaux sociaux ? (Clémence fit signe que non.) Ton numéro de téléphone ?

— Non. Sauf si on pirate mon compte.

— Change tes mots de passe immédiatement. Dis à ta sœur de faire pareil. J'appelle Ithri.

Céleste était beaucoup plus alarmée qu'elle ne voulait le laisser paraître. D'abord les insultes par téléphone, et à présent sa fille prise pour cible… La honte d'être la cause de tout ce remue-ménage la saisit ; elle refusa d'y céder.

— Je crois que ce serait plus prudent d'aller passer quelques jours ailleurs, dit-elle à Marie. Tu connais ton planning ? Une heure de route pour te rendre à ton travail, c'est possible pour toi ? Je vous emmène à la Brillantine.

Les vacances de la Toussaint n'attiraient pas les foules en Bretagne, et Céleste comprit pourquoi en contemplant le rideau de pluie qui voilait le pare-brise de sa voiture. Marie et elle étaient parties chacune de son côté. Céleste avait fait halte au commissariat avec Clémence pour déposer plainte. Elle avait veillé à ce que le juge de Bobigny soit informé, puis avait repris la route.

Elle était furieuse d'être obligée de se cacher. Si elle avait été seule, elle n'aurait pas bougé, mais elle ne pouvait pas mettre en danger Clémence, Emma ou Marie. D'autant plus que la violence des mots ne faisait, ces temps-ci, que précéder celle des actes.

De quels recours disposait-elle ? Dépossédée de ses pouvoirs de fonctionnaire de police, placée au ban de la société, elle était supposée patienter pendant que d'autres jouaient le match, décidant de son sort et de sa vie.

Et pourtant. Une petite voix, comme une Céleste sans indulgence perchée sur son épaule, la questionnait sans relâche. Pourquoi devrait-elle échapper à la cour d'assises ? Elle avait tué un homme. Certes, un déchet de la société, mais la loi le lui interdisait. Ne serait-il pas juste qu'elle réponde de son acte ?

Elle jeta un coup d'œil à Clémence, ses boucles brunes et sa peau mate, Clémence qui respirait l'innocence et la joie de vivre, qui savait profiter de l'instant et n'aspirait qu'à la stabilité. Clémence, maintenant recroquevillée sur le siège en cuir de la Porsche. Du bout des doigts, elle faisait tourner l'ourlet de sa manche.

Son cœur de maman se serra. Sa fille était si jolie, si parfaite, si fragile. « Je mesure toute l'horreur d'un pareil amour », disait Duras. Elle n'aurait pas cru possible de s'ouvrir à tant d'affection et à tant de souffrances en devenant mère.

L'appel d'Ithri la tira de ses soucis.

— Vous êtes en route pour la Brillantine ? Désolé, je ne pouvais pas te répondre.

Céleste introduisit le deuxième écouteur dans son oreille.

— Oui, je suis passée déposer plainte avec Clémence.

— J'ai une mauvaise nouvelle. Votre adresse. Elle n'a pas été doxée, mais ils ont diffusé le nom de la ville. Ça ne va pas être long avant qu'ils vous situent…

— Merde ! s'exclama Céleste, faisant tressaillir sa fille. Pardon, Clémence. Comment est-ce qu'ils nous ont trouvées ? Tout est au nom de Marie. Il n'existe aucun lien Evrard-Ibar, sauf à l'état civil. Tu crois que ça peut être un employé de la mairie ?

— Possible.

Céleste tendit le bras vers Clémence, lui caressa les cheveux, prit sa main. L'adolescente leva vers sa mère des yeux désolés. Elle s'en voulait, comprit Céleste aussi clairement que si elle lisait dans son esprit. Elle lui serra la main un peu plus fort pendant qu'Ithri lui expliquait comment avaient procédé ses harceleurs.

— Tu te googles, de temps en temps ? demanda-t-il.

— Non, pourquoi tu voudrais que je fasse ça ?

— Un type que tu as entendu dans le cadre d'une procédure de recel en 2017 t'a trouvée super pro, il a cité ton nom et ta brigade. Ensuite, il a suffi de tirer le fil. Pas besoin d'être un hacker russe. Tu n'as pas un physique passe-partout, même cagoulée. Et ton patronyme est également très inhabituel. Tu as fait les choux gras du *Journal de l'Ouest* avec ta précédente affaire, la mort d'Anne Arnotte[1]. On ne distingue pas ton visage,

1. Voir *Les Beaux Mensonges*.

mais ta stature, ta couleur de cheveux… En plus il n'y a pas beaucoup de femmes à la BRI ou à la PJ.

— Mes enfants, Ithri !

— Tu m'as parlé d'un témoignage sous X qui t'enfonçait, dans ton dossier d'agression. Tu ne crois pas que ça pourrait être une vengeance ou une tentative d'intimidation ? Quelqu'un que tu aurais sérieusement emmerdé.

Céleste avait abouti à la même conclusion.

— J'en fais chier toute la journée, des gens. C'est mon métier. Ça n'explique pas comment ils ont appris l'existence de mes filles et encore moins notre adresse… enfin, le village. Moi, j'ai juste un studio dans le XXe à Paris.

— Peut-être quelqu'un que tu connais. Qui connaît le lien entre Marie et toi.

— On en revient à l'état civil.

— Ça peut être personnel.

— Genre ma famille ou mes amis ? répliqua Céleste d'une voix amère.

— Ne flingue pas le messager.

— Désolée, Ithri, tu as raison.

— Si je cherche Clémence Evrard, je tombe sur son compte Instagram, où elle revendique deux mamans. On trouve des photos du championnat régional de nage avec palmes. Derrière, on distingue une pub pour un Super U avec une adresse. Ça m'a pris cinq minutes. Je continue de chercher pendant que je te parle et je vois que Marie a été parente d'élève déléguée de la classe de petite section de Mlle Poulain… Tu sais ce que je ferais ? J'appellerais tous les lycées des environs en me faisant passer pour toi.

— Les filles ne portent pas mon nom.

— Non, mais les autres l'ignorent. Tu dois être quelque part dans le système, si tu es tutrice légale. Et personne ne sait sur quel pied danser avec deux mamans. Sans compter qu'il suffit de mentionner la police pour que les gens se braquent ou se liquéfient.

— Bref, ce n'est pas compliqué…

— Exactement. C'est probablement mieux que vous soyez absentes cette semaine. Espérons que ça se tasse.

Et si leur adresse sortait ? Clémence avait doucement dégagé sa main de celle de sa mère et contemplait ses ongles. « Regarde la route ! avait envie de lui dire Céleste, tu vas être malade ! » Comme lorsqu'elle était petite. Quand les problèmes étaient petits. Quand tout était facile.

Céleste

Parc naturel régional de Brière
Saint-Joachim

Lily-Rose, 36 ans

Bonjour,

Je suis une femme de 36 ans, travaillant dans le milieu médical, de corpulence fine, stable, posée et indépendante financièrement. Je suis célibataire par choix, mais j'ai également une folle envie de donner la vie. C'est un projet mûrement réfléchi. Pas de coparentalité, je recherche de la discrétion, un homme avec test à jour, en bonne santé, plus d'informations lors d'un premier échange.

Céleste interrogea Gwil du regard, le doigt suspendu au-dessus de la touche « entrée ». Elle avait laissé Clémence et Flora en pleine préparation d'un tiramisu dans la cuisine de la Brillantine. Emma, contre toute attente, avait accueilli avec joie la proposition de vacances inopinées, et même la perspective de partager une chambre avec sa petite sœur n'avait pas assombri son humeur. Lorsque Céleste avait quitté la chaumière, elle parlait palette de couleurs avec Victoire. Marie avait décidé de braver la pluie et de faire à pied le tour de l'île. Céleste avait quant à elle rejoint Gwil chez lui. Ils avaient créé un faux profil Facebook sous le nom de Lily-Rose, et elle s'apprêtait à envoyer son annonce.

— Je peux le faire, si tu veux, proposa Gwil. Créer un profil Facebook avec une photo de femme que j'aurais piochée dans une banque de données, adhérer à ce groupe, recopier ton annonce et attendre qu'un des donneurs morde à l'hameçon…

Céleste refusa.

— Si on se fait prendre, je serai plus crédible que toi.

— On ne va pas se faire prendre. Tout le monde s'en fout, du don de sperme artisanal. Tout ce que tu risques, c'est qu'on te ferme ton compte.

— Je sais.

— Tu aurais vraiment été nulle comme agent infiltré.

Céleste tapa sur la touche « entrée ».

— On n'a plus qu'à attendre.

Gwil sortit de la poche de sa veste un téléphone Nokia vieux d'au moins dix ans, un emballage en plastique rigide et un couteau suisse.

— Tu t'es procuré un *burner* ! s'écria Céleste.

Gwil s'empêcha de rire. Si on l'écoutait, elle n'avait jamais traversé en dehors des clous. Il découpa l'emballage et en extirpa une carte plastifiée et un mode d'emploi.

— Ce portable traînait chez moi et j'ai acheté une Mobicarte Vacances à 14,99 euros. J'ai quatorze jours pour envoyer mes coordonnées et une copie de ma pièce d'identité. Pendant ce temps-là, tout le monde peut m'appeler sans que je sois identifié.

Le gendarme inséra la carte SIM dans le Nokia.

— D'habitude, les *burners* nous ralentissent dans nos enquêtes, mais celui-là, au contraire, va nous aider si l'un des donneurs veut te contacter directement.

Un *ping* annonça l'arrivée d'un message sur Messenger.

Bonjour, tu veux du sperme ?

Perceval44, dont l'image de profil montrait une Alpine. Céleste fit glisser son ordinateur vers Gwil.

— Prends la suite. Je sens que ça va être pénible, dit-elle.

Gwil répondit en gloussant, ses doigts frappant le clavier avec agilité.

Oui, je cherche un donneur.

Combien de dons ?

Aucune idée.

Une fois.

Tu ne donnes qu'une fois ?

Non, tout ce que tu veux, je te donne mon sperme dans un pot.

Céleste émit un râle silencieux, Gwil ricana.

OK. Et totalement gratuitement ?

Oui, gratuitement.

Tu es sur Nantes ?

Non, pas sur Nantes, mais je me déplace et, oui, j'ai beaucoup de sperme.

C'était tellement déprimant. En être réduite à scruter des photos de profil, à imaginer qui pouvait se trouver derrière et à tenir des conversations repoussantes avec des fiers-à-bras.

Je suis à Redon, tu te déplaces jusque-là ?

Redon ? C'est où, ça ?

Ille-et-Vilaine, à une heure de Nantes.

Ah non, c'est trop loin. Je vais à Nantes, Saint-Sébastien, jusqu'à Vigneux si tu veux, mais pas plus loin.

OK. Tant pis.

Gwil leva le pouce en signe de victoire et raya le nom de Perceval44 dans son carnet. Un tintement indiqua l'arrivée d'un nouveau message. L'émetteur ne faisait pas partie de la liste des donneurs entrés en contact avec les victimes du tueur. Gwil mit cette conversation en sourdine. Ils étaient convenus de se focaliser dans un premier temps sur les interlocuteurs communs aux trois femmes, soit cinq hommes, une fois éliminé Perceval44 : TimTam, Charles_le_Q, GeniteurBreton, Emmanescence et pa1997.

Parmi eux, espérait Céleste, se trouvait le meurtrier. En lisant les annonces, elle avait constaté que les donneurs étaient assez territoriaux ; les femmes étaient, quant à elle, prêtes à parcourir des centaines de kilomètres pour obtenir leur semence. En cela, leur assassin était différent des autres.

Un carillon. TimTam. Cette fois, Céleste répondit.

Tu cherches un donneur ?

Oui.

Tu cherches pas un père ? Moi, je donne et après on se parle plus.

Ça me va. Tu es où ?

Je me déplace.

Redon, ça va ?

Oui, je peux faire ça.

Combien d'enfants tu as eus ?

Je ne sais pas. On se parle plus, après.

Et tu as donné à combien de femmes ?

Alors que les échanges avaient jusque-là fusé, silence. Gwil et Céleste se figèrent. Céleste était-elle allée trop loin, trop vite ? Pourtant, si elle se glissait dans la peau d'une future mère, la question méritait d'être posée. Le gros inconvénient du don de sperme sauvage signifiait que les demi-frères et sœurs éventuels n'étaient pas identifiés. Un homme pouvait engendrer des centaines d'enfants. Quid de la consanguinité ?

C'est peut-être mieux qu'on se rencontre.

OK. Un café ? Demain ?

Demain, c'est pas possible, je te dirai. Tu as un numéro de téléphone ?

Céleste et Gwil échangèrent un regard de triomphe avant que la policière ne communique le numéro du *burner*. Puis le gendarme souligna dans son cahier le pseudo de leur premier contact. TimTam.

Pourtant, ce ne fut pas avec lui que Céleste décrocha son premier rendez-vous, mais avec pa1997.

Jeudi 24 octobre

Céleste

Guérande

C'est une erreur, ne cessait de se répéter Céleste.

La phrase tournait en boucle dans son esprit, alors qu'elle s'efforçait de ne pas regarder Marie. Elles étaient arrivées l'une après l'autre dans ce petit café à la devanture bleu layette. Céleste, entrée la première, occupait une table d'où elle pouvait observer les allées et venues des clients. Elle vit Marie s'avancer, belle comme une reine, en feignant de chercher quelqu'un, puis s'installer au beau milieu de la salle. Parfaitement à son aise, elle commanda un thé au citron, sortit une liseuse de son sac et se mit à bouquiner tranquillement.

Céleste s'inquiétait. Et si le tueur flairait le piège et s'en prenait à Marie ? Si elle ne parvenait pas à la protéger ? Elle balaya l'assemblée du regard. Pa1997 observait-il Marie à cet instant ? S'agissait-il du serveur ? Ou de cet homme, là, derrière, qui faisait semblant de lire le journal en sirotant son expresso ? Il était depuis dix minutes sur la même page. Qui prend dix minutes pour consulter un article ? L'homme enroula une écharpe autour de son cou, enfila un manteau camel et marcha vers la sortie. En passant devant Marie, il se pencha vers elle et lui glissa quelques mots. Sans regarder sa femme, Marie cligna de l'œil. Le salaud, pensa Céleste.

Puis pa1997 entra dans le café. Impossible de se méprendre. Quadragénaire, la bonne taille, un début d'embonpoint et de calvitie. Il resta planté sur le seuil, l'air stupéfait.

— Ça alors ! s'écria-t-il d'une voix forte. Marie Evrard !

Céleste eut l'impression qu'un seau de glaçons venait d'être renversé sur sa tête. Tout était fichu. L'homme se dirigea vers la table de Marie avant de s'y installer. Céleste observa l'expression de son épouse.

Celle-ci discutait tranquillement avec ce type qui la dévorait des yeux – une chance que leur enquête ait lieu en février et pas en plein été, quand elle arborait des décolletés plus affriolants que son pull ras de cou. Non que Céleste soit jalouse, simplement elle avait une conscience aiguë d'être mariée avec une femme belle et désirable.

La conversation dura une bonne demi-heure, au cours de laquelle Céleste tenta diverses manœuvres pour se rapprocher du couple. Aucune ne fonctionna. Jusqu'à ce que l'homme consulte sa montre, puis pianote sur son téléphone. Il se leva, embrassa Marie sur les deux joues et quitta l'établissement.

Moins d'une minute plus tard, le mobile de Céleste bourdonna. Gwil.

Pa1997 a envoyé txt à Lily-Rose disant il ne peut pas l'attendre + longtemps. Keski s'est passé ? Vous n'y êtes pas allées ?

— Ce n'est pas lui, dit Marie en sortant.

— Je m'en suis doutée quand il a crié ton nom.

Céleste et Marie s'engagèrent dans le dédale de rues pavées de la ville de Guérande.

— Mais c'était bien pa1997, reprit Marie.

— Ah bon ?

— Tu crois que j'aurais compromis ta première chance d'arrêter un meurtrier pour discuter le bout de gras avec un vieux collègue ?

Quand Céleste avait commencé sa rééducation, après son agression et les semaines d'hôpital qui avaient suivi, elle avait dû supporter l'intrusion de la psy, alors qu'elle n'avait aucune envie de parler de ce qu'elle avait vécu. Qui aurait pu comprendre qu'elle avait paniqué ? Jusqu'à quelle extrémité elle était allée pour sauver sa vie ? Personne. La psy ne s'était pas découragée et, semaine après semaine, avait martelé son discours. À son insu, certaines de ses paroles s'étaient infiltrées dans la carapace que Céleste s'employait à épaissir depuis des décennies. *Tes pensées ne sont que des pensées, elles ne reposent sur rien. Ce qui est réel, c'est la texture de ton drap d'hôpital, la chaleur de ma main si je te touche, le bruit du rire de ta fille quand elle vient te voir.* Pourquoi cette phrase revenait-elle à l'esprit de Céleste, si longtemps après ?

Elle s'arrêta de marcher.

— Il ne dit peut-être pas la vérité, objecta-t-elle.

— Est-ce que tu veux m'écouter ?

Céleste fit le geste de tirer une fermeture Éclair sur sa bouche.

— Il s'appelle Adam Duport. Il est médecin militaire. Je l'ai rencontré il y a quelques années, lorsqu'il était en stage hospitalier dans le cadre de sa préparation à une opex de six mois en Afghanistan. Je l'exclus, car il n'était pas en France aux dates qui t'intéressent. Oui, je les ai retenues. Il est célibataire, il ne veut pas être père, à cause de son métier, mais il a de bons gènes à transmettre.

— Jésus-Christ en personne, persifla Céleste.

— Juste un militaire, ma chérie.

Céleste heurta le trottoir du bout de sa chaussure.

— Bon, ça permet de rayer un nom.

En réalité, elle était soulagée que pa1997 ne soit pas leur mystérieux tueur – elle demanderait tout de même à Ithri de vérifier les dates de ses déplacements. Soulagée que Marie n'ait eu aucun danger à affronter. Elle aurait dû, elle, officier de police et épouse, réfléchir un peu plus, un peu mieux avant de céder à l'insistance de sa femme et d'accepter de l'exposer. C'était un avertissement à bon compte, et elle saurait le prendre en considération.

Elle se remit en marche, ralentit le pas pour s'adapter au rythme de Marie. La pluie cessa et un coin de ciel bleu apparut derrière le toit de la collégiale. Marie referma son parapluie et le secoua, projetant des gouttelettes dans toutes les directions. Elle était si près. Céleste n'avait qu'à se pencher pour sentir l'odeur familière, mélange de miel et de rose. Elle la connaissait par cœur. Depuis quand cette familiarité s'était-elle muée en banalité ? Depuis quand avait-elle oublié ce qui en faisait le prix : la patience, la confiance ? La familiarité donne parfois l'impression qu'elle durera toujours, et l'éternité devient moins précieuse que la fugacité. Alors on se retrouve à accorder plus d'importance à la mort d'une inconnue qu'à la vie de sa femme.

Ils trouveraient une autre façon d'appâter leur meurtrier. Marie ne serait plus leur chèvre, attachée toute la nuit à un piquet pour faire venir le loup.

Vendredi 25 octobre

Céleste

Parc naturel de Brière
Saint-Joachim

Gwil comprenait, évidemment – Gwil comprenait toujours, ce qui était paradoxalement un peu énervant. Il n'avait pas de solution à proposer, en revanche. Mélanie n'avait pas l'âge d'interpréter les femmes en mal de maternité et il doutait qu'elle juge l'idée amusante. Céleste n'avait pas révélé à son épouse qu'elle ne voulait plus qu'elle joue les appâts. Marie lui parlerait de matriarcat, lui reprocherait d'agir en macho, la singerait en homme de Néandertal traînant sa compagne hors de la caverne, alors qu'elle était une personne indépendante, forte et capable d'opérer ses propres choix, dont celui-ci. Marie aurait raison. Céleste prenait la décision à sa place.

Poursuivant un raisonnement intérieur, Gwil déclara :

— Tu serais le meilleur appât. Et avec tes cicatrices, le type en face pourra se dire que tu es désespérée.

Que tu ne trouves pas de mec. Après tout, on cherche seulement à les attirer, pas à les coincer pour don de sperme illégal.

Désespérée ? Céleste n'insista pas. Gwil proposa de l'affubler d'un postiche, ce qui ne l'amusa pas. Appelé à la rescousse, Ithri débarqua un peu plus tard avec la perruque auburn d'une de ses sœurs, un carré long à frange. Les cheveux dissimulaient partiellement les cicatrices du visage de Céleste et adoucissaient ses traits. Mélanie fit bientôt irruption, curieuse. Elle découvrit Céleste, qui se tenait comme une adolescente gauche, les pieds en dedans et les bras le long du corps.

— Tu peux la féminiser ? demanda Gwil.

— Le maquillage fait des miracles… commença Mélanie, qui s'interrompit net devant le coup d'œil foudroyant de Céleste. Ça dépend de ce que vous attendez.

— Disons, une vieille fille qui saisit la dernière possibilité d'être enceinte.

Ithri éclata de rire, Mélanie aussi. Gwil était ravi de son effet. Céleste se joignit à l'hilarité générale. C'était chaud, c'était bon, de laisser tomber ses défenses et de se sentir à l'unisson des autres.

Mélanie fut la première à reprendre son sérieux :

— Dans ce cas, on peut peut-être envisager une jupe midi… Non, pas de jupe, OK. Une blouse fleurie, peut-être. Des chaussures plates. Vous chaussez du combien, Céleste ?

Céleste grommela.

— Quarante ? Ah… Je ne sais pas si j'ai une paire de ballerines en quarante. Je vais farfouiller dans mes affaires et je reviens.

Mélanie quitta la pièce.

— Ça ne me semble pas utile, Gwil, fit Céleste.

— Je crois que si. Tu ne peux pas débarquer à ce rendez-vous avec tes cheveux presque rasés et tes bottes de moto, Céleste. Le type, tu vas le faire fuir.

— Merci.

— Sans déconner, Céleste. Il vient pour te donner son sperme. On a 50 % de risques que son seul objectif, ce soit de tirer un coup la conscience tranquille… Ce n'est pas la peine de faire cette tronche, tu le sais comme moi. On cherche un meurtrier, pas un bon samaritain. Si tu lui flanques les pétoches dès le départ, il ne t'abordera pas et tout tombera à l'eau.

Céleste retira la perruque d'un geste las. Le gendarme avait raison, elle devait faire un effort et se mettre dans la peau d'une femme prête à toutes les extrémités pour être mère, une femme qui ne représentait pas une menace pour un prédateur.

Du fond de la maison, Mélanie réclama de l'aide. Ithri sortit de la pièce pour lui prêter main-forte. S'avançant vers Céleste, Gwil la prit par les bras.

— C'est génial, ce que tu fais, Céleste. Il faut apporter au tueur ce qu'il souhaite. C'est notre seul espoir de l'arrêter.

Dimanche 27 octobre

Céleste

La Baule

Quarante-huit heures plus tard se présenta l'occasion pour Céleste de tester son nouveau look. TimTam reprit contact avec la fausse Lily-Rose, d'abord par Messenger, puis par SMS. Prenant de court les enquêteurs, il posa des questions sur la situation financière de Lily-Rose (Je veux m'assurer que vous avez les moyens d'élever votre enfant), puis il proposa un rendez-vous pour le jour même dans un bar branché de l'avenue du Général-de-Gaulle, à La Baule.

Céleste laissa Mélanie dissimuler ses cicatrices sous du fond de teint. C'était si perturbant de retrouver son visage d'avant : étrange, terrifiant et aussi désespérant. Son ancienne vie lui manquait. Quand elle avait confiance en ses capacités, quand elle était elle-même et non cette personne défigurée à l'âme tourmentée. Mélanie perçut-elle son émotion ? Elle termina de maquiller Céleste, puis, après avoir remballé son matériel, lui pressa le poignet en silence.

Affublée d'une perruque, d'une jupe longue et de ballerines, Céleste était méconnaissable. Cette chevelure auburn balayant ses épaules, cette frange… Céleste eut un mouvement de recul en découvrant son reflet dans une glace. Sous la lumière tamisée et le fond de teint, on ne distinguait pas ses cicatrices. Le blush lui donnait bonne mine et le fard à paupières accentuait l'éclat de ses yeux. Elle s'assura que personne ne l'observait et se sourit dans le miroir. D'abord timidement, puis plus franchement. Elle approcha son visage de la glace, repéra les stigmates, comme deux lignes de vie à laquelle se raccrocher. Cette Céleste-là n'était pas elle. Ou plus exactement, cette Céleste-là, aux joues roses, aux yeux brillants et au sourire aguicheur, ce n'était plus elle. Plus du tout.

Arrivée à La Baule, elle trouva à se garer dans une rue latérale dépourvue d'éclairage. Le gros avantage de sa crinière, en plus de dissimuler en partie son visage, était de lui permettre de porter discrètement des oreillettes. Gwil et Ithri entendraient la conversation de Céleste et de TimTam à distance.

TimTam était le suspect le plus prometteur, d'après Gwil. Il était le seul à poser des questions aussi précises, comme s'il cherchait un certain type de « receveuse », comme il nommait les femmes susceptibles de bénéficier de ses dons. Pour lui, il était important que les futures mamans soient de la même origine que lui (caucasienne), cultivées (Bac+3 minimum), célibataires (il ne cautionnait pas l'adultère), et qu'elles aient un mode de vie sain. Céleste s'était interrogée quand TimTam avait demandé si la mère de Lily-Rose serait là pour l'aider à la naissance de l'enfant. Puis elle avait pensé à Océane Lemonnier, censément orpheline, à Ophélie Sauvet, qui avait coupé les ponts avec ses parents, ou à Carine Tervier, abandonnée, et avait répondu non.

— Tu as bien fait, lui dit Gwil.

Pourquoi ces questions, alors que TimTam avait précisé qu'il disparaîtrait sitôt le don effectué ? Céleste s'attendait à ce qu'il demande de l'argent et elle avait longuement débattu de la conduite à tenir avec Gwil et Ithri. Devait-elle se présenter au rendez-vous avec des billets sur elle ? Devait-elle se montrer étonnée, refuser, accepter ? De nombreuses femmes, sur les réseaux sociaux, racontaient comme elles s'étaient senties prises en otage par un donneur qui leur réclamait quelques centaines d'euros au dernier moment.

« Tu es supposée avoir les moyens d'élever un enfant, et donc avoir de l'argent devant toi, avait argumenté Gwil.

— Tu n'es pas censée avoir enquêté sur le sujet », avait objecté Ithri.

Ça n'aidait pas. La policière avait glissé 300 euros dans son sac, pour ne pas se trouver dépourvue, et ne pas paraître trop préparée non plus.

Un peu soucieuse, elle rentra dans le bar. Il lui semblait que son déguisement se repérait à cent mètres à la ronde. Son premier mouvement aurait été de sélectionner une table à l'écart, de préférence tout au fond. Se souvenant de ce qu'avait fait Marie, elle choisit de s'installer au milieu de la salle, face aux vitrines et à l'entrée.

Elle était arrivée dix minutes en avance, incapable de refréner son impatience à l'idée que, peut-être, elle allait bientôt obtenir des réponses à ses questions. Quel genre de pervers était cet individu qui assassinait les femmes qu'il avait inséminées et supprimait leurs embryons ? Tuait-il par plaisir ? Ou, si c'était de la colère qu'il ressentait, qu'est-ce qui l'avait déclenchée ? Le fait que ces femmes soient résolues à élever un enfant sans homme ? Qu'elles refusent le mariage ?

Moins de trente secondes après que Céleste se fut installée, Gwil entra à son tour dans le café. Il s'approcha du bar, et de sa voix rocailleuse commanda un diabolo menthe. Le serveur engagea la conversation. Céleste, les écouteurs sur les oreilles, n'en perdait pas une miette.

Il était 18 h 30, heure de sortie des bureaux. Les clients, presque exclusivement de sexe masculin, arrivaient au compte-gouttes. TimTam n'avait pas souhaité se décrire, affirmant qu'il se débrouillerait pour identifier Lily-Rose. Était-il blond, brun, ou roux ? Céleste n'en savait pas plus que le portrait fourni sur le site : un mètre quatre-vingts, sportif, la quarantaine. Autant dire, la moitié des hommes présents. Le soleil était près de se coucher, les lampadaires s'étaient allumés dans la rue, et Céleste ne parvenait pas à distinguer les traits des consommateurs en terrasse. TimTam était-il parmi eux ?

Les minutes s'étiraient. Sa perruque la démangeait et lui tenait chaud. Elle avait envie de toucher ses cicatrices, comme pour vérifier qu'elles n'avaient pas disparu. Elle résista à la tentation de chuchoter à Gwil qu'elle en avait assez. Et où était Ithri ?

Au bout de vingt-cinq minutes, Céleste avait lu toutes les affiches placardées sur les murs de l'établissement, et le nom de chacun des alcools. Elle savait exactement combien il y avait de consommateurs dans le café (dix-sept) et, parmi eux, combien d'hommes (seize), dont sept qui portaient la barbe et trois la moustache. Gwil terminait son diabolo menthe ; elle avait bu un deuxième Perrier jusqu'à la dernière goutte et personne ne s'était présenté à elle comme étant TimTam. Pour la quinzième fois, elle tapota l'écran de son téléphone pour vérifier si elle avait un message. Rien.

Enfin Ithri arriva, écarlate, en sueur. Il s'installa au fond du bistrot. Mais ça ne changea rien. TimTam ne se montra pas ce soir-là.

Les enquêteurs avaient prévu cette éventualité. Il avait été décidé qu'ils ne s'attendraient pas à la sortie du bar, au cas où Céleste serait suivie. Déçue, mais pas abattue, Céleste laissa sur la table de quoi régler ses Perrier, puis quitta le café.

Elle déverrouilla à distance sa voiture, ouvrit la portière, retira les ballerines de Mélanie avant de s'installer derrière le volant. Elle aurait aimé pouvoir ôter la perruque, mais ce n'était pas prudent, TimTam était peut-être à quelques pas de là. À la place du tueur, c'est ce que Céleste aurait fait : donner rendez-vous à la future victime, s'assurer qu'elle était seule et l'aborder au moment où elle quitterait le lieu de la rencontre, de préférence dans une rue sombre, loin de toutes les caméras de surveillance dont La Baule était truffée. Elle prit donc son temps pour fermer la portière de sa voiture et pour démarrer le moteur. Elle bloqua sa ceinture de sécurité et passait la première vitesse quand son téléphone tinta.

Un SMS de TimTam. Retardé par le boulot. Désolé, je ne peux pas venir ce soir. Elle se fendit d'un laconique OK avant de déboîter et de quitter sa place. De dépit, elle balança son téléphone sur le siège passager. Elle détestait cette sensation de faire du surplace. Depuis le début de cette enquête, elle avançait avec des semelles de plomb. Elle avait beau y mettre tout son cœur et déployer tous les efforts possibles, chaque piste, si prometteuse soit-elle, menait à une impasse. C'était à ça que ressemblait l'échec ? Non pas à un coup brutal, plutôt à une douleur lancinante, une ombre qui vous suivait partout, telle une plaie toujours à vif.

Elle ne pouvait pas se résigner.

— Capitaine Ibar ?

Céleste allongea le bras par-dessus le levier de vitesse pour saisir son téléphone et le coincer dans le support à portable fixé sur les grilles de chauffage du tableau de bord.

— Je suis là ! cria-t-elle. Attendez, je mets mes écouteurs…

Son interlocuteur lui répondit quelque chose qu'elle n'entendit pas.

— Ne raccrochez pas, je suis à vous dans vingt secondes… Voilà, désolée ! Capitaine Ibar, je vous écoute.

— Gendarme Mauclair, de Bressuire. Vous êtes passée nous voir il y a quelques jours ? Avec un gendarme… Guézennec ? Un commandant ?

— C'est bien ça.

— Je viens de rentrer de vacances et mon collègue de l'accueil a laissé une note sur le bureau avec votre numéro de portable. Il paraît que vous cherchez des femmes enceintes disparues, et dont la disparition n'a pas pu faire l'objet d'un signalement officiel ?

— Absolument.

— Ça ne s'est pas passé à Bressuire, c'est crucial ?

— Non, ça n'a pas d'importance.

De toute façon, Céleste ne se rappelait pas où se trouvait Bressuire.

— Quand j'étais en poste à Saint-Rémy-de-Provence, en 2012, on a eu un cas comme ça. La meilleure amie de l'épouse d'un gendarme. Célibataire, jolie, elle travaillait à son compte, je crois qu'elle créait des sites Internet.

Céleste ne releva pas le fait que son interlocuteur savait qu'elle était jolie mais pas quelle était sa profession. Elle avait trop envie d'en apprendre plus.

— Un jour, elle s'est volatilisée. Le 28 janvier 2012, exactement. Elle était enceinte de trois ou quatre mois. Ça a fait du bruit à la gendarmerie, parce que la femme du collègue a fait tout ce qu'elle a pu pour déclarer la disparition de son amie comme inquiétante. Malheureusement, celle-ci n'avait pas de famille ni d'employeur pour déposer plainte. En plus, ses affaires n'allaient pas très bien. On a mené une mini-enquête, en flagrance, mais on n'avait pas assez d'éléments pour conclure à une disparition involontaire. Notre supérieur n'a pas voulu continuer.

— Vous connaissez le nom de cette femme ?

— Oui, bien sûr, je vous envoie tout ça par e-mail ?

— Qu'est-ce que vous avez d'autre ?

L'averse était maintenant si forte que, même avec les essuie-glaces poussés au maximum, Céleste avait du mal à voir la route. La voiture qui la précédait ralentit et la policière l'imita.

Mauclair ne répondit pas.

— Vous avez autre chose ? répéta Céleste.

Avec le vacarme que faisait la pluie et le bruit du moteur, elle n'était pas sûre que son interlocuteur l'ait entendue.

— C'est que… ça n'est pas dans la procédure.

— Pour le moment, nos investigations sont largement informelles. Tout peut nous aider. Des e-mails, un vieux téléphone, des SMS échangés avec un proche, les ragots de village… C'est vraiment important.

Céleste laissa au gendarme le temps de réfléchir.

— En fait, finit par avouer Mauclair, c'était la meilleure amie de ma femme. J'ai essayé de mener mon enquête contre l'avis de la hiérarchie. Puis j'ai dû arrêter. Ce que mon épouse ne m'avait pas dit alors, et dont elle m'a parlé seulement tout à l'heure, c'est la façon dont sa copine est tombée enceinte. C'est très bizarre, et avec ce qu'on lit dans les journaux…

Comme si elle avait enfoncé ses doigts dans une prise électrique, Céleste sentit les poils de ses bras se hérisser. Il y en avait une autre ! Oh, mon Dieu ! Le sang dans ses veines perdit soudain dix degrés. Ils n'allaient pas pouvoir continuer à mener leur enquête parallèle.

C'était trop gros. Puis le bon sens reprit le dessus. Elle devait attendre de voir où ça la conduisait. À l'autre bout du fil, le gendarme était clairement gêné.

Céleste freina brusquement pour éviter la voiture de devant qui avait pilé. Il lui tardait de rejoindre la quatre-voies, pour être débarrassée de cet imbécile qu'elle risquait à chaque instant de percuter.

— Elle a fait appel à un forum Internet, pas pour faire des rencontres… Un forum, pour trouver des donneurs de… enfin, vous voyez.

— Des donneurs de sperme ?

— Voilà, c'est ça, fit le gendarme.

— Et vous croyez que ça pourrait avoir un rapport ?

— Pour une disparition, on s'intéresse à tout ce qui sort de l'ordinaire, non ? C'est le seul truc bizarre de la vie de Valérie. C'était une gentille fille, elle était sympa, drôle, juste elle ne trouvait pas chaussure à son pied. Et elle avançait en âge. Alors je suppose que ça lui paraissait une bonne idée pour fonder une famille. C'est toujours mieux que de choisir un type au hasard dans un bar, surtout dans une petite ville. Ça finit forcément par se savoir. La réputation de la mère en prend un coup, ça rejaillit fatalement sur le gamin…

La voix de Mauclair était de nouveau hésitante.

— Comme nous l'avons expliqué à votre collègue, le commandant Guézennec et moi recensons les disparitions de femmes enceintes non investiguées. Merci de m'avoir appelée. C'est très important que vous parliez. Nous pensons, le commandant et moi, qu'il y a, quelque part en France, un homme qui profite de la détresse et de la solitude de ces femmes, ainsi que des failles de la loi, pour passer inaperçu et les tuer.

Il eut un instant de silence.

— Quand mon épouse m'a expliqué ce que sa copine avait fait, je suis retourné consulter ses e-mails.

— Ah bon ?

— Vous savez, les filles, quand elles sont meilleures amies, elles n'ont pas beaucoup de secrets l'une pour l'autre. Ma femme connaissait le mot de passe de Valérie. Après sa disparition, on avait conservé certaines de ses affaires, au cas où elle reviendrait. J'avais son ordinateur mais à l'époque je ne m'étais concentré que sur les e-mails les plus récents. Avec ce que ma femme vient de m'apprendre, j'ai ressorti son portable et je suis remonté plus loin.

— Et qu'est-ce que vous avez trouvé ?

— Plusieurs e-mails d'un certain TimTam qui parlaient de rendez-vous.

Ainsi, ils avaient raison ?

— Est-ce qu'il indique son véritable nom ?

— Non, pas une seule fois.

— Et qu'écrit-il ?

— Il raconte qu'il préfère communiquer de cette façon à cause de son épouse, qui contrôle son téléphone, alors qu'il ne relève son courrier qu'au bureau. Ce n'était pas un souci, parce qu'il travaillait beaucoup. Ils s'étaient donné rendez-vous dans un café du centre de Salon-de-Provence pour faire connaissance. Ensuite, il a continué d'écrire : qu'il était ravi de l'avoir rencontrée, qu'en vrai c'était mieux que par Messenger, qu'elle était vraiment belle et qu'il était impatient de la rendre heureuse.

— Et elle ? Vous avez ses e-mails ?

— Elle dit globalement la même chose… Je peux vous les faire suivre, si vous voulez.

— Merci beaucoup, mais pour le moment, pour des histoires de procédure et d'expertise, je préfère qu'on ne touche pas à la boîte mail de…

— Valérie.

— Valérie. Et ce TimTam, aurait-il donné un numéro de téléphone, par hasard ?

— Non, rien.

— C'est déjà énorme. Vous pourriez me faire un rapport sur ce que vous savez ?

— Oui, bien sûr, aucun problème. J'aimerais tellement qu'on puisse retrouver Valérie. Vous pensez qu'elle est morte ?

— Malheureusement, nous enquêtons sur plusieurs homicides.

Comme la route s'incurvait, Céleste avait commencé à rétrograder. La voiture arrêtée au milieu de la chaussée la surprit, mais sa Porsche pouvait encaisser le freinage brusque. Ce qui n'était pas le cas du 4 × 4 derrière elle, lancé à pleine vitesse. Il tangua puis partit en toupie, accrochant le pare-chocs arrière de la Porsche. Celle-ci fut projetée vers l'autre côté de la route, qu'elle traversa telle une fusée. Elle monta sur un monticule de terre dans un bruit de ferraille, se trouva catapultée en l'air, se retourna et atterrit sur le toit dans un bosquet d'arbres. Enfin elle s'immobilisa, moteur fumant, bas de caisse exposé, deux pneus arrachés. Céleste se sentit partir. Elle se demanda comment Marie et les filles s'en sortiraient si elle terminait sa vie ici, leur peine à l'idée de sa mort lui explosa dans la poitrine, puis comme une litanie, une petite voix lui serina : *c'est ta faute, ta faute, ta faute, ta faute, ta faute, ta faute, ta faute, ta faute, ta faute, ta faute, ta faute, ta faute.*

Lundi 28 octobre

Céleste

Saint-Nazaire
Hôpital

— Franchement, j'en ai ras le bol, de ces conneries !

Céleste ferma les yeux qu'elle venait péniblement d'ouvrir. Marie était debout au pied de son lit d'hôpital, et elle avait l'air fumasse.

— Je te rappelle que tu es sous contrôle judiciaire, et que ce connard de juge n'attend qu'une bonne excuse pour te flanquer en taule ! Alors à quoi tu joues ? Je croyais que les flics étaient là pour montrer l'exemple ! Je croyais que tu étais la gardienne de la loi ! Alors explique-moi, Céleste ! Parce que j'ai l'impression d'être prise pour une conne !

Céleste ne bougea pas. Elle espérait avoir l'air vraiment mal en point et que Marie allait vite se calmer.

— Cesse de faire l'autruche ! Je suis médecin, je sais lire ces appareils. J'ai vu que tu étais réveillée.

Céleste n'avait pas le courage d'affronter Marie. Elle aussi en avait assez. Tout ce dont elle avait envie, à cet instant précis, c'était de se rouler en boule et de pleurer. Où était sa vie d'avant ? Quand elle s'entraînait tous les jours à être plus forte que ses collègues, à être la plus rapide, la plus endurante, la plus solide ? Quand elle était toujours du bon côté de la loi ?

Son esprit, qui ne pouvait décidément lui ficher la paix, repartit à la bataille pour la pousser à s'apitoyer sur son sort et l'aspirer dans une spirale dépressive. Elle devait faire face. Si elle n'était pas capable d'affronter sa femme, autant renoncer à tout, tout de suite.

Céleste se souvenait vaguement de la sirène deux-tons des pompiers, d'avoir été transférée sur un brancard, du trajet jusqu'à l'hôpital, même si tout était encore embrouillé. Elle se refit le film de la soirée. Le rendez-vous raté dans ce café de La Baule, le 4 × 4 qui l'emboutissait, et… ah, oui ! Le coup de fil de ce gendarme ! Avait-il tenu parole et transmis tout ce qu'il connaissait sur cette Valérie ?

Céleste ouvrit les yeux. Il fallait qu'elle parle à Gwil. Avec les e-mails envoyés à Valérie, pourraient-ils remonter jusqu'à TimTam ? Ithri saurait lui dire. TimTam avait précisé qu'il écrivait depuis son lieu de travail, avec un peu de chance les enquêteurs pourraient identifier l'adresse IP de son ordinateur…

Marie avait une mine épouvantable. Elle avait dû pleurer. Le col de sa robe était chiffonné. Toute sa détresse se lisait dans ses yeux. Comme au ralenti, Céleste vit les larmes gonfler ses paupières, puis déborder et rouler sur ses joues.

— Tu aurais pu mourir, dit Marie. Encore.

Elle n'ajouta rien. Avec effort, Céleste tira du bout des doigts le tissu du vêtement de sa femme. Pour l'inciter à se rapprocher.

— Je… suis désolée, parvint-elle à articuler.

Marie s'assit sur le lit. Dans l'esprit de Céleste tournait en boucle une question qu'elle n'osa pas poser : « Dans quel état est la voiture ? »

— À mon avis, elle est morte, lui dit Gwil. Elle a été transportée à la fourrière, j'y suis passé avant de venir.

Le gendarme Mauclair avait alerté les secours. Céleste s'inquiéta de son téléphone. Pas mieux que la voiture. Il fallait qu'elle récupère ses e-mails, d'une manière ou d'une autre. Elle aurait bien demandé à Marie de lui apporter son ordinateur, mais elle sentait qu'elle essuierait un refus. Céleste avait passé son temps à dormir, interrompue toutes les trente ou quarante minutes par une infirmière, une aide-soignante ou un médecin. Bien que son sommeil ait été haché, elle s'était suffisamment reposée. Marie était restée à son chevet jusqu'à l'arrivée de Gwil. Elle avait alors annoncé qu'elle allait manger un morceau à la cafétéria. Sans saluer le gendarme, elle avait quitté la pièce à pas rageurs en faisant claquer inutilement ses talons sur le sol.

— Je crois qu'elle m'en veut, remarqua Gwil.

Céleste essaya de hausser les épaules et esquissa un rictus de douleur.

— Elle s'est fait du souci. Je ne peux pas la blâmer, je lui en fais voir de toutes les couleurs depuis quelque temps. Merci d'être passé à la fourrière, c'est gentil.

Céleste avait le cœur gros. La sensation du cuir lui manquait déjà. Le grondement du moteur, le sentiment de puissance que lui transmettait la Porsche. Il s'agissait d'un modèle rare et elle n'en retrouverait probablement pas une autre. Ou n'aurait pas les moyens de l'acheter. Gwil s'assit d'une fesse sur le bord du matelas, qui se creusa.

— Il faut que je te dise quelque chose. J'ai reçu un appel du commandant Audrieu…

Gwil la regarda comme pour s'assurer qu'elle comprenait de qui il s'agissait. Elle soupira.

— Mon ancien chef de groupe à la BRI. Je n'ai pas le droit de lui parler. Ce serait rompre mon contrôle judiciaire. Je n'ai pas le droit d'entrer en contact même indirect avec lui.

— Tu sais à quel point je te respecte. Si, si. Tu as beau être flic, j'ai beaucoup de respect pour toi comme professionnelle, et en tant que personne.

Céleste sentait venir un de ces moments de vérité que Marie affectionnait, les monologues sur le thème : « Ouvre ton cœur, accepte tes émotions, tu es un être humain »… Beurk. Céleste aimait bien Gwil – elle aimait vraiment bien Gwil –, mais il montrait des aspects sentimentaux assez pénibles. Côtoyer des garçons était censé lui éviter ce genre de problème. Elle prit une grande inspiration par le nez et souffla doucement, signifiant au militaire que ce qu'il allait lui dire l'ennuyait déjà.

Allons, elle pouvait au moins faire l'effort d'être honnête avec elle-même. Que devait-elle répondre ? Moi aussi ? Je comprends ? C'est vrai ?

— Ton respect de la loi est admirable, continua le gendarme, apparemment imperméable aux interrogations existentielles de son interlocutrice.

Céleste sentait venir un « mais » plus gros qu'un camion. Gwil sourit.

— Mais…

— Je me doutais bien qu'il y avait une objection, persifla Céleste.

— … la partie adverse ne joue pas franc jeu, or nous ne sommes que des humains, on ne peut pas exiger de nous l'impossible.

L'impossible, je l'ai déjà fait, songea Céleste avec amertume.

— Selon une version des médias, tu aurais tendu un guet-apens à ton agresseur. Soit tu aurais volontairement laissé ton équipe dans le flou pour faire justice toi-même, soit elle t'aurait volontairement laissée supprimer cette raclure. Dans les deux cas, tu passes pour une sauvage hystérique, raciste, vindicative et violente.

— Que vient faire Audrieu là-dedans ?

— Il veut parler aux médias. Il te dit de tenir bon et de ne pas croire les journalistes. Il pense que le juge a été manipulé, que tout ça, c'est beaucoup de fumée pour du petit bois vert. Il travaille activement à l'éteindre.

— Comment a-t-il su qu'il pouvait te contacter ?

— Un ami commun. Il avait l'air remonté comme un coucou, ton ancien patron. « Dites-lui de tenir bon », il me l'a répété plusieurs fois. « Dites-lui de me faire confiance. »

Tout à coup, Céleste put respirer librement. Sous la direction d'Audrieu, rien de grave ne lui était jamais arrivé ; si elle avait respecté ses ordres, elle ne se serait pas retrouvée plongée dans ce merdier. Toute sauvage, monstrueuse et indépendante soit-elle, elle savourait l'idée qu'on ait ouvert un parapluie pour qu'elle s'abrite, même si c'était celui d'un homme. Elle n'était définitivement plus la Machine.

— J'ai quelque chose à te dire, moi aussi, fit-elle.

Elle raconta sa conversation téléphonique avec Mauclair. Gwil resta longtemps songeur. Céleste ignorait si Saint-Rémy était loin de la caserne où il avait été basé, mais il devait toujours avoir des connaissances en Provence. Enfin, il se leva.

— Je vais te laisser, tu dois être fatiguée. Je reviendrai te voir demain.

Et il quitta la chambre sur un au revoir abrupt.

Elle lui avait dit quelque chose qui le faisait cogiter, mais quoi ? Et pourquoi ne pas s'en ouvrir à elle ? Elle s'enfonça dans ses oreillers. Elle se repassa mentalement le film de leur conversation. Elle sentait vaguement quelque chose, à la limite de sa conscience. Quelque chose qui avait à voir avec cette Valérie et ce que le gendarme Mauclair avait déclaré…

On frappa. Céleste cria d'entrer.

Le visage hâlé auréolé de boucles brunes d'Ithri apparut.

— Tu arrives à point, dit Céleste. Gwil vient de partir.

Ithri contempla sa coéquipière.

— Tu as une sale tête, dit-il.

— Tu n'as pas l'air tellement mieux, ricana Céleste.

Sous les yeux du jeune policier s'étalaient de larges cernes sombres.

— Je n'ai pas très bien dormi, j'avoue. Le gendarme qui a signalé ton accident a également appelé Gwil, qui m'a contacté. J'ai fait demi-tour et je suis allé à la Brillantine. Je n'avais pas envie que tes filles apprennent la nouvelle par téléphone et j'ignorais si Marie devait rentrer ou si elle était de garde.

Céleste lui adressa un sourire reconnaissant.

— Merci. Comment l'ont-elles pris ?

— Elles étaient terrifiées. Marie nous a appelés dès qu'elle en a su un peu plus et elle a réussi à les rassurer. Comme il était vraiment tard, je suis resté. Flora était très agitée, elle aussi. Antoine était retenu à la brigade pour le travail et je crois que ça les tranquillisait d'avoir un homme à la maison.

L'idée qu'on puisse être réconforté par une présence masculine passait complètement au-dessus de la tête de Céleste, mais elle sut gré à son équipier de s'être occupé de sa famille. Sans attendre, elle raconta ce que le gendarme Mauclair lui avait appris.

— Cette jeune femme, Valérie, correspond au profil de nos victimes. À ceci près qu'elle a disparu il y a sept ans, résuma Ithri, songeur. Il ne t'a pas dit qui était ce supérieur qui avait refusé de prendre la plainte ? Tu te souviens de son affectation ?

Les pièces du puzzle trouvèrent soudain leur place dans l'esprit de Céleste. Elle repoussa ses draps, sans prendre garde au fait qu'elle était nue sous sa blouse d'hôpital.

— Emmène-moi à la Brillantine, s'il te plaît.

Sourde aux protestations d'Ithri, Céleste s'habilla à la hâte, sans s'arrêter sur l'état de son pantalon (déchiré) et les taches de sang qui maculaient sa chemise. Elle devait être à faire peur. Tant mieux. Elle était en colère, aussi.

Comme des conspirateurs, les deux policiers quittèrent le service, Céleste claudiquant plus bas que d'habitude, ignorant la douleur qui lui cisaillait le ventre. On lui avait répété qu'elle n'avait rien de sérieux et qu'elle était maintenue en observation par précaution.

— Tu te souviens du cahier d'oiseaux de Flora ? demanda-t-elle à Ithri une fois qu'ils furent installés dans la voiture. Tu te rappelles ce que tu y as vu ?

— Des oiseaux et des dates. Je n'ai pas mémorisé lesquels, en revanche. Qu'est-ce qui se passe ?

— Je préférerais que tu fasses des vérifications avant. Où est le major ? Est-ce que les filles sont toujours à la Brillantine ?

— Quand j'en suis parti, en tout cas. Flora a son cours de théâtre ce soir, peut-être l'ont-elles accompagnée. Antoine travaille et Victoire a dit qu'elle allait nourrir les protégés de Béchu. Elle a interdit à Flora de mettre les pieds chez lui mais elle refuse de laisser les oiseaux crever de faim ou de soif.

— Tu veux bien appeler là-bas ? On y va.

Céleste semblait d'un calme absolu, tout à coup.

Flora

Parc naturel de Brière
Île du Combattant

Flora se préparait à partir, Emma paressait dans un fauteuil du salon, son téléphone à la main, pendant que Clémence regardait une série sur Netflix. C'était les vacances, après tout, et elles n'avaient aucune de leurs mères sur le dos pour les inciter à bouger un peu. Flora avait du mal à comprendre qu'on passe autant de temps devant la télé ou sur son portable, mais ça ne la dérangeait pas. La présence d'hôtes était toujours pour elle une bénédiction parce qu'elle adorait faire des rencontres, et une calamité car ça désorganisait ses routines. Clémence et Emma étaient des invitées parfaites, qui la laissaient vaquer à ses occupations. Elle enfilait son manteau lorsque la sonnette de la porte d'entrée retentit.

— Bonjour, je suis Léon !

Devant Flora se tenait un jeune homme serrant un bouquet de fleurs. Elle le contempla avec méfiance, indécise quant à la conduite à adopter. Elle entendit Clémence s'approcher.

— Tu habites ici ? demanda Léon.

Flora hocha la tête.

— Et toi aussi ? fit le jeune homme en s'adressant à Clémence.

— Non, je suis en vacances, répondit précautionneusement cette dernière.

Il avait l'air normal, ce Léon. Normal et gentil, avec son bouquet. Pas tellement plus vieux qu'Emma. Flora n'avait pourtant pas très envie de le laisser entrer. Elle avait entendu sa mère et Céleste parler de menaces reçues par Internet, elle avait vu la crainte dans les yeux de Marie, qui avait recommandé à ses filles d'être très prudentes. Peut-être Flora aurait-elle dû appeler Victoire avant d'ouvrir la porte ? Mais elle allait être en retard pour le théâtre. La confusion l'envahit.

C'est alors que la bombe explosa.

— Je… je crois que je suis ton frère, dit Léon, rougissant.

Flora n'avait pas de frère. À moins que… L'espoir s'épanouit dans son cœur. Un frère ? Lui revenaient à l'esprit les mots d'Agnès, les sites Internet qu'Ithri lui avait montrés. En elle tournoyait cette idée folle qu'elle n'était pas seule dans cet univers, qu'elle avait, comme tout le monde, un papa, une maman et un frère, au moins. Ça ressemblait à un conte de fées. Et dans le cœur pur de la jeune femme, les contes de fées se réalisaient.

Pas un instant Flora ne se souvint qu'elle n'avait pas effectué ce fameux test.

Clémence

Parc naturel de Brière
Île du Combattant

Clémence supplia silencieusement Flora de ne pas permettre à ce garçon d'entrer. Le courage lui manqua de lui dire en face qu'il devait rester dehors. D'autant plus qu'elle n'était pas chez elle. Mais elle était sûre que les consignes pour Flora étaient les mêmes que pour sa sœur et elle. On ne laisse pas entrer un inconnu en l'absence des parents. Flora n'en avait cure, manifestement. Elle mena Léon jusqu'à la cuisine, et Clémence ferma la porte d'entrée derrière eux, désemparée. Est-ce qu'elle devait téléphoner à sa mère ?

Elle fit irruption dans le salon et chuchota à l'oreille d'Emma l'incroyable révélation que ce garçon avait faite. Puis elle demanda à sa sœur si elle pouvait appeler Maman Céleste.

— Elle est toujours à l'hôpital, répondit Emma.

— Qui on contacte, alors ? Maman Marie ? Elle travaille.

Depuis longtemps, Emma et Clémence avaient intégré les exigences professionnelles de leurs mères ; d'abord un inconvénient pour elles deux, synonyme de jeunes filles au pair ou de baby-sitters, ces exigences étaient progressivement devenues synonymes de liberté. Jusqu'à aujourd'hui, où elles se retrouvaient coincées avec un inconnu dans la maison.

— On va voir ce qu'il a à dire, décida Emma. Il n'y a pas de raison de paniquer.

Les bruits qui lui parvenaient de la cuisine évoquaient une conversation tranquille. De plus, Victoire n'était pas loin. Elle n'allait sûrement pas tarder à rentrer. Combien de temps faut-il pour nourrir des oiseaux ?

Clémence laissa sa sœur passer devant elle. Emma était grande et imposait le respect. Il se dégageait d'elle une autorité naturelle que Clémence n'aurait jamais songé à lui contester.

Lorsqu'elles entrèrent dans la pièce, Flora était en train de verser de l'eau chaude sur un sachet de tisane dans un bol placé devant le jeune homme. Elle expliqua :

— C'est Léon. Il a fait le test. C'est mon frère.

Il y avait, même pour les deux adolescentes, quelque chose d'infiniment touchant dans la tendresse avec laquelle Flora avait prononcé ces mots, « mon frère ». Elles comprenaient ce sentiment. Côte à côte, toute crainte éteinte, elles s'assirent à la table de la cuisine et écoutèrent l'histoire que Léon avait à leur raconter.

Léon

Bourges
4 septembre 2012

— Tout en haut de la feuille, au stylo-bille bleu, indiquez votre nom, suivi de votre prénom. Avec une majuscule. Sautez une ligne, tirez un trait rouge. En dessous, indiquez les nom, prénom et profession du père, puis de la mère…

Nom, prénom et profession du père. Léon sentit ses mains devenir moites. Le sang lui battait aux oreilles, de la transpiration perla sur son front.

En cursives bien appliquées, il inscrivit : *Nom du père*, et en dessous : *Prénom du père*, et encore en dessous : *Profession*. Puis il laissa en blanc les espaces qui suivaient.

— Une fois que vous avez noté les renseignements concernant vos parents, indiquez s'ils sont mariés ou divorcés. Après, écrivez votre adresse, celle où vous habitez… Oui ?

Léon se retourna. Émilienne avait levé le doigt et c'est à elle que le maître… euh, non, le professeur principal de français, donna la parole.

— Et si on habite chez son père et chez sa mère ?

— Indiquez où vous résidez le plus souvent.

— Et si c'est pareil ?

— Qui s'occupe de l'école, chez vous ?

— Ah ! Ben c'est ma mère, évidemment ! Mon père, il préfère jouer à la PlayStation.

Des rires étouffés ponctuèrent la réponse d'Émilienne, qui regarda autour d'elle, ravie d'être à l'origine d'une hilarité générale. Le prof de français dit, avec agacement :

— Eh bien, indiquez l'adresse de la mère… Bon, c'est fini ?

Léon fixa sa feuille. Il se répéta la consigne : *Nom de la mère*, *Prénom de la mère*, *Profession de la mère*, et écrivit à la hâte. Maman s'appelait Geneviève Ripallin, elle était avocate. Pour l'adresse, c'était facile, il n'en avait qu'une, 23, allée des Peupliers, à Bourges.

À peine avait-il mis un point final que le professeur s'emparait de sa feuille.

— Forcément, il en fallait bien un qui ne fasse rien comme les autres. Léon Ripallin, vous n'êtes pas capable d'écouter les consignes ? C'est trop difficile pour vous « le nom d'abord, le prénom ensuite » ? Pour la peine, je vous prends au mot. Je vous appellerai Ripallin, puisque c'est votre prénom.

Léon s'essuya les mains sur son jean, les oreilles en feu, soulagé que le prof n'ait rien dit sur son absence de père.

— Et pour votre père, peut-être que votre mère et lui ne s'entendent pas, mais j'ai besoin d'avoir ses coordonnées. Allez, remplissez-moi ça.

Des larmes roulèrent sur les joues du petit garçon tandis qu'il bégayait :

— Je… je ne sais pas, monsieur. Je n'ai pas… pas de père. Maman dit que c'est mieux comme ça.

Bourges
4 septembre 2019

« Ils sont interdits en France, pourtant cela n'empêche pas des milliers de gens d'y recourir, pour mieux connaître leurs origines. Ce qui est pour beaucoup un jeu a permis à d'autres de retrouver des membres de leur famille, et même d'identifier… »

La télé s'éteignit d'un coup. Geneviève Ripallin sourit à son fils.

— Léon, je dois aller faire des courses en ville, tu veux qu'on en profite pour faire un peu de conduite accompagnée ?

Le garçon n'était pas dupe. La bouche de sa maman souriait, mais pas ses yeux.

De ce jour, Léon chercha à en savoir le plus possible sur ces tests ADN. Où s'en procurer. S'ils étaient fiables. S'ils étaient confidentiels. Ce qu'il risquait vraiment à les acheter.

Léon était choyé, aimé, élevé par une mère attentive, des grands-parents chaleureux. C'était un beau garçon, les profs l'appréciaient, les filles également. Il était bon à l'école. Comme le disaient ses copains, il avait tout pour lui, absolument tout.

Sauf un morceau de lui. Il lui manquait un papa.

Ce n'était pas que son père se soit défilé ou l'ait abandonné, non. Sa maman lui avait expliqué qu'elle avait choisi d'élever son fils seule et que son géniteur était non seulement au courant, mais également d'accord. Il ne désirait nullement intervenir dans la vie de son fils, il souhaitait simplement s'assurer que ses bons gènes ne seraient pas perdus. Cela tombait bien, Geneviève n'aurait pas accepté l'intrusion d'un tiers. En revanche, elle lui avait déniché des « référents masculins », des hommes stables et exemplaires. Elle avait allégé ses obligations professionnelles pour être présente. Elle lui avait fixé des limites. Elle s'était dévouée corps et âme à son enfant, et elle avait trouvé le moyen d'être son père et sa mère. Mais ça n'avait pas fonctionné.

Léon se souvenait d'avoir, quand il était petit, posé des questions auxquelles les adultes fournissaient des réponses évasives. Pourquoi Maman ne veut-elle pas que j'aie un papa ? Est-ce que je pourrais en avoir un moi aussi, un jour ? Puis il avait compris que ses interrogations n'étaient pas les bienvenues, et il avait fini par arrêter de les poser. Mais elles s'étaient empilées dans son esprit, à lui donner le tournis. Rien n'avait pu les faire disparaître. Le manque de père avait gangrené son organisme, envahi son quotidien, jusqu'à devenir une obsession.

Il avait cessé d'aller chez ses copains, pour ne pas rencontrer leur papa. Il sélectionnait les films qu'il regardait, éliminant tous ceux qui traitaient de la famille. Il fuyait son image dans le miroir, pour ne pas voir ces grands yeux qui n'étaient pas ceux de sa maman, sa haute stature qui ne lui venait pas du côté maternel.

Si Geneviève avait compris son manège, elle n'en dit jamais rien. Mais elle l'avait inscrit à la boxe et ne se plaignait jamais lorsqu'il la repoussait.

Ce début de reportage télé fut une révélation. Sur Internet, il retrouva sans difficulté le podcast de l'émission. Puis il étendit sa recherche. « Google est ton ami », lui répétait sa mère. Elle ne croyait pas si bien dire.

Il recopia sur son iPhone ce qu'il entendait, ce qu'il lisait. L'ADN paternel était une partie de lui, néanmoins, selon la loi, il n'y avait pas accès. Cependant, aucun des cent cinquante mille Français qui, chaque année, passaient outre à l'interdiction des tests ADN n'avait été condamné. Aucun. Il se dit qu'il ne risquerait pas grand-chose et décida de ne plus s'occuper de cette question de légalité.

Après avoir lu beaucoup d'articles, il sélectionna quatre entreprises privées. S'il achetait leurs kits, ça lui coûterait ses économies, 320 euros, mais il accéderait à un panel large et multiplierait ses chances de trouver un membre de sa famille, quelqu'un qui partage avec lui une séquence ADN et lui permette de remonter jusqu'à son père.

Le lendemain, il apporta 320 euros en billets dans sa trousse. Il utilisa le nom de son meilleur copain, Emmanuel, pour s'inscrire sur les quatre sites sélectionnés. Il créa une identité Gmail et mentit en certifiant qu'il était majeur. Puis, avec l'aide de la carte bancaire d'Emmanuel, en échange de son argent liquide, il paya les quatre tests. Il donna l'adresse de son ami, qui était élevé par des grands-parents adorables mais un peu dépassés.

Les quatre kits de test furent livrés la semaine suivante. Emmanuel arriva au collège en les brandissant, créant un attroupement que Léon n'avait pas voulu. C'est sous la surveillance de ses plus proches copains qu'il s'enfonça à trois reprises un écouvillon dans la bouche pour se racler l'intérieur des joues. Pour le dernier test, il se contenta de cracher dans un petit récipient. Ses prélèvements terminés, il les rangea dans son cartable. À la fin des cours, il fit un détour par la poste et les envoya aux laboratoires choisis.

Il n'avait plus qu'à attendre.

Attendre et espérer.

Les résultats apprirent à Léon que ses origines étaient européennes. Ce qui signifiait que ce serait peut-être plus simple de remonter la trace de ses aïeux. Sauf que Léon ne partageait de l'ADN avec personne. Enfin, si. 0,4 % d'ADN avec une foultitude de personnes, ce qui faisait de ces derniers des ancêtres aussi éloignés qu'un couteau à pain.

Léon pleura plusieurs soirs de suite, dans le silence de sa chambre. Puis il se dit qu'il devait, de toute façon, avancer. Il mit les tests de côté et reprit ses activités habituelles. Jusqu'à ce qu'un jour un courrier Gmail lui annonce deux nouvelles correspondances. 49 % et 41,4 % d'ADN commun.

Léon était devenu très fort sur le sujet et saisit la signification de cette révélation : il avait un père et une sœur.

De ce moment-là, sa vie s'organisa autour de la manière dont il pourrait retrouver cette famille inattendue sans que sa mère s'en doute – il ne voulait pas la blesser.

Il commença par envoyer des e-mails au Daniel Baliveau qui partageait 49 % d'ADN avec lui. Les jours passèrent, sans réponse. Léon chercha sur Internet la trace de ce Daniel et de sa fille Isabelle. Il trouva des tas de Daniel Beliveau sur Facebook, principalement des Canadiens, mais aucun Baliveau. Google ne connaissait pas non plus d'Isabelle Baliveau. Léon décida de fouiller sur tous les réseaux sociaux auxquels il pensait ; il y passa plus de deux semaines, en pure perte.

Sa mère s'inquiéta, évidemment, de le voir s'enfermer des heures dans sa chambre. Craignant un cyberharcèlement, elle décréta une suspension des appareils électroniques et entraîna son fils dans dix jours de randonnée en Inde.

L'impossibilité de contacter les membres de sa famille retentit sur la santé de Léon. Quand il pensait qu'il existait, quelque part, vivants, un homme qui était son père, une fille qui était sa sœur, sans qu'il lui soit permis de les rencontrer, des larmes lui montaient aux yeux. Il se renferma progressivement sur lui-même et la sollicitude attentionnée de sa mère n'y fit rien. Un jour d'octobre, il avala l'intégralité des comprimés de l'armoire à pharmacie.

Par chance, sa mère revint à temps. Léon fut sauvé. En apparence.

La psychologue de l'hôpital réussit là où Geneviève, malgré son amour inconditionnel et son intelligence brillante, avait échoué. Elle fit parler l'adolescent, puis elle en discuta avec sa maman, avec l'accord de Léon, trop épuisé pour s'opposer à quoi que ce soit.

Malgré sa peur, malgré sa tristesse, et bien qu'elle pense que tout cela était profondément injuste, Geneviève Ripallin, qui recopiait à dix-sept ans, dans ses cahiers, qu'« il n'y a pas d'amour, il n'y a que des preuves d'amour », mit en application ses convictions. Au mépris de la déontologie, elle contacta un de ses clients, condamné à deux ans de prison avec sursis et 10 000 euros d'amende pour s'être frauduleusement introduit dans le système informatique de l'Inspection académique de Créteil à la suite d'un pari stupide. Elle lui proposa de payer son amende s'il l'aidait à trouver Daniel et Isabelle Baliveau. Ce qu'il fit.

À la fin

Céleste

Parc naturel de Brière
Île du Combattant

Parfois, on croit avoir touché le fond, mais il se dérobe de nouveau sous vos pieds, vous entraînant dans des profondeurs abyssales. Emma, paniquée, appela Ithri.

— Un coup de feu, cria-t-elle dans l'appareil, un coup de feu ! Viens ! Dis à maman de venir, vite !

C'est le moment que choisit le portable pour se figer. Céleste appuya comme une folle sur l'écran, le secoua. Ithri, concentré sur sa conduite, ne parvenait qu'à lui jeter des coups d'œil nerveux. Céleste tenta quantité de procédures, qui ne donnèrent rien. Pendant ce temps, Ithri, le deux-tons allumé, gyrophare sur le toit, essayait de se frayer un chemin dans les embouteillages de fin de journée.

Enfin, ils sortirent de la ville et le portable se réactiva. Ithri dicta son code à Céleste, roulant à tombeau ouvert sur les routes de campagne.

Elle batailla pour retrouver le numéro de sa fille dans les contacts, sans penser à utiliser la fonction rappel.

Sa vision était obscurcie, ses gestes se firent fébriles. Elle songea qu'elle avait atteint son point de rupture. Que, s'il arrivait quelque chose à ses enfants, elle ne le supporterait pas. Qu'elle ne pouvait pas en encaisser plus.

Elle avait tort.

Ithri se gara dans une gerbe de gravillons devant la Brillantine. Céleste sortit de la voiture et se mit à courir. Elle surgit comme une bombe dans l'entrée de la maison d'hôtes, terrorisée.

Elles étaient là, livides, serrées l'une contre l'autre. Un soulagement intense la cloua sur place.

— Flora… balbutia Emma. Flora. Quelqu'un est venu, disant qu'il était son frère. Il a raconté son histoire et Flora était chamboulée. Elle est allée chercher Victoire…

— Et le garçon ?

— Il a attendu un peu, puis il est parti. On a essayé de suivre Flora, mais quand on a entendu le coup de feu, on est rentrées…

— Vous avez bien fait.

Ce n'était ni le moment de réfléchir ni celui d'atermoyer. Ithri était armé, pas elle. Elle était secouriste, pas lui. Céleste le somma de rester avec les filles et se précipita sur les traces de Flora. Pas un instant il ne lui vint à l'esprit qu'on aurait pu s'en prendre à elle. Elle n'imagina qu'un bête accident, craignait de découvrir la jeune fille se vidant de son sang quelque part ou tombée à l'eau et incapable de regagner la berge. Pas un instant non plus elle ne pensa à elle-même, sans arme et éclopée.

Elle courut jusqu'au fond du terrain, s'efforçant de trouver le passage vers la maison de Béchu. Ce dernier avait-il été libéré sans qu'elle ou Ithri le sache ? Les jours s'emmêlaient dans son esprit. Elle n'avait presque rien mangé depuis la veille ; physiquement comme psychologiquement, elle était à bout.

Elle longea la haie, se prit les pieds dans les ronces, glissa sur le sol trempé. Il lui semblait tourner en rond. Elle ne trouva pas le passage. Elle fit demi-tour, remonta presque jusqu'à la Brillantine avant de penser à la grange où Victoire rangeait ses outils. Elle courut sur le petit chemin menant au bâtiment.

Au début, ce qui choquait, c'était le sang. L'odeur. La couleur. Ce rouge profond, presque noir, dévalant les reliefs du corps. La carte étrange dessinée par les sillons sur la peau blanche.

Puis le sein tranché, masse rouge et blanc, alliage de graisse et de chair. L'abdomen ouvert. Combien de temps Céleste demeura-t-elle pétrifiée, incrédule, les yeux se remplissant de larmes ?

Elle leva la main vers sa hanche droite, à la recherche de son arme, avant de la laisser retomber. L'habitude. Elle se rapprocha du corps.

Un bruit sec, celui d'un outil raclant le sol en béton. Dans l'ombre du faisceau étroit de lumière prodigué par son téléphone se tenait Antoine de Gembloux, un scalpel souillé gisant à ses pieds.

— Elle est morte, dit-il d'une voix atone.

Son visage était pâle comme celui du cadavre, son uniforme aussi net que s'il se préparait à passer une revue.

Céleste chercha des yeux l'arme de service du gendarme. Où la portait-il ? Elle n'y avait pas prêté attention jusque-là. Elle aurait dû.

Un brusque changement dans les appuis du militaire, et le corps de Céleste se mit en position de défense. L'adrénaline pulsa dans ses veines. Elle aurait dû avoir l'esprit clair, être prête à riposter. Pourtant, une petite voix la taraudait, lancinante : *Pourras-tu recommencer ? Es-tu prête à tuer à nouveau ? Vas-tu lui montrer quel monstre tu es ?* Impossible d'anticiper les réactions du major dans ces conditions. Elle devait respirer, reprendre le contrôle de ses idées et, pour ça, gagner du temps.

— Emma et Clémence m'ont appelée, risqua-t-elle. Elles ont entendu un coup de feu.

L'absurdité de sa démarche lui apparaissait, maintenant. Qu'avait-elle imaginé, bon Dieu ? Seule, non armée, sans menottes, sans l'autorité conférée par son statut de policière, que croyait-elle accomplir ?

Pendant qu'elle jaugeait son adversaire du regard, les secondes s'étirèrent. Et, comme un accordéon, se contractèrent. Céleste se trouva happée dans un tourbillon déconnecté de l'écoulement naturel du temps : les secondes que prit le major pour se baisser et saisir le scalpel à ses pieds parurent s'allonger sur une éternité, alors que celles qu'il lui fallut pour bondir sur elle se rétractèrent brutalement.

— C'est toi, salope ! entendit Céleste alors que le corps d'Antoine la percutait. C'est toi qui l'as tuée !

Déséquilibrée, elle fit deux pas en arrière, et se retrouva collée au mur. Le souffle coupé, elle para un coup de scalpel destiné à se planter dans sa gorge.

Un goût de sang lui envahit la bouche et elle fut un instant éblouie. L'odeur d'after-shave du major lui emplit les narines, elle inspira, chercha à attraper ses poignets. Mais Antoine avait l'avantage du poids. Il la plaqua contre la paroi, l'immobilisa de tout son corps.

Le scalpel se rapprocha des yeux de Céleste. Elle luttait, luttait, ne parvenait pas à se dégager. Elle allait mourir ? Encore ? Comme la fois précédente, elle sentit alors monter en elle une rage de vivre, une rage de vaincre. Quoi qu'il se passe, elle ne serait pas une victime. Elle banda ses muscles. Résista.

Puis loin, très loin, elle perçut le bruit des sirènes deux-tons. Le major se figea. C'était l'ouverture qu'elle attendait.

Seulement, il fut plus rapide qu'elle. Elle vit en un éclair sa main se lever, saisir son visage. Sa tempe frappa le mur avec violence. Elle perdit connaissance.

— Céleste Ibarben… Ibarben…

Le gendarme ânonnait comme il pouvait l'intégralité du nom de famille, qu'il écorcha copieusement.

— Céleste Ibarbengoetxea, à compter de ce jour, 18 h 47, vous êtes placée en garde à vue pour une durée de vingt-quatre heures renouvelable une fois pour des faits d'homicide volontaire, commis ce jour. Vous pourrez demander à être examinée par un médecin après votre arrivée à la gendarmerie. Vous pourrez prévenir un proche. Avez-vous un avocat ?

Sidérée, Céleste resta muette. Elle sentit à peine les menottes qu'on lui passa autour des poignets.

— Hé ! Ho !

L'homme se plaça devant elle, claqua des doigts.

— Vous avez entendu ? Vous avez compris ce que je vous ai dit ?

Elle acquiesça. Quelque chose lui comprimait la poitrine et lui serrait la gorge. Le chagrin, peut-être.

Elle percevait le ballet des militaires à l'extérieur de la grange, dont l'accès avait été restreint pour ne pas contaminer la scène de crime, illuminée par de puissants projecteurs. Dans leurs combinaisons blanches, rien ne les distinguait de leurs collègues de la police scientifique. C'était la même minutie, la même tranquille opiniâtreté. Le cri d'alarme des barges à queue noire retentit. Peu à peu, Céleste reprit pied dans la réalité, se souvint de ce qui l'avait amenée ici.

— Je ne suis pas…

Le gendarme n'esquissa même pas un demi-sourire.

— Vous êtes innocente ? Comme tous les gardés à vue. Vous connaissez un avocat ou vous voulez qu'on vous en commette un d'office ?

Elle avait l'esprit vide, blanc. Aucun nom ne lui vint.

— Céleste ? Capitaine Ibar ? Que se passe-t-il ?

Le gendarme qui avait notifié ses droits à Céleste se tourna vers le nouvel arrivant. Il sembla lui aussi surpris de l'interruption mais ne se démonta pas :

— Vous ne pouvez pas avancer, mon commandant, c'est une scène de crime ! On attend que les TIC[1] terminent leur travail. Restez dehors, je vous prie.

Puis il réalisa et reporta son attention sur Céleste :

— Capitaine Ibar ?

1. Techniciens en identification criminelle, membres de la gendarmerie nationale.

— Dites-moi ce qui s'est passé !

La voix grave, impérieuse, de Gwil claqua comme un coup de fouet.

— Cette personne est en garde à vue pour homicide, mon commandant. Nous l'emmenons à la brigade. Le procureur nous rejoindra.

— En garde à vue pour homicide ? Mais de qui ?

Céleste

Saint-Nazaire
Gendarmerie

À son arrivée à la gendarmerie de Saint-Nazaire, Céleste refusa le médecin. L'avocat commis d'office, qui se présenta rapidement, n'avait pas dû prêter serment plus d'un mois auparavant. Il tenait plusieurs dossiers, dont aucun n'était celui de Céleste. Ses chaussures étaient bien cirées. Son costume un peu trop grand. Vert sapin. Quelle drôle d'idée ! Céleste oublia son nom dans l'instant.

Les gendarmes allaient exiger des explications, des réponses. Elle allait devoir peser chacun de ses mots, sinon, ils ne la croiraient pas. Et ils en tireraient les mauvaises conclusions. Comme celle de l'envoyer en prison.

Céleste s'exhorta en silence à canaliser ses pensées. Comment en était-elle arrivée là ? Rien de cela n'avait de sens.

— Comment avez-vous rencontré la victime ?

Face à elle, le gendarme avait la gueule d'une affiche de recrutement. Une houppette, une barbichette et les oreilles décollées. Tendre comme une motte de beurre salé. D'après son badge, il s'appelait Denis Huet. Sous-lieutenant Huet.

— Vous voulez toute l'histoire ou un condensé ?

Elle ne pouvait pas blâmer ce pauvre militaire. À sa place, elle aurait elle aussi refusé de voir la vérité en face. Préféré la version du collègue à celle du cruchot[1]. Les gendarmes étaient comme les flics : corporatistes, incapables de présenter à l'adversité autre chose qu'un front uni, même si, en interne, le linge sale se lavait sans adoucissant.

— Toute l'histoire.

— Je vous préviens, elle est longue.

— On a vingt-quatre heures, prenez votre temps.

— Ça vous ennuie de m'enlever ces menottes ?

— Avec votre réputation, je ne m'y risquerai pas.

— Vous avez trop joué à Lara Croft. On est dans une gendarmerie, là. Vous ne faites pas confiance à vos collègues pour m'empêcher de m'échapper ?

Huet était jeune, peut-être trente-deux, trente-cinq ans. Assez pour avoir perdu ses illusions et se tenir sur ses gardes, pas assez pour s'être débarrassé d'un romantisme juvénile. Quelque chose en elle était flatté qu'il se méfie. Bien qu'à la réflexion elle puisse aussi se vexer qu'on la croie suffisamment stupide pour essayer de s'enfuir.

— Le commandant Guézennec pourrait-il participer à cet interrogatoire ? demanda-t-elle.

Le visage du gendarme se ferma.

— Le commandant est réserviste. Il n'a aucune raison de participer à cet interrogatoire. De plus, il est actuellement rattaché à la brigade de Pontchâteau.

1. Un gendarme, dans l'argot des policiers.

— Il pourra éclaircir des points, en corroborer d'autres… Il a collaboré à l'enquête.

— On verra. J'aimerais bien qu'on revienne à votre déclaration.

Céleste ferma les yeux et respira longuement. Elle avait la bouche sèche comme après avoir bu trop de vin, la langue épaisse, râpeuse. Elle avala péniblement sa salive.

Le sous-lieutenant avait dû parcourir son dossier. Découvrir qu'elle avait été suspendue pour des faits ignominieux. Il s'était fait son idée.

Elle n'avait pas le droit à l'erreur. Elle se concentra sur son souffle. La panique. Une angoisse qui venait du fond de ses tripes et l'enlaçait telle une vieille maîtresse, collante, obsédante, qui lui obscurcissait l'esprit, le saturant de fumée, de mélasse, de… Respire ! Elle sentait ses muscles se tendre, le rythme de ses battements de cœur s'accélérer, elle avait chaud. Elle devait reprendre le contrôle d'elle-même.

— Alors ? fit le gendarme.

Il fallait y aller. Tout déballer et espérer qu'il finirait par comprendre et se ranger de son côté. Et sinon lui, le procureur ou le juge. Quelqu'un allait forcément voir clair dans cette histoire. On ne peut pas être deux fois victime d'erreurs judiciaires, n'est-ce pas ?

— C'est sans doute mieux que je reprenne tout depuis le début, croassa-t-elle.

— Le début ?

— Le premier meurtre.

Le sous-lieutenant Huet heurta son bureau avec la pointe de son stylo, tourna l'objet, répéta le geste. Puis :

— C'est ça. Commencez par le début.

Gwil

Saint-Nazaire
Gendarmerie

Au même moment, Gwil s'asseyait face au bureau du commandant Lecourt, le patron de la brigade de Saint-Nazaire, un type dont il n'avait pas entendu dire grand-chose, ce qui était plutôt bon signe. Il avait pensé faire jouer l'ancienneté et la supériorité hiérarchique, mais son expérience lui soufflait qu'il s'agissait d'une arme à double tranchant.

— Vous la connaissez ? demanda Lecourt, le prenant au dépourvu.

— J'ai travaillé avec elle. Pas facile, mais les flics sont aussi des enquêteurs, pas juste des emmerdeurs indisciplinés. Elle a passé dix ans à la BRI, ce qui explique peut-être cela, elle est efficace et appliquée. Et surtout, elle est honnête et investie. Je ne peux pas croire un instant qu'elle soit coupable de ce dont vous l'accusez.

— Malheureusement, objecta Lecourt, les preuves sont contre elle.

— Elle adorait Flora, elle ne lui aurait pas fait de mal. Surtout un charcutage pareil, avec ce qu'elle a vécu, c'est…

Il allait dire « impensable ». Lecourt lui coupa la parole :

— Justement, avec ce qu'elle a vécu. J'ai consulté le TAJ[1], et ce que j'y ai vu ne va pas dans votre sens, commandant.

— Laissez-moi au moins vous expliquer ce qui s'est passé.

— Vous voulez faire une déposition ?

— Oui, auditionnez-moi. Vous allez comprendre.

Gwil expliqua comment, un matin de septembre, le substitut du procureur Orueta lui avait adjoint la capitaine Ibarbengoetxea et son coéquipier Maksen, et comment, contre toute attente, il s'était lié d'amitié avec la policière. Il avait dit amitié. Il aurait peut-être dû se taire, mais il n'avait pas pu s'en empêcher. Elle était son amie et il tremblait pour elle. Il raconta tout ce qu'il savait.

1. Le Traitement des antécédents judiciaires, fichier alimenté par les personnels de la gendarmerie et de la police nationales.

Denis Huet

Saint-Nazaire
Gendarmerie

De grands coups retentirent à la porte du bureau du sous-lieutenant Huet. Il termina de taper sa phrase et se leva. Les coups reprirent, plus fort. Le gendarme ouvrit la porte et se trouva nez à nez avec un jeune métis qui brandissait un porte-cartes. Il suffit au gendarme d'apercevoir le coin barré de bleu, blanc, rouge pour comprendre. Encore un flic.

— Céleste est là ? demanda le policier sans se présenter.

— J'ignore qui vous a autorisé à entrer ici, monsieur, mais je vais vous prier de partir.

Le sous-lieutenant Huet écarta les bras pour repousser l'intrus vers la sortie.

— Certainement pas ! J'exige de la voir. Elle est innocente. Je ne sais pas de quoi vous l'accusez, mais elle est innocente.

— Monsieur, s'il vous plaît, si vous êtes policier, vous connaissez la procédure. Je vous demande de bien vouloir partir.

Sans crier gare, le jeune homme se glissa sous les bras ouverts du sous-lieutenant. Huet parvint in extremis à le ceinturer, tandis que le policier hurlait :

— Céleste ! Céleste ! Je suis là ! Tiens bon ! Tu es innocente ! Ne les laisse pas t'enfumer !

Plusieurs têtes surgirent des pièces voisines et un autre gendarme vint prêter main-forte. Le policier cria qu'il s'agissait d'une erreur, d'une tragique erreur, que le meurtrier courait toujours.

Le sous-lieutenant Huet haussa les sourcils, se demanda si l'intrus avait consommé des stupéfiants ou bu plus que de raison. Il s'en voulut d'avoir pensé d'abord aux joints, parce qu'il avait conscience que son inquiétude était liée à la couleur de peau du jeune homme.

Ce dernier mit à profit la distraction momentanée du gendarme pour se dégager et bondir en avant. Passant devant un des bureaux vitrés situés à proximité de l'accueil, il frappa au carreau.

— Gwil ! cria-t-il. Gwil ! Il faut qu'on parle ! Elle est innocente !

Cette fois, ils furent quatre à s'allier pour le jeter dehors. Le policier continua de se débattre, de brailler et de hurler, mais il fut vaincu par le nombre, d'autant plus qu'il ne paraissait pas très doué au corps-à-corps. Les gendarmes verrouillèrent l'entrée principale derrière lui.

Le sous-lieutenant le vit composer un numéro sur son portable. Il glissa lentement au sol. Denis Huet se rapprocha pour essayer d'entendre – on ne savait jamais. À ce qu'il comprenait, le policier était un proche collaborateur de sa gardée à vue. Il pleurait. Il s'adressait à une certaine Jeanne Destouches. Il implorait : « Faites quelque chose, je vous en prie. Si le juge apprend ça, elle va finir en taule. » Il dit aussi : « Tout est de ma faute, elle n'y est pour rien. » Il répéta : « Tout est de ma faute. » Denis Huet se demanda s'il ne devrait pas l'interroger, tout compte fait.

Les suppliques du policier ne durent pas être couronnées de succès, car il resta plusieurs secondes à contempler son écran, comme si on lui avait raccroché au nez.

Denis Huet débloqua la porte d'entrée pour proposer à ce policier d'être auditionné, à condition de se calmer. Bien lui en prit. Il évita de justesse la réprobation d'un des plus importants personnages de la juridiction.

Patxi Orueta arrivait, sanglé dans un manteau gris en cachemire et chaussé de souliers rutilants. Sans accorder un battement de cils au policier assis par terre, il fondit sur le sous-lieutenant. Le substitut du procureur de la République de Saint-Nazaire se déplaçait rarement dans les services, et jamais pour féliciter.

— Êtes-vous le gendarme chargé de l'interrogatoire de la capitaine Céleste Ibarbengoetxea ?

Peu habitué à traiter directement avec les magistrats, Huet bafouilla un « oui » qui ressemblait à une excuse. Ses yeux cherchèrent du réconfort autour de lui, en vain. Ses collègues, il les entendait, s'étaient immobilisés à quelques mètres dans son dos, observant un silence respectueux.

Les sourcils épais de Patxi Orueta se rejoignirent en une longue ligne poilue.

— Où en est-on ?

Le sous-lieutenant Huet eut un sursaut. Il était militaire ! Il était gendarme ! Il avait suivi à la lettre la procédure ! Il avait obéi aux ordres d'un magistrat !

Il refusait de trinquer pour les problèmes de communication du palais de justice.

— C'est que… j'agis sur instruction de M. Cholet. Tout est enregistré en vidéo.

Le monosourcil de Patxi Orueta s'épaissit, façon queue d'un chat en colère. Le cerveau du sous-lieutenant Huet lui renvoya une question presque indécente : est-ce qu'on pouvait hérisser les sourcils ?

— Je reprends le dossier, le substitut Cholet manque d'expérience en la matière. Vous avez arrêté la capitaine Ibarbengoetxea, c'est ça ?

— Elle n'est plus capitaine, monsieur le procureur, elle a été suspendue.

— Que s'est-il passé ?

Denis Huet s'interrogea. Devait-il raconter pourquoi Mme Ibar avait été mise à pied ou la raison pour laquelle elle se trouvait en garde à vue ?

Le magistrat s'impatienta :

— Je ne comprends pas qu'on traite de la sorte un représentant de l'ordre. Qu'est-ce que c'est que ces façons ?

Le gendarme accusa le coup. La moutarde lui monta au nez. Pour qui se prenait-il, ce substitut, avec ses manières de maître d'école ? Inconsciemment, Denis Huet se redressa en position de garde-à-vous.

— La loi, monsieur le substitut, répondit-il pompeusement.

Patxi gloussa.

— La loi, rien que ça. Bon, enlevez le balai que vous avez dans le cul et expliquez-moi ce que vous avez sur elle.

Des rires étouffés fusèrent dans le dos du sous-lieutenant. Le rouge lui monta aux pommettes. Il n'était ni formé ni préparé à argumenter devant un magistrat. Son supérieur aurait dû être là, à sa place, ou, au moins, le soutenir.

— Le major de Gembloux l'a interpellée alors qu'elle venait de commettre un homicide sur la personne de Flora de Gembloux, monsieur le procureur. Nous avons appelé M. Cholet, qui nous a notifié de suivre la procédure…

— Vous êtes en train de me dire que le major de Gembloux l'a surprise en train d'assassiner Flora de Gembloux ?…

Le gendarme bredouilla :

— Nous… nous n'avons pas encore entendu le major. Il est très secoué… Quand nous sommes arrivés, il était parvenu à maîtriser Mme Ibar et il nous a affirmé : « Elle l'a tuée, la salope. »

— Et que vous a dit la capitaine Ibarbengoetxea ?

— Qu'elle ne l'a pas fait, monsieur le procureur !

— Et vous ne la croyez pas ?

— On arrête presque toujours des innocents, monsieur le substitut, vous le savez.

Patxi Orueta se pinça les ailes du nez entre deux doigts et soupira.

— Ça fait déjà deux heures que j'auditionne Mme Ibar, dit Huet. Le commandant Guézennec est entendu également, à sa requête. Et il y a le… un policier, qui travaille avec la capitaine. Il est venu et a voulu être écouté, lui aussi.

— Et que vous a-t-il déclaré ?

Le sous-lieutenant se tortilla.

— Il s'est mis à faire du raffut et… on lui a demandé de revenir.

— Ramenez-le.

— Pardon ?

— Vous croyez que je ne l'ai pas vu en entrant, avec ses vêtements froissés ? Pourquoi ne reconnaissez-vous pas que vous l'avez flanqué dehors ?

Huet ne répondit pas.

— Allez le chercher, je vous dis ! hurla le substitut. Cette affaire est suffisamment compliquée, on n'aura pas de cerveaux en trop.

Le sous-lieutenant, pas certain de bien comprendre, obtempéra. Il interpella Ithri.

— Dites, euh… le substitut du procureur veut vous voir. On va vous auditionner.

— Vous avez interrogé Léon ?

— Léon ? C'est qui, encore, celui-là ?

— Une pièce du puzzle.

Gwil

Saint-Nazaire
Gendarmerie

Insensible aux éclats de voix qui leur parvenaient, le commandant Lecourt poursuivait l'audition de son collègue :

— Comment qualifieriez-vous vos rapports avec la capitaine Ibar ?

Il avait le crâne dégarni et un début de bedaine, ce qui avait souvent pour effet d'attirer les sympathies. L'image du gros débonnaire avait encore de beaux jours devant elle. Gwil ne s'y fia pas, pas plus qu'aux manières chaleureuses du commandant. Il n'oubliait pas son objectif : faire sortir Céleste de garde à vue avant que cela remonte aux oreilles du juge de Bobigny et que sa mauvaise réputation entraîne une détention préventive, qui conduirait à une mise en examen pour le meurtre de Flora. La justice était très forte pour s'engager dans des cercles vicieux dont les justiciables ne pouvaient pas toujours s'extraire avant d'être irrémédiablement broyés.

Les yeux profondément enfoncés dans leurs orbites, le nez busqué et les incisives proéminentes à peine cachées par des lèvres fines, Lecourt lui évoquait un oiseau de proie, capable de tourner pendant des heures, patient et concentré, sans quitter du regard la souris insouciante qu'il avait repérée, avant de fondre sur elle et de la dévorer.

Gwil avait pour lui l'expérience et la réputation d'être un gendarme intègre.

— Personne n'apprécie qu'on vienne manger sur ses plates-bandes. J'étais un invité dans l'enquête de la capitaine Ibar. Un invité imposé, comme le beau-frère qu'on déteste mais qu'on reçoit pour célébrer l'anniversaire de mamie. Mais nous avions un but commun, ni elle ni moi ne le perdions de vue. Et si le début de notre collaboration a été marqué, entre autres, du sceau des a priori, celle-ci a bien évolué par la suite.

— Ah oui ?

— Ça a commencé à se barrer en cacahuète quand nous avons mis en examen Bernard Béchu, un nom d'emprunt, à la suite de la découverte, chez lui, d'une collection de fœtus plastinés. On venait de trouver son fusil de chasse, le type avait reconnu qu'il savait dépecer des animaux, on n'a pas vraiment réfléchi. Il habitait dans un endroit reculé avec personne alentour pour entendre un appel à l'aide. Il avait été condamné pour le meurtre de sa femme, avait fait de la prison. Oui ! Oui, je l'admets, j'ai eu la faiblesse de le croire coupable. De le *vouloir* coupable. Quelqu'un devait payer pour ces atrocités.

Ça ressemblait à un succès, et pourtant, ça avait été le début de la dégringolade. Le commandant Lecourt posa les coudes sur son bureau.

— Vous l'avez fait avouer ?

— Non. On l'a emmené à la gendarmerie. J'étais soulagé. D'un seul coup, on venait de sortir deux affaires, la mort de Stéphane Meynet et celle d'Océane Lemonnier, et probablement plusieurs autres. On a envoyé les fœtus au labo pour analyse ADN, le fusil de chasse à la balistique pour voir si on pouvait le relier à l'homicide de Stéphane Meynet…

— Alors ?

— Vous savez, parfois, tout arrive d'un coup. On a soudain tellement de bonnes nouvelles qu'on croit que ça se débouche. Bernard Béchu continuait de nier, mais avec les preuves qu'on avait, ça n'était pas grave. L'officier de police Ithri Maksen nous a rejoints à la gendarmerie. Il nous a annoncé qu'à la maison de retraite de La Baule personne n'avait jamais vu de religieuse en habit, pas même les résidents qui se déplacent en fauteuil roulant. On aurait dû y prêter un peu plus attention, évidemment, mais nos objectifs s'étaient modifiés. On ne cherchait plus le coupable, on l'avait trouvé, il suffisait de le prouver. Vous comprenez le changement d'état d'esprit ? On était devenus des bêtes assoiffées de sang. Il s'agissait de faire avouer Béchu, de bétonner notre dossier et de boucler la procédure. Béchu a été mis en examen par le juge Blimmet, et le juge des libertés a accepté qu'il soit placé en détention préventive. On nous a rappelé que ce sont les magistrats qui dirigent les enquêtes, pas nous. Nous, nous sommes censés obéir. Ça ne me posait pas de problème, en tant que gendarme j'ai l'habitude.

— Mais c'était plus difficile pour les policiers…

Les deux militaires échangèrent un coup d'œil de connivence.

— Céleste a développé ses objections, et le juge d'instruction nous a retiré l'affaire. On venait de passer une heure à lui expliquer tout ce qu'on avait trouvé sur d'autres victimes potentielles, et lui, il nous a retiré l'affaire.

— Comment a réagi la capitaine ? C'est pour ça que vous me racontez cette histoire, n'est-ce pas ? Vous voulez que je la comprenne. Vous voulez que j'admette qu'elle ne peut pas être l'auteur du meurtre de Flora de Gembloux. Cependant, elle connaissait par cœur le modus operandi et la signature de l'assassin. Elle est la mieux placée pour le reproduire.

Gwil baissa la tête. C'était comme s'enfoncer dans un cauchemar façon tunnel.

Patxi

Saint-Nazaire
Gendarmerie

Patxi Orueta, debout dans le hall de la gendarmerie, réfléchissait au rapport d'audition intermédiaire de la capitaine Ibar que le gendarme Huet venait de lui transmettre. Un vrai roman dans lequel il prévoyait de se plonger le lendemain matin. Enfin, s'il parvenait à rentrer chez lui avant l'aube, songea-t-il en consultant sa montre.

Gwil sortit à ce moment d'une salle d'interrogatoire. Il se dirigea vers le substitut et lui demanda :

— Comment ça se présente ?

— Le sous-lieutenant Huet est toujours en train de l'entendre.

— Vous ne croyez pas qu'elle soit coupable, n'est-ce pas ? Parce qu'elle est innocente.

Patxi avait apprécié de travailler avec le gendarme et la policière, qui lui adressaient des rapports précis et respectaient ses consignes, tout en faisant preuve d'initiative. Il était désolé que l'enquête leur ait échappé, qui plus est au profit d'un service central qui ne lui accorderait peut-être pas autant d'énergie que ces deux-là. Mais, en son âme et conscience, il n'aurait pu dire de quoi l'un et l'autre étaient capables.

La nature du crime le troublait. Quelque chose en lui admettait que Céleste avait pu tuer un homme qui la menaçait, mais ce même quelque chose se refusait à croire qu'elle ait assassiné une jeune femme sans défense. Pourtant, il y avait les preuves. La présence de Céleste, le scalpel découvert à ses pieds, ses vêtements sales suggérant qu'elle s'était traînée par terre, et le major qui affirmait qu'elle avait répondu « oui » à son accusation.

Gwil insista :

— J'aimerais discuter de ce qu'elle et moi avons trouvé depuis que l'affaire nous a été retirée. Cela apporterait un éclairage nouveau sur la situation et nous aiderait à la disculper.

— Qu'est-ce que vous avez découvert ?

— On s'est pas mal baladés à moto çà et là et on a rencontré des collègues gendarmes en chemin. Certains nous ont parlé de disparitions de jeunes femmes dans leur circonscription. Dans certains cas, ça collait avec notre affaire.

Gwil regarda le substitut droit dans les yeux. Parfois, respecter la loi consiste à sauvegarder les apparences tout en s'assurant que les messages implicites soient compris.

Patxi Orueta n'était pas né de la dernière pluie.

— Laissez-moi réfléchir, répondit-il après quelques secondes. Ce n'est pas facile, ce que vous me demandez là.

Gwil

Saint-Nazaire
Gendarmerie

Laissant le substitut à ses pensées, Gwil sortit de la gendarmerie pour retrouver Ithri. L'air frais lui fit du bien. La nuit charriait des odeurs de marée. Dans la rue, de rares autos passaient à faible allure. Il observa les palmiers aux feuilles jaunies qui flanquaient le portail du bâtiment. Comme pour défier l'uniformité militaire, les maisons de l'autre côté de la rue avaient été peintes de couleurs vives, rouge, vert, jaune.

Assis par terre, Ithri leva la tête vers lui, blême.

— Je leur ai tout dit, et malgré ça, ils ne veulent pas la relâcher.

Il sanglotait presque. Gwil lui-même pouvait difficilement penser à la mort de Flora sans que les larmes lui montent aux yeux. Or Céleste avait besoin qu'on l'aide, pas qu'on pleure sur son sort. Il s'installa à côté d'Ithri sur une marche.

— Que s'est-il passé ?

Forcé de remettre de l'ordre dans ses idées et sommé de se raccrocher au réel, le jeune homme, dont la voix chevrotait au début, reprit de l'assurance. Il raconta tout jusqu'à leur arrivée à la Brillantine, et aussi ce qu'il savait de Léon.

— Et alors ?

— Elles l'ont cru. D'abord parce qu'elles l'ont trouvé convaincant, mais également parce qu'il leur a montré, sur l'ordinateur des Gembloux, que les codes d'une session MyHeritage étaient enregistrés sous les noms de Daniel et Isabelle Baliveau.

— Je ne comprends pas, fit Gwil.

— Quelqu'un, à la Brillantine, a envoyé à ce site américain des échantillons de salive d'un père et de sa fille.

— Flora est la nièce d'Antoine. Pas sa fille.

— Elle partage 50 % d'ADN avec Antoine.

— Ce n'est pas Antoine, c'est un autre homme, objecta Gwil.

— Antoine partage aussi 49 % de son ADN avec Léon. Et tu verrais le garçon, c'est son portrait craché.

Gwil était abasourdi. Son vieil ami, qui lui avait un jour confié sa souffrance de ne pas avoir de descendance, serait le père de Flora ? Et de ce Léon ?

— Je ne comprends pas, Ithri, répéta-t-il. Tu es en train de me dire qu'Antoine a eu Flora avec sa sœur ?

— Non. Si c'était le cas, Flora et lui auraient beaucoup plus d'ADN commun, puisque le major et sa sœur partagent de l'ADN.

— Alors ?

Ithri avait une explication :

— C'est lui qui a raconté que la communauté de sa sœur l'avait contacté à la mort de cette dernière. Mais on ignore s'il a dit la vérité. On ne sait pas qui est la mère de Flora, en réalité. Et quand il s'est battu pour faire enregistrer l'ascendance de Flora, c'est en recourant à l'ADN de ses parents.

— Ceux de sa sœur, mais aussi les siens, commenta Gwil, que le chemin emprunté par Ithri commençait à inquiéter.

— C'est ce que je me suis dit. Il a peut-être simplement utilisé la mort de sa sœur pour récupérer sa propre fille. Il faudra lui demander. Pourquoi n'a-t-il pas reconnu Flora ? Par honte, peut-être. Les parents qui assument leurs enfants trisomiques ne courent pas les rues.

Gwil s'efforçait de faire le tri entre ce qu'il savait, ce qu'il croyait savoir, ce qu'il pouvait facilement déduire et tout ce qu'il ignorait. L'ignoble doute qui l'avait saisi lors de sa visite à l'hôpital se précisait.

— Il y a quelque chose d'autre, reprit le jeune homme. Je pense que le major est TimTam.

Cette fois, Gwil resta sonné, le désarroi le disputant à la colère. Comment pouvait-on soupçonner son ami ? Il fut tenté de réagir, plutôt vivement, d'ailleurs. Le salut vint de là où il ne l'attendait pas : de l'intérieur de la gendarmerie.

— Commandant ? fit le substitut par la porte ouverte.

Gwil se releva.

— C'est d'accord. Seulement, je préférerais que ça se déroule dans un endroit un peu plus discret.

— Chez moi ? proposa le gendarme. Je n'habite pas loin.

— Très bien. Je vous suis ?

Gwil se tourna vers Ithri. Le procureur continua vers le parking.

— Tu as parlé aux collègues de tes soupçons ?

— Ils ne m'auraient pas cru et je n'ai pas les images.

— Comment ça, « les images » ?

— La vidéosurveillance de La Baule, à l'heure du rendez-vous de Céleste avec TimTam. J'ai sympathisé avec un policier municipal, qui m'a autorisé à visionner les prises de vues, comme j'avais la date, l'heure et le lieu précis, c'était facile. En revanche je n'ai pas pu les saisir, évidemment. On reconnaît le major qui passe devant le bar à l'heure du rendez-vous, regarde à l'intérieur et continue sa route en accélérant le pas.

— Tu es certain que c'est lui ? Comment aurait-on pu le manquer ? Je le connais depuis des années !

— Avec le reflet des lumières sur les vitres, on ne voit pas grand-chose, depuis la salle.

Troublé, Gwil s'avoua que, depuis quelque temps, il commençait à s'interroger sur son vieil ami, sans parvenir à y croire tout à fait.

— Le substitut Orueta vient chez moi. Je veux lui faire un panorama de ce qu'on a découvert, avec Céleste. Il faut qu'on trouve un moyen de la sortir de là, et pour ça, on a besoin de ton témoignage.

Ithri cracha :

— Pas question de parler à ce type ! C'est lui qui a accepté la garde à vue de Céleste. On sait tous qu'elle est incapable de faire une chose pareille !

Gwil comprit que la culpabilité rongeait le jeune policier. Celle d'avoir nourri la quête paternelle de Flora et d'avoir laissé se développer une amitié trouble entre elle et lui. Celle d'avoir aidé Céleste à quitter l'hôpital, la conduisant à sa perte.

Il posa la main sur l'épaule d'Ithri, qui ne se déroba pas, contrairement à ce que Gwil craignait.

— Ce n'est pas lui, mais un autre substitut. De toute façon, il n'avait pas le choix. Quelle que soit son opinion personnelle sur Céleste, les gendarmes l'ont trouvée à côté du corps de Flora.

— Ce n'est pas vrai !

— Et le substitut, quoi que tu penses, est notre allié.

Ithri se dégagea brusquement. Tout le ressentiment et la détresse qu'il avait accumulés éclatèrent :

— Ah oui ? Depuis combien de temps Céleste est suspendue ? Qu'ont-ils fait, ses copains procureurs ? La substitut à Nantes, qu'a-t-elle fait pour lever le contrôle judiciaire ? Et lui, qui fait semblant d'appartenir à cette grande fraternité des Basques exilés en Bretagne ! Quelle connerie ! La réalité, c'est que ça arrange tout le monde de croire que Céleste est un monstre. On va justifier sa garde à vue par sa mise en examen dans l'autre affaire ! Les journalistes vont s'en mêler, ils vont en remettre une couche sur les violences policières, sur « ces flics à bout qui pètent un câble ». Elle va terminer comme victime sacrificielle, et ce sera en partie ma faute. Les procureurs, les médias, l'opinion veulent un bouc émissaire !

Ithri n'avait pas tort. La justice devait montrer qu'on réservait un traitement identique à tous, policiers ou non. Sauf qu'en prison, être flic, ça n'était pas la même chose qu'être plombier.

— Ce proc nous a toujours suivis. Je lui fais confiance. J'ai besoin de lui pour libérer Céleste, insista Gwil. Céleste a besoin de ta capacité de recul, de ton sens du détail. Il faut que tu te ressaisisses. Tu paniqueras plus tard.

L'air buté, Ithri shoota dans un petit caillou. Gwil respira.

— Tu as une idée pour la faire sortir de garde à vue ? Une idée pour la disculper ? Parce que je suis ouvert à tout, Ithri, je veux qu'elle quitte la gendarmerie la tête haute, sans aucune charge retenue contre elle. Le seul moyen qu'on ait, c'est le procureur. Nous, on ne fait pas partie de l'enquête. Regarde comme ils t'ont jeté de la brigade. Viens chez moi. On mange un morceau, on boit une tisane et on établit un plan d'action.

À peine s'étaient-ils installés autour de la table de la salle à manger que Mélanie apparut. Les cheveux en bataille, ajustant ses lunettes sur son nez, elle portait un bas de jogging et un vieux pull qui pochait aux coudes.

— Que faites-vous ici ? demanda-t-elle sans préambule.

Gwil se dirigea vers elle.

— Il s'est passé un drame.

Et comme Mélanie le regardait sans comprendre, il ajouta :

— Assieds-toi.

Il s'agenouilla devant sa femme.

— Flora est morte. Flora a été assassinée.

Mélanie resta un long moment sans réaction, sous le choc, comme tétanisée. Puis elle hoqueta :

— Qui a pu… ? Pas elle ! Et Antoine ? Et Victoire ?

Gwil tressaillit. Dans la folie de ces dernières heures, il n'avait pas pensé à s'occuper de Victoire. Et Antoine ? Il lui semblait qu'Antoine était toujours à la gendarmerie quand ils en étaient partis. Il s'en voulut terriblement, tout à coup. Il imagina la douleur de Victoire en découvrant que sa chère nièce avait connu ce sort tragique, cette fin sordide. Il se sentit honteux en songeant qu'elle avait dû traverser cette épreuve seule, sans le soutien de son mari. Victime collatérale d'un meurtre. Victime invisible, oubliée.

— J'ai demandé au gendarme de retenir le major Gembloux, dit Patxi Orueta.

— Qui êtes-vous, exactement ? l'interrompit Mélanie. Que faites-vous tous ici, d'ailleurs ?

Elle roula son mouchoir en boule et se tamponna les yeux. Puis elle déclara à son mari :

— Il est minuit et demi. Tu débarques ici avec Ithri et un inconnu, tu me dis que Flora a été assassinée… Où est Céleste ?

— Antoine a arrêté Céleste pour le meurtre de Flora. Je ne sais pas où est Victoire, je ne sais pas comment elle a été prévenue, sans doute par un gendarme resté sur la scène de crime. Il y avait une telle confusion !

Mélanie, au fil des années, avait emprunté quelques habitudes de son militaire de mari.

— Il vaudrait mieux que j'aille la voir.

— Ce serait bien, oui, répondit Gwil.

— Nous avons un témoignage qui incrimine Céleste pour le meurtre de Flora… commença Patxi.

— Celui du major de Gembloux ? C'est impossible, monsieur le substitut. Elle n'aurait jamais fait ça.

Patxi posa une main sur le bras de Gwil en un geste surprenant de fraternité.

— Nous n'avons ni l'un ni l'autre envie de le croire, commandant.

— Vous ne l'avez pas vue avec Flora ! S'il y avait bien une personne au monde capable de fendre l'armure de Céleste, c'était cette gamine-là. Pour rien au monde elle ne l'aurait tuée. Au contraire, elle l'aurait défendue, bec et ongles.

— Bec et ongles… C'est étonnant que vous utilisiez cette expression. Vous savez qu'elle a déchiré la gorge d'un homme avec les dents ? Cette affaire pour laquelle elle a été suspendue de la police n'est pas une simple histoire de légitime défense, vous étiez au courant ?

Gwil eut un mouvement d'assentiment. Même les journaux avaient divulgué les charges qui pesaient sur Céleste.

— J'ai appelé mon confrère à Bobigny, continua le substitut. Sans me dévoiler les détails du dossier, il m'a affirmé qu'il n'avait jamais connu un tel déferlement de rage de la part d'une femme de toute sa carrière de magistrat. Il a parlé de sauvagerie. Vous pouvez imaginer déchirer la gorge d'un homme avec les dents ? Vous pouvez imaginer quelle dose de hargne est nécessaire pour en arriver à cette extrémité ? Je ne suis même pas sûr que les gars des opérations spéciales en soient capables.

Que savait le substitut de ce que « les gars des opérations spéciales » étaient capables ou pas de faire ? Complet à fines rayures, cravate colorée juste ce qu'il fallait pour attirer l'œil sans le retenir, joues rasées de près malgré l'heure… Perdre sa capacité à discerner les nuances est l'un des dangers qui menacent les représentants de l'ordre. La tentation est grande de voir le monde en noir et blanc, de tracer une ligne entre les gentils et les méchants, entre le droit et la morale, entre le tolérable et l'inacceptable. Gwil se sentit soudain épuisé. Parce que, oui, lui pouvait imaginer qu'on en arrive à une telle extrémité. Mais ce n'était pas le moment de faire assaut d'abominations. L'urgence, c'était de tirer Céleste d'affaire puis de trouver qui avait tué Flora et ces femmes.

Comme s'il avait pu lire dans ses pensées, le substitut Orueta dit :

— Mon seul objectif, c'est que le véritable meurtrier se retrouve derrière les barreaux. Je vous assure que nous sommes sur la même longueur d'onde. Nous sommes ici pour éviter une erreur judiciaire. Malheureusement, si je me contentais de suivre mes convictions, je mettrais en péril la libération de la capitaine. Elle a été arrêtée par le major de Gembloux au pied du cadavre encore chaud de Flora de Gembloux, assassinée de la même manière que deux autres femmes – des détails qui n'ont pas été révélés au public. Des indices circonstanciels pointent vers votre amie. Je ne pouvais pas annuler la garde à vue. En revanche, j'ai demandé que le corps de Flora soit immédiatement transporté à l'annexe médico-légale de Saint-Nazaire et j'ai personnellement appelé la docteure Hernandez.

Il était temps de jouer cartes sur table. Une fois de plus, Gwil expliqua leurs doutes sur la culpabilité de Béchu. Il raconta les visites aux gendarmeries de campagne, la disparition de Carine Tervier, la découverte de son ordinateur et des secrets qu'il renfermait, le don de sperme illégal, le groupe Facebook fréquenté par les autres victimes identifiées ou disparues.

— Vous avez donc réussi à établir un lien entre ces femmes. Quel rapport avec Bernard Béchu ? Est-il le père ?

— C'est peu probable, intervint Ithri. Nous avons un suspect beaucoup plus crédible.

Patxi jeta un coup d'œil à Gwil. Ce dernier pesa ses mots, sachant qu'ils arrivaient au moment de vérité :

— Nous avons monté un guet-apens, dit-il.

Sous le regard sévère d'Ithri, Gwil résuma leurs recherches et leurs mises en scène pour attirer le tueur.

— Si je comprends bien, vous avez établi l'identité de ce TimTam ? demanda Patxi.

— Nous avons identifié un individu connu qui est passé devant le café à l'heure du rendez-vous, et qui ne s'est pas arrêté, dit prudemment Ithri. Une personne qui n'avait aucune raison d'être là.

— Ne me faites pas languir.

Gwil devait choisir entre abandonner Céleste et trahir son ami. Il avait l'impression d'être à plat ventre en haut d'une falaise et de tenir le poignet de la policière suspendue dans le vide. S'il ne répondait rien, c'était comme ouvrir la main, la laisser tomber. Ses tripes lui criaient de sacrifier Antoine. Sa tête lui disait : Cette fille, tu la connais à peine.

Les tripes gagnèrent.

— Le major de Gembloux, dit-il.

Le procureur Patxi siffla.

— D'après vous, le major de Gembloux est un meurtrier ? Ou vous pensez que le major de Gembloux donne illégalement du sperme à des femmes qui veulent être mères ?

— Nous pensons que le major de Gembloux donne illégalement du sperme à des femmes qui veulent être mères. Et qu'il a illégalement donné du sperme à plusieurs femmes qui ont été assassinées après s'être retrouvées enceintes.

Gwil demanda à Ithri sa tablette. Il montra au substitut la carte de France des victimes supposées d'Antoine.

— Le major travaillait à la gendarmerie de Bergerac lorsque Natacha Hugoli et Tatiana Tenon ont disparu ; il était en poste à la gendarmerie de Graveson au moment de la disparition de Valérie Pelletier, à une dizaine de kilomètres de là. Et aujourd'hui (Gwilherm posa son doigt sur la ville de Pontchâteau), il est en poste ici et les victimes vivent à quelques kilomètres. Qui d'autre que TimTam savait qu'elles étaient enceintes ?

— N'est-ce pas une hypothèse un peu tirée par les cheveux ?

— Vous connaissez le rasoir d'Ockham ? C'est un principe de simplicité fondé sur la logique et la rationalité. Nous pensons que ce meurtrier punit des femmes qui ont dévoyé, à ses yeux, l'institution du mariage en portant l'enfant d'un homme marié. Le point commun entre ces femmes, c'est cet homme. Le major de Gembloux est très strict sur la morale, d'habitude.

— C'est très pervers, dit le procureur Patxi. Parce que si on suit cette hypothèse, il justifie son péché par celui des autres. Mais, en effet, il faut creuser cette piste. En tout état de cause, ce que vous savez sur le major de Gembloux peut expliquer qu'il ait été si pressé d'accuser Céleste. En revanche, je ne le vois pas tuer sa nièce pour ça. Et que faisait Céleste à cet endroit ?

Gwil laissa la parole à Ithri. Celui-ci résuma la conversation qu'il avait eue avec Céleste à l'hôpital, et sa réaction. Il bascula sa tablette en mode satellite pour montrer à Orueta la configuration des lieux.

— Ici, c'est la Brillantine.

On discernait parfaitement la maison d'hôtes et une construction de petite taille au milieu de la végétation.

— Ce bâtiment, là, c'est la grange dans laquelle Victoire range ses outils de bricoleuse.

Le substitut fronça les sourcils.

— Mais c'est également…

— La scène de crime, compléta Ithri. En effet, c'est à cet endroit qu'a été retrouvée Flora et que Céleste a été arrêtée.

Le doigt d'Ithri glissa vers le marais, au bout de la lanière herbeuse de la Brillantine, puis se décala de deux lanières vers la gauche.

— On ne distingue rien à cause de la végétation, mais ici se trouve la chaumière de Bernard Béchu. On peut y accéder par la rue ou par un chemin plus court à travers la haie.

Le substitut du procureur, fasciné, regardait l'image satellite et le doigt d'Ithri qui se déplaçait.

— Je n'avais pas réalisé que Bernard Béchu et les Gembloux vivaient aussi proches les uns des autres.

— Céleste m'a ordonné de la conduire immédiatement auprès des filles. Quand nous sommes arrivés,

Emma et Clémence étaient seules à la Brillantine. Elles n'avaient pas vu le major de Gembloux, et Victoire avait quitté la maison une heure avant, disant qu'elle allait s'occuper des oiseaux de Béchu.

— C'était normal ? interrogea le substitut.

— Était-ce conforme à leur emploi du temps, vous voulez dire ? demanda Ithri. Oui. Le lundi soir, Flora avait un cours de théâtre et elle prenait le bus ici (il montra l'arrêt). Quand Flora n'était pas à la maison, Victoire en profitait pour vaquer à ses occupations.

— Flora était donc absente, elle aussi ?

— En effet. Mais les filles de Céleste nous ont raconté qu'elle n'était pas allée au théâtre. Un certain Léon Ripallin, qui s'est présenté comme son frère, a sonné chez elle avant qu'elle ne parte.

— Son frère ? s'étonna le substitut.

Ithri expliqua comment, en consultant l'ordinateur familial des Gembloux, il s'était assuré de la véracité des affirmations du jeune homme.

— Et Flora, où était-elle pendant ce temps ?

— Selon Emma et Clémence, elle était bouleversée par la révélation et elle a dit qu'elle rejoignait sa tante.

— Chez Bernard Béchu ?

— Oui. Au bout d'un moment, un peu inquiètes, Emma et Clémence ont résolu de se lancer à sa poursuite, mais elles n'avaient qu'une idée très vague de l'endroit qu'elles cherchaient et elles ont fait chou blanc. Elles s'interrogeaient sur la conduite à tenir lorsqu'elles ont entendu un coup de feu. Il avait l'air très proche. Elles ont décidé de retourner à la Brillantine pour se mettre à l'abri. C'est là que nous les avons retrouvées. Céleste est partie à la recherche de Flora dès que les filles lui ont parlé du coup de feu. Elle m'a prié de rester avec elles, ce que j'ai fait.

Emma et Clémence avaient alors expliqué plus en détail à Ithri les révélations de Léon et lui avaient montré les résultats des tests ADN.

Les yeux du jeune homme se remplirent de larmes.

Le bruit des sirènes deux-tons de la gendarmerie avait résonné. Des véhicules s'étaient garés dans la rue, des gendarmes s'étaient disséminés sur cent cinquante mètres. L'un d'eux avait frappé à la porte. Il avait demandé s'ils avaient entendu un coup de feu : un voisin avait téléphoné, alarmé – jamais les chasseurs ne tiraient aussi près des habitations.

Ithri avait présenté sa carte de police, parlé de Céleste, qui cherchait Flora. Au comble de l'angoisse, il avait appelé Gwil. Emma et Clémence, affolées, craignaient qu'il ne soit arrivé quelque chose à leur mère.

Puis Céleste avait fait son apparition, menottée et encadrée par des gendarmes. On ne lui avait pas laissé le temps d'embrasser ses filles. Elle avait été poussée vers un véhicule de service.

Ithri avait alors adressé un SMS à Gwil pour lui indiquer qu'il conduisait Emma et Clémence au Bistrot du Marais, où ils attendraient Marie. Une fois les jeunes filles remises à leur autre mère, Ithri avait filé à la gendarmerie de Saint-Nazaire, où Céleste était gardée à vue.

Le téléphone du substitut sonna, interrompant la conversation. Gwil se sentait lessivé. Pendant que le magistrat répondait, il se rendit à la cuisine chercher de l'eau – et en rapporter à ses collègues.

Était-ce la réalité ? Se préparait-il à monter un dossier de meurtre contre un de ses plus vieux amis ?

Il posa son plateau et distribua les verres. Patxi terminait son appel.

— La docteure Hernandez a observé le corps de Flora, fit-il en désignant l'appareil. Bien entendu, elle n'a pas pu procéder à l'autopsie, mais ses remarques sont troublantes. Selon elle, la mort de Flora de Gembloux a été maquillée. Elle n'est pas morte étranglée, mais d'un coup de fusil. Probablement celui qui a fait réagir le voisin.

— Comme Stéphane Meynet ?

Patxi Orueta opina.

— La plaie a été excisée et les blessures ont été camouflées, continua-t-il. Avec tout le sang dans la cavité abdominale, le médecin qui est intervenu sur place s'y est laissé prendre.

— Il n'est pas toujours évident de faire la part des choses au premier coup d'œil, remarqua Gwil.

Comme Ithri avait l'air de ne pas comprendre, il expliqua :

— À bout touchant avec un fusil de chasse, c'est de la bouillie à l'intérieur, alors que l'extérieur est plutôt préservé. Il n'y a pas l'effet de crible qu'on trouve avec un tir plus éloigné ni le gros trou qui résulte d'un tir à bout portant.

— Exactement, renchérit le substitut. D'après la légiste, la plaie qui portait les traces du tir aurait été excisée au scalpel. Elle estime que le tueur, ou du moins la personne responsable de la mutilation, aurait été couvert de sang, à moins de s'être soigneusement protégé.

— Céleste n'avait pas de sang sur elle, précisa Gwilherm. Et elle n'aurait pas eu le temps de se changer.

— En effet. Cela accrédite votre thèse. C'est un bon point pour disculper la capitaine. Mais revenons à nos conjectures. Vous me disiez que vous soupçonniez le major de Gembloux d'être votre mystérieux TimTam…

Gwil

Saint-Nazaire
Gendarmerie

À 6 heures du matin, Gwil se présenta à la gendarmerie de Saint-Nazaire. L'horizon s'éclaircissait.

Mélanie avait réussi à localiser Victoire, hébétée, sidérée de douleur, au volant de son auto, garée de l'autre côté de l'île. Elle l'avait ramenée à la Brillantine dans sa propre voiture et lui avait administré du Zopiclone, déniché dans l'armoire à pharmacie, pour la faire dormir.

De son côté, Gwil, en étudiant ses e-mails et ses notes personnelles, avait vérifié toutes les dates et tous les lieux d'affectation d'Antoine. À son grand soulagement, tout ne concordait pas. Par exemple, lors de la disparition de Natacha Hugoli, le 14 mai 2016, à Monflanquin, Antoine était déjà, depuis le 31 mars, à la brigade de gendarmerie de Pontchâteau. Gwil avait adressé une excuse silencieuse à son ami.

La discussion de la nuit avec le substitut avait chamboulé ses a priori. Avant qu'ils ne se séparent, il avait obtenu d'Orueta la permission de parler avec la gardée à vue. Pour l'occasion, il avait revêtu son uniforme. Il avait un rôle à jouer, il comptait faire ce qu'il fallait pour le tenir jusqu'au bout.

Le sous-lieutenant Huet le retrouva à l'accueil. Gwil lui présenta l'autorisation signée du magistrat de s'entretenir avec la capitaine Ibar. L'uniforme de Gwil, son ton neutre, l'e-mail du substitut, tout concourait à confirmer à Denis Huet que le commandant s'était rangé à l'évidence : Ibar avait bien assassiné cette pauvre jeune fille. Il ouvrit la porte de la salle d'interrogatoire avec déférence et y laissa Gwil, le temps de faire amener la gardée à vue.

Lorsque Céleste entra dans la pièce, le cœur de Gwilherm se serra. Livide, les lèvres pincées, elle luttait pour se tenir droite et s'empêcher de trembler. Mais elle clignait des yeux trop vite et ne parvenait pas à fixer son regard.

Au début, il posa sa grosse paluche sur les mains blêmes de Céleste. Elle les retira aussitôt, comme si le contact la brûlait. Il aurait voulu lui assurer que tout allait bien se passer, comme il l'aurait fait avec un chiot effrayé. Or Céleste était une femme forte dont la résistance était à bout. Il devait l'empêcher d'éclater en morceaux. Il lui raconta ce qui s'était dit, pendant la nuit, chez lui.

Les yeux verts ne le quittaient pas tandis qu'il parlait. Comme s'il tournait un interrupteur à variateur, Gwil voyait la lumière y revenir.

— Flora a été tuée d'un coup de fusil, dit-il.

Céleste releva la tête.

— J'ai deux choses à t'annoncer. La première, c'est que le substitut a décidé de lever ta garde à vue.

Les épaules de son amie se détendirent. Puis elle le surprit en glissant ses mains dans les siennes.

— Il y a en premier lieu la déclaration d'Ithri et l'absence de sang sur tes vêtements qui rendent très improbable ton implication. Et surtout, le témoignage d'Antoine… Il est désormais sujet à caution. D'abord, il n'a assisté à rien, puisqu'il est arrivé avec les gendarmes, après le coup de fusil. Tes filles ont indiqué que tu t'es montrée toi aussi après le coup de feu et pas assez longtemps avant le major pour avoir pu tuer Flora et élaborer cette mise en scène. Il faudra expliquer ce que tu as fait entre le moment où tu as quitté la Brillantine et celui où vous vous êtes retrouvés, avec Antoine.

— Je cherchais le passage vers chez Béchu, j'avais peur pour Flora. Puis je suis revenue sur mes pas. Il faisait nuit.

— Le substitut Cholet s'est cru autorisé à appeler le juge de Bobigny. Celui-ci lui a dit des choses qui n'auraient pas dû fuiter, même entre magistrats. Je pense que c'est pour ça qu'ils t'ont mise aussi facilement en garde à vue. Ce n'est pas parce que les journalistes et cet imbécile de juge te présentent comme un monstre que tu en es un. D'ailleurs, l'audition du commandant Audrieu a transpiré dans les médias.

— Est-ce que tu peux revenir sur ce que tu viens de dire ?

Elle avait la voix éraillée, mais le regard qu'elle posa sur lui était celui qu'il connaissait. Direct, franc et honnête. Vivant. Il répéta.

— Oublie le major de Gembloux, dit-elle. J'ai trouvé qui est derrière ces meurtres et je crois savoir pourquoi.

Gwil sortit plein d'espoir de la salle d'interrogatoire au bout d'une demi-heure. Le sous-lieutenant Huet se précipita vers lui, livide.

— Qu'est-ce qu'elle vous a dit ?

La situation était pénible pour tout le monde. La nouvelle de l'arrestation de Céleste s'était ébruitée et des journalistes patientaient devant la caserne. Une ex-flic déjà mise en examen pour des faits innommables prise une nouvelle fois la main dans le sac ? À l'idée des pressions que devait subir le commandant Lecourt, Gwil frémit. Comment le substitut avait-il appelé Céleste ? Une « grenade dégoupillée » ?

La résolution des affaires avait généralement été synonyme de joie, pour le gendarme. Le rétablissement d'un certain équilibre de l'univers. Mais cette fois, de quelque côté qu'il se tourne, Gwil ne voyait qu'affliction et consternation. La bonne nouvelle, au milieu du chaos qui allait s'ensuivre, c'est que Céleste allait bel et bien sortir la tête haute de la gendarmerie.

— Je dois appeler le substitut et organiser une conférence téléphonique. Vous pourriez me trouver un espace approprié ?

Oh ! Pain bénit de la hiérarchie militaire ! Le sous-lieutenant Huet obtempéra immédiatement.

Tout se mettait en place, enfin !

Tiens bon ! pensa Gwil en s'adressant silencieusement à Céleste. La cavalerie arrive.

Il commença par passer un coup de fil à Mélanie.

— J'ai besoin de toi, ma chérie, réveille-toi, lança-t-il à la voix ensommeillée qui lui répondit.

Il entendit ce froissement si caractéristique de la couette qu'on repousse. Il imagina Mélanie, assommée par le manque de repos. Il devina que la tristesse du retour à la réalité devait la frapper comme une vague.

Vite, il fallait lui parler afin qu'elle soit, elle aussi, sur le pied de guerre. Elle avait passé la fin de la nuit à la Brillantine, à proximité de Victoire, qui dormait toujours, abrutie par les somnifères.

Mélanie rappela assez rapidement son mari. Elle avait trouvé ce qu'il lui avait demandé et venait de quitter la maison. Assise dans sa voiture, elle énuméra à Gwil une liste de dates et de lieux.

Patxi

Saint-Nazaire
Tribunal judiciaire

Fallait-il convoquer la presse ?

Patxi Orueta contempla le ciel par la fenêtre de son bureau. Quelle étrange affaire ! Quelques minutes auparavant, Guézennec lui avait communiqué les derniers éléments qui manquaient pour emporter sa décision : il venait d'envoyer le commandant Lecourt procéder à une arrestation.

Dans les heures à venir, Patxi Orueta libérerait Céleste, nommerait l'auteur des crimes odieux et requerrait l'abandon des poursuites contre ce Béchu. Grâce à Dieu, ou plutôt à ce trio d'enquêteurs, la mort d'Océane Lemonnier et des autres ne se transformerait pas en désastre judiciaire.

Alors, pourquoi hésitait-il ?

Il craignait que Céleste ne se trompe. Et il avait peur qu'elle ait raison. La justice et les services de police et de gendarmerie n'allaient pas sortir grandis de cette histoire.

Finalement, il déclara qu'il tiendrait une conférence de presse devant la gendarmerie de Saint-Nazaire à 14 heures. Après tout, les occasions de se distinguer étaient rares, et tant pis pour l'institution. Il aurait l'immense fierté d'annoncer la résolution de ces crimes et de mettre en avant le courage et l'intelligence de la capitaine Ibarbengoetxea, un brillant élément de la police nationale, injustement salie par les médias. Il espérait que ça suffirait.

Brillante, Céleste ne l'était assurément pas en quittant la gendarmerie. Ses yeux, creusés par le manque de sommeil, lui donnaient un air fantomatique. Déjà mince, elle était ces dernières semaines devenue maigre à pleurer. Ithri était là, sa longue carcasse appuyée contre la carrosserie poussiéreuse de la 306 du service. Il avait lui aussi une mine épouvantable, qu'il camouflait derrière ses lunettes de soleil et sa tignasse. Personne ne vit les larmes qui gonflèrent ses paupières lorsque Céleste fit son apparition, et personne ne remarqua le soupir de soulagement qui lui échappa.

Les journalistes se pressèrent vers la capitaine, micro en avant, criant des questions. Tout sourire aux côtés du juge Blimmet, le substitut annonça la mise en examen de l'auteur présumé du meurtre d'Ophélie Sauvet, d'Océane Lemonnier, de Carine Tervier, de Stéphane Meynet, mais également, précisa-t-il, de Valérie Pelletier, Soazig Brieg, Tatiana Tenon et Natacha Hugoli, même si leurs corps n'avaient pas encore été retrouvés. Après discussion avec son homologue de la juridiction compétente, il envisageait de demander la réouverture du dossier concernant la mort d'Amélie Melliot.

Cette mise en examen faisait suite à des aveux. Elle avait été rendue possible grâce au courage, au dévouement et à l'ingéniosité des services de police et de gendarmerie, qui avaient collaboré en parfaite intelligence. Il tenait tout particulièrement à saluer la capitaine Ibarbengoetxea.

Le travail de la justice pourrait s'appuyer sur les preuves tangibles et irréfutables accumulées au cours de l'enquête, continua-t-il.

Le substitut du procureur Orueta aurait aimé pouvoir dire que ces preuves étaient constituées d'un déguisement de carnaval, d'un cahier d'écolière, d'un morceau de tissu reniflé par la truffe exceptionnelle d'un malinois à cinq cents kilomètres de là, de deux mini-congélateurs saisis dans le coffre d'un SUV Santa Fe Hyundai de couleur vert forêt et qui contenaient, on le supposait, le fœtus d'Océane Lemonnier et celui d'Ophélie Sauvet, en cours de plastination.

Qui ? demandèrent les journalistes. Qui avait-il mis en examen ?

Céleste

Saint-Nazaire
Gendarmerie

Céleste s'en voulait et elle ne cesserait jamais de s'en vouloir. Si elle avait été plus attentive, si elle n'avait pas été aveuglée par ses a priori…

Quelques heures auparavant, le commandant Lecourt s'était présenté à la Brillantine. À Victoire qui lui ouvrit la porte, il avait récité la formule consacrée, la plaçant en garde à vue pour les homicides de Tatiana, Natacha, Soazig, Carine, Ophélie, Stéphane et Océane. Plus toutes les autres qu'elle voudrait bien lui indiquer, précisa-t-il.

Victoire n'avait pas protesté. Elle avait considéré d'un air absent la perquisition qui avait suivi. Avait reconnu formellement le carnet d'observation ornithologique de Flora, que Mélanie avait subtilisé, n'avait pas cillé lors de la saisie d'un déguisement de nonne acheté un jour pour un carnaval et du fauteuil roulant pliant hérité de son grand-père. Elle avait admis conduire un SUV Santa Fe vert sapin, garé là où Mélanie l'avait indiqué, de l'autre côté de l'île.

La découverte d'un téléphone portable Mobicarte avait soulagé le commandant Lecourt – y étaient enregistrés les SMS envoyés à Océane Lemonnier et lui fixant rendez-vous avenue Hoche à La Baule.

Quand Lecourt avait ouvert, devant elle, les deux congélateurs de voyage dans lesquels se trouvaient ses derniers trophées, Victoire avait compris que la partie était finie.

À la gendarmerie, le commandant Lecourt avait introduit Victoire dans la salle d'interrogatoire où l'attendait Céleste. Il s'était assis dans un coin, juste pour la forme.

S'il n'y avait eu Flora, Céleste n'aurait pas pu faire craquer Victoire. Mais la mort de sa nièce avait brisé la femme d'Antoine. Le visage ruisselant de larmes, elle admit tout dans un murmure. Elle avait testé l'ADN de Flora et d'Antoine à leur insu, pour vérifier ce qu'elle soupçonnait. Elle connaissait depuis toujours les mots de passe des sessions Windows du major et elle avait téléchargé un mouchard sur son téléphone, si bien qu'elle était informée de tous ses rendez-vous. Ces derniers temps, Antoine semblait être devenu plus… gourmand.

Elle avait attiré Océane avec la promesse, sur Leboncoin, d'un landau presque neuf pour le quart du prix. Le matin, elle avait placé avenue Hoche des chevalets de gendarmerie volés qu'elle stockait dans sa grange. Elle avait prétexté un déménagement et dit à Océane de se garer là. Avec une matraque électrique, elle avait neutralisé la jeune femme, à qui elle avait ensuite injecté des barbituriques, avant de l'installer, inconsciente, dans la chaise roulante.

Oui, elle avait tué ces femmes qui portaient les petits d'Antoine, avait arraché les fœtus du ventre de leurs mères, avait coupé les annulaires et dissimulé près des cadavres une réplique de l'alliance d'Antoine. Si elle ne pouvait pas avoir d'enfants, pourquoi lui y aurait-il été autorisé ?

N'était-ce pas son droit d'épouse d'exiger qu'ils fassent corps dans l'adversité ?

L'odeur de peur et de sueur qui suintait des murs n'était rien à côté de celle que dégageait l'âme pourrie de cette femme qui aurait pu être son amie, songea Céleste.

Une fois qu'elle eut arraché à Victoire tous ses secrets, elle se leva.

Elle n'était pas un monstre, elle.

Avant

Qu'est-ce qu'elle fait là, putain ! Elle était censée se trouver au théâtre !

Lorsque du coin de l'œil j'ai perçu un mouvement, je n'ai pas réfléchi. J'ai attrapé mon fusil, j'ai pivoté, j'ai tiré.

Le corps de Flora s'est affaissé. Il m'a fallu plusieurs secondes pour réaliser que c'était moi qui avais appuyé sur la détente. Une tache rouge a grossi sur son ventre.

Mon Dieu ! Qu'ai-je fait ?

Il y a cinq minutes, tout allait bien. Je préparais la plastination de mon avant-dernier trophée dans l'atelier que j'avais installé dans la grange – je m'étais dit qu'au milieu de mon matériel de restauration personne n'y verrait rien. Deux congélateurs de voyage qui ressemblent aux mallettes dans lesquelles je conserve mes outils et un compresseur trafiqué pour faire le vide, c'est tout ce qu'il faut aujourd'hui pour réaliser les dix-huit étapes du processus de plastination d'un spécimen de petite taille.

Je savais que c'était risqué de changer mes bains de formol si près de la maison, mais avec Antoine à la brigade et Flora au théâtre, je pensais ne pas être dérangée. Et mon trophée ne pouvait pas attendre. Six heures de trop, et il aurait perdu un quart de son volume, se serait transformé en une petite chose toute ridée, moche, laide, triste. Il fallait que je tente le coup.

Je me suis écroulée auprès du corps sans vie de Flora.

Son enfant.

Si seulement j'avais attendu un peu.

Si seulement j'avais vérifié avant de tirer.

Ça fait mal, ça fait tellement mal. Je voudrais crier. « Pas elle. Pas elle ! » En un éclair, je pense à sa joie pure, à notre plaisir d'être ensemble, à la jubilation de repousser, chaque jour, à chaque instant, les limites de son héritage génétique.

Je me sens vide, vide comme je ne l'ai plus été depuis… Sans doute depuis qu'elle est arrivée dans ma vie. Se peut-il que j'aie été aveugle toutes ces années ? Se peut-il que, malgré mon ventre stérile, j'aie pu être mère ?

Maintenant, je comprends que, toute mon existence, j'ai couru derrière ce qui était devant mes yeux.

Je pleure sur la dépouille de mon enfant.

J'aurais tellement aimé qu'il ait le courage de reconnaître qu'il était ton père. J'aurais alors pu être ta mère, tu m'aurais appelée maman et j'aurais pu quitter Antoine en t'emmenant avec moi, le laissant à ses pathétiques arrangements avec la morale pour se reproduire.

Ma fille. Ce que je ne me suis jamais autorisé à penser hurle dans mon esprit. Ma fille. Mon enfant. Mon trésor. Je t'ai perdue. Massacrée. À vouloir me venger d'Antoine, je me suis privée de tout.

J'ai les mains à plat sur le sol et mes larmes forment de petites taches sombres à côté de ton sang.

Mon enfant. Flora.

Puis, lentement, je reprends possession de mon esprit. Je ne peux pas me résigner à la prison. Les mères infanticides sont traitées de façon épouvantable, là-bas. Mon calvaire serait infini.

Je dois trouver une porte de sortie. Gagner du temps, cacher mon matériel, mes trophées.

Je saisis un couteau.

Je te déshabille, je recouvre ton beau visage de tes cheveux. J'agis mécaniquement. Je me force à croire que ce n'est pas toi mais une des autres, une de ces putes prêtes à voler mon droit à un enfant. Je travaille vite, je connais les gestes par cœur. Il ne me faut que quatre minutes pour martyriser ce qu'il reste de toi. Tu ne me le reprocherais pas. Je fais ça pour sauver ma peau. Tu aurais approuvé. Tu m'aimais.

Personne n'y verra rien. Sur une scène de crime, on cherche toujours le truc en plus, qui n'est pas à sa place, jamais le truc en moins.

Tout cela a commencé parce que je voulais ressentir quelque chose, ne plus être ce bloc de glace engourdi par les trahisons d'Antoine, qui donnait à d'autres ce qui m'était refusé à moi. Un enfant de lui.

L'enfant était là.

C'était toi.

Remerciements

Il faut un village pour élever un enfant, rappelle Victoire à Céleste. Il en faut un aussi pour écrire un livre.

J'ai bénéficié pour ce roman d'une palette exceptionnelle de spécialistes de haut niveau. J'aimerais remercier particulièrement mon frère Pascal, qui a répondu à toutes mes questions sur les armes à feu, avec la célérité d'un pénétrateur à énergie cinétique. Il m'a évité de raconter des bêtises, et s'il en reste, elles sont de mon fait et non du sien. Ma *bestie* Rachel a résolu mes interrogations procédurales et déontologiques, mais j'assume l'intégralité des libertés prises avec la réalité du métier.

J'ai la chance de bénéficier d'une équipe de relecteurs de choc : Catherine, ma sœur, Clarisse, mon amie depuis le lycée, Guillaume, mon grand frère de cœur, et Hedwige, une de mes plus belles rencontres électroniques. Leurs interrogations et leurs remarques m'ont gardée dans le droit chemin, ou m'y ont ramenée.

Nathalie Théry a surgi dans la première version de ce roman comme une boule de billard dans un jeu de quilles. Et elle a commencé par un strike. *De si bonnes mères* a émergé de ce chaos nécessaire. Merci, Nathalie, d'avoir eu ce courage et de l'avoir exercé avec tant de délicatesse.

Depuis le début de l'aventure, je suis entourée d'une équipe formidable, professionnelle, exigeante et bienveillante, toujours prête à répondre à mes questions de néophyte. J'aimerais adresser mes remerciements aux Presses de la Cité et en particulier à Sophie Lajeunesse, qui a cru en moi et dont l'enthousiasme ne s'est jamais démenti.

L'insémination sauvage est une pratique existante. Les dialogues sont librement inspirés de l'excellent *Super-géniteurs*, de Sarah Dumont. À la question : est-ce que ça se passe vraiment comme ça ?, la réponse est oui. Les insultes adressées à Clémence ne sont pas, malheureusement, œuvre d'imagination. C'est un triste exemple de ce que la haine aveugle des réseaux sociaux peut provoquer.

Depuis que j'ai achevé d'écrire cette enquête, la France a ouvert les possibilités de recours au don de sperme aux femmes célibataires et aux couples de femmes. Cela signifie-t-il que les méthodes sauvages décrites dans l'ouvrage vont cesser ? Probablement pas, en raison de la pénurie de dons. Mais les choses avancent.

Au cours des recherches pour écrire ce livre, j'ai ouvert les yeux sur la trisomie 21, sur la force de vie et la joie sincère qui animent ceux qui vivent avec, leurs parents et leurs accompagnants. Je vous admire, vous êtes des exemples. Merci, Céline Denjean, de m'avoir aidée à construire une Flora crédible, sans verser dans les clichés (enfin, j'espère). Merci à Steve Laflamme, pour son aide sur le québécois.

Enfin, je voudrais me remercier moi-même. Ce furent deux années compliquées avec de grands défis à relever. Puisse Céleste vous encourager à ne jamais renoncer à vous battre.

Composition et mise en pages
Nord Compo à Villeneuve-d'Ascq

Pour plus d'information :

www.lisez.com

Imprimé sur du papier issu de forêts gérées durablement.

Imprimé en Espagne par Liberdúplex
en avril 2024
N° d'impression : 118140

POCKET – 92, avenue de France, 75013 Paris

S33035/01